Ventos para Areia Branca

CARLOS TOURINHO DE ABREU

Taurus Edições

carlostourinhodeabreu@gmail.com www.carlostourinhodeabreu.com.br

Diretor editorial:

Carlos Tourinho de Abreu

Diagramação:

Carlos Tourinho de Abreu

Revisão:

Daniel Rebouças

Capa:

Marina Avila

Esta é uma obra de pura ficção, qualquer semelhança com nomes, lugares, situações, fatos, pessoas conhecidas – vivas ou mortas –, e instituições terá sido mera coincidência.

FICHA CATALOGRÁFICA

A162v   Abreu, Carlos Tourinho de
               Ventos para Areia Branca/ Carlos Tourinho de Abreu
        Salvador, 2014.

               ISBN: 978-85-917075-1-5

               1. Ficção brasileira I. Título.

                                          CDD – 869.93

Impresso nos Estados Unidos   Obra em conformidade com o Acordo
Printed in the USA   Ortográfico da Língua Portuguesa

A vida é uma grande jornada.
Somos como areia ao vento, livres, prontos para seguir em frente.
Assim fizeram alguns dos meus intrépidos antepassados.
Homens e mulheres fortes, que se lançaram ao novo,
em busca de dias melhores.
Dedico esta história a minha Vó Lita, filha de Chica,
a prova viva de que todo esse esforço valeu a pena.
A dignidade refletida pelos teus olhos azuis, Lita,
fizeram-me um ser humano melhor.

Tabua

Tabua narra a vida de Guina, órfão nordestino que foge da pobreza, aprende habilidades letais e enfrenta o seu passado. Em busca da reconstrução, ele luta contra perseguições e anseia pelo amor perdido de Soraya. Uma saga envolvente que explora as complexidades da vida no Brasil de terras áridas.

***

Para mais informações, visite o site do autor:
https://www.goodreads.com/ctabreu

Sumário

1

Chica, a galega de olhos azuis

CINCO E MEIA DA manhã, o galo cantou de um jeito diferente naquele domingo frio de começo de outono. O vento também assoviava fino e sacudia as árvores, mais uma vez anunciando a suposta chuva que por semanas recusava-se a cair. Apesar de o galo ser o mesmo de sempre – viçosa ave que o meu falecido sogro português designou como um descendente meio-sangue de um típico Galo de Barcelos lusitano –, o agouro que veio no seu clarinar fez-me arrepiar da cabeça aos pés e de súbito pular da cama direto para o meu pequeno altar. Posicionado logo ao lado da janela da casa-grande – hoje em dia já não tão grande assim – do engenho em que vivíamos, acendi três velas para São Tiago Maior e pedi pela saúde de todos os meus. Senti-me uma autêntica auguratriz.

Estranho o porquê de tanta fé em São Tiago, pois sem dúvida não era o mais popular dos santos dentre as carolas de Areia Branca – pequeno povoado bem perto de nós, nas cercanias de Piritiba –, lugar onde íamos assistir à missa semestral do padre Boiro, nos raros domingos que ele aparecia. Talvez tanta fé tenha sido indiretamente deixada como herança por mamãe, diziam os mais velhos, uma mulher de bom coração e trabalhadora, cuja convivência não tive o prazer de usufruir.

Compensei a ausência de minha mãe agarrando-me ao trabalho e nunca deixando faltar amor aos meus filhos e netos. Amor esse que não recebi quando criança, muito menos quando mulher-feita. Casei-me por conveniência, pois a família que me criou não via a hora de se livrar do fardo que carregou por pouco mais de quatorze anos, além disso, os bem-arranjados Miranda precisavam de uma esposa para Eupídio, o seu filho mais velho e quase ermitão.

O varão da família Miranda detinha tal fama porque até o dia do nosso casamento vivia isolado a trabalhar nesta mesma casa de engenho, deste mesmo sítio, no qual agora eu vivo enfurnada, até hoje. Dali não mais saí desde o dia das nossas bodas, com raras exceções, como na época em que fui visitar minha filha em Salvador, a capital do nosso estado. No entanto, só tive essa prerrogativa quando Eupídio morreu, em 1980, há nove anos. De 1915, ano em que me casei, até então, eu passei a ser a mais nova "ermitã" – herdei o apelido do meu marido –, já que dali por diante Eupídio sentiu-se mais seguro em deixar o seu patrimônio aos cuidados dos agregados – é claro, todos eles sob a minha supervisão – e passou a aventurar-se em viagens mais demoradas rumo a Feira de Santana, lugar onde ele vendia a melhores preços todo o açúcar, rapadura, cachaça, e principalmente farinha de mandioca, que nós produzíamos. A parte boa era que ele voltava abarrotado de novidades provindas dos quatro cantos do país. Disto eu nunca pude reclamar, Eupídio sempre foi um homem de fartura. Nossa casa sempre teve comida em abundância.

Meu marido viveu a sua vida sem nunca ter aprendido a ler. Ignorante em relação às letras, foi um sertanejo voltado única e exclusivamente para o trabalho duro. Já o seu pai, o velho Manuel Joaquim, muito pelo contrário, era um homem relaxado e, dizem as más línguas que, passou a vida procurando quem inventou o trabalho para poder torturá-lo e depois mandar matá-lo. Preguiçoso como um cágado, não se dava o trabalho nem sequer de ter cuidado com a sua própria higiene pessoal. Banho passava longe dele, posso dizer com conhecimento de causa, visto que o infeliz viveu conosco no engenho até o fim e ninguém lhe convencia a lavar-se. Fedia como um gambá! Os mais velhos diziam que esse, dentre outros, deve ter sido o motivo que mais contribuiu para a morte prematura de sua esposa, Maria de São Pedro. Filha de índios da região, criaturas que sempre tiveram o banho como sagrado, talvez ela tenha sucumbido ao fedor que emanava do bode velho.

Eu particularmente sempre gostei de banhar-me. Dentre os tantos hábitos indígenas tão presentes no nosso cotidiano, o de lavar-me ao menos uma vez ao dia tornou-se questão indiscutível. Mas nós não somente herdamos este costume dos nossos místicos anfitriões. De banhos, rituais e chás de ervas, a garrafadas medicinais, não deixei nada escapar do que passava aos meus olhos vívidos todos os dias da minha infância. Boa parte das agregadas da fazenda em que eu cresci era índia pura, ou cabocla bem puxada, todas elas muito instruídas na cultura milenar do seu povo, de todos, o mais legitimamente brasileiro. Contudo, não me dava por satisfeita, queria também aprender o traço principal da minha própria cultura, a habilidade da leitura e escrita.

Como descendente de brancos, desejava me integrar ao povo que comungava da minha mesma origem, ainda que houvesse muita resistência por parte da minha madrasta, Dona Filó Alves Lima. Apesar de toda a birra, com muito custo consegui aprender a ler e escrever quando ainda era uma miúda. Convenci a professorinha que ensinava as duas filhas mais velhas dos Alves Lima a igualmente lecionar para mim. Ela, como amante da educação e idealista, não hesitou. Nunca vou me esquecer do rosto da professora Rosa. Foi a responsável por tirar uma criança triste e carente das trevas em que lhe fora impelida nos seus primeiros anos de existência. Os livros que ela de forma desprendida me emprestava, sem dúvida deram-me uma nova razão para viver.

Daquela época em diante eu nunca mais parei de ler. Romances, revistas, jornais velhos, e até alguns clássicos passaram pelas minhas mãos. Passei a adorar Eça de Queirós e Machado de Assis, principalmente quando consegui compreendê-los melhor por conta da prática. Sempre tinha comigo um dicionário velho, dos que as palavras ainda eram escritas com "ph" em vez de "f", para me auxiliar. Ele me fora generosamente doado pela professora Rosa, recordo-me com carinho. Já o ato de escrever, esse era difícil praticar, pois havia pouco papel, e pior, não tinha para quem escrever em meio àquele bando de analfabetos a me circundar.

Apesar de me considerar uma leitora assídua, devo admitir que não cheguei a ler tantos livros quanto a minha quinta filha, Ducarmo, pois seria dificílimo competir com o nível imposto a uma médica. Ademais, nos tempos da minha juventude sempre foi quase impossível encontrar novos livros no fim de mundo onde eu morava, tudo isso temperado pela completa escassez do início do século. Portanto, quando via qualquer coisa que tivesse letras, agarrava e devorava, como um morto-a-fome faria ao ver um banquete. Quando me casei com Eupídio, tive de subornar Isaurino, o seu capataz e braço direito, para que todas as vezes em que fosse em comitiva a Feira de Santana trouxesse-me alguns livros e todos os jornais velhos que pudesse encontrar. Pelo privilégio de alimentar o meu conhecimento, o que indubitavelmente me fez uma mulher melhor, pagava-lhe com porções a mais de alimento propriamente dito para a sua família, já que dinheiro era algo que passava longe das minhas mãos. Apesar de eu não ter frequentado a escola, muito menos a universidade, aprendi a falar e escrever muito bem graças à minha leitura assídua. Em comparação a meu marido, esse sim o dono do dinheiro, todos me consideravam uma dama.

Eupídio era um homem bruto, duro, tanto com a sua família quanto com os seus agregados. Usava-se de uma truculência digna dos tempos de escravidão no trato com os poucos miseráveis que o ajudavam a tocar a produção do engenho. Acho eu que no seu íntimo ele ainda achava que era o dono daquelas pobres almas, principalmente as dos negros, com quem tinha menos respeito ao lidar. Certo dia, após mais um dos seus corriqueiros escândalos, calmamente comentei a cena enquanto ele se preparava para almoçar:

– Homem, se controle quando for falar com os pobres agregados. Essa gente já tem uma vida de cão. Lembre-se de como dizia a sua mãe, moço: "quem cospe pra cima, recebe na cara". Não há mal que se faça aqui na terra, que não se pague. Lembre bem!

– Ah Francisca – como de costume, usou o meu nome de batismo, pois não me chamava de Chica, como quase todo mundo –, você de novo com suas *filosofia*. Esse povo tem mesmo é que se arrombar! Vai ser burro assim no inferno! Só fazem merda! Tem anos que ensino eles a fazer a rapadura do jeito certo, mas os *miserávi* não aprendem. Agora, pra beber cachaça, os *nêgo* são uns *bezerro*. Fora a farinha, que não param de ruminar como vacas!

– Eupídio, deixa de ser ranzinza, homem. Tu quase não *paga* a esses pobres. O que é que custa eles comerem um pouquinho de farinha? Têm fome. Lembre dos ensinamentos de Jesus Cristo, homem.

– Pronto! Agora que deu pra ler essas maluquices, endoidou de vez! Se eu facilitar, essas feras que vivem aqui nas minhas *terra* comem até a minha mão. E pelo que parece, você é quem vai temperar! – meu marido saiu bufando tanto de raiva, que nem almoçou. Claro, descontou tudo no primeiro negrinho com que se deparou. O pobre ouviu gritos por toda a tarde.

Apesar de turrão, labrego, e estúpido, Eupídio nunca se usava de violência física. Impunha respeito no berro! Exceto às corriadas[1], que vez ou outra dava nos nossos filhos, as quais, dependendo da sanha, às vezes, sobrava até para mim, nunca o vi levantar a mão para ninguém. Quem sabe, é porque não tinha o hábito de beber? Como a maioria dos homens das fazendas vizinhas, uns cachaceiros valentões de uma figa. Ou talvez por ter aprendido com o pai, o velho e bonachão português Manuel Joaquim, ou com a história da mãe, a pacata índia Maria de São Pedro, que resolver as coisas no murro nunca foi o caminho certo. É estranho, porque todas as ocasiões em que eu falo sobre Maria de São Pedro sempre me dá uma pontada no coração.

Filha de índios paiaiás, Maria viveu uma vida pacífica e introspectiva, creio eu que devido ao drama no qual a sua tribo viu-se envolvida quando ela veio ao mundo. Resultado, um começo trágico para a minha padecente sogra. Lá pelos últimos anos da década de 1870, antes mesmo da chegada de muitos colonos imigrantes da Europa à região, a tribo paiaiá, localizada onde hoje fica a cidade de Tapiramutá[2], gozava dos seus últimos dias de paz. Os coronéis mais ilustres do então distrito de Nossa Senhora da Conceição de Mundo Novo, atualmente nossa conhecida cidade de Mundo Novo, brasileiros antigos, migrados havia muito, queriam a todo custo expandir os seus enormes latifúndios, e as aldeias indígenas nas redondezas passaram a ser um estorvo aos seus planos pérfidos. Os desgraçados não titubearam em começar uma campanha genocida que dizimou quase todas as tribos daquelas cer-

---

1. Bater com um cinto largo. Corrião.

2. Tapiramutá, traduzido do Tupi para o português, significa Espera D'Antas, visto que no passado o local atraía caçadores à espera de antas – animal silvestre típico da região. Espera D'Antas foi o nome da cidade até mudar para Tapiramutá.

canias. A mais sanguinolenta das investidas foi contra os coitados dos
paiaiás. Como caçadores atrás de antas, mataram quase todos.

Quem contava com riqueza de detalhes essa macabra estória era
o acomodado Manuel Joaquim. Dizia ele ter ouvido muitas vezes da
boca da sua própria mãe – assim como ele e o pai, recém-chegada
de Portugal – as atrocidades que os coronéis brasileiros perpetraram
contra os pobres paiaiás. Segundo ele, seu pai foi quem na realidade
presenciou o massacre com os seus próprios olhos, pois na época,
como primeiro e irrecusável emprego – já que a fome corroía rápido
os estômagos imigrantes –, exercia o papel de tropeiro de um dos
coronéis mais ricos do distrito, o Coronel Aristides Moreira. E quando
o homem convocava seus agregados para a guerra contra os índios, nem
mesmo os pacíficos tropeiros escapavam de ajudar.

O pai de Manuel Joaquim, Seu Miranda, recebeu a incumbência
de ficar de prontidão na segunda linha de batalha à espera de feridos.
Enquanto os jagunços mais experientes tocavam fogo nas ocas e ati-
ravam em homens, mulheres e crianças, Miranda ia e voltava carregando corpos mutilados de faca, ou perfurados de flecha. Em uma dessas
idas e vindas, conduzindo uma carroça arrastada por uma mula robus-
ta, Miranda avistou uma índia grávida a correr pela capoeira, puxando
da perna esquerda. O bom português não pensou duas vezes em so-
correr a cambaleante paiaiá, principalmente quando consternado ele
assistiu-a ir ao chão desmaiada. Sua perna ferida a tiro sangrava muito
e a hemorragia parecia ter começado havia bastante tempo. Miranda
carregou a jovem grávida até a carroça e saiu em disparada rumo ao
seu casebre em uma baixa perto da sede dos Moreira. Lá, a jovem índia
entrou em trabalho de parto e para a sua graça ela contou com todo
o desvelo vindo da mãe de Manuel Joaquim, Dona Maria. Parteira de
mão-cheia, a imigrante portuguesa trouxe ao mundo uma indiazinha
linda, cheia de saúde e vigor. Mas Dona Maria era parteira e não médica, desse modo, não pôde salvar a pobre mãe paiaiá, que demasiada-
mente ensanguentada não resistiu por longo tempo aos contundentes
ferimentos. Naquele instante uma vida substituíra a outra.

Seu Miranda logo agarrou a menina no colo, a embrulhou em uma
manta grossa, pois se tratava de um dia junino típico de frio, e falou
em voz alta para que Dona Maria e o então mancebo Manuel Joaquim
pudessem ouvir:

– É nosso dever como cristãos adotar essa pobre criatura. Por
dizerem por aí que é um ser vivo sem alma, um reles animal, devemos

batizá-la o mais rápido possível. Irá se chamar Maria de São Pedro, em homenagem a você, mulher – olhou firme para sua esposa, Dona Maria –, que lhe trouxe vida, e ao nosso querido São Pedro, que aqui no Brasil, hoje, no dia vinte e nove, comemoramos o seu dia.

Maria de São Pedro cresceu uma menina triste, calada, na sombra de uma mentira contada ao Coronel Moreira. Alegaram que ela era uma filha bastarda de Miranda com uma índia vadia. Mais pontos para Dona Maria, que, como boa cristã, preferiu a permanência da criança em detrimento da boa reputação da sua família, que foi um tanto quanto borrada com a falsa notícia do adultério. Eu sei que o que vou dizer é anticristão, mas por vezes penso: "não teria sido melhor para a pobre menina se Seu Miranda não tivesse interferido no destino da sua mãe índia, quando ela mancava no campo de batalha? Quem sabe algum sobrevivente do seu povo nativo conseguisse salvá-la?". Como eu já disse, acho que graças ao fato de Maria de São Pedro saber que a sua mãe biológica e o seu povo tinham sido massacrados pelos mesmos brancos que a criaram, ela nunca, na verdade, se ambientou àquela nova cultura. A moça de sangue paiaiá foi criada nos padrões dos colonos portugueses, mas nunca se tornou um deles por inteiro.

Nos seus primeiros anos de vida – e mesmo ao tornar-se adolescente –, aguerrido como o seu povo, o que restava do seu espírito índio ainda lutava para sobreviver. Quando se cansava da tristeza sempre presente, tal espírito, creio eu, a impulsionava a visitar suas raízes, deixando de lado aquele mundo que definitivamente não era seu. Maria de São Pedro se embrenhava no mato de cabeça, e entre rituais de danças pagãs e corpo pintado de forma agressiva ao mundo carola dos brancos cristãos, a jovem órfã literalmente se despia da repressão e banhava-se de liberdade. Usava vestido de branco cotidianamente, no entanto, quando menos se esperava, lá estava ela, nua em pelo, lavando a alma nos riachos da fazenda dos Moreira. Tal atitude logo aguçou a libido de alguns jovens colonos que caçavam pelas redondezas. Passaram a espreitar cada banho seu de forma não tão discreta assim. Maria, uma belíssima moça de curvas perfeitas, não conseguia entender a maldade incutida nas mentes peros[3]. Somente banhava-se, nua e linda, sem ter ideia do escândalo que estava prestes a provocar.

---

3. Como os índios chamavam os brancos nos tempos da colonização.

A notícia, logo, logo caiu na boca do povo, por isso, quando completou dezesseis anos, foi obrigada a receber em matrimônio o pouco atraente filho único dos Miranda, Manuel Joaquim. Toda a situação caiu bem como uma luva ao problema do jovem português. Acho que ele já devia feder desde aquela época, pois era muito mais velho do que Maria, e até então, aos trinta e dois, não tinha ainda conseguido fisgar nem sequer a mais feia das filhas dos outros colonos da fazenda. A dívida de gratidão para com os Miranda teve de ser paga pela jovem e inocente Maria de São Pedro assim que, ao sangrar pela primeira vez, se tornou mulher. Desse modo, frente à sua nova realidade, seu espírito índio definhou e definhou até simplesmente deixar de existir.

Morreu de tuberculose aos quarenta e poucos anos aqui no sítio, algum tempo depois que eu me casei com Eupídio. Vez ou outra, penso que ela contraiu a fimia por conta da sua extrema amargura, imposta quase sem querer pelos brancos com quem ela conviveu, principalmente os Miranda.

Como todos os colonos imigrantes daquela época, para o azar de Maria de São Pedro, os Miranda estavam mais preocupados em vencer na vida. Pouco se importavam com a crise existencial que a pobre índia estava imersa. Ignorando completamente o seu drama familiar, fizeram fortuna acompanhando o progresso de Mundo Novo e por fim galgaram seu maior objetivo, fizeram a América[4] . Trabalharam duro para o Coronel Moreira nos seus primeiros anos de Brasil, entretanto, assim que conseguiram juntar algum dinheiro, façanha não muito comum naquela posição, começaram a investir na compra de animais de carga. De grão em grão a galinha encheu o papo. Seu Miranda pagou o que devia ao coronel e mudou-se para o ermo povoado de Areia Branca, a alguns quilômetros de Mundo Novo, lugar onde comprou algumas tarefas de terra. Assim, até o fim da vida na labuta, os Miranda deixaram para o seu único herdeiro, Manuel Joaquim, o engenho e uma tropa arreada de quase quarenta mulas. Mas este nunca quis saber de tocar o patrimônio, passando de imediato o fardo para o filho mais velho, o jovem Eupídio, antes mesmo de carregá-lo pelo tempo que lhe cabia. Por isso, ao receber a responsabilidade de sustentar o pai, a mãe índia e a irmã caçula, Eupídio ganhou o apelido de "ermitão", uma vez que não pôde mais largar o trabalho para nada. Enquanto os jovens da sua

---

4. "Fazer a América" foi uma expressão usada para simbolizar o sonho de imigrantes europeus de tornarem-se ricos no Novo Mundo.

mesma faixa etária flertavam na praça de Areia Branca, o dedicado rapaz moía cana e assava farinha sem parar.

Às vezes, reflito a ideia de que o sangue caboclo de Eupídio não somente influenciou nas características físicas dos meus filhos, pois todos são morenos de olhos castanhos, mas também no traço trabalhador e dedicado, não devendo nada ao pai e a avó paiaiá. Graças a Deus a raça de Manuel Joaquim não preponderou. Além disso, as meninas também puxaram da avó os longos cabelos "negros como a noite que não tem luar", como diz aquela música[5] bonita. Sem falar da bondade e generosidade para com os mais desvalidos, sempre presente no caráter da pobre Maria de São Pedro. Do pouco que tive da sua convivência, muito a admirei. Pena que não era dada a muita conversa a avó dos meus filhos. Se me perguntarem hoje, aos meus noventa anos, a memória mais vivaz que eu ainda tenho da pobre índia é a dos seus olhos tristes e amendoados.

Sempre, sempre me pego a pensar nas similaridades que tivemos nas nossas sofridas vidas. Ambas não conheceram ou tiveram o amor de mãe. As duas casaram-se ao cabresto, com homens da mesma família e que não amavam. E ambas se viram obrigadas a trabalhar como escravas para manter suas crianças vivas naquele semiárido escaldante. Além disso, sempre fomos muito supersticiosas.

Por outro lado, posso facilmente apontar algumas grandes diferenças entre nós. Para começar, a despeito de tudo conspirar para que eu não tivesse esse fim, sou extremamente feliz. Todos os dias agradeço pelos lindos filhos e netos que Deus me deu. Talvez por isso não tenha morrido jovem como a minha sogra. Ademais, a minha fisionomia está longe de ser parecida com a de Maria de São Pedro. Apesar de ter adquirido hábitos, não me pareço nada, nada com uma bela índia paiaiá. Também não sou feia, auto lá! Sempre me virei bem com os meus olhos de gato, pele alva como a parte de dentro da mandioca, e os cabelos castanhos ondulados da cor da sua casca. O povo até hoje me chama de Chica, a galega[6] . Nenhum dos meus filhos puxou a mim. Sangue forte o dos paiaiás! Estranho esse negócio de genética, hein? Ultimamente tenho lido alguns artigos emprestados por minha filha sobre esse tão esclarecedor ramo da ciência. Pois é, apenas depois de

---

5. "Índia" de J.A. Flores, M.O. Guerreiros e José Fortuna.

6. Indivíduo louro e/ou de olhos claros no regionalismo do Nordeste do Brasil.

pular uma geração, alguns dos meus netos puxaram os meus olhos azuis e o meu nariz pontiagudo.

Dentre eles, um em especial herdou muito além das características físicas, mas sim, tem igualmente levado adiante a minha ética e honra. Nunca escondi que Neno, o filho único de Ducarmo, sempre foi o meu preferido. E quando o galo cantou diferente esta manhã, supersticiosa que sou, foi em relação a Neno que o meu coração mais apertou. Que São Tiago tome conta do meu querido neto.

2

A viagem

NOVE E MEIA DA noite, o som do D.J. mais caro de Salvador começou a tocar na minha festa de despedida, mas a música não me toca mais como antigamente. Mesmo vendo quase todos ali, reunidos, para desejarem-me boa viagem, meu coração não conseguia ficar tranquilo. Sempre viajei muito na minha vida, o meu trabalho requer, mas nunca senti tanta apreensão como às vésperas daquela em especial.

– Oh Zé, não fique triste não, meu amor. Seis meses passam rápido, você vai ver. Além disso, todo mundo adora os Estados Unidos! – após um beijo, Camila minha noiva, falou-me ao pé do ouvido como se estivesse tentando me consolar.

– Eu sei, mas vou sentir saudades de você. Tem certeza que não pode tirar uma licença da faculdade? E se eu falar com o reitor? – dei o meu último tiro, sem querer aceitar o fato de ela estar trocando a minha companhia por algumas aulas na faculdade de psicologia.

– Você sabe, amor, não posso me ausentar no último semestre do curso. Pense como vai ser legal, você volta e comemoramos a minha formatura! Prometo fazer a festa mais luxuosa da Bahia!

Não entendi o porquê de tanta urgência em se formar agora, uma vez que Camila não era mais nenhuma garota, já tinha quase trinta anos. Na sua, digamos que, "vida fácil", ela nunca chegou a vestir a carapuça da mais estudiosa das estudiosas. Filha do magnata da soja do centro-oeste baiano, a princesinha só foi atentar para o fato de que deveria investir mais na sua educação, quando aos vinte e quatro, cansou de frequentar festinhas organizadas pela nata da sociedade baiana. Dá-me náuseas só de pensar nessa podre nata, coalhada desde o início dos tempos, apesar de me intitularem como um dos seus membros mais ilustres. Mas quem sou eu para me sentir melhor ou pior do que eles?

Sou neto de um dos homens mais ricos do Brasil. Meu avô paterno, o senhor "doutor" Estevan Pompeu de Lear, foi o fundador do maior banco da Bahia, a Casa de Depósitos. Nasci e fui criado como um príncipe, em berço esplêndido, com todas as honrarias que você pode imaginar. Avião e lancha ao nosso dispor para levar-nos dentre outros lugares à mansão da nossa ilha, jantares e mais jantares no seio da sociedade baiana, contato íntimo com os mais bajulados políticos do nosso país e exterior, acesso às melhores escolas e cursos, tudo isso era muito trivial ao nosso dia-a-dia. Sem contar com o emprego certo no patrimônio da família, afinal, alguém deveria aprender como seguir adiante com o negócio, e assim continuar provendo aos novos Lear que estavam por vir toda essa boa vida. Tudo isso pra quê? Para nada! Chego a essa conclusão com tristeza. Estranho, pois a única parte boa que restou em mim vem da família da minha mãe, não tão fidalga assim.

Desde pequeno fui obrigado a ouvir da boca dos meus colegas do Colégio Saint Paul de Salvador – onde somente a classe mais restrita de filhos de milionários era convidada a ter uma educação inglesa –, piadas sobre a origem da minha mãe. Nunca fui aceito, tampouco aceitei aquele convívio. Cresci um rapaz tímido, introspectivo, cheio de sonhos. Todos eles, um a um, destruídos por planos que já haviam sido traçados antes de eu nascer. Fosse pela minha vontade, eu queria ser músico, ou um simples professor de história, mas não, tudo isso era muito pouco e fora de contexto para o ilustríssimo filho do único herdeiro do banqueiro Lear. Desta maneira, o meu destino foi moldado na forma que veio sendo moldada desde os tempos primórdios do meu avô.

Meu pai morreu cedo, ainda quando eu era um adolescente, o que posso definir como sendo o maior dos dissabores da minha já não tão feliz tenra idade. Dinheiro não foi problema a princípio, pois os dividendos das ações de papai nos sustentavam com folga. O problema mesmo veio com a intromissão total e imediata da família Lear na minha vida e na vida de mamãe. Essa, porque não dizer, cabal invasão de privacidade ocorreu principalmente através da figura de meu avô, obviamente. Inconsolado com a perda do filho, queria de toda maneira cunhar-me o novo herdeiro da administração do banco. No entanto, ele nunca teve senso de limite.

Normalmente quando uma pessoa ganha muito dinheiro, mas traz na bagagem origens humildes, torna-se um tanto quanto autoritário e dono da verdade. Esse foi o caso do meu avô Estevan. Migrado da Espanha ainda muito jovem, encontrou no Brasil, mais especificamente nas ladeiras do centro de Salvador, o campo e tempo certo para fazer fortuna. Na primeira metade do século XX tudo parecia ser possível no Brasil. No início, junto à sua família de pobres lavradores espanhóis, ele teve de se adaptar à vida na cidade grande e trabalhar duro, como engraxate, vendedor de amendoim, e até mesmo como coroinha, nas horas livres, ajudando o padre da Igreja dos Aflitos nas missas da manhã. Todo aquele esforço em busca de tostões – para ajudar em casa – e absolvição divina, já que os meus bisavós eram carolas fervorosos.

No entanto, tudo piorou na infância do meu avô quando, não mais aguentando a rotina dos trópicos, seu pai decidiu migrar novamente, desta vez para o sul da Argentina. Só que, a sua esposa e filhos nunca foram convidados a embarcar naquele corriqueiro navio a vapor atracado no porto de Salvador. Minha bisavó Ana, aos trinta anos, meu avô Estevan, aos cinco, e a minha tia-avó Lucia, um pouco mais velha do que ele, foram simplesmente abandonados no calor do Brasil, sem remorso. De um dia para o outro.

Muito sei desta triste história, velada à sete chaves, nunca comentada pelos meus parentes, graças às afetuosas e demoradas conversas que tive com a minha tia-avó Lucia. Lembro-me que desde muito pequeno eu a adorava de paixão. Considerava como se fosse uma avó legítima, aquela senhora de traços espanhóis bem característicos, de olhos amendoados e coque grisalho enrolado na cabeça. Tenho certeza de que ela igualmente me queria bem como se quer a um neto, pois o amor que ela não pôde dar a seus filhos biológicos, pois não os teve, deu a meu pai, o bondoso Gonzalo. Minha tia-avó era louca por ele, e para ela também foi um golpe e tanto a sua perda prematura. Acho que tia Lucia estendeu todo esse amor incondicional para mim e para a minha mãe, sua "filha postiça", como ela gostava de intitulá-la.

De tanto sermos amigos, cheguei inclusive a morar na casa da minha tia por algum tempo, em São Paulo, lugar que ela escolheu para viver quando era ainda bem jovem, na intenção de crescer profissionalmente. Este não foi o mesmo motivo que me levou a São Paulo, pois, por ser o herdeiro do grande Lear, não tinha mais para onde crescer. Entretanto, São Paulo até hoje detém a melhor escola de negócios do Brasil, a Fundação Getúlio Vargas, onde me formei na turma de 1977. Morei com tia Lucia durante os quatro anos em que lá estudei, tempo suficiente para ouvir quase todas as lamúrias familiares daquela gentil senhora de mais ou menos 80 anos – nunca soubemos sua real idade, visto como a escondia de forma ferrenha. Talvez por nunca ter se casado, sentia necessidade de companhia e de bons bate-papos, desta maneira, em alguns deles me contou, dentre outras coisas, o tão secreto caso do abandono da sua família no começo do século XX.

Segundo minha tia-avó, meu bisavô Hidalgo sempre foi um homem trabalhador e preocupado com as aparências. Apesar de filho de lavradores, mesma profissão que foi compelido a aprender desde cedo, gostava de se bem-vestir e transmitir uma certa imagem de importância. Forçava a minha bisavó Ana a passar e engomar suas vestes à exaustão, de forma que ficassem impecavelmente alvas e sem quaisquer vincos. Se encontrasse unzinho sequer, amassava a roupa com violência a obrigava a recomeçar todo o serviço. Isso quando não as rasgava em fúria. Meu bisavô, quando saía às ruas para saracotear, vestia-se do melhor linho encontrado na capital, assim como os mais abastados fidalgos de Salvador. No seu íntimo queria ser um deles, assim como o seu nome já sugeria, Hidalgo, que nada menos é do que "fidalgo" em espanhol. Talvez esse desejo de ser alguém importante já viesse sendo incubado naquela família desde muitas gerações passadas. Note o meu avô Estevan, que viveu e ainda vive em prol desta meta! Por vezes pego-me a ponderar: será que o abandono do pai foi o grande motivo que o impulsionou a mais e mais buscar atingir esse objetivo comum aos Lear? Como se quisesse alcançar ele mesmo o que o pai nunca chegou a alcançar. Minha tia Lucia, através de um depoimento emocionado, certo dia me deu a chave para desvendar o mistério daquela família. Ou pelo menos de uma parte dele.

– Zé Maurício, o que eu vou te contar agora quero que jure nunca repetir, pois se trata de fatos bastante comprometedores à imagem da nossa família. Principalmente a do seu avô Estevan, que não precisa de mais um escândalo no seu currículo. Hoje, há uma semana da sua graduação em economia, acho que já é maduro o suficiente para saber mais sobre as suas origens. Quem sabe assim você entenda melhor o seu avô – falou minha tia-avó, olhando-me firme e deixando transparecer o seu semblante rígido.

– Pode deixar, tia Lucia. Acho que puxei do meu pai o dom da discrição. Fique tranquila – falei, ansioso para ouvir o que naquela época poderia mudar a minha má opinião em relação ao meu imperioso avô.

– Meu pai, seu bisavô Hidalgo, como você bem sabe, nos deixou quando éramos ainda crianças. Sua bisa, Ana, teve que assumir todas as despesas de casa, além de ter que conviver com os comentários perversos da vizinhança, que considerava o abandono um escândalo.

– Mas por que o bisavô Hidalgo a abandonou? – não resisti.

– Calma, chegarei lá. Desde que deixamos o Porto de Cádis, na Espanha, o meu pai já tinha duas famílias. Só que, somente fomos descobrir já aqui no Brasil. O cabrão também teve dois filhos com a outra mulher, ambos com a nossa mesma faixa etária, e pasme, o menino igualmente se chamava Estevan e a menina Lucia. Não é que o safado, para não se confundir em meio à sua grande mentira, colocou os mesmos nomes nos seus filhos de diferentes mulheres. Por isso, eu devo ter na Argentina uma meia-irmã chamada Lucia! – ensaiou um sorriso irônico em meio às lágrimas já presentes.

– Uau! O velhote não vacilava! – falei empolgado, mas logo em seguida me recolhi ao perceber o olhar rechaçador vindo da minha tia-avó.

– Pois é, esse era o seu pior defeito. Nunca se contentou com uma só mulher. Desde a Espanha vivia enfiado na esbórnia, mal podendo esperar o dia acabar para começar a sua maratona de cortejo. Dizem as más línguas que, ainda nos tempos de lavrador, minha mãe cansou de flagrá-lo a levantar as calças enquanto, debaixo de uma parreira, alguma das inúmeras ajudantes de colheita ainda se limpava de pernas abertas. O velho era fogo! – lamentou-se.

– E por que a bisa não o deixou desde lá? – fiz a pergunta que não queria calar. – E pior, ainda veio para o Brasil com ele – arrematei.

– Os tempos eram outros, Zé. A mulher não tinha as regalias que tem hoje, na modernidade dos anos 70. Naquela época, a mulher tinha que aceitar tudo calada. Desta forma, acompanhamos meu pai para o Brasil e começamos a também viver o seu sonho de fortuna. Quando aqui chegamos, nós passamos necessidade, visto que, apesar de ainda não sabermos, o velho tinha que sustentar duas famílias. Seu segredo estava bem alinhavado, pois nem mesmo os nossos nomes ele poderia trocar em um ato falho.

"Descobrimos toda a história na tarde do fatídico dia em que ele nos deixou. O padre Giorgio, o caridoso pároco italiano da Igreja dos Aflitos, em Salvador, não se conformou com a atitude do meu pai e quebrou extraordinariamente o voto de sigilo da confissão. Contou tudo à minha mãe sobre a outra família constituída por meu pai, dando inclusive os detalhes do endereço onde os meus meios-irmãos e a vagabunda moravam, e etc. Para o nosso espanto, eles moravam bem perto de nós, só que em uma casa melhor localizada e com o aluguel mais caro. O padre não pôde deixar de perguntar à minha mãe se ela nunca havia desconfiado. Ela respondeu que não e não deixou por menos, referiu-se à outra mulher como adúltera e às crianças como bastardos. Para concluir a desgraça anunciada, o padre ainda deu a pior de todas as notícias. Na verdade, os bastardos éramos nós, pois minha mãe não detinha uma certidão de casamento, muito diferentemente da realidade da 'outra', que bem guardava o tão simbólico documento em seu baú, para mostrar a quem quisesse ver.

"Nos primeiros anos das nossas vidas no Brasil, nos vimos obrigados a sobreviver de esmolas da paróquia. Devemos muito ao padre Giorgio, sem ele estaríamos na rua. Sem mais ter como pagar o aluguel com o dinheiro dos poucos bordados que fazíamos – eu também ajudava –, sua avó Ana pediu guarida ao padre quando fomos despejados. Em troca, ele requisitou a ajuda de Estevan nas celebrações matutinas. Na parte da tarde, meu irmão fazia bico na rua. Seu avô sempre foi um coroinha muito dedicado, e Deus deve ter recompensado tanta dedicação com o dom para os negócios. Devido ao contato direto com os padres beneditinos italianos, Estevan passou a observar com atenção as conversas do ciclo de fiéis abastados frequentadores assíduos da igreja. Em muito pouco tempo, assim que lhe cresceu certo buço, ele começou como escriturário no banco do maior contribuinte da ordem. Daí pra frente você mesmo sabe a história."

Pois é, daquele dia em diante passei a entender um pouco mais o que poderia ser o grande problema por trás do comportamento austero do grande Estevan Pompeu de Lear.

Camila, minha noiva, como típica estudante de psicologia, não cansava de traçar perfis comportamentais visando justificar os atos do meu avô. Ela tinha esperança de que eu engolisse toda aquela baboseira e quem sabe assim eu pudesse amenizar um pouco todo o rancor que eu nutria em relação a ele. Tentava me convencer de que o velho agia assim por insegurança, e a única maneira de provar o seu poder, o de um pobre órfão abandonado pelo pai, era subjugando os outros. Custei e ainda custo a acreditar, não obstante o fato de concordar haver algum fundamento na teoria da minha noiva. Contudo, após ter presenciado certas atitudes dele, fica difícil não desconfiar de que tudo aquilo não passava de pura ruindade.

Cansei de ser testemunha de sessões de humilhação gratuitas frente aos funcionários do banco – dos executivos à moça que servia o cafezinho. Xingamentos, abusos, assédio moral, e até violência física eram corriqueiros ao cotidiano do velho Estevan. Além disso, puxou o gene mulherengo, imoral e prevaricador do seu pai, o espanhol Hidalgo. A rotatividade das secretárias que assistiam o gabinete do velho presidente era alta. Quando não eram afastadas pelas mãos do próprio Estevan – como seu pai, a levantar as calças –, as pobres coitadas pediam demissão por vergonha perante os comentários nos corredores da Casa de Depósitos. Vez ou outra o escândalo tomava proporções estratosféricas, como quando ele quase foi agredido por uma juveníssima assistente do setor de Cadernetas de Poupança que não aceitava o fim do romance. O velhote não vacilava, muito menos perdoava.

Apesar de ter crescido no Brasil, nunca perdeu o sotaque castelhano, o que lhe dava um charme todo especial nas suas conquistas. Ademais, sua aparência física não era das piores, sem falar da sua fortuna que também ajudava bastante na sua causa. Sua vida foi assim, do início até pouco tempo atrás, nunca deixou de cometer adultério, repetindo em gênero, número e grau os passos do seu pai. Deixo esse problema para os psicólogos, como Camila, resolverem. Por outro lado, gostaria de ter podido ajudar mais a minha avó Stella, que carregou o fardo mais pesado da família enquanto viveu.

Filha de importantes comerciantes do Rio de Janeiro, os Meriti, minha avó Stella conheceu Estevan em uma das incontáveis viagens do jovem executivo ao sudeste do país na tentativa de angariar fundos para a fundação do seu primeiro banco, este muito menor do que é a atual Casa de Depósitos. Meu avô apaixonou-se à primeira vista por Stella, e por que não dizer pelas portas que a sua influente família poderia lhe abrir. A princípio não foi bem aceito, mas à medida que mostrou que poderia ser um dos homens mais ricos do nordeste brasileiro, caiu nas graças da família de empresários cariocas. Trouxe a minha avó consigo para morar em Salvador, e a partir dali a paz nunca mais reinaria nos antes brandos dias daquela bela senhora.

Aos sessenta anos, Stella morreu de infarto ao flagrar – não pela primeira vez – o marido engalfinhado na cama com a governanta da sua própria casa. Naquele mesmo dia pela manhã, a angustiada senhora já havia recebido diversas ligações telefônicas de uma ex-secretária grávida de oito meses reivindicando a atenção do pai da criança, ninguém menos do que o velho Estevan Pompeu de Lear. Essa também não teria sido a primeira vez a qual ela atendia tal tipo de telefonema. Só que naquela ocasião, o seu coração não mais aguentou.

Assim como este, muitos outros escândalos envolvendo o poderoso chefão foram abafados e resolvidos sem deixar vestígios. Os poderes do dinheiro e das influências falavam sempre mais alto. Como já disse, muitos políticos da Bahia, e quiçá do Brasil, comiam na mão do meu avô. Era fácil, fácil corromper funcionários públicos a resolver tais "probleminhas". "Uma mão lava a outra", essa era a lógica que regia esta relação. Além disso, para a infelicidade dos seus inimigos, o velho Lear era um homem extremamente vingativo, dessa forma, o fim dos que tentavam lhe enfrentar era sempre trágico ou triste.

Até hoje somente conheci uma pessoa que conseguiu bater-se de frente com o todo-poderoso sem sair ferida. Sua própria irmã, Lucia. Detentora do mesmo sangue quente, porém com muito maior discernimento do que o irmão, minha tia-avó era como se fosse um catalisador da paz, quem sempre punha panos mornos sobre todas as desavenças que minha mãe e eu tínhamos com o velho Estevan.

Assim como o seu irmão, Lucia também venceu na vida. Mas para conseguir um lugar ao sol ela teve que partir aos dezessete anos, quando deixou Salvador rumo a São Paulo e nunca mais voltou, a não ser de férias. Através de seu mérito próprio, já que era uma ótima estudante, e quem sabe um empurrãozinho do padre Giorgio, conseguiu uma bolsa de estudos integral para a Faculdade Paulista de Direito, mas depois de dois anos de aulas percebeu que não tinha vocação para ser advogada. Decidiu então aproveitar algumas matérias e migrar para a Faculdade de Filosofia, Ciências e Letras de São Bento, onde cursou Letras. Hoje, curiosamente, essas duas faculdades em que a minha tia-avó estudou se uniram e formaram a PUC São Paulo. Muito embora tenha estudado Letras, entrou no mercado jornalístico de São Paulo, por influência de um grande amigo – o Senhor Hermano Puyol, catalão radicado no Brasil e excelente profissional da área –, e, após lutar contra muito preconceito, por ser mulher e nordestina, sagrou-se uma das maiores editoras paulistanas. Durante muito tempo formou opinião no Brasil, principalmente nos anos 50 e 60, onde mulher não tinha vez. É válido reconhecer que a imagem do poderoso Estevan Pompeu de Lear ainda está, de certa maneira, limpa muito graças à intervenção da influente editora em momentos chave. Tinha conexões com jornais paulistas, baianos, melhor dizendo, com todos os jornais brasileiros, e bastava um simples telefonema seu para acalmar os ânimos de repórteres ávidos por difamar o rico banqueiro.

Em troca de sua ajuda, a irmã mais velha dizia liberdades sinceras ao caçula, que só mesmo o vínculo de sangue poderia fazê-lo tolerar. Eram brigas homéricas! Presenciei algumas delas, que faziam os chãos de Salvador tremerem quando ela vinha de visita. Mas a pior delas mesmo foi quando tia Lucia tomou o partido da minha mãe, ao perceber que a sua "filha postiça" estava sendo vítima de uma descomunal injustiça. Eu devia ter uns dezessete anos nesta época.

– Estevan Lear, como é que você tem a coragem de bloquear a herança que o seu filho deixou para a sua nora? Você não tem nenhum direito sobre os 25% de participação societária que eram de Gonzalo – minha tia citou o nome de papai. – Pare de pagar juízes e falsificar documentos no cartório e libere para a tua nora o que lhe é de direito!

– *Puta madre, mujer!* – meu avô xingava em castelhano quando se irritava. – Por que tu tens essa mania de sempre defender o povo de Gonzalo?! Gonzalo não construiu nada! Fui eu quem fundou esse banco, e tanto ele quanto a irmã – ele fez menção à sua filha solteirona, a maior dondoca da Bahia, minha tia Carlota – nunca contribuíram com nada!

– *Carajo*, deixe de ser hipócrita e injusto, *hombre*! – Lucia também praguejava em castelhano, principalmente nos duelos contra o consanguíneo. – Com relação à Carlota, tenho que ser justa, não posso nem a defender, pois é a futilidade em pessoa! Todavia, o meu querido Gonzalo! Esse, sim, que Deus o tenha, foi quem carregou a tua empresa nos ombros até o seu último suspiro – minha tia-avó deixou a voz embargar. – Tu és um ingrato, Estevan! Deus há de te castigar!

– Ora, tu não me venhas com essas bobagens... – meu avô tentou contra-argumentar, mas foi interrompido por palavras fortes e um dedo em riste em frente ao seu rosto.

– Devias te envergonhar, *cabrón*! Teu filho morreu com o nome sujo na praça para encobrir tuas tramoias nos negócios! Não penses que eu não sei! Fora que ele sempre encobriu, ou pelo menos tentou encobrir, todas as merdas que você sempre fez. Inclusive frente às tuas aventuras amorosas, que ele continuamente buscava acalmar a ira de Stella! – citou o nome da minha sofredora avó paterna. – E você retribui a esse filho exemplar com uma perseguição infame à sua família? *Hombre*, tua nora é uma mulher honrada! Teu neto é um menino bom! Conscientiza-te!

– Tu não sabes da missa a metade, *mujer*! No hospital que ela trabalha está cheio de médicos posando de gavião, sobrevoando ariscos a presa número um, a viúva do herdeiro mais rico de Salvador. Pensa que eu não sei! E quanto a Zé Maurício, vive sendo manipulado pela família de minha nora. Mas deixe estar, se ele acha que eu não estou atento às suas atitudes, vai cair do cavalo. Agora enfiou na cabeça que quer ir estudar nos Estados Unidos. Ele está redondamente enganado se acha que eu não sei que ele deseja mesmo é fugir da minha convivência. Princeton é longe e para mim é inconveniente que o meu neto fique tão afastado do nosso patrimônio. Ele vai fazer faculdade em São Paulo, já está tudo arrumado. Ontem mesmo mexi meus pauzinhos! – gabou-se Estevan, fazendo o que lhe dava mais prazer: decidir a vida dos outros.

– Tu és louco, *hombre*! Tu vais privar teu neto de cursar uma das melhores universidades do mundo para mantê-lo aqui, perto de ti! O fato de tu teres conseguido fortuna sem um diploma não é justificativa para afirmar que o teu neto também não necessite de um. Os tempos são outros! – Lucia falou indignada.

– Não vai, e pronto! – Estevan falou autoritário. – Da minha parte não tem um tostão, nem sequer para a matrícula, tampouco para o custo de vida e mensalidades – deu um sorriso sádico.

– Agora entendo o maior motivo de tu teres requerido a tutela da fortuna do teu filho. Queres mesmo é trazer a pobre viúva e o teu neto sob o teu tacão. Mas meu querido Gonzalo que não se preocupe lá no céu, visto que eu tomarei conta de sua família até o meu derradeiro suspiro de vida. Infelizmente não tenho dinheiro para pagar as propinas de Princeton, mas os custos da Fundação Getúlio Vargas ficarão por minha conta. Ademais, Zé Maurício morará comigo, se ele quiser. Engula seu dinheiro, velho sovina! – a sangue-quente Lucia cuspiu no chão da sala, deu uma banana para o irmão, arrumou suas malas e partiu direto para o aeroporto sem sequer dar um até logo.

Depois desta briga minha tia-avó nunca mais voltou a Salvador. Não porque tenha ficado de mal definitivamente com o irmão – isso nunca acontecia –, mas porque foi vítima de uma queda violenta quando andava rápido pelas ruas da Avenida Paulista, perto do jornal onde ela trabalhava naquela altura. Foi salva pelo fiel amigo catalão, Puyol, que lhe deu socorro e continuou lhe desvelando toda a assistência, como de hábito, desde que se conheceram quando jovens. O acidente lhe causou algumas fissuras na coluna vertebral, o que lhe impossibilitou de andar sem o auxílio de uma bengala de madeira esculpida, artefato carinhosamente mimoseado pelo sempre presente Puyol. Havia rumores na família de um possível antigo envolvimento afetivo entre o casal, mas tia Lucia sempre negou.

No ano seguinte ao acidente, sem fundos para frequentar a Universidade de Princeton – muito embora eu tenha sido aceito no seu corpo discente –, decidi aceitar a oferta e fui morar em São Paulo com minha tia Lucia no seu charmoso apartamento localizado no bairro de Higienópolis. Tal decisão foi conveniente para ambos, pois eu lhe fazia companhia, uma vez que devido às dores insuportáveis ela evitava mais e mais sair de casa, e eu ganhei dela um teto, bolsa de estudos paga com os seus próprios fundos e informações valiosas sobre as minhas origens. Mas tenho que admitir que o melhor mesmo eram as engraçadas conversas que tínhamos cruzando a madrugada. Falávamos de tudo e todos e somente assim eu esquecia um pouco da minha enorme timidez. No entanto, quando Puyol vinha visitá-la todos os domingos, sempre trazendo consigo nas mãos um docinho ou uma flor, eu recolhia-me no meu canto e restava-me escutar a sua donairosa conversa. A despeito das negativas de tia Lucia, ambos realmente pareciam ter sido feitos um para o outro.

Aquela vivaz senhora morreu subitamente no ano de 1977, poucos meses depois que eu me graduei em economia. Lembro-me bem do derradeiro dia em que passamos juntos e da despedida no Aeroporto de Guarulhos. Parti dias após a festa de formatura, pois afinal, eu teria que voltar para Salvador quanto antes para assumir o império dos Lear, acuado sob as garras do grande patriarca. Fiquei comovido com a atitude de tia Lucia, que decidiu levar-me pessoalmente ao longínquo aeroporto, mesmo já fazendo mais de seis meses que ela não saía de casa. As dores na coluna estavam mais fortes do que nunca. Àquela altura, ela já usava um par de muletas para se locomover. Contudo, nada foi capaz de impedi-la de acompanhar o seu amado sobrinho-neto às portas limítrofes de São Paulo. Pegamos um táxi, eu, ela e Puyol, seu inseparável amigo catalão, e na altura do portão de embarque nos abraçamos e dissemos adeus. A nossa fusão demorou quase três minutos, recordo-me com clareza. Pude sentir nos seus olhos que para tia Lucia aquela não era uma despedida trivial, por isso, insistiu tanto em ir, gozando cuidadosamente de cada derradeiro minuto, até que o limite da porta do avião nos separasse por inteiro. Arrasado, deixei-a amparada por Puyol, desconsolada, com um sorriso emocionado estampado no rosto. Admito que também eu pressentia que aquela seria a nossa última vez.

Depois daquele dia revi somente o corpo mortificado da minha querida tia-avó, estendido sobre um caixão bem enfeitado no Cemitério da Consolação. Ela reiterava sempre que tinha oportunidade o seu desejo de ser sepultada em terras paulistanas, justificando – acho que numa tentativa de se desvincular do passado – ser esse o lugar o qual ela viveu os melhores dias da sua vida. Sempre que podia também gritava aos sete ventos que toda a sua herança deveria ser repassada para a família de Gonzalo – em outras palavras, eu e minha mãe. No entanto, o poder maléfico e ambicioso do velho Estevan novamente entrou em cena e, como herdeiro legítimo, já que minha tia-avó não tinha marido ou filhos, vestiu-se na pele de irmão e requereu aquela pequena fortuna para si. Mas o que ele cobiçava mesmo era continuar a nos controlar, nos infernizar. O velho pensava que através do dinheiro, ou da falta dele, poderia comprar os nossos princípios e bons costumes.

Só que meu avô paterno estava muitíssimo enganado. Ele mal conhecia o poder da honra incutido nas entranhas do povo da minha mãe, a caridosa Doutora Ducarmo Miranda, que por um golpe do destino, ou quem sabe do cupido, passou a igualmente carregar o peso inerente ao nome "de Lear". Moça de origens humildes, obstinada, muito bela por sinal, aprendeu tudo o que sabe sobre retidão e honestidade com a minha querida Vó Chica, sua mãe e protetora. Chica, apesar de morar no interior, a mais ou menos quatro horas de viagem de Salvador, nunca deixou de telefonar quase diariamente para a filha. Principalmente quando ela ainda adolescente migrou para a capital, em 1945, em busca do sonho de ser médica, mesmo contrariando o desejo do pai, meu avô Eupídio. Sob a tutela de seu irmão mais velho, o também pertinaz Airton, minha mãe começou o curso secundário e com muito esforço entrou na Faculdade de Medicina. Dona Chica quase explodiu de orgulho quando soube que Ducarmo havia passado no tão concorrido vestibular da Universidade Federal da Bahia, pois sua filha havia conseguido, acho eu, o que ela sempre tinha sonhado para si. No entanto, ainda que feliz pela grande conquista, não se conformava em não ter podido acompanhar a filha nesse momento de mudanças tão radicais. Ela certa vez me confessou que no dia da partida de minha mãe para a capital, foi como se uma parte da sua alma estivesse indo-se embora.

Vó Chica então transferiu para mim todo o amor que ela não pôde destinar, pelo menos pessoalmente, à sua filha cheia de propósitos. Propósitos esses, um a um cuidadosamente incutidos em sua cabeça desde muito cedo pela insistente galega dos olhos azuis. "Você tem que estudar muito, minha filha. Leia, leia, que assim um dia você vira doutora." De tanto ouvir a ladainha de minha avó, a menina Ducarmo decidiu deixá-la. Entretanto, apesar da saudade, Chica sabia que esse era o seu destino, por isso, não ficou tão triste, mas sim, satisfeita, assim como ficava quando íamos de visita ao engenho em que ela vivia em Areia Branca. Às vezes eu passava os dois meses de férias de verão na companhia dos meus avós maternos naquele fim de mundo que eu tanto adorava. Mas meus pais só gozavam de sua hospitalidade por poucos dias, pois obviamente tinham de voltar para o ritmo alucinante das suas profissões. Cabia a mim então ficar naquele lugar simples, desprovido da opulência que era tão comum à minha hedionda rotina. Naquele singelo engenho de farinha e açúcar tive os dias mais felizes da minha vida.

Em meio à festança de despedida que os meus amigos generosamente me organizaram, senti muito a falta da minha querida Vó Chica. De repente, como se em um transe, peguei-me a lembrar dos casos que ela contava, das cantigas, das brincadeiras, dos ensinamentos sobre a cultura do povo caboclo do interior, enfim, lembrei de todo o carinho que ela sempre demonstrou ter por mim. Prestes a finalmente ir rumo a Princeton – a cidade que me foi negada no passado pelo poder maquiavélico do velho Estevan Pompeu de Lear –, meu coração palpitou de preocupação por Chica. Tive a uma estranha certeza de que não mais a veria se eu viajasse sem antes me despedir. Afinal, ela já beirava os cem. Resolvi então que o meu último ato antes de partir para a América seria fazer uma visita à minha estimada avó, minha segunda mãe, cujo amor, mesmo que muitos fatores externos conspirassem a favor, eu nunca poderia esquecer.

3

Cartas e telefones

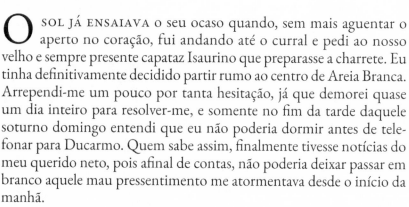

O SOL JÁ ENSAIAVA o seu ocaso quando, sem mais aguentar o aperto no coração, fui andando até o curral e pedi ao nosso velho e sempre presente capataz Isaurino que preparasse a charrete. Eu tinha definitivamente decidido partir rumo ao centro de Areia Branca. Arrependi-me um pouco por tanta hesitação, já que demorei quase um dia inteiro para resolver-me, e somente no fim da tarde daquele soturno domingo entendi que eu não poderia dormir antes de telefonar para Ducarmo. Quem sabe assim, finalmente tivesse notícias do meu querido neto, pois afinal de contas, não poderia deixar passar em branco aquele mau pressentimento me atormentava desde o início da manhã.

Apesar de estarmos a poucos anos da virada do século, mais especificamente em 1989, o progresso ainda resistia em chegar ao pequeníssimo povoado de Areia Branca, agora parte de Piritiba, município emancipado de Mundo Novo há uns trinta anos. Se hoje eu quiser usar o telefone, ainda tenho que ir ao posto telefônico mais próximo, localizado na praça de Areia Branca, e lá, fazer uma chamada a cobrar, ou pagar alguns Cruzados Novos[1] à vista, sem pendura. Não gosto de abusar dos meus filhos, por isso, sempre que eu vou, pago no ato.

Caso meus filhos queiram comigo falar, aí se inicia então um outro complexo processo, pois têm de ligar para o posto, deixar um recado com a telefonista, uma moça muito simpática por sinal, e por aí vai. Todavia, apesar da sua simpatia, não sou muito fã de telefones. Sempre achei tudo aquilo muito complicado! Por isso, desde que os meus queridos foram morar em Salvador, passei a fazer cada vez mais o que eu sempre os encorajei a praticarem desde criança, a troca de correspondências.

Assim que eram alfabetizados pela professora primária, Léia, a sobrinha de Eupídio, que vinha ao engenho ensiná-los três vezes por semana, eu começava uma prazerosa brincadeira que muito nos divertia, apesar da resistência do pai. Mandávamos cartas uns para os outros, cujos assuntos diversos iam de bilhetes carinhosos a pequenas queixas. Isso quando não escrevíamos sobre qualquer assunto que não queríamos que Eupídio soubesse. Problema o dele se ele nunca quis aprender a ler! Guardo esse acervo de correspondências com extremo carinho no meu baú de cerejeira, herança única que, junto a um pequeno enxoval de três vestidos velhos, no dia do meu casamento recebi dos Alves Lima, família que me criou.

Quando o espaço dentro do baú acabou e comecei a receber cartas e mais cartas, agora então provindas de Salvador, passei a guardar as minhas relíquias nas gavetas de uma grande cômoda de estilo colonial comprada ainda nos tempos dos velhos Miranda. Com o advento dos correios, ao correr dos anos muito melhor estabelecidos na região, mais do que nunca me dediquei à escrita, e muito rapidamente as gavetas da velha cômoda também se superlotaram de respostas. Mas não me importava, sempre arranjava espaço. Queria as cartas, e ainda bem que o carteiro tinha que transitar pela porta do nosso sítio quando saía de Areia Branca em direção a Piritiba. Ele sempre parava para um cafezinho passado na hora. Com tamanha regalia, quando não estava fazendo crochê, eu gastava os dias inteiros na minha biblioteca, ou sentada na minha cadeira de balanço com uma caneta Bic apoiada na mão direita, e uma prancheta na outra, contando e pedindo novidades para

---

1. Moeda brasileira na época.

toda a família. Por não ter mais forças para o trabalho duro, esperava a morte chegar me distraindo com os meus livros e com as minhas cartas, redigidas em folhas de papel especial, cheiroso, gentilmente presenteado por Ducarmo – essa, sim, minha correspondente mais entusiasmada. Não sei onde ela ainda arranja tempo para me escrever em meio à sua tão atribulada vida. Já os meus outros filhos, principalmente os homens, depois de adultos, optaram por escrever-me cada vez menos. Acho que o telefone e o progresso da cidade-grande finalmente os seduziram.

Apesar de, como já disse, não ser muito fã do tal de telefone, quando há qualquer emergência de Salvador, vejo-me obrigada a admitir, ele é sempre uma mão na roda. Rápido e objetivo! Alguém do povoado sempre vinha me trazer recados lá do posto, desde os dias em que ele começou a operar. Quando eu igualmente queria falar com meus filhos em caráter de urgência, também me rendia à invenção de Graham Bell e corria aos telefones, somente dois deles, lançando-me em uma jornada a cavalo pelas estradas empoeiradas que ligavam ao mais perto do que podíamos chamar de civilização. Apesar de os meus filhos já terem me oferecido inúmeras vezes um carro a álcool – com motorista –, nunca aceitei.

Ao chegar ao Posto Telefônico naquele começo de noite, desci rapidamente da charrete – ou pelo menos o mais rápido possível para uma velha entrevada de noventa anos – e pedi à gentil telefonista que discasse os números escritos a lápis naquele velho papel ensebado que lhe entreguei. Já quando eu perdia as esperanças de sucesso, depois de cinco tentativas – parecia que não havia ninguém em casa – uma voz bastante familiar atendeu a ligação:

– Pai do céu, vocês estão surdos nesta casa, Ducarmo? – extravasei a minha tensão com certa grosseria.

– Não é Ducarmo não, mãe – falou Gracinha, minha filha caçula. Depois de velha passei a trocar os nomes dos meus filhos com facilidade. – Sou eu, sua filha menos amada – ela deu uma risadinha cínica.

– Oh, minha filha, por que você fala essas besteiras? Você bem sabe que eu amo todos vocês igualzinho. O mesmo amor que eu sinto por Airton, Arlindo, Tavino, Mira e Ducarmo, sinto por você, Gracinha – recitei com carinho os nomes dos meus seis filhos, na ordem de nascimento. Isto porque, como se respeitosamente velasse um eterno luto, não verbalizei os nomes dos gêmeos mortos ainda bem novinhos e da bebê que faleceu devido a um ano de extrema seca e privações. Não chegaram nem a ser batizados. Sempre mantinha essa dor em silêncio.

Mas a maior de todas as dores, nunca consegui esconder, pois essa dor eu posso facilmente definir como uma grande violação da natureza humana. Filho enterra pai, mas pai não foi feito para enterrar filho. Tampouco, mãe enterrar filha! Uma quebra de laços entre mulheres. Uma parte de mim morreu com Altamira, minha querida Mira. A quarta herdeira do meu amor incondicional, faleceu na flor da sua juventude. Ela tinha acabado de se graduar no magistério de Jacobina, e desde então, há pouco mais de trinta anos, uma ferida imensa foi aberta no meu peito e não há noite nessa vida que eu não me lembre do seu semblante plácido. Muitas dessas noites eu ainda choro como criança de colo.

– Que barulho é esse na casa de Ducarmo? – interrompi o meu rápido devaneio e perguntei rispidamente ao ouvir a alta música tocada ao fundo da ligação, junto ao burburinho de várias vozes a conversar.

– Esqueceu, mãe? Hoje é o dia da festa de despedida de Neno – Gracinha respondeu ainda não muito convencida de todo o amor por mim declarado.

– Aonde o meu neto vai? – perguntei sem nada entender.

– Não te disseram? Ele vai para Princeton, nos Estados Unidos, por seis meses.

– Ele vai fazer o quê no estrangeiro? – apreensiva, quis saber mais.

– Calma, Dona Chica, eu sei que você já deve estar aí roendo as unhas, preocupada com seu principezinho. Zé Maurício vai a trabalho.

– Ah! Aquele miserável velho já arranjou outra porcaria para ele fazer! – referi-me a Estevan Pompeu de Lear, a pior praga que o mundo já recebeu, e para a nossa infelicidade, passou a ser da nossa família.

Não obstante o meu ódio por Estevan, inexplicavelmente sempre amei de paixão o seu filho, o marido da minha filha, o pobre Gonzalo. Morreu cedo, por conta da perseguição do pai, o demônio encarnado em gente, que não satisfeito, agora atormenta as existências da minha filha e do meu neto. Não sei se por isso, eu tive aquele mau presságio em relação a Neno esta manhã. O coitado vive os seus dias angustiado, posso sentir na sua voz, mesmo ao telefone, quando esporadicamente nos falamos. Impotente frente a tanto poder, resta-me rezar e acender muitas velas para que São Tiago Maior ilumine o caminho do meu querido neto, e que afaste dele o espírito ruim daquele velho maldito.

– Espera, mãe. Ducarmo quer falar. Beijo! Vou ver se vou aí em breve – Gracinha despediu-se enquanto eu internamente ria-me da sua mentira esfarrapada.

– Alô, mãe. Há quanto tempo não ouvia a voz da senhora! Não recebeu minhas últimas cartas? – Ducarmo falou com uma voz cansada.

– Chegaram, sim, minha filha. Obrigado também pelos copos e pelo novo rádio. Não precisava ter se incomodado – agradeci principalmente pelo rádio, meu único passatempo a não ser o crochê, a escrita e a leitura. Minha generosa filha até tentou me convencer a aceitar uma TV em cores, mas como de costume, não aceitei. Mesmo que pegássemos sinal de televisão naquele fim de mundo, não é algo que me apetece.

– De nada, mãe... – a interrompi antes que continuasse.

– O que há de errado, Ducarmo? – a encurralei logo que tive plena certeza de que algo não estava bem. Conhecia meus filhos pelo tom de voz.

– Nada não, mãe. Só muito trabalho – respondeu titubeante, como fazia quando, aos sete anos de idade, tentava sem sucesso mentir para mim.

– Eu te conheço, mocinha. Tem algo errado sim! Vamos lá, diga a sua mãe qual é o problema – insisti.

– Ah, vou ficar com saudade do meu filho – Ducarmo confessou e se esforçou para dissimular a voz chorosa.

– Oh, minha filha, quem foi que inventou essa maldita viagem pra Neno? Foi aquele velho *desgramado*!? – não contive a minha raiva.

– Não foi não, mãe – Ducarmo não pôde mais conter o seu choro.

– Que milagre! Mas deixe de ser boba, menina. Seis meses passam rápido. E ele, está bem?

– Está sim! – mais uma vez tive um mau sentimento com relação à sua voz.

– Está mesmo? – emendei, com uma entonação um tanto quanto inquiridora. – O que ele vai fazer lá? – completei.

– Ele está bem, sim, mãe. Não se preocupe, ele está indo a trabalho.

Antes que eu iniciasse a minha próxima pergunta, pois não estava de maneira alguma acreditando que o meu neto estivesse feliz com essa tal de "viagem a trabalho", Ducarmo me interrompeu:

– Quer falar com Neno? Ele está aqui ao lado do telefone.

Não tive tempo nem sequer de responder, e quando ouvi a voz do meu neto, todas as minhas suspeitas se confirmaram. Neno não estava mesmo satisfeito com a tal viagem!

– Oi, Vó Chica. Como vai? Lembrei da senhora ainda agora, que coincidência.

– Coincidência nada, meu filho, essas são coisas do coração. Acordei essa manhã com você também no meu pensamento. Está tudo bem? – fiz a pergunta que me atormentou durante todo o dia. – Sua voz não está nada boa – completei.

– Que nada, vó. Tá tudo ótimo comigo. Só um pouco cansado mesmo – não muito convincentemente respondeu, visando me poupar do que, seja lá o que fosse, o consumia. Eu tinha a mais plena certeza de que algo ali estava errado.

A minha família tinha essa péssima mania de me "proteger", achando que ao omitir os seus problemas me fariam um grande bem. Muito pelo contrário, pois o meu sexto sentido sempre foi assaz aguçado, e enquanto eu não descobrisse a verdade, não me aquietaria. O pior é que, às vezes, demorava incontáveis dias aquele martírio. Eles sabiam bem disto, logo, não sei por que consecutivamente tentavam me esconder o que realmente se passava. Talvez por influência do pai, já que, até o momento da sua última centelha de vida, Eupídio tentou me pôr em segundo plano. Ele mal sabia que eu, na verdade, não era aquela idiota que ele com tanto gosto pintava. Eu estava sempre a par de tudo o que ocorria dentro daquele engenho, e fora, como em Salvador. Sabia mais do que ele, inclusive. Portanto, sempre de forma sutil, aconselhando as partes envolvidas, tramei para que muitos problemas fossem evitados, e na pior das hipóteses, resolvidos, de forma amigável.

– Em breve estarei indo para os Estados Unidos, a senhora sabe, não é? Quer alguma coisa de lá? – continuou Neno, tentando mudar o assunto.

– Neno, você sabe que o faro de sua velha avó é infalível como o de um cão perdigueiro. Além disso, eu te criei, menino. Agora diga-me, aquele velho maldito – referi-me a Estevan – tem algo a ver com essa viagem? Está na cara que você não está bem, Zé Maurício! – fui direto ao ponto, pois não conseguiria voltar para o sítio sem o mínimo de conforto para a minha alma.

– Não se preocupe, vó. Por incrível que pareça, pelo menos desta vez não há o dedo do velho nesta decisão. Por sinal, ele está aqui na festa, se exibindo, é claro, e gabando-se do que tem, como de costume.

Mas fique calma, estou indo por conta própria, te juro. E lembre-se bem, você mesmo me ensinou que um juramento é sagrado. Quanto a estar feliz ou não, essa já é outra história, pois sem dúvida estou um pouco abatido por ter que deixá-los. Sentirei saudades, afinal, nunca fiquei tanto tempo fora, sem voltar para pelo menos uma visitinha. Desta maneira, aproveitando o ensejo, gostaria de lhe perguntar duas coisas. Posso? – deu uma risadinha após perceber que a sua retórica havia confortado-me ao menos um pouco.

– Claro, filho. Você pode me perguntar até três, se quiser – concordei já mais aliviada e um tanto quanto curiosa.

– Como lhe disse no início da ligação, por coincidência tem pouquinho tempo que eu estava pensando na senhora. Queria muito visitá-la antes de ir para Princeton. Tem problema? – sondou acanhado.

– Claro que não, Neno! Você sabe que para mim isso será como estar no céu. Tem tanto tempo que não nos vemos, meu filho – falei em total êxtase.

– É verdade, vó. Estou em falta com a senhora. Tem tempo até demais! Uns cinco anos, não é verdade? Desde que assumi o Departamento de Poupanças do banco, esqueci o que é realmente importante para mim – ao ouvir aquela declaração, não reprimi a emoção e chorei.

– Oh, meu filho, não se aborreça com isso. Quem é que em sã consciência quer ver uma velha boba nos seus últimos dias? Ainda mais nesse lugar em que Judas perdeu as botas. Só quero que você aproveite sua juventude. Você só tem trinta e três anos e vive enfurnado no escritório. Hoje acordei realmente preocupada com você, por isso, decidi ligar. Rezo muito por ti, meu querido. Só quero o seu bem! – confessei entre um soluço e outro.

– Sei disso, Vó Chica. Ultimamente, mais do que nunca. Depois de muitos anos me acovardando, listei algumas coisas que devo mudar na minha vida. A viagem a Princeton é parte de uma delas! E quanto às outras, decidi não deixar para depois, quero realizá-las antes de viajar. A primeira das minhas resoluções é te visitar – falou decidido.

– Que bom, Neno! Espero que tudo se converta para o seu bem. Quando é que tu *pretende* – mesmo sabendo falar com perfeição, vez ou outra vergava-me ao regionalismo – *vim*? Preciso que me diga, pois tenho que pedir a Isaurino para matar um peru bem gordo e colher as melhores espigas de milho branco para eu fazer o mugunzá[2] que você tanto gosta.

– Estava querendo ir depois de amanhã! – surpreendeu-me com a data na ponta da língua.

– Vixe[3]! Está meio perto, mas se não acharmos nenhuma espiga boa na chácara, encomendo na venda do Seu Honório. Você vem de carro?

– Não, de helicóptero. Tenho evitado pegar estrada nos últimos anos. Pra variar, continuam péssimas. Também, com o estado sob a administração daquele idiota sobrinho da minha avó Stella... – criticou.

– O rouba, mas faz? – interrompi. – Quando ele aperta aqueles olhinhos dele, já se sabe que só vem mentira. Ainda bem que não tenho televisão para ter que assistir com frequência ao engodo daquela pústula. Não sei o que o povo desse estado tem na cabeça. Como podem votar em um homem tão despreparado? E o estranho é que ele não é nem baiano! Está na cara que Armando Meriti não tem competência, tampouco culhões, para gerir esse lugar – desabafei.

– A senhora sabe bem quem regra esse estado, Vó Chica. Estevan Lear está em todas – Neno falou irônico, com certa desilusão incutida na sua voz.

– É uma pena – fiz um sinal de negativa com a cabeça. – Mas me diga, qual é a segunda pergunta que você queria me fazer? – depois de tantas emoções, voltei ao assunto, pois ansiava descobrir se alguma outra surpresa seria revelada.

– Essa pergunta só farei aí em Areia Branca, pessoalmente – disse misterioso.

– Assim você mata sua avó de agonia! – retorqui meio decepcionada.

– Fique tranquila, vó. É coisa boa! Contudo, é difícil conversar esse assunto pelo telefone, se é que me entende.

Entendi no ato que ele deveria estar rodeado de pessoas a bisbilhotar a nossa conversa. Quem sabe satanás em pessoa, digo Estevan, estivesse por ali a acuá-lo? Resolvi então me despedir do meu neto e

---

2. Um tipo de mingau feito com leite, milho branco e leite de coco, adicionado de açúcar e canela, muito comum no interior da Bahia.

3. Regionalismo do nordeste que demonstra surpresa, espanto.

esperar pacientemente a sua honrada visita. Afinal, como ele mesmo disse, havia mais ou menos cinco anos que nós não nos víamos. Era capaz até de ele se assustar ao rever essa bruxa velha de cabelos assanhados e olhos azuis – ri sozinha das minhas idiotices.

Restou-me então pagar a conta com a adorável telefonista e, depois de muito sofrimento, subir na charrete que já estava pronta para começarmos a viagem de volta ao engenho, embalados em meio àquele breu. Ainda me sentindo um pouco ludibriada, segui meu corriqueiro caminho junto ao devotado Isaurino, pedindo às brilhantes estrelas a enfeitar o céu que nos cobria que nos trouxessem bonança em vez de tempestade. Pena que eu nunca pude controlar muito a minha ansiedade. Não preciso dizer que não preguei os olhos naquela escura e longa noite desprovida de luar.

4

O segredo

— Então, preparado para a vida na América, meu rapaz? – já no finalzinho da minha festa de despedida, o grande amigo da minha tia-avó Lucia, o catalão Puyol, aproximou-se de mim quando eu estava sentado sozinho no sofá da sala.

Puyol fez questão de aparecer em Salvador – aquela era a segunda vez, diga-se de passagem –, pois desde o dia do enterro da minha estimada tia-avó, há pouco, mais de dez anos, ele me havia prometido uma conversa "bastante esclarecedora!", e segundo ele, não poderia mais esperar. Desta maneira, aproveitou a chance e veio me visitar antes que eu partisse para a minha temporada na terra do Tio Sam.

Aquele velho senhor catalão, para mim, sempre foi o mais fiel exemplo de um sujeito provindo da Península Ibérica. Em outras palavras, um típico sul-europeu. De corpo e alma. Suas características faciais e gerais não negavam mesmo as suas origens. Para descrevê-lo de forma ainda mais fidedigna, devo completar que, da mesma forma que faltava estatura àquele homem de olhos castanhos e irrequietos, eram igualmente apoucados os fios de cabelos na sua quase completa calvície. Todavia, sobravam-lhe pelos nos bigodes – antes negros, agora brancos –, assim como sobrava grandeza no seu nobre caráter e espírito imigrante. Em suma, era um senhor muito bem-apessoado, de modo que, a opção por ter se tornado um solteirão deve ter sido uma escolha própria. Suspeito que, principalmente por conta do seu charme, profissão e carisma, não faltaram pretendentes.

Filho de mãe catalã e pai português, Puyol aprendeu bem a escrever na sua língua paterna, o que lhe possibilitou migrar, e bem se adaptar ao Brasil, tornando-se muito rapidamente um dos seus maiores e mais competentes jornalistas. Dono de uma opinião forte e contundente, como o sangue que corria nas suas veias, Puyol nunca teve papas na língua, principalmente quando passou a escrever uma coluna no Diário Paulista, jornal de maior circulação no país. Quem fazia coisa errada no Brasil virava alvo do audacioso catalão, que apesar de saber português com maestria, nunca perdeu o sotaque carregado das terras do nordeste espanhol. Não preciso dizer que nunca faltou trabalho para o probo imigrante no paraíso da corrupção. Puyol não hesitava, simplesmente desmascarava os vilões que espoliavam a nossa sociedade. Somente graças a pedidos insistentes vindos da minha tia Lucia, Estevan Lear nunca foi alvo das suas denúncias. Mas tal prerrogativa só perdurou até o dia em que minha tia passou desta pra uma melhor.

Puyol, ao saber que o meu avô havia deliberadamente suplantado o desejo de sua querida Lucia – ao tomar para si a sua modesta herança, e não a destinar à família de Gonzalo, meu pai –, começou uma incansável cruzada contra o ganancioso banqueiro, onde a sua espada de cavaleiro ibérico na realidade fora trocada por uma poderosa máquina de escrever. Óbvio que, o drama sobre o espólio da grande editora hispano-brasileira, Lucia Lear, foi parar na mídia, mais especificamente na coluna semanal que o mestre Puyol, aos quase noventa, ainda insistia em escrever. Ironicamente, sem mais ter a irmã para defendê-lo, Estevan Lear sofreu o mais duro golpe de toda a sua vida. Todos nós sabemos que bancos vivem de boas expectativas. Isso sem falar da boa imagem que inexoravelmente se faz mister conservar. Sempre! O escândalo da herança – atrelado a denúncias de má gestão e corrupção – afugentou muitos clientes, inclusive no âmbito empresarial. Corporações e milionários de todo o Brasil migraram suas contas para outras instituições e, a quase inabalável confiança na Casa de Depósitos, tão aclamada no passado, passou a viver, e ainda vive, maus bocados. O pânico se instaurou entre os correntistas e os saques tornaram-se uma constante. Graças à minha posição de herdeiro executivo, a minha vida mudou de má para pior, não tenha dúvida. Igualmente, não preciso dizer que para o vingativo Senhor Lear, a partir do primeiro artigo, era o demônio no inferno e Puyol na terra.

– Preparado, preparado, não estou não – respondi a Puyol com um sorriso sem graça. – Sabe como é, Camila, minha noiva há cinco anos, não vai viajar comigo. Fora ter que deixar o banco em meio a essa situação – me referi ao processo de incorporarão que estávamos sofrendo. O nosso maior concorrente nos comprava parte a parte.

– Quanto ao primeiro problema, acho que você não deve se preocupar. Arranje uma noiva americana! – sorriu zombeteiro, tentando quebrar o gelo. Pasmei-me ao perceber que em meio à sua brincadeira, por um efêmero segundo, traí-me, pois me peguei pensando na possibilidade de seguir o seu conselho. – Quanto ao segundo, só desejo dizer que a minha intenção não foi te atingir, e sim, a teu avô. Mas agora me conscientizo que atingi o alvo errado. Perdoe-me, Zé Maurício – Puyol se desculpou, visto que sabia que quem mais vinha sofrendo com esse processo era eu. Na hora H o velho Lear sempre pulava fora e os problemas do banco estouravam nas minhas mãos.

– Não tem porque pedir desculpa, Senhor Puyol. Sei que a sua intenção foi tomar o partido da sua amiga – minha tia-avó – e indiretamente o meu partido e o da minha mãe – confortei-o.

– Fico mais tranquilo que tu penses assim. Tu bem sabes o quanto para mim era importante que a vontade de minha querida Lucia fosse honrada. Quantas vezes ouvi ela dizer: "quando eu morrer, tudo o que é meu deve ir para a família de Gonzalo". Todos são testemunha! Inclusive esse escroto que infelizmente é seu avô! Perdão – Puyol se ruborizou por não ter controlado a sua ira e palavrão.

– Mas pena que ela não deixou isso por escrito – completei.

– É verdade, ela tinha uma confiança cega no irmão. A coitada nem sonhava que ele iria usar esse dinheiro como forma de opressão à família do sobrinho que ela mais amava, o pobre Gonzalo. Todas as vezes que a aconselhei a fazer um testamento, ela disse: "Você acha que meu irmão, o meu único herdeiro direto, vai se aporrinhar pelos meus míseros tostões? Isso é nada comparado à fortuna que ele se gaba ter". Mal sabia Lucia que, por ironia, frente a um processo de falência escandaloso, esse irmão iria acabar os seus dias vivendo destes "tostões" que ela ganhou com tanto esforço – o franzino jornalista da terceira-idade não economizou palavras para retratar de forma precisa toda a situação. E convenhamos, minha tia exagerou ao subestimar o montante da sua herança. Ela estava mais para uma fortuna do que para tostões, mas obviamente muito menor do que a dinheirama ostentada nos tempos áureos do velho Lear.

– Senhor Puyol, vejo que carrega uma grande consternação no seu espírito. Gostaria de ao menos tentar confortá-lo dizendo que está tudo bem, apesar de eu ser um homem duplamente deserdado, pois nunca recebi um centavo quando meu pai faleceu, tampouco quando minha tia Lucia se foi – ensaiei um sorriso sincero. – Trabalhei e trabalho como um cão, tendo de lidar com abusos inimagináveis vindos você sabe bem por parte de quem. No entanto, venci e venho vencendo. Apesar de todos os problemas que você também bem sabe, vou seguindo em frente. Muito diferentemente de meu avô, que não se conforma com a concordata a que fomos submetidos, muito menos com o processo de aquisição imposto pelos nossos arquirrivais.

– Castelhano safado! – Puyol deixou escapar no seu discurso não só a sua rusga pessoal, mas toda a rixa entre catalães e castelhanos, esquecendo-se um pouco de que a sua querida Lucia descendia de um deles. – Aquele *gos*[1] antes de tudo deveria se preocupar com o bem-estar de sua própria família. O infeliz em vez de superar os traumas do abandono do pai e do abuso do padre, não, infernizou a vida da esposa, da irmã e do filho, até que eles morressem de desgosto, um após o outro! Sem falar de...

– O quê?! – o interrompi ao deparar-me com revelações tão contundentes. Sobre o trauma do abandono eu já havia ouvido falar até com certa assiduidade, mas que história era aquela de abuso, perseguição, padre, todos morrerem de desgosto? Fiquei meio tonto ao ouvir tudo aquilo e antes que o frio na barriga terminasse, pedi que Puyol explicasse melhor o seu desabafo.

– Isso mesmo, Zé. Lembra-te do dia do funeral da tua tia Lucia? Pois é, fiquei sabendo que o teu avô não esperou nem que a irmã esfriasse para agir contra os teus interesses, meu jovem. Antes mesmo de aparecer no velório, Estevan passou na agência da Casa de Depósito que tua tia tinha conta-corrente e ordenou que o gerente retirasse o meu nome do cadastro como um dos titulares. Ele sabia que eu transferiria todo o dinheiro de Lucia para a conta de Ducarmo, tua mãe, assim que terminássemos os dias de luto. Explicando melhor, depois de muito tua tia insistir, eu aceitei fazer parte da sua conta

---

1. Cão, cachorro, na língua catalã.

bancária, como correntista conjunto, para poder movimentá-la em caso de emergência. Porém, todo o dinheiro era dela, obviamente. Nunca precisei, nem preciso de mais dinheiro, graças a Deus. Eu só sacava quantias quando ela precisava. Você bem lembra que tua tia estava acidentada e quase abandonada em São Paulo. A coitada não podia nem andar. Concluindo, quando Deus a levou, a primeira coisa que o teu avô fez foi "tirar-me do circuito", como ele bem me disse certa feita. Não só mandou me retirarem do cadastro, mas cancelou os cheques que estavam em meu poder. O gerente da conta, que por sinal é um bom rapaz, me telefonou e contou tudo. Ele não podia fazer nada. Caso contrariasse o chefão, iria para a rua, ou coisa pior poderia acontecer. O pobre estava morrendo de medo, porque foi compelido a reger uma prática ilegal. Ninguém pode fazer o que ele fez, se não a dona da conta-corrente.

– Sim, mas o que tem isso a ver com padre e abuso? – curiosíssimo, mal pude conter a minha ansiedade.

– Calma, meu rapaz, chego lá. Pois é, ao saber das ações ilícitas de Estevan, farejei que ele quisesse se apoderar da insignificante – para os padrões dele – herança da tua tia em teu detrimento. Não deu outra! Já desconfiava de que ele iria agir desta forma desde que tu foste morar em São Paulo e pude ver de perto o modo com que ele sentia prazer em controlar a tua vida, à mão de ferro. Por isso, no dia do velório de Lucia cochichei no teu ouvido que eu tinha algo "bastante esclarecedor" para contar-te. Queria alertar-te e à tua bondosa mãe, outra grande vítima desta infeliz história, do provável golpe. Mas antes que eu pudesse, recebi as piores notícias em um bate-papo a sós na antessala da área destinada ao velório. Teu avô me veio com um documento e pediu que eu o assinasse sem ler. Porém, é óbvio que li. O texto dizia, dentre outras coisas, que, eu, "Hermano Puyol, atesto nunca ter tido união estável com Lucia Pompeu de Lear" e que "abdicaria de todo e qualquer espólio, além da participação na conta-corrente..." deixada por ela.

– Velho safado – eu não aguentei e tive que repugnar o ato do meu avô com desrespeito. Aquela era a confirmação cabal, a prova da perseguição antes velada que eu já suspeitava havia muito. – Como foi capaz de prejudicar-nos? Tudo para nos ter nas suas mãos. É uma ânsia por poder que eu não consigo assimilar! – reclamei frustrado.

– Existem pessoas assim, Zé, outras não. Eu obviamente não assinei aquela bosta de papel, mas também nunca corri atrás de um centavo vindo da tua tia-avó. Deixei de bandeja para aquele sacana! Até podia, se eu quisesse. Afinal, nós nos víamos quase todos os dias e não faltavam testemunhas para atestar tal união. Mas nunca quis, em respeito a ela. Simplesmente em respeito a ela... – o ancião falou com a voz embargada.

"Por ter contrariado o mandachuva, sofri uma perseguição ferrenha por meses a fio, inclusive com ameaças de morte. Foi assim que comecei a me defender, uma vez que já me encontrava acuado no limite do aceitável. Desse modo, muito antes do que eu gostaria terminou o meu luto e comecei a minha retaliação obviamente escrevendo, que é o que melhor sei fazer. Investiguei a fundo a vida profissional do teu avô e, através dos artigos que tu deves ter lido, o ataquei de volta, denunciando a sua má conduta comercial e etc. Mas nada parecia ser capaz de amedrontá-lo. A minha paciência terminou quando certo dia fui perseguido à exaustão por dois marmanjos ao sair do jornal. Tive certeza de que deveria respondê-lo jogando o mesmo jogo sujo que ele estava acostumado a jogar. Fui obrigado a usar o meu trunfo e o ataquei então de forma pessoal.

"Após me safar dos dois matadores por um triz, ao chegar em casa tremendo como vara verde, agarrei o telefone e em um rompante disquei para o número que ironicamente Lucia me havia dado para o caso de uma emergência. Não me importei em ser mais de dez da noite, pois aquilo tudo no meu ver se tratava da maior das emergências. Quando do outro lado da linha o teu avô atendeu a ligação, eu fui cuidadoso em pronunciar somente uma simples frase. Frase essa que soou mais potente do que o melhor dos artigos ou a maior das ameaças, visto que se tratava de um segredo de família guardado a sete chaves e até então esquecido nas linhas de um passado desafortunado. Sem saber da sua enorme serventia, a minha querida Lucia me havia dado uma arma letal contra a empáfia do seu irmão. Somente disse: 'Se você não parar de me perseguir nesse momento, seu castelhano safado, publico amanhã mesmo a sua história com o Padre Giorgio'. A partir dali nunca mais recebi nenhuma intimidação, tampouco ameaça de morte. Ele não é bobo, sabia que mesmo que me matasse, no dia seguinte alguém publicaria a história em meu lugar, na minha mesma coluna de sempre. Eu havia arranjado tudo de forma meticulosa."

– Puta que pariu, o tal do padre que ajudou minha bisavó quando eles eram crianças abusou do meu avô, não é isso? Cacete, isso explica bastante coisa – deduzi, perplexo com a revelação.

– Isso mesmo, Zé Maurício. Queria ter te contado isso desde o dia em que nos encontramos pela última vez, no sepultamento. Esse era o teor da conversa "bastante esclarecedora" que eu queria ter tido contigo desde aquela época. Porém, ao ser aproximado pelo teu avô no fim do velório, não pude te contar esse segredo, pois ele passou a ser a minha carta na manga, a minha garantia de vida, o meu derradeiro recurso contra o poderoso Lear. Você deve estar se perguntando: "Por que logo hoje esse velho gagá resolveu revelar esse maldito segredo?". Demorei tanto tempo para confiar-te a confissão feita por tua tia-avó décadas atrás, pois durante anos, como eu já disse, foi o medo que o velho Estevan tem da exposição do seu grande trauma o único motivo que o fez empenhar-se em garantir a minha segurança, quiçá a minha vida. Hoje, aos quase noventa anos, estou me lixando. Se ele quiser me matar, me mate. A vida já não é mais a mesma sem Lucia. Estou cansado. De maneira que, hoje, te doo esta arma e fique à vontade para usá-la contra teu avô do jeito que te convier.

– Deixe aquele velho pra lá, Senhor Puyol. Não vale a pena – respondi, pensando comigo mesmo, "agora é muito tarde, o tempo certo já passou".

Antes mesmo que eu pedisse ao velho catalão que elucidasse o último dos mistérios que ele trouxe à tona no seu desabafo – o porquê de ele ter tanta certeza que o meu avô foi o culpado pelas mortes de Lucia, Stella e Gonzalo – uma confusão generalizada se iniciou bem ao meu lado.

– Catalão de uma figa! O que diabos você veio fazer aqui na Bahia? E mais, que mentiras você está pondo na cabeça do meu neto? – o velho Estevan, mesmo aos seus oitenta e nove anos, partiu para cima do Senhor Puyol como um leão a defender o seu território.

Sem dar tempo ao catalão de sequer verbalizar uma resposta, o castelhano agarrou-lhe pelo colarinho e socou-lhe no rosto com pujança. Puyol cambaleou para trás, assimilou o golpe e revidou com um direto de esquerda que atingiu em cheio o avantajado nariz do seu desafeto. O sangue correu na hora. Aquela foi uma das cenas mais bizarras que eu já presenciei em toda a minha vida. Uma briga corriqueira já é algo não muito bonito de se ver, mas uma peleja entre dois velhos, empurra as fronteiras do deplorável. Antes que os anciãos tivessem tempo de se matar, visto que esse era o grande objetivo de ambos, convoquei três colegas que ouviram a barulheira e partimos para o necessário "deixa disso". Eu e mais um agarramos os braços do transtornado catalão, enquanto os outros dois seguraram forte o pescoço e punhos do enfurecido castelhano, que, demonstrando alto nível de embriagueis, gritava repetidamente como louco:

– Você não sai vivo da Bahia, seu ladrão de senhoras solteiras!

– Solteira nada! Fui casado, e no papel, na frente do padre, com a minha querida Lucia! Só um bobalhão como você não foi capaz de perceber – revidou Puyol, à medida que uma multidão curiosa nos circundava. – Você matou minha companheira, assim como matou o seu filho e a sua esposa – reiterou a acusação que há pouco me deixara intrigado. – Assassino! – repetiu e repetiu.

Em meio a novas tentativas de agressão física e muita violência verbal, a festa de despedida teve de terminar mais cedo do que o planejado. Transtornado frente a tudo o que eu tinha presenciado naquela estranha noite, após muito tentar, finalmente consegui dormir, mas amparado por sinistros pesadelos nos quais ecoavam as contundentes acusações verbalizadas pelo inconformado Senhor Puyol. Porém, não somente elas passaram a martelar a minha inebriada e massacrada consciência. Também muito me intrigou – e absolutamente quis saber mais sobre – aquela tal estória deles terem se casado no papel, perante o padre. Passou então a ser uma questão de honra que eu saísse em busca daquelas respostas que poderiam mudar de forma contundente a recente história da minha família. Só que, eu nem sequer desconfiava que parte daquela confusão sobraria até para a minha pacata Vó Chica.

5

Imigrantes

A SEGUNDA-FEIRA COMEÇOU FEIA, cinzenta, cheia de neblina e um friozinho irritante carregado de umidade. Levantei da cama cedo, pois como disse, não preguei os olhos noite passada. Assim que o galo cantou pela primeira vez, antes mesmo de o sol sair, fui à cozinha, passei um café fresco no meu coador de pano, e já na despensa contei os mantimentos. Afinal de contas, não eram todos os dias que o meu neto preferido vinha me visitar.

Ao perceber que não tinha milho branco o suficiente para fazer um mugunzá decente para Neno, pus o meu casaquinho de lã por sobre o meu vestido de renda e fui ao curral falar com Isaurino, meu fiel capataz que nunca me deixaria na mão. Depois de eu beber um copo de leite fresco preenchido direto do úbere da vaca, Isaurino me garantiu que o nosso milharal não poderia nos prover de boas espigas, entretanto, eu não deveria me preocupar em arranjar uma ave gorda, pois o nosso galinheiro estava bem alimentado. Ele já havia escolhido um peru enorme que chegou aos quinze quilos depois de comer à vontade o milho que pecou na nossa plantação. Desse modo, em busca de milho branco viçoso e de qualidade, parti novamente para o centro de Areia Branca. Agora, em vez de dirigir-me ao Posto Telefônico, fui à mercearia do Seu Honório, meu velho amigo. Lá eu tinha certeza que iria encontrar tudo o que eu precisava.

Outra vez, com muito esmero, montei na charrete, preparada cuidadosamente por Isaurino, e juntos seguimos estrada adentro. Lama foi o que não faltou naquela manhã. E para piorar, chuva. Contudo, nada iria me prevenir de preparar o prato preferido do meu neto. Em meio ao temporal que caiu naquela manhã me vi a recordar de um outro aguaceiro que tive que enfrentar décadas atrás. Enquanto todos os agregados da fazenda da família que me criou comemoravam o fim da estiagem – chuva sempre foi fato raro nessa região – eu padecia de castigo, debaixo de uma árvore no meio do boqueirão em frente à sede. Ironicamente, naquela manhã de 1907 os Alves Lima comiam mugunzá para o desjejum. E como eu adorava mugunzá! Ao assustar-me com o estrugir de um forte trovão, sentindo ainda o gosto do mugunzá e do descaso daqueles velhos dias, fiz uma viagem no tempo e, por todo o caminho até a venda do Seu Honório, lembrei-me dos meus dias de criança.

A minha memória mais longínqua é de quando eu devia ter uns três anos de idade e divertia-me na companhia de uma moça de mais ou menos vinte e cinco anos, alva como areia branca, cabelos castanhos longos e enrolados em formato de um coque muito bem feito. Às vezes igualmente me aparecem em sonhos os seus profundos olhos azuis, como o céu em um dia sem nuvens. Junto àquela moça de sorriso cansado, lembro-me também de duas outras crianças, também alvinhas, e um rechonchudo bebê. Além deles, paira na minha mente a figura de um homem alto, de bigodes penteados, hirsutos, e pele morena castigada pelo sol. Acho que isso é tudo que me recordo da minha família verdadeira.

O resto que sei, pena que não muito, me fora contado por alguns dos agregados que conviveram com os meus pais biológicos na fazenda e pelos próprios Alves Lima – sendo que, tudo de ruim e perverso que eu soube a respeito dos meus pais saiu especialmente da boca de Dona Filó, a matriarca da família, que nunca cansou de jogar na minha cara que somente me criou graças ao seu extremado senso de caridade cristã. Ela nunca gostou muito de mim, sou obrigada a lhes dizer, tampouco me tratou como uma filha adotiva. No seu entender, eu era mesmo uma empregadinha barata, que desde cedo foi obrigada a pegar no batente. Por eu ser mais velha do que todos os seus filhos, eu ajudei a criá-los com dedicação. Era um trabalho descomunal, lembro-me bem.

Pasmem, no tempo em que lá vivi presenciei nascerem mais de dez, contando com os que morreram de complicações no parto. Tal tragédia era muito comum nos velhos tempos duros do nosso interior. Médico ali era raridade. Quando muito tínhamos uma boa parteira e alguns boticários – às vezes charlatães de primeira – que prescreviam um elixir ou outro para aquele povo ignorante.

Desde que completei os seis anos de idade, quando veio ao mundo o varão da família Alves Lima, não mais parei de lavar fraldas sujas, preparar papinhas, lavar lençóis e mais lençóis molhados de mijo, e tudo mais. Foi só uma questão de tempo para que eu também assumisse a função de babá, cozinheira, arrumadeira e outros servicinhos suplementares. Minhas mãos logo ficaram calejadas de tanto segurar a vassoura que varria e varria para longe toda a minha inocência de criança.

Recordo-me bem que quando completei oito anos, naquele mesmo ano de 1907 – ou pelo menos os oito anos que me foram dados por conveniência pelos Alves Lima, já que ninguém sabia ao certo a data do meu aniversário – o presente que eu recebi foi a primeira das grandes surras que tomei da minha enciumada madrasta, a maldita Dona Filó. Em vez de receber um bolo para cantar os parabéns, fui presenteada com dez bordoadas de vara de marmelo. Tudo porque Belinha, a primeira mocinha filha do casal, me acusou de tê-la beliscado. Juro que nunca o fiz! Eu sempre fui uma boba de coração mole, incapaz de maltratar alguém, por mais que merecesse. Desta maneira, por ter mexido com a menina dos olhos do Alves Lima, recebi a punição que veio a se repetir muitas e muitas vezes. Mas, engraçado, isso não era o que genuinamente me incomodava, pois todos os filhos, adotivos ou não, caíam no sádico relho de Dona Filó. Na verdade, até hoje o meu coração realmente dói, por nunca ter tido uma festa de aniversário quando criança, e pior, por nem sequer saber ao certo a data em que nasci. Isso, sim, me molestava! Isso, sim, me diferenciava dos filhos biológicos e fazia-me sentir na alma. Que bobagem, não é mesmo? Às vezes criança se pega nessas coisas miúdas.

Mas naquela época nada conseguia abalar a minha esperança de um dia reencontrar os meus pais e quem sabe assim mudar de vida. Já aviso de antemão, isso nunca aconteceu, porém, nem por isso me abalei. Segui em frente e transferi todo o amor materno que eu não tive para os meus filhos. No entanto, tenho que confessar, ainda nutro uma velada esperança de descobrir nem que seja um pouquinho mais sobre as misteriosas origens da minha família, pois o seu fim, quase todo mundo sabe. Pelo menos parcialmente.

Havia uma senhora chamada Dona Arlinda – agregada antiga da Fazenda Araçá, pedaço de terra em que fui criada, lá para as bandas de Piritiba, e que até então esteve nas mãos dos Alves Lima há quase três gerações – que contava melhor do que ninguém a história do casal, Sebastião e Trancolina, supostamente os nomes dos meus pais. Segundo a velha senhora, Sebastião com certeza era português, pois muito se orgulhava da sua nacionalidade e não cansava de contar casos sobre o seu querido Portugal. Já sobre a pobre Trancolina, nome bem estranho por sinal, ninguém sabia muito, pois era difícil conseguir entender a língua que ela falava. Acho eu, que o seu nome, na verdade, não era esse, e o povo da fazenda a apelidou como "Trancolina" por não ser apto a pronunciar o seu nome estrangeiro. Alguns juravam que ela era francesa, já outros teimavam que ela vinha da Itália, outros poucos até insinuavam que ela era alemã, como os imigrantes do sul do Brasil, mas o certo mesmo é que ela viveu por quase três anos naquela fazenda e ninguém nunca descobriu de onde ela provinha. Quiçá porque, além das barreiras idiomáticas, ela vivesse igualmente enfurnada em casa tomando conta de mim e dos meus dois irmãos mais velhos. Além disso, quem queria saber da vida de mais um ordinário casal emigrado da Europa. Naquela época de fome havia tantos deles.

– Dona Arlinda, onde está a minha mãe agora? – quando eu estava triste, era a pergunta que eu sempre repetia para aquela bondosa filha de escravos alforriada.

– Chiquinha, minha *fia*[1], – ela gostava de me chamar assim –, sua mãe está melhor agora. Tá em um lugar bonito, cheio de *fror*[2], muito melhor do que esse sertão brabo.

– E por que ela foi embora com papai e meus irmãozinhos, e me deixou aqui com Dona Filó?

– Porque eles saíram daqui no lombo de um jegue, minha *fia*, e tu *sabe* bem como é uma cangalha, *num*[3] sabe? Sua mãe montou no meio, segurando o neném. Seu irmãozinho mais velho pongou no caçuá de

---

1. Filha – uma das muitas formas típicas usadas no interior do nordeste brasileiro.

2. Flores.

3. Não.

um lado da cangalha e a sua irmãzinha do meio no caçuá do outro lado. Teu pai puxava o animal e trazia nos ombros um alforje cheio de mantimentos. Por isso, *num* tinha como tu *ir* na mesma viagem. Tu *ia* cansar na primeira légua! – Dona Arlinda sorriu e deu uma pitada no seu cachimbo cheio de fumo de corda cultivado no seu quintal.

– Mas por que eu fiquei pra trás? – insisti na minha lamúria.

– *Num* sei direito, *fia*, mas acho que foi por causa do teu tamanho. Vassuncê era a mais nova dos três.

– E por que o neném foi e eu fiquei?

– Porque o neném *tava* mamando! Não podia ser deixado pra trás – Dona Arlinda sempre dava a mesma resposta plausível. – Mas, *fia*, alembro[4] bem que seus pais saíram daqui naquele verão quente como o inferno, mas ficaram de *vortar*[5] para te buscar. Só te deixaram mesmo, porque tu *era* bem pequenininha e não *tinha* mais lugar na cangalha do jegue.

– A senhora sabe pra onde eles foram?

– Sei não, *fia*, acho que lá *pras banda* do sul da Bahia.

Recordo-me como se fosse hoje da primeira vez que ouvi os rumores do trágico fim de Sebastião e Trancolina. Naquela época eu já tinha quase treze anos, quando o Coronel Quincas Alves Lima, o dono daquele pequeno império do qual todos nós tirávamos o sustento, me chamou para uma conversa.

– Francisca, você sabe que sempre tive muito apreço por teu pai biológico, não sabe? – o balzaquiano de olhos esverdeados, Bacharel em Direito, impecavelmente vestido no seu usual paletó branco e chapéu tipo Panamá, olhou-me no fundo dos olhos e perguntou.

– Sei, sim, senhor, Seu Quincas – referindo-me a ele como todos dentro de casa se referiam, respondi, mas confesso que não estava completamente convencida da minha resposta.

Muito embora o Coronel Quincas tenha sempre sido muito generoso e educado comigo – pelo menos comparado a sua esposa, Dona Filó –, havia inúmeros agregados comumente reclamando à boca miúda de injustiças, explorações e maus tratos ocorrendo dentro daquela fazenda. Os meus olhos até então nunca tinham chegado a presenciar coisa do tipo, mas na medida em que fui amadurecendo passei a notar

---

4. Lembro.

5. Voltar.

mais e mais que havia certo fundamento naquelas acauteladas recla-
mações. Acauteladas porque, afinal de contas, ninguém seria louco de
desafiar, o por muitos conhecido, Coronel Quincas. Aquele homem
de voz mansa não poderia ser de maneira alguma subestimado, pois
decerto não foi somente através de conversa e diplomacia que a sua
linhagem conseguiu angariar aquele mundo de terra.

Acho que essa total opulência era o que mais consumia a horda de
colonos italianos, portugueses e espanhóis a trabalhar como agregados
na Fazenda Araçá. Penso que foi isso que igualmente consumiu os
brios do meu pai, o jovem cheio de sonhos chamado Sebastião, português nato. Na cabeça imigrante de todos eles devia estar sempre a
martelar: "Puta merda, só porque esses tais de Alves Lima migraram
para o Brasil um, ou alguns séculos antes, eles se acham no direito de
se apoderar de cada palmo de terra do Novo Mundo. Onde foram
parar as promessas que nos foram feitas lá na Europa, onde autoridades brasileiras prometeram terras e sementes para todos os colonos
dispostos a cruzar o Atlântico rumo ao Brasil no século XIX?". O
que verdadeiramente aconteceu quando esses colonos chegaram aqui
foi muito diferente, visto que os recém-imigrados, mesmo carregando
a mesma carga genética dos brasileiros brancos mais antigos, como
os avós do Coronel Quincas, foram quase tratados como os pobres
escravos antepassados de Dona Arlinda.

No Brasil do final do Século XIX alguns oligarcas sofreram um
grande golpe quando a Princesa Isabel assinou a Lei Áurea e proclam-
ou o fim da escravidão negra na nossa quase República. O êxodo rural
foi intenso e grande parte da mão de obra escrava, então alforriada, partiu dos campos, deixando seus antigos senhores sem ter como
plantar ou colher. Coincidentemente, no outro lado do mundo, havia
milhões de pessoas passando fome, em uma das maiores crises que
a Europa enfrentara em toda a sua história. Lavradores abarrotavam
navios a vapor rumo a qualquer lugar que lhes pudesse proporcionar
novas oportunidades. O que seria melhor do que o Novo Mundo,
lugar colonizado pelos seus costumes, e na teoria ainda virgem, esperando novos aventureiros para ser desbravado. Sem dúvida, no Brasil
do século passado existia e ainda existe muita terra inexplorada. Mas
penso eu, será que meu pai – com esposa e uma penca de filhos –
estaria disposto a seguir mata adentro, rumo aos caminhos que nem
mesmo os bandeirantes se aventuraram penetrar? Talvez não. Logo, lhe
restou a opção viável, assim como à massa migrante em busca de vida

nova. Tinham que encontrar espaço nos já mais do que delimitados estados litorâneos. Mas a guerra por terra já havia começado ali há séculos, quando os donos do Brasil ainda eram os índios da nação Tupi-guarani.

O plano do governo brasileiro junto aos seus poderosos latifundiários foi por demais meticuloso. Atrairiam os lavradores europeus para os portos de Salvador e Santos, e lá haveria olheiros das grandes fazendas com suas caravanas preparadas para transportar imigrantes ávidos pela realização de um sonho em comum, enriquecer no Novo Mundo. Li que ocorreu algo parecido nos Estados Unidos, pois aventureiros de toda a Europa atracaram no porto de *Alice Island*, em Nova Iorque, com aspirações semelhantes. Mas no caso do Brasil, o objetivo não somente era arranjar mão de obra para substituir a falta de escravos, mas assim como na Argentina, outro país que recebeu muitos colonos europeus naquela ocasião, nosso país queria literalmente embranquecer a sua população. Essa era uma preocupação desde os tempos do Brasil colônia, onde a grande maioria a viver no nosso país era de negros, índios e mestiços. Os brancos, como sempre, eram uma minoria exploradora, dona do poder e do capital. Mas li nos livros de história que eles não conseguiam dormir tranquilos de noite, pois a iminência de rebeliões sempre assombrava os seus piores pesadelos. Isso explica essa ideia fixa nutrida pelos brancos brasileiros de que o país precisava de mais habitantes da sua mesma raça. Meu pai e minha mãe foram mais dois a contar nessa insana estatística. Entretanto, os oligarcas do Brasil mal sabiam que estavam trazendo para o seu convívio, além da carga genética, grandes tempestades.

Ao chegarem cheios de sonhos aos portos brasileiros, e como eu já disse, disputados a tapa por caravaneiros que tinham como missão levá-los às fazendas desfalcadas de mão de obra, em muito pouco tempo os imigrantes europeus perceberam que na realidade tinham caído em uma grande cilada, malandramente arquitetada pela elite branca brasileira. Em outras palavras, os seus primos distantes, cujas famílias migraram alguns anos antes, queriam torná-los os novos negros do Brasil. Tenho que fazer um aparte nessa altura da história, pois não concordo de maneira alguma com qualquer tipo de escravidão, muito menos com os mais de dois séculos de opressão contra os africanos, pobres desafortunados arrancados dos seus lares e trazidos de forma desumana para um sofrimento sem fim em ambas as Américas. Acho que o branco deve um sincero pedido de perdão às vítimas dessa

tamanha incoerência histórica, ou pelo menos, aos seus descendentes.
No entanto, o povo daquela época não pensava assim. E para um
europeu, por mais simples que fosse a sua origem, ser comparado a
um negro escravo era como afrontá-lo seriamente. Ainda bem que os
tempos estão mudando.

A reação contra essa deslavada tentativa de exploração a princípio
tomou força no Estado de São Paulo, mas logo se alastrou por todo
o país. Colonos revoltados com as falsas promessas, e principalmente
com a tentativa de instauração de um novo tipo de "escravidão branca",
aos moldes do Império Romano, cada vez mais deixavam as terras dos
grandes latifundiários brasileiros e passavam a se amontoar nos grandes
centros urbanos. A cidade de São Paulo, hoje, é a maior cidade do
país graças aos movimentos começados nesta mesma época. Para se
ter uma ideia, o primeiro partido anarquista brasileiro nasceu lá, em
meio a toda a insatisfação dos novos imigrantes. Na Bahia o clima
de indignação não foi diferente. Cansei de ouvir da boca de colonos
– principalmente de italianos, cujo sangue parecia se esquentar com
maior facilidade quando explorados – palavras duras, como: "Esse tal
de Coronel Quincas quer nos transformar em seus novos cativos. A
única coisa que nos diferencia dos negros antigos é que não temos que
dormir nas senzalas. Trabalhamos que nem *cani*[6] , mas nunca sobra
nada! O que pagamos para viver é ridículo! Mais da metade do que
ganhamos na lida, não cobre nem o aluguel desse casebre imundo!". E
eles estavam certos, pois eram espoliados dia a dia, mas nada podiam
fazer, já que a única opção era fugir como cães, ou voltarem para a
Europa, o que custava caro. Tudo parte de um plano inescrupuloso
tipicamente capitalista, no qual quem sofre mesmo é o pobre, gente
como Sebastião e Trancolina.

Todavia, havia alguns casos excepcionais em que o colono conseguia fazer a vida na América. Como foi o destino dos Miranda, pais
do meu marido Eupídio. Eles fizeram uma pequena fortuna muito
mais graças às regalias conseguidas do Coronel Aristides Moreira, o
patrão que passou a simpatizar com o meu sogro, do que devido ao
trabalho duro e exaustivo que era comumente requerido dos pobres
colonos. Tenho que reconhecer que o meu pai também conseguiu ganhar a simpatia do seu próprio coronel, nesse caso o Coronel Quincas.

---

6. Cães.

Obviamente não recebeu do meu padrasto os privilégios necessários para fazer fortuna, até porque o patrimônio de Quincas era muito menor do que o de Aristides Moreira. A fazenda de um cabia dez vezes dentro da do outro, só para se ter uma ideia. No entanto, Sebastião conquistou uma posição importante dentro das terras dos Alves Lima, uma vez que passou a cuidar de toda a tropa de burros e mulas do coronel, e melhor, durante os três anos em que lá viveu, nunca cometeu o grande erro de se endividar. Convenhamos, isso ocorreu porque Quincas lhe deu a grande colher de chá de não ter de pagar aluguel pela choça de taipa na qual morávamos. Mas nem mesmo assim o coronel conseguiu manter a chama sonhadora do meu pai apagada por muito tempo. Ele queria mais, ele queria fazer a América.

– Seu pai sempre foi um português muito teimoso, não sabe. Quando ele punha algo na cabeça, ninguém tirava. Era como uma mula xucra. E eu disse a ele para não deixar a nossa fazenda naquele mês de extremo calor, puxando um simples jumento, e pior, com uma criança recém-nascida. Mas não, a cobiça pelo ouro de tolo falou mais alto. Como é que o homem larga tudo o que conseguiu aqui por um boato infundado de que estavam vendendo terra a preço de banana no sul do estado? – Quincas balançou a cabeça em negativa e olhou para o chão.

– Talvez porque ele sempre quis ser igual ao senhor – sem sentir proferi essa frase, mas logo me arrependi ao ser encarada pelos veementes olhos verdes do Coronel Quincas.

– Mocinha – ele falou calmamente, mas firme –, devo lhe informar que a minha família teve de trabalhar muito duro por três gerações para conseguirmos juntar o que nós temos hoje. Não é assim de um dia para o outro, como esses aventureiros da Europa pensam. Leva tempo! E uma coisa eu posso garantir, desde que eu me entendo por gente nunca vi nada sendo distribuído de graça nesse nosso país. Não existe almoço grátis, pois sempre alguém tem que pagar a conta. Esse foi o grande erro do teu pai, seu sonho suplantou a razão – concluiu, novamente olhando para o chão e balançando a cabeça.

– O senhor sabe o que aconteceu com os meus pais? – fiz a pergunta que não queria calar, entalada na minha garganta desde o dia em que entendi que eu era adotada.

– Sei, sim, Francisca. No entanto, nunca lhe contei, pois acreditava que você ainda não estava preparada para saber do ocorrido. Acho bom lhe precaver, as notícias não são nada boas. Apesar de terem ocorrido

muito tempo atrás, ainda me emociono ao lembrar do que me foi
informado por um caixeiro viajante que conhecia teu pai dos tempos
em que ele ainda trabalhava aqui. João Caixeiro coincidentemente
estava passando por aquela região quando tudo aconteceu. Ele me
contou toda a história na mesma ocasião em que veio me trazer uma
encomenda de Ilhéus.

– Eles ainda estão vivos? – fui direto ao ponto que me interessava
saber.

– Não sei dizer, mas deixe-me contar-lhe tintim por tintim o que
eu vivenciei e o que o caixeiro viajante me contou. Está preparada? –
ele perguntou, mais uma vez me olhando firme.

– Sim, senhor – respondi com a voz trêmula. As minhas mãos
estavam frias como gelo e uma gota de suor correu pela minha têmpora
esquerda.

– No dia em que seu pai decidiu sair da fazenda, ele muito ressabiado me explicou os seus motivos e com suas economias comprou em
minha mão o jumento que iria acompanhá-los naquela viagem louca.
Eu ainda tentei dissuadi-lo, mas como já disse, nem se Jesus Cristo
viesse à terra conseguiria convencê-lo de que ele não estava tomando
a decisão certa. Na mesma ocasião ele me pediu que eu tomasse conta
de ti por alguns meses, já que não mais havia espaço na cangalha do
jumento. Ademais, você era muito novinha para tão grande jornada.
Sebastião me prometeu que assim que ele se estabelecesse em Itajuípe,
o vilarejo cujos boatos garantiam terra a preços baixíssimos, ele voltaria
para te buscar. Mas como você é prova viva, isso nunca se concretizou.

"Seu pai saiu daqui em janeiro de 1903, em um dos verões mais
quentes que eu cheguei a presenciar. Você ainda não tinha completado
seus quatro anos de idade. Sua mãe tinha tido o bebê havia mais ou
menos dois meses, mas nada os faria esperar um pouco mais por tempos mais amenos, visto que os malditos boatos alertavam aos quatro
ventos que as terras estavam terminando. O primeiro a chegar, é o
primeiro a levar, se é que me entende. Quando seu pai me deu o último
aperto de mão e partiu puxando aquele jumento, que carregava tua
mãe com aquela criancinha no colo, o meu coração se apertou de um
jeito que quase não consegui segurar uma lágrima que insistia em rolar
pelo meu rosto. Vi nitidamente a figura de Maria, José e Jesus partindo
de Belém.

"A partir daqui, o que lhe contarei é baseado nas palavras do meu
amigo caixeiro viajante. Segundo ele, seu pai estava realmente disposto

a fazer em tempo recorde aquela custosa viagem de quase quinhentos quilômetros. Afinal, no seu entender, se ele demorasse muito para chegar em Itajuípe, tinha grandes chances de nada mais encontrar. Aquele parecia ser um caminho sem volta. Desse modo, apertou o passo do jumento e, ao mesmo tempo, passou a exigir além da conta das crianças e da enfraquecida Trancolina, que ainda se recuperava de um parto difícil. Vez ou outra ela se via obrigada a pedir para parar, pois devia estancar pequenos sangramentos, ainda resquícios do privilégio dadivoso de ser mãe. Além da amamentação constante, a perda de sangue a enfraquecia mais e mais a cada légua de martírio. O sol também não dava trégua, imagino eu.

"Sebastião e as duas crianças mais velhas também padeciam com a viagem extremamente puxada. Assim como as suas forças, os mantimentos iam minguando a cada parada. Sem falar da água potável, antes armazenada em moringas de barro e pequenos cantis de couro, quase todos agora secos. Os dias demoravam a passar e o suor quase afogava os seus rostos queimados pelo calor escaldante do sertão baiano. Foi assim que, nas intermediações de Ipiaú, quando todos já estavam completamente exaustos pelas inúmeras privações experimentadas nos últimos dias, Sebastião resolveu parar debaixo de uma velha árvore de copas largas e redondas, onde Trancolina e as crianças poderiam se esconder bem do sol e enfim descansar.

"Enquanto isso, Sebastião foi rumo ao centro de um pequeno povoado no intuito de se reabastecer de água e quem sabe conseguir comprar um litro de leite e um pouco de farinha de mandioca para alimentar sua família. Depois de barganhar um pouco, já que não mais lhe restavam muitos recursos, convenceu o dono da modesta bodega na qual entrou a lhe vender mais baratos os víveres dos quais necessitava. Voltou então o mais rápido que pôde para o local onde estava plantada a velha árvore, sob a qual tinha deixado a sua exausta e faminta família. Ele não via a hora de lhes matar a fome e aliviar o seu cansaço com um pouco de água fresca.

"Só que, ao chegar perto da clareira que circundava a velha árvore, deparou-se com um silêncio fora do normal, quase inquietante. Ao longe, notou que as duas inocentes crianças brincavam quietas, quase inaudíveis, e a sua esposa, a debilitada Trancolina, em sono profundo amamentava seu pequeno bebê encostada no tronco da velha árvore. Sebastião imediatamente pressentiu que algo não estava certo e correu na direção de Trancolina. A cada passo o seu coração mais acelerava e a sua respiração tornava-se mais ofegante. Quando já estava a mais ou menos três metros da esposa, mirou bem o seu rosto pálido e de uma vez por todas teve plena certeza da sua nefasta suspeita: a morte havia passado por ali. O coitado deixou o litro de leite cair das suas mãos trêmulas, enquanto se ajoelhava no chão, quase perdendo os sentidos. Frente a tal circunstância, não mais adiantava chorar pelo leite derramado. Tudo estava consumado. Aquele cenário desolador se completou com um grito desesperado, tão horrível que uma revoada de pássaros que repousava nos galhos da velha árvore não hesitou em deixar imediatamente aquele lugar sombrio. Levaram consigo o que restava de uma agonizante busca da felicidade.

" 'Jesus, por que o senhor deixou isso acontecer com minha mulher?', em prantos, Sebastião gritava essa mesma frase consecutivamente, ao mesmo tempo em que abraçava o corpo e afagava o rosto frio e mortificado de Trancolina. Pelo menos foi o que atestaram algumas testemunhas oculares que passavam perto e pararam para assistir perplexos àquela tragédia."

– De algum jeito eu já sabia que mamãe estava morta. Sempre senti isso dentro do meu peito – não segurei o choro mesmo estando na presença do Coronel Quincas, que de imediato chegou perto de mim para consolar-me.

– Eu sei que é difícil, Francisca. Mesmo que você não tenha muitas lembranças dela – ele afagou meu cabelo. – Eu sei o que é perder uma mãe, pois já perdi a minha.

– Pior é perder sem nunca a ter tido – completei entre soluços e choramingos. – E ela morreu de uma forma tão horrível – completei.

– Eu sei, minha querida Francisca, mas tenho certeza de que ela está ao lado de Deus no paraíso. Ela sempre foi uma moça muito religiosa e de bom coração – Quincas mais uma vez me confortou.

– E o que aconteceu com papai? – eu nutria a esperança de que ao menos ele estivesse vivo.

– Francisca, você vai ter que ser igualmente forte para essa última parte do meu relato – como de costume, o bacharel balzaquiano desviou o seu olhar para o chão e logo depois me encarou. – Seu pai não conseguiu reagir à morte da tua mãe. Disseram-me que no instante em que percebeu que ela, em vez de estar dormindo, estava morta, ele retirou o neném do seu seio, o colocou no chão, vestiu tua mãe novamente e a abraçou forte sem querer aceitar aquela terrível situação. Testemunhas ainda tentaram separá-lo do corpo falecido, mas ele simplesmente não queria deixá-la ir. O mesmo aconteceu no dia do modesto funeral, em um cemitério para gente humilde e indigente perto de Ipiaú. Seu pai, ainda em prantos, já que não parou de chorar um minuto desde então, começou a blasfemar contra Deus, chamando o nosso Todo Poderoso de maldito, dentre outros insultos que não vale a pena nem repetir.

"Nos dias que sucederam o enterro seu pai tornou-se amargo, arredio, foi como se ele tivesse desistido de seguir em frente, ou melhor dizendo, como se ele tivesse mesmo desistido de viver. Quem mais sofreu com tal conjuntura foram os seus três irmãos, principalmente o bebezinho, que como você já sabe, ainda estava sendo amamentado. Seu pai simplesmente esqueceu das suas existências. Também, acho que não podemos crucificá-lo por isso. Eu fui testemunha do amor que ele sentia por aquela mulher. Parece-me que eles se conheciam desde a Europa, e fizeram juntos os planos de tentar a vida aqui no Brasil. Imagine só, o destino lhe prega uma peça e o seu pai termina sozinho com quatro filhos para criar. E pior, aqui nessa terra distante, onde eles nunca tiveram parentes, talvez nem amigos. Desculpe-me pela sinceridade do que vou lhe contar, mas na última notícia que eu tive sobre seu pai, disseram-me que ele estava louco. E me pondo no seu lugar, acho que eu teria o mesmo fim que o pobre português."

– E o senhor sabe que fim tiveram os meus irmãos, principalmente o neném? – mesmo já não tão pujante como antes, a minha esperança recusava-se em ceder.

– Graças a São Francisco de Assis ainda existe gente de bom coração nesse mundo de cão. Não tenho certeza, mas asseguraram-me que um casal de colonos, se não me falhe a memória com dificuldades de conceber seu próprio herdeiro, foi assolado por amor à primeira vista pelo bebê. Logo depois de sepultar a tua mãe, teu pai arranjou uma briga em um bar e acabou sendo preso pela lei local. As crianças então ficaram sob a tutela de uma velha senhora que era muito conhecida em Ipiaú pelo seu instinto caridoso. Além disso, ela conhecia o casal infértil e também desconfiava fortemente que o seu pai não seria capaz de cuidar daquelas três crianças no estado em que ele se encontrava. A situação então caiu como uma luva. Portanto, a velha senhora intermediou um encontro entre o teu pai e o jovem casal, que se ofereceu para criar o bebê. Seu pai negou e disse que se quisessem o bebê teriam que levar também a menina e o menino mais velho. Eles aceitaram, até surpresos com o tamanho desprendimento do pai, que ainda solicitou que o ajudassem a sair da cadeia.

"Daqui para frente eu não sei mais que rumo tomou o pobre Sebastião. Alguns me disseram que ele se entregou ao álcool e até hoje mendiga pelas ruas de Ipiaú. Já outros me juram que ele morreu em uma briga de faca ocorrida em uma feira livre de Ilhéus, há pouco mais de dois anos. No entanto, a versão que julgo ser a mais confiável é a do meu velho amigo caixeiro viajante, que me afirma que o português partiu para o Acre em busca de ouro e diamantes. Quem sabe ele enfim tenha achado a riqueza que tanto procurou?"

– Espero que eles todos estejam bem – pensei alto em meio a um suspiro.

– Se Deus quiser, eles estão – ele respondeu com um sorriso. – Mas se eu fosse você não alimentaria qualquer esperança de reencontrá-los – o bacharel usou-se da razão, melhor faculdade a ser usada naquele momento.

– O senhor sabe o nome da família que adotou os meus irmãos? – dei a minha última cartada.

– Se eu soubesse, te garanto que já teria tentado reaproximá-los. Contudo, infelizmente não sei. Eu até pedi que o meu amigo caixeiro tentasse encontrá-los, mas me parece que o casal se mudou de Ipiaú sem deixar rastro – ele se lamentou através de um olhar triste.

– É uma pena – suspirei novamente.

– Eu sei que é, mas você não deve ficar tão triste. Afinal de contas, você ficou conosco, uma família que te ama e te trata como uma igual. Sei que é ruim saber que os seus irmãos de sangue estão por aí, pelo mundo, porém, aqui você ganhou novos irmãos, que também te amam muito, não é mesmo? – Quincas terminou o seu inocente discurso e abriu um sorriso largo.

Coitado, ele realmente acreditava no que disse. Achava mesmo que a cobra da Dona Filó me tratava como uma filha, e os pestinhas encabeçados por Belinha me consideravam uma irmã legítima. Pobre Coronel Quincas, apesar de ser o todo-poderoso da Fazenda Araçá, mal sabia das atrocidades que ocorriam dentro da sua própria casa. Escondiam tudo dele. Sempre vi o coronel como se fosse um gato bobo, pois quando ele virava as costas para o seu próprio lar, uma corja de ratos fazia a festa. Inclusive outros gatos vinham visitar o seu telhado. Mas isso é passado, não me interessa mais. Fato mesmo é que, pelo menos no entender da bruxa com quem eu realmente convivia, no seio daquela família eu nunca fui mais do que uma empregada doméstica. E barata, pois me pagavam com comida e trapos velhos! Por isso, perdoo e salvo o Coronel Quincas, que sempre nutriu certo amor por mim e pelos meus – imigrantes fortes e de bom caráter, que provavelmente o tenha lembrado dos seus próprios antepassados.

Quando por fim o Coronel Quincas declarou encerrada a nossa conversa, deu-me um beijo na testa e já se dirigia para a porta de saída do meu quarto, aproveitei para fazer-lhe uma derradeira pergunta, cujo teor poderia ser bastante revelador.

– Seu Quincas, o senhor sabe de onde vem a minha mãe? Digo, de que parte da Europa? – expliquei curiosa.

– Não, Francisca. Engraçado, essa foi uma incógnita que passou despercebida por todo o tempo em que ela aqui morou. Somente depois que ela se foi dessa para uma melhor, que nos atentamos para o fato de que nunca soubemos de onde ela veio, tampouco a língua que ela falava. Parece que essa dúvida morrerá conosco. Lamento! – ele virou as costas e bateu a porta.

E assim, o mistério permanece até os dias de hoje. Desse modo, aos meus noventa anos, não tenho mais esperanças de descobrir o que quer que seja sobre as origens de Dona Trancolina. Olho para o futuro, não mais para o passado. E a minha próxima missão é bem alimentar o meu neto! Por isso, despertei do meu devaneio sobre os meus tempos de criança no exato momento em que chegamos à venda do Seu Honório. Graças a Deus havia estiado, o que, mesmo com as vistas cansadas, me possibilitou ver de longe as melhores espigas de milho branco da região. O mugunzá ia ser de primeira!

6

Os mistérios de Puyol

MEU AVÔ ESTAVA CERTO quando gritou aos sete ventos que o Senhor Puyol não sairia vivo da Bahia. Após a briga, o velho catalão voltou ao seu hotel e quando o sangue esfriou sentiu uma dor avassaladora no braço esquerdo. De lá, ele saiu de ambulância para o Hospital Santa Isabel e às três horas da manhã daquela segunda-feira, seu coração perdeu a luta contra um infarto fulminante.

Quando acordei pela manhã, logo após ligar para o aeroporto e cancelar a minha viagem para Areia Branca, me preparei na intenção de visitar o hotel do Senhor Puyol. Eu estava determinado a tentar enfim esclarecer todo aquele enigmático jogo de acusações. Contudo, ao ser informado da sua morte, entrei em total desespero por alguns minutos, pois sabia que morria com ele também a última fonte de informações sobre aquele intrigante tópico. Tinha plena certeza de que o meu avô fingiria não ter ouvido as acusações em voz alta vindas do catalão na noite passada e nunca mais iria tocar naquele assunto enquanto vivesse. Senti então um frio na espinha, e quando eu já me conformava com o fracasso, recebi um telefonema do Hotel Beira-mar, onde Puyol esteve hospedado. A recepcionista informou-me que haviam encontrado no seu quarto um envelope lacrado endereçado a mim.

Tomado por um revigorante jorro de esperança, troquei novamente de roupa, convoquei Fábio – o meu motorista particular – e seguimos rumo ao hotel em busca do que parecia ser uma reveladora mensagem póstuma escrita pelo obstinado companheiro da minha tia-avó. E não deu outra, o catalão fez o que sabia fazer melhor, pois a resposta para todo aquele segredo estava muito bem relatada naquela carta, pasmem, redigida na noite anterior, momentos antes de Puyol sentir-se mal. O meu nome e telefone estavam escritos no fundo do envelope amarelo, a lápis, assim como o corpo da carta. Suas tortuosas letras diziam:

Caro José Maurício,

Mesmo sentindo-me zonzo por conta daquele episódio ridículo que você bem presenciou há pouco, julgo ser necessário escrever-te esse relato e espero que ele chegue às suas mãos. Depois do que o seu avô disse hoje à noite, não acho que acordarei vivo! Principalmente estando aqui na Bahia, terra ainda parcialmente governada pelas rédeas dele. Por isso, tenho que ser breve e direto, já que a qualquer momento posso ser alvejado por assassinos profissionais. Não tenho medo, já vivi o bastante e acredito ter feito a coisa certa. Acho que o seu avô agora vai te deixar um pouco mais em paz, pois como eu já te disse antes, ele não é bobo, logo, percebeu a nossa conversa e sem dúvida passará a trabalhar com a hipótese de que você pode ter se tornado um novo membro do clube dos que sabem a respeito do seu segredo. Por isso, mantenha guardado esse trunfo e use-o quando preciso for. A figura do Padre Giorgio é algo que muito perturba Lear, desta maneira, estou certo de que ele fará de tudo para que a deprimente história do abuso não vaze ao público.

Como disse, ou melhor, gritei na festa – peço desculpas pela cena –, fui realmente casado com Lucia. Nossa união foi feita em Barcelona, quando viajamos nos anos 40 para um congresso de jornalismo. Resolvemos manter nosso matrimônio em segredo, pois julgamos não interessar a ninguém o nosso amor. Além disso, sempre acreditamos em uma relação moderna, na qual os cônjuges não necessariamente são obrigados a viver sob o mesmo teto. O amor, sim, foi o que sempre regeu a nossa feliz união.

Isto dito, fique à vontade para contar as antigas novidades para todos da família.

Quanto à minha acusação com relação a seu avô, não passou de uma reação carregada de emoção e digamos que cheia de leviandade da minha parte. Não tenho nenhuma prova concreta de que o desgraçado castelhano tenha literalmente matado ou não Stella, teu pai, ou Lucia. Acho que ele não seria tão monstruoso assim! Mas creio que ele tenha, sim, contribuído e muito para a infelicidade de todos três, o que indiretamente os impeliu prematuramente para o caminho da morte. Sei que não é prazeroso ouvir tal desabafo, mas principalmente acho uma grande pena a precocidade do falecimento do teu querido pai, o meu grande amigo Gonzalo. Um homem de bem! Sua morte súbita até hoje não foi explicada, pois a autoridade do cacique castelhano impediu que o corpo médico plantonista fizesse uma necropsia para descobrir a "causa mortis" de Gonzalo. Acho que Lear ficou com medo de ser constatado como motivo do falecimento um quadro que trouxesse à tona todo o seu lado tirano para com o filho.

O maldito Lear hoje faz contigo o que fez em demasia com Gonzalo. Assédio moral, chantagem, repressão, controle, você sabe melhor do que ninguém. Por isso, o advirto, ainda há tempo para se desvencilhar destas amarras, desta tamanha má influência! Visando impulsioná-lo nesta direção, termino esta breve carta como de praxe deixando um derradeiro enigma – esta parece ter sido uma constante na nossa convivência. Enigma este que, por questão de ética e palavra de honra, não posso nem sequer pensar em ajudá-lo a desvendar. Minha consciência diz-me que não lhe é permitido nem sequer uma dica. Mas há alguém muito próximo a ti que pode realmente interferir em seu favor. Ela é a pessoa mais adequada para auxiliá-lo a percorrer esse tão tortuoso caminho, que, no entanto, sem dúvida alguma, será o mais libertador de toda a sua vida. Peça ajuda à sua avó, Francisca, ela, sim, pode lhe dar a chave para a felicidade. Com ela jaz um segredo, que uma vez revelado, indubitavelmente te transformará para sempre! Para melhor, é claro. Você merece!

Um grande abraço do seu tio-avô,

Hermano Puyol

Ao terminar de ler esta carta eu quase perdi o chão. Uma tontura me tomou por inteiro, o que me obrigou a sentar-me imediatamente. Fábio, como sempre muito atento, trouxe-me um copo d'água e começou a abanar com uma revista, visando ventilar o ambiente. Obrigo-me a reconhecer que ele sempre foi muito mais do que um simples empregado, pois o seu cuidado para comigo, mesmo que eu quisesse, seria impagável.

– Seu Zé Maurício, o senhor está se sentindo melhor? – a minha visão começou a tomar foco novamente e aos poucos consegui enxergar o semblante moreno de Fábio, que me encarava apreensivo com seus olhos castanhos arregalados.

– Tudo bem, Fábio – apoiei as mãos na poltrona e ensaiei levantar-me.

– Calma lá, Seu Zé Maurício, o senhor quase desmaiou. Devagar – o meu fiel motorista estendeu-me a mão.

– O que seria de mim sem o senhor – retruquei irônico, com a fisionomia não muito feliz. Mas ele já me conhecia e simplesmente sorriu. Admito que no período da manhã eu nunca fui o mais simpático dos seres humanos.

Assim que eu me recuperei da tontura, li e reli a inquietante carta tentado entender, ou melhor, achar qualquer relação entre a minha pobre avó interiorana e o poderoso Pompeu de Lear. Tentei imaginar qual seria essa tal chave para a minha felicidade. Deveria ser algo verdadeiramente muito poderoso, já que, no meu entender, esta nova informação teria de ser mais comprometedora do que o caso de abuso do padre italiano. Algo que realmente afastasse toda e qualquer intenção do velho espanhol com relação a mim. O que poderia me libertar da sua sufocante influência? Pus-me a pensar. Matutei e matutei, mas foram em especial as frases contidas naquele último parágrafo que mais me deixaram desconfiado. Por que Puyol simplesmente não me deu a chave para o tal mistério? Por que será que ele deu a alguém a sua palavra de honra de nunca revelar este segredo? Se a minha avó já sabia há tanto tempo de algo que poderia eventualmente me livrar da tirania do velho Lear, por que simplesmente não me disse? Era óbvio que a minha família me escondia algo que agora eu naturalmente desejava muito descobrir. Desse modo, por eu ter cancelado o voo de helicóptero para Areia Branca pouco mais de uma hora atrás, a primeira ideia que pairou na minha mente me fez levantar de súbito e pedir que Fábio preparasse o carro. Não pensei duas vezes em partir para a casa de Dona Ducarmo, a minha mãe, que convenientemente morava bem pertinho do hotel. Afinal de contas, havia grandes chances de ela também saber sobre esse tal mistério, uma vez que não havia segredos entre ela e Vó Chica.

– Mãe, quero que a senhora seja sincera comigo neste momento! – falei incisivamente antes mesmo de lhe dar um beijo no rosto, o que eu fazia sempre que a via.

– O que foi, meu filho? Diga-me por que você está tão ofegante – o seu olhar demonstrou certa tensão.

Enquanto me puxava pelo braço e sentávamos no sofá da sua sala, minha mãe certificou-se emocionada de que eu já sabia sobre a morte de Puyol. Monossilábico, respondi que sim, virei-me para ela, e mais uma vez insisti:

– Dona Ducarmo, eu quero a verdade – segurei-lhe as mãos e olhei no fundo dos seus olhos.

– Mas, verdade sobre o quê? – agora a sua voz tornou-se trêmula e percebi certa sudorese emanando da sua mão direita.

– Puyol me contou tudo, mãe. Só quero ouvir da sua própria boca – sei que o que fiz não se deve fazer com a própria mãe, mas não consegui conter a minha ansiedade por desvendar aquele bendito segredo. Além disso, conhecia Dona Ducarmo. Se ela realmente soubesse de algo e não pudesse falar, por juramento ou coisa do tipo, eu teria que jogar duro.

– Zé Maurício, eu não estou entendendo o que você está dizendo. Você bebeu alguma coisa? – ela tentou sair por uma tangente.

– Dona Ducarmo, Puyol me contou. Não tem mais o que esconder – apostei todas as minhas fichas.

– O que Puyol te disse? Conte para a sua mãe – Ducarmo também jogava duro. Não seria um fedelho como eu que conseguiria lhe dobrar com facilidade. Além do mais, eu, na verdade, também não sabia ao certo se ela estava a par do tal segredo.

– Tudo bem, mãe, deixe-me refrescar a sua memória – eu continuei pressionando. – Puyol na noite passada, antes de morrer, deixou-me uma carta revelando um milhão de segredos. Mas um deles em especial me chamou mais a atenção. Por quê? Porque ele me garantiu que Vó Chica teria certas informações que poderiam me livrar das garras do maldito Estevan Pompeu de Lear! E como a senhora e Dona Chica não têm segredos entre si, queria saber que diabos é isso. Vamos lá Dona Ducarmo, me dê a chave para a felicidade! – sorri de nervosismo.

– Meu filho, como Puyol bem disse, quem deve saber é a sua avó. Ela inclusive tem andado meio estranha comigo, não conta mais as coisas como antigamente. O meu conselho é que você vá à Areia Branca e pergunte a ela em pessoa. Se saber o que é esse tal segredo vai lhe fazer algum bem, vá depressa – usando-se de um tom astuto, minha mãe levantou-se e bebeu um copo d'água.

– A senhora não vai me contar mesmo, não é? – tentei pela derradeira vez.

– Zé, eu já estou ficando nervosa com esse jogo de acusações. Não sei e pronto – rebateu com firmeza. – O próprio Puyol escreveu que sua avó deve saber, não eu!

– Ok, desculpe, mãe! – abracei-a arrependido. – Acho que vou ter que conversar com Vó Chica então.

– Isso! Mas você não ia lá hoje de qualquer maneira?

– Ia, mas acabei cancelando por conta da morte de Puyol.

– Não tem pressa, meu filho. Até porque, acho que você não deveria dar muita atenção à conversa do pobre senhor catalão. As más línguas dizem que ele já estava meio gagá. Além disso, você sabe que seu avô e ele sempre se odiaram. Para ele inventar uma intriga contra Seu Lear – forma como minha mãe chamava o meu avô – é muito fácil.

– Eu sei, mãe. Mas não tenho nada a perder. Já ia lá na casa da vovó mesmo. Acabei de resolver, vou pedir a Fábio que me leve lá de carro.

Dona Ducarmo aproveitou a carona e me incumbiu de entregar a minha avó três cartas e um pacote pesado. Acho que era algum utensílio doméstico. Despedi-me então da minha mãe e rapidamente me direcionei à porta de saída. Só que antes de pisar na calçada, lembrei-me de contá-la a principal novidade.

– Ah, já ia esquecendo. Puyol foi realmente casado com Tia Lucia. Ele confessou também na carta.

– Eu sabia! – minha mãe gritou de felicidade. – Mesmo que Lucia negasse, eu tinha certeza! Agora eles devem estar felizes no céu, que Deus os tenha – minha mãe olhou para o teto e fez o sinal da cruz. – Só uma última perguntinha, onde foi que eles casaram, você sabe?

– Em Barcelona, agora me deixe ir. Tenho que pegar aquela estrada horrível até Areia Branca. Beijo! – despedi-me novamente.

Antes de partir, passei no hospital em que Puyol havia falecido e paguei todas as despesas do translado do corpo até São Paulo, onde os seus colegas de trabalho já o esperavam para providenciar o funeral. Resolvi não comparecer à cerimônia, uma vez que nunca fui grande fã de enterros, principalmente depois que o meu pai faleceu. Ao entrar no carro, agora sim rumo a Areia Branca, senti-me muito cansado, por isso resolvi viajar deitado no banco de trás. Tinha plena confiança em Fábio, o que me tranquilizou quanto à viagem. Sabia que a sua perícia ao volante suplantava os enormes defeitos na estrada.

Então, entre um buraco e outro, mais uma vez comecei a pensar no que poderia ser esse grande segredo, capaz de me livrar da mão de ferro do meu avô. Essa nova peça no jogo da minha vida poderia mudar e muito o meu destino, principalmente a curto prazo. Talvez eu não tivesse mais que viajar para Princeton, pois no frigir dos ovos, talvez a pós-graduação e o intercambio executivo nos Estados Unidos tenham sido muito mais um pretexto para eu me afastar desse ambiente pesado, cheio de falências, concordatas e aquisições, do que vontade mesmo de aprender lá fora o que há de novo.

7

Partidas e chegadas inesperadas

— SEU HONÓRIO, COMO vai o senhor? – estendi a mão em cumprimento para o meu velho amigo.

– Dona Chica, vou muito bem, obrigado. Só reclamo mesmo é dessa maldita hérnia de disco. Mas para um velho de noventa e dois anos, estou no lucro – Honório coçou a sua careça e soltou aquela gargalhada que lhe era bastante característica.

– Somos dois, meu amigo velho. Somos dois – respondi-lhe em um suspiro.

– Ora, ora, Dona Chica, não fale uma bobagem dessas. A senhora continua enxuta e formosa como sempre – quando Honório atentou para o que acabara de dizer, se ruborizou, desviou o olhar e fingiu estar à procura de um produto nas prateleiras largas detrás do seu balcão.

– O senhor sempre muito bondoso, Seu Honório – confesso que era bom visitar aquele armazém.

– Então, o que traz tão formosa visita hoje aqui ao meu estabelecimento? – Honório encostou a sua inseparável bengala de madeira e apoiou-se no balcão com os dois cotovelos.

– Milho branco, Seu Honório. Milho branco. E sei que o senhor tem os melhores – sorri tentando agradá-lo, já que assim teria chances de ele escolher os melhores do armazém.

– Opa, é pra já! E parece que eu estava adivinhando, pois guardei os melhores para levar para minha casa. Mas é um prazer cedê-los à senhora – ele sorriu e mostrou os poucos dentes que tinha.

– Não, Seu Honório! Não quero levar os seus últimos milhos, muito menos os que o senhor iria levar para casa. Não se preocupe, vou à venda de Manuel Bella, pois ele deve ter – propus educadamente.

– Dona Chica, faço questão! A senhora não se preocupe, pode levar os milhos – ele insistiu e bem rapidamente partiu para os fundos da venda.

Em pouco mais de dois minutos o velho senhor, de pele alva e cabelos brancos como os grãos dos milhos que trazia, retornou. Segurava um balaio com mais ou menos vinte espigas.

– Quantos a senhora vai querer? – ele perguntou.

– Se o senhor não se incomodar, levo todos eles – falei atrevidamente, uma vez que queria fazer o melhor mugunzá dos últimos tempos para o meu querido neto.

– Não tem problema! – Honório concordou e imediatamente entregou o balaio a Isaurino, que só teve o trabalho de ajeitá-lo no fundo da charrete. – Muita gente vinda de Salvador? – agora foi a vez de Seu Honório ser atrevido.

– Como o senhor sabe que alguém vem de lá? – perguntei surpresa, mas ainda assim sorrindo.

– Conheço a senhora de longas datas, Dona Chica! – gargalhou novamente. – Sei que quando a senhora vem atrás do meu milho, é porque quer preparar algo especial. E quem é mais especial para a senhora do que o povo de Salvador? Por falar nisso, como vai minha Doutora? – ele fez menção a Ducarmo, por quem sempre teve loucura.

– Às vezes esqueço que nós nos conhecemos há mais de oitenta anos – suspirei ao atentar-me mais uma vez que estávamos ambos bem velhos. A família de Seu Honório, no tempo Honorinho, mudou-se para a Fazenda Araçá, onde eu cresci, quando eu tinha em torno de nove anos de idade. Ele o era filho único de Seu Malaquias, o homem que por fim acabou assumindo o mesmo posto o qual meu pai um dia assumira, o de tratador da tropa de burros e mulas do coronel. – Ducarmo, vai bem! – completei. – Sempre pergunta pelo senhor! – a minha filha também sempre teve muito apreço por Seu Honório. Acho que é coisa de criança, pois sempre que visitávamos o armazém daquele gentil homem, ele vinha com um queimado[1] e lhe oferecia. Ela ficava imensamente feliz e satisfeita, porque esse tipo de prenda era muito raro na nossa família. Principalmente vinda por parte do pai!

– Diga a ela que o meu coração vai bem, mas a maldita coluna... não diria o mesmo. Essa hérnia é o que vai me matar! Se ela vier por aqui, queria que ela desse uma olhada – reclamou de dor levando a mão direita às costas.

Ducarmo passou a ser a médica honorária da maioria do povo de Areia Branca. Ao se formar, ela tornou-se motivo de orgulho para os moradores do povoado e das fazendas, sítios e engenhos das redondezas. Afinal de contas, não era todos os dias que um membro de um lugar perdido no mato como o que nós vivíamos se tornava uma doutora na capital do nosso estado. Além do mais, ela tem títulos de pós-graduação no Rio de Janeiro, e mais: cursos e mais cursos, inclusive no estrangeiro. Veja só, quando é que eu poderia imaginar que a minha filha, nascida e criada em uma família cujos antepassados ignorantes mal sabiam escrever o próprio nome – salvo eu –, iria receber um diploma em Salvador, quanto mais lá *pelas Europas*. O fato é que ela conseguiu, e quando colou grau, metade dos poucos habitantes de Areia Branca partiram em caravana para Salvador e prestigiaram o grande feito. A partir dali, Ducarmo tornou-se a doutora de todos os doentes do nosso carente povoado, pelo menos de coração, pois ela raramente aparecia, por conta da sua vida corrida.

– Acho que o senhor vai ter que esperar um pouquinho mais para ver Ducarmo, Seu Honório. Mas nada impede que o senhor veja outro médico – deixei a minha repreensão disfarçada em um sorriso. – Com saúde não se brinca! – completei.

– É, tenho que agendar uma visita a Feira de Santana, ou quem sabe até a Salvador. Mas quem é que vem visitar a senhora, me diga?

– O filho de Ducarmo é quem vem – abrandei a sua curiosidade.

---

1. Bala, doce, regionalismo da Bahia.

– Zé Maurício! Nossa Senhora, tem pra mais de dez anos que eu não vejo esse menino.

– Eu tenho mais de cinco! Por isso, quero as melhores espigas de milho para prepará-lo o mais gostoso mugunzá. Ele adora! – conclui orgulhosa.

– Puxou ao avô, o meu compadre Eupídio, que Deus o tenha – suspirou saudoso. – Sinto falta do meu companheiro de comitiva. Difíceis, mas bons tempos aqueles em que tínhamos que viajar em lombo de animal daqui para Feira de Santana, levando e trazendo mercadoria. Não é mesmo, compadre Isaurino? – Honório gritou para o velho amigo, e assim como Eupídio, padrinho de um dos seus filhos, que esperava do lado de fora da venda, sentado na charrete.

– É verdade, *cumpadi*! – Isaurino respondeu de lá sem dar muita importância ao teor da pergunta, até porque ele estava com pressa de voltar para o engenho, pois além de ter muito o que fazer na lida, ainda teria que me ajudar com os preparativos para a chegada de Neno no dia seguinte. Estávamos apertados com o tempo.

– Pois é, meu amigo. Infelizmente tenho que me despedir, porque ainda há muito a ser feito lá em casa. Zé Maurício já chega amanhã. Apareça qualquer dia pra um café – convidei-o educadamente.

– Apareço, sim, pois o cafezinho da senhora é imbatível. Mas antes que a senhora se vá, queria comentar algo que julgo lhe ser de certo interesse – todas as vezes que eu ia ao armazém do Seu Honório, além de mantimentos, trazia comigo informações a mais do que ocorria no nosso pequeno povoado. Isso quando não extrapolávamos para uma fofoquinha ou outra.

– Pode dizer, Seu Honório – sempre havia um tempinho extra quando novidades quentinhas estavam por vir.

– É sobre Dona Belinha, a sua irmã adotiva, amiga Chica. Ela está nas últimas – ele proferiu a frase em tom sorumbático.

– E o que é que eu tenho a ver com isso, Seu Honório? – respondi rispidamente ao decepcionar-me com teor do assunto, que de certa forma até criei certa expectativa.

– Eu sei que a senhora não se dá com Dona Belinha, e acho eu que, com todos os motivos, pois presenciei muitas das suas perversidades. Mas não sei, depois de tantos anos, quem sabe não fosse tempo de relevar as manchas do passado?

Não obstante o fato de Seu Honório realmente saber de muitas das crueldades conduzidas ironicamente pela minha "irmã adotiva", ele nunca esteve a par de tudo, do todo. Há um episódio em especial, que mesmo que morrêssemos e reencarnássemos, vida após vida, eu não seria capaz de perdoá-la por inteiro. Isso sem contar com todos os maus tratos que recebi da sua mãe, inúmeras vezes, já que Dona Filó era frequentemente envenenada por aquela então pequena víbora – que sempre posava de santinha do pau oco.

– Seu Honório, tenho muito respeito pelo senhor, nós crescemos juntos na fazenda do Coronel Quincas, mas peço que não interfira nesse assunto. O buraco é mais embaixo do que o senhor pensa – retorqui no limite da grosseria.

– Eu imaginava que a senhora iria reagir mal a esse assunto, Dona Chica. Inclusive falei isso a Salustiano, o filho caçula de Dona Belinha.

– Aquele *presepeiro*[2] que vive procurando confusão? De onde é que o senhor conhece aquela peça? Ele não estava para lá para os lados de Jacobina?

– Sim, está. O conheço faz tempo. Ele foi meu aluno há uns dez anos no curso noturno de português que eu ministrava na escola do povoado. Segundo ele, mesmo velho, queria aprender a falar e escrever melhor, já que tinha arrumado um emprego em Jacobina e precisava melhorar a sua imagem. Imagine só, sair do mato, da roça, para ir vender carros na cidade! Mas devo defendê-lo em um ponto, apesar de *presepeiro*, eu concordo, ele é um homem muito inteligente, pois aprendeu bem o que eu o ensinei e hoje já tem até uma concessionária própria.

– É, imagino que a rechonchuda herança do avô também tenha o ajudado a melhorar a sua imagem – ironizei. – E posso saber quando, e a respeito do que, vocês conversaram, para que o senhor se lembrasse tão bem de que eu não iria ficar mesmo feliz em ouvir sobre a mãe dele? – fui direto ao ponto.

– Pois é, Dona Chica. Salustiano me procurou há alguns dias e me perguntou sobre a senhora. Quis saber se a senhora ainda estava viva, com saúde, lúcida. E eu falei que sim, evidentemente. Então, por saber das minhas relações amigáveis com a senhora, ele pediu a minha ajuda para quem sabe intermediar o agendamento de um possível encontro entre as irmãs adotivas. Por sinal, se eu não recebesse hoje a sua inesperada visita, iria bater à sua porta com essa mesma proposta. Dona

---

2. Indivíduo escandaloso, inconveniente, cheio de manha.

Belinha está agonizando e me parece que não feneceu ainda, pois quer porque quer falar com a senhora antes de perder a luta contra a morte.

– E eu com isso? Por mim ela pode esperar pela eternidade que eu não piso os pés naquela fazenda. Prometi no dia em que eu me casei que nunca mais apareceria por lá. Principalmente quando morreu o Coronel Quincas, o único que ainda valeria a pena visitar – mostrei o rancor que, queira ou não, por mais que eu negasse, ainda estava guardado dentro de mim.

– Dona Belinha não mora mais na Fazenda Araçá, minha cara amiga. Ela hoje mora em Piritiba na casa da sua filha mais velha, Marilda – Seu Honório me corrigiu.

– Mais um motivo para eu ignorar o seu último desejo. Mas tá, você acha que eu vou me descambar para Piritiba só para atender o pedido daquela miserável? Não sou mais uma jovem de vinte anos! Imagine só, ter que vir para Areia Branca, pegar condução, e por aí vai. Nem pensar! – dei o fato como consumado.

– Isso não seria um problema, porque... – interrompi o seu discurso no ato.

– Seu Honório, longe de querer ser rude com o senhor, mas já disse, nem pensar. Mande os meus pêsames quando a moribunda morrer – demonstrei o meu lado mais insensível e cheio de frieza.

– Pois não, Dona Chica, não está mais aqui quem falou – Honório levantou as suas duas palmas viradas para o teto e olhou para o chão.

– Agora tenho que ir, já é quase meio-dia. Um bom dia para o senhor e obrigado pelo milho! – agradeci usando-me de um tom mais leve.

– Lembranças a Ducarmo! E se tiver um tempinho, traga Zé Maurício aqui! – respondeu gentilmente o meu velho amigo, sempre prezando por uma convivência livre de conflitos.

Sem dá-lo uma resposta de compromisso, subi na charrete depois de muito custo e sempre na companhia do meu inseparável Isaurino, seguimos de volta para o engenho. Não precisávamos de mais nada do povoado, visto que, a não ser o milho branco, tínhamos tudo no nosso quintal.

Quando já estávamos muito perto de casa e já discutíamos quem iria matar o peru e limpar as espigas de milho, notamos um brilho diferente refletir de um ponto entre a sede e o curral. Ficamos curiosos e apertamos o passo da mula, que puxava a charrete com competência, no intuito de descobrir o mais rápido possível o que era aquilo.

Ao chegarmos mais perto, o horizonte cobriu definitivamente aquele brilho estranho, que só veio se revelar novamente na forma de um carro preto muito bonito, já quando tínhamos atravessado o canavial que se posicionava na frente do engenho. Certa apreensão nos tomou por um instante, já que não esperávamos ninguém naquela segunda-feira. Foram minutos que demoraram de passar. No entanto, toda a nossa ansiedade se foi quando a porta traseira do carro abriu e de lá saiu Neno, o meu querido neto que se havia antecipado e me presenteado com um dia a mais da sua tão aguardada companhia.

8

Raimundo da Farmácia

— Olá, Vó Chica, que bom te encontrar novamente – com muita sinceridade demonstrei todo o meu contentamento em rever a minha querida avó.

Naquele exato instante, principalmente quando eu a abracei forte, foi como se um filme dos melhores momentos em que eu lá vivi passasse rapidamente pela minha cabeça. Lembrei de tudo, dos casos, histórias, brincadeiras, hábitos sertanejos, cultura indígena, sons, cheiros, gostos e muito mais. Tudo aquilo me remeteu diretamente para aquela parte boa da minha infância, cuja magia e felicidade me davam um alento, um novo fôlego, e por que não dizer alguma esperança, para que quando eu voltasse ao inferno que eu estava imerso em Salvador, eu conseguisse sobreviver até o dia do tão esperado regresso.

– Oh, meu Neno, você não sabe a felicidade que você me dá! Fez boa viagem, meu filho? – minha avó perguntou ao notar as minhas olheiras e o meu aspecto cansado.

– Boa, sim, vó. Graças à perícia do grande Fábio – apontei para o meu talentoso motorista.

– Olá Fábio! Quanto tempo também! Como vai sua mãe? – minha avó mencionou Dona Selma, mãe de Fábio, ex-moradora do engenho.

Dona Selma era filha de Seu Giovanni – um italiano alto e de olhos verdes, agregado antigo do meu avô Eupídio – e neta de Dona Arlinda – uma escrava forra que se mudou junto com a minha avó da Fazenda Araçá assim que ela se casou. Selminha, como todos a conheciam no engenho, assim que completou maior idade resolveu ir para Salvador tentar a vida. O seu primeiro e único emprego foi na casa da minha mãe. De lá para cá ela e Dona Ducarmo nunca mais se desgrudaram. São como unha e carne.

– Minha mãe vai bem, Dona Francisca. E a senhora, como vai? – Fábio retribuiu a gentileza.

Às vezes eu penso comigo, a profissão daquele rapaz é um desperdício. Se alguém tivesse investido nele mais cedo, como investiram em mim, sem dúvida ele teria todas as chances de vir a se tornar o descobridor da cura do câncer, por exemplo. Fábio notoriamente detinha uma inteligência nata. Mas não, o sistema é duro e separatista. Eu mesmo cheguei a presenciar as palavras do meu avô Lear, quando inocentemente a minha mãe e o meu pai tentaram convencê-lo a dar uma bolsa de estudos para Fábio através de um fundo disponibilizado pelo seu então poderoso banco. "Vocês são loucos? Tentar ensinar a esses mateiros mestiços do interior é como queimar dinheiro. Têm que ser motoristas, operários ou caseiros mesmo, pois é o máximo que podemos arrancar daquelas pobres mentes." Ele cometia um equívoco terrível ao afirmar aquela idiotice tão descaradamente, especialmente caso analisássemos o percurso de Dona Ducarmo, que é um exemplo vivo de que toda aquela teoria absurda era absolutamente ridícula. Desse modo, por conta do veto do mandachuva, meus pais falharam em tentar dar um futuro melhor a Fábio, e agora eu me sentia de certa forma culpado, pois nunca nada fiz, e nada faço, para melhorar a sua situação. Vale lembrar que ele é casado e pai de dois filhos pequenos, e mata um leão por dia para lhes proporcionar uma vida digna.

– Vamos entrando, gente – minha avó me agarrou pelo braço direito, e Fábio pelo esquerdo, e nos guiou para dentro do casarão. –

Arminda, traga a laranjada para os moços, minha querida – minha avó pediu educadamente à neta de Isaurino, que começou a ajudá-la nos afazeres de casa há mais ou menos uma década. Pois convenhamos, Dona Chica já não era mais aquela mulher forte do passado. Ela até reclamava pouco, mas sabíamos que as dores nas juntas passaram a infernizar a sua vida mais e mais com o passar dos últimos anos.

Às vezes nós ficávamos com pena da pobre Arminda, visto que a jovem morena de mais ou menos vinte e cinco anos tinha a melhor das intenções ao tentar ajudar Dona Chica no que fosse preciso. Entretanto, a velhinha era teimosa como uma mula. Acho que deve ter puxado isso do seu pai, pelo menos é o que alguns dos anciãos de Areia Branca dizem. Quando ela encasquetava com alguma coisa, era difícil convencê-la do contrário. E não tinha quem a fizesse entender que não podia mais chamar para si todas as responsabilidades da casa. Ela sempre foi acostumada a fazer tudo, absolutamente tudo, o que deveria ser feito para manter o seu lar funcionando. Porém, hoje em dia lhe falta vigor físico. E a coitada da Arminda até que tentava deixá-la fora da limpeza, cozinha ou qualquer outro afazer que envolvesse esforço ou risco para a sua integridade física. Outro dia minha avó telefonou para Salvador para se queixar de que a jovem moça era intrometida, autoritária e muito ousada. Procuramos saber depois sobre o ocorrido, e tanto Arminda quanto Isaurino juraram que Dona Chica ficou zangada porque foi desencorajada quando tentava subir em uma cadeira para limpar o topo de um de seus armários na sala. Arriscado, sem dúvida, mas compreendo-a em parte. Tenho certeza que a mente da minha sempre ativa avó não consegue se conformar com a velhice que toma conta pouco a pouco do seu corpo.

– E então, Neno, como vão todos em Salvador? – minha avó perguntou curiosa.

– Todos bem, vó. Mas não posso dizer o mesmo do pessoal de São Paulo. A senhora lembra do Senhor Puyol, amigo da minha tia Lucia? – ela assentiu com a cabeça. – Pois é, ele faleceu hoje pela manhã – com a voz triste, dei a notícia.

– Oh, meu Deus. Que pena! Morreu de quê, onde?

– Infarto, em um hotel lá em Salvador.

– E o que ele estava fazendo em Salvador? Se bem me lembro, havia pra mais de vinte anos que ele não aparecia por lá – minha avó perguntou desconfiada.

– Ele foi lá para falar comigo antes que eu viajasse – falei olhando no fundo dos seus olhos também azuis. – Por falar nisso, vó, queria ter uma conversa particular com a senhora – Fábio se retirou da sala oportunamente. – Lembra que eu te disse pelo telefone que queria te fazer uma pergunta quando eu chegasse aqui em Areia Branca? Na verdade, além dela, agora tem uma outra mais importante! Podemos ir para a sua biblioteca? – apontei para o aposento da casa que eu mais gostava. Sempre fui encorajado a ler o que eu quisesse dentro daquele lugar.

Ao entrarmos na biblioteca, senti aquele cheiro familiar de livros velhos, todos eles conseguidos com muito esmero por uma senhora pobre, porém apaixonada por literatura, que resistiu bravamente aos males da ignorância. Depois de um ou dois minutos a contemplar aquelas prateleiras notadamente mais cheias do que no passado, resolvi começar a delicada conversa que poderia mudar a minha vida, segundo as linhas escritas pelo Senhor Puyol. Optei por deixar a tal segunda pergunta proposta ao telefone para depois, pois apesar de ser um tema de certa importância, não era algo que pudesse comprometer tão contundentemente o meu destino. Já o assunto levantado pelo velho catalão poderia! Por isso, o iniciei com muito cuidado, uma vez que aquela era a minha última chance de conseguir a verdade.

– Vó, eu sei que a senhora me esperava para amanhã, mas algo mudou os meus planos drasticamente – falei sério ao sentarmos em cadeiras opostas, posicionadas uma de frente para a outra. – Eu vim hoje mesmo para Areia Branca porque além de já muito precisar falar com a senhora, tudo se acirrou depois da morte do Senhor Puyol, quando li esta carta – lhe entreguei em mãos a carta escrita pelo catalão.

Ela agarrou o pedaço de papel e à medida que lia vez ou outra desviava o olhar em direção a mim. Assim que terminou, recitou então as palavras que eu não queria ouvir.

– Neno, eu não tenho a mínima ideia do que esse senhor está falando! Se eu soubesse desse tal *"segredo, que uma vez revelado, indubitavelmente te transformará para sempre"* – ela leu uma parte da antepenúltima frase da carta –, sem dúvida eu já teria lhe contado. Ainda mais se ele realmente servisse para lhe livrar do gênio ruim daquele velho infeliz – referiu-se categoricamente a Estevan Pompeu de Lear, meu avô.

– Mas eu não entendo mais nada. Como é que Puyol tinha tanta certeza a ponto de escrever isto em uma carta póstuma? Já não sei

mais... – antes mesmo que eu conseguisse terminar a minha frase, com
a qual eu expressaria toda a minha dúvida em relação a quem estaria
mentindo em todo aquele jogo intrincado, levantei e senti uma tontura
similar à sentida naquele mesmo dia pela manhã, quando li a carta. Só
que desta vez, muito mais forte.

Desabei ao chão e em meios aos gritos de socorro deflagrados pela
minha apavorada avó, percebi que o meu nariz estava sangrando muito.
Devido à violência da queda, possivelmente eu tenha batido o meu
rosto em algum móvel. Aquela foi uma sensação horrível, visto que não
conseguia enxergar absolutamente ninguém. No entanto, podia ouvir
com perfeição todas aquelas vozes desesperadas.

– Nossa mãe, Seu Zé Maurício tá morrendo! – Arminda gritou em
pânico.

– Jesus, Maria, José, levanta ele, minha *fia*! – não menos apavorado, Isaurino, tremendo como vara verde, pediu ajuda à filha.

Foi em meio àquele frenesi que notei se destacar uma única voz
cheia de calma e sensatez, a voz de Fábio.

– Calma, gente. Ele só teve uma tontura. Calma, porque essa não
foi a primeira vez – Fábio agarrou a ponta de um forro que enfeitava
uma mesa na biblioteca, provavelmente a que me bati no momento da
queda, e limpou cuidadosamente o meu nariz.

Poucos segundos passaram e eu comecei a enxergar todos novamente. Os olhos azuis de minha avó estavam com um pano de fundo
avermelhado, cobertos de lágrimas, e a pobre morena filha de Isaurino
tremia assustada, assim como o seu pai.

– Como assim não é a primeira vez que isso acontece? – ainda
nervosa, Dona Chica exigiu uma resposta rápida de Fábio.

– Ele teve essa mesma tontura hoje de manhã – rebateu ainda
calmo.

– Isso não está nada bom! Você se alimentou bem no café da
manhã, meu filho? – minha avó perguntou alisando a minha testa
melada de sangue.

– Não vó, raramente como pela manhã – respondi, já tentando me
levantar.

– Oh, meu filho, você sabe que isso não está certo! O desjejum é
a principal refeição do dia. Você deve estar com fraqueza – concluiu
a experiente Dona Chica. – Arminda, minha filha, traga um copo de
leite fresco pra Seu Zé Maurício – pediu à moça que começava a se
acalmar.

Amparado por Fábio, sentei-me na mesma cadeira que antes eu estava sentado e não demorei a mirar a maldita carta que ainda estava entre os dedos da minha avó. Antes mesmo que eu a pedisse de volta, ela agarrou um livro na estante ao seu lado e a escondeu no seu miolo. Pôs o livro de volta na prateleira e me observou beber o copo de leite manchado de vermelho pelo sangue que resistia em estancar.

– Fábio, prepare o carro, vamos à Areia Branca agora mesmo – Dona Chica pediu com gentileza ao meu motorista.

– Vamos lá fazer o que, posso saber? – consultei-a meio insatisfeito.

– Iremos à "Pharmacia Alvorada", do Seu Raimundo Lopes. Lá ele poderá fazer um bom curativo nesse nariz e quem sabe te prescrever uns fortificantes. Você deve estar anêmico! Olhe essa palidez e essas olheiras! – falou a mãe de médica, que devorava livros de medicina para leigos. – Você perdeu quantos quilos desde a última vez que nos vimos, meu filho?

– Uns cinco.

– Claro, não se alimenta direito! – minha avó mal sabia da metade do inferno que eu vivia lá em Salvador. – Vamos, vamos, agora mesmo – ela me puxou pelo braço.

– Não, Vó. Não precisamos ir... – fui cortado de imediato.

– Nada disso, vamos logo! Isaurino, me ajude aqui – a teimosia da velhinha deu as caras e junto ao seu fiel escudeiro me guiou ao carro.

Fábio e Isaurino foram sentados nos bancos da frente do carro, e minha avó, ao meu lado no branco de trás, segurava um pano com gelo na vã tentativa de estancar o sangue. Ainda bem que estávamos vivendo tempos mais modernos em Areia Branca, uma vez que a energia elétrica já era uma realidade na região, inclusive no engenho, o que possibilitou que tivéssemos disponível gelo para ser usado como compressa. Mas é engraçado, não obstante o esforço da minha querida avó, gelo, e tudo mais, foram mesmo as habilidosas mãos do tal de Raimundo da Farmácia que realmente conseguiram cessar aquele intransigente fluxo sanguíneo.

– Êta peste! A porrada deve ter sido grande – ao ver-me ensanguentado, falou zombeteiro o senhor de mais ou menos setenta anos, mas, com os punhos fortes como o de um rapaz.

– Pois é, Seu Raimundo. Caiu de fraqueza e bateu com o rosto na mesa – Dona Chica resumiu o ocorrido.

– *Deixa eu* ver a pulsação, dê cá o punho – Raimundo da Farmácia contou os meus batimentos por um curto espaço de tempo e não sat-

isfeito resolveu medir a minha pressão arterial. Colocou a tira inflável
no meu braço, bombeou e soltou ar por duas vezes seguidas, para se
certificar, e quando convencido do resultado fez um prognóstico. –
Seu Zé Maurício, eu acho que o senhor tem que se alimentar melhor.
A pressão está baixa e o senhor tem uma palidez estranha. Fora essa
sudorese. Tudo indica que o senhor esteja com anemia.

– É verdade, Seu Raimundo. Também desconfiei que ele estivesse
anêmico. Esse safadinho não come nada no desjejum. É claro que tem
que ficar fraco! – minha avó falou satisfeita frente à confirmação das
suas certeiras suspeitas. Enquanto isso, eu observava atônito aquele
fórum de não médicos.

– Dona Chica, vou passar uns comprimidos revigorantes para ele
e, se ele seguir o meu conselho, tudo voltará ao normal. Seria bom que
você passasse a se alimentar melhor pela manhã, meu rapaz – aquele
homem alto, de testa larga e pele morena, foi bastante direto, enquanto
usava o seu polegar esquerdo para puxar para baixo a minha pálpebra
inferior, visando examinar o meu olho direito.

– Vou tentar, Seu Raimundo – concordei ainda meio cético.

– *Deixe eu* ver o seu rosto – ele começou a apalpar meus ossos
zigomáticos, minhas têmporas, meu maxilar, até que concluiu. – Estranho, porque o seu nariz não chegou a se machucar por conta da
queda. Por isso, acho que sangrou graças à pancada na cabeça. Você já
teve antes algum sangramento no nariz? – ele perguntou.

– Milhares de vezes! Desde criança. Bastava eu espirrar com mais
força, meu nariz sangrava – ensaiei um sorriso irônico. Na verdade, eu
queria mesmo era ir embora dali.

– Então deve ter sido por isso! – replicou confiante o boticário que
tentava encarnar o papel de um bom médico, já que o posto de saúde
mais próximo ficava em Piritiba. Tenho que admitir que admirava a sua
renitência em ajudar e servir. – Vou fazer um curativo de qualquer jeito
para ver se estancamos esse sangramento – Raimundo fez um curativo
com gazes e esparadrapo que finalmente fez cessar o fluxo de sangue
àquela altura já não tão forte.

– Obrigado, Seu Raimundo! – minha avó agradeceu, já mais aliviada do susto.

– Não há de quê, Dona Chica – ele respondeu sorridente. –
O rapaz é como o avô Eupídio, raçudo e corajoso. Não é qualquer
sanguezinho que o faz amedrontar – o experiente boticário me deu um
tapinha nas costas.

Seu Raimundo Lopes, mais conhecido como Raimundo da Farmácia, obviamente por conta da profissão que escolheu e vem exercendo no povoado de Areia Branca há mais de quarenta e cinco anos, sempre foi um homem muito respeitado na região. Acho eu que foi a figura daquele senhor com vocação para a cura que na realidade inspirou a minha mãe a ser médica. Dona Ducarmo, em tempos de criança, ou melhor dizendo, pré-adolescente, chegou a trabalhar na farmácia do Seu Raimundo por quase um ano. Ela sempre foi boa com números, o que chamou a atenção de um professor amigo do farmacêutico, que naquela altura precisava de alguém para tomar conta do seu caixa enquanto ele atendia seus clientes. Ele não hesitou em pedir ao amigo Eupídio que deixasse a menina trabalhar na farmácia no turno da tarde, logo depois da escola. Eupídio concordou, depois de minha avó Chica torrar a sua paciência em favor da ideia, e Ducarmo tornou-se a pessoa de confiança do então jovem farmacêutico. Convenhamos, para ele foi ótimo negócio, pois mesmo minha mãe ainda sendo uma criança era mais inteligente do que a maioria dos adultos do povoado. O emprego durou até quando ela teve que se mudar para Salvador, com o objetivo de continuar seus estudos.

Raimundo Lopes teria tido todas as chances, e talento, para ter se tornado um bom médico, caso tivesse tido o mesmo apoio que Dona Chica deu à minha mãe. No entanto, para o seu azar, Raimundo fora adotado quando ainda era muito pequeno, e ele contava para quem quisesse ouvir as circunstâncias do destino que o impediram de realizar o seu grande sonho. Aquele foi então o meu dia de testemunhar o seu drama. Depois de receber um certo tipo de "alta" daquele "quase médico", cuja grande vocação era absolutamente notória, sentei-me na maca que ele me atendeu e ouvi atentamente a sua fascinante história de vida.

– Pois é, meu caro Zé Maurício, se eu tivesse uma mãe como a Dona Chica, quem sabe hoje eu não estivesse lá em Salvador, como colega de profissão da minha querida amiga Ducarmo? Até porque, nós somos da mesma geração, quase da mesma idade. Eu só sou uns dez anos mais velho do que ela – sorriu meio escabreado. – Mas não, a minha mãe verdadeira morreu quando eu ainda era muito novo. Já a adotiva, coitada, era tão ignorante que mesmo que ela quisesse me ajudar, não saberia como.

– É uma pena Seu Raimundo, o senhor sem o diploma já é ótimo, imagine com um! – minha avó elogiou. – Eu bem sei quanto foi difícil fazer funcionar esse grande sonho, o de formar os meus filhos. Lembro bem que o primeiro a ir para Salvador foi o meu filho mais velho, Airton. Tudo começou com a sua intrepidez e vontade de vencer, sou obrigada a admitir! Coitado do meu filho, sofreu tanto até conseguir se estabilizar naquele mundão que é a capital. Ele nunca me contou, mas segundo o povo diz ele passou até fome. Isso me dá um aperto no coração. Mas o que me consola é que ele venceu e hoje é um empresário de sucesso lá em Salvador. Ainda me recordo da quantia que passei a mandá-lo por mês, para que ele enfim começasse a financiar um pequeno apartamento, o mesmo lugar que depois as meninas também puderam ir morar. Ajudei como pude os meus filhos, disso posso me orgulhar. Tive que costurar muito para juntar esse dinheiro, porque Eupídio era contra, por isso, não contribuía com nada. Só fazia criticar!

"Tenho más memórias da sua ladainha desfavorável à ideia de seus filhos irem morar em Salvador. Ele torrava a minha paciência, dizendo: 'Airton já tem um futuro certo aqui no engenho, mulher. Que *mané*[1] negócio de ir pra a *capitá*! O lugar dele é aqui com *nóis*, cortando e moendo cana, pra fazer pinga e rapadura. *Num* sei quem botou na cabeça desse *caboco*[2] essa maluquice de estudar. Vai acabar ficando doi-do!' Eupídio berrava isso todos os dias pelos quatro cantos da casa. Mas sua punição viria a cavalo. Um belo dia, quando ele então percebeu que nada impediria Airton de ir embora, focou em articular para que os outros não seguissem os passos do irmão mais velho e debandassem também. Mais uma tentativa sua que foi por água abaixo. Ele mal sabia que eu era a sua pior inimiga nesse quesito, pois conspirava contra ele, encorajando como eu podia que todos os meus filhos seguissem em frente e batessem asas em busca de um futuro melhor. Principalmente, Ducarmo, pois via talento nela para seguir o exemplo de Airton."

– Airton se formou em que mesmo, Dona Chica? – Seu Raimun-do perguntou sobre o meu tio, que devia ter mais ou menos a sua mesma faixa etária.

– Em Física, Seu Raimundo. Todavia, ele hoje mexe com engen-haria. Tem uma empresa de construção civil. Deus benza, pois o meu filho tá rico.

---

1. Expressão típica que significa: Por que pensar em ir para a capital?

2. Caboclo.

– Eu lembro muito pouco dele, já que ele saiu daqui muito novo e nunca mais voltou. Fomos colegas de sala na escola, porém, da última vez que o vi, uns quinze anos atrás, lá no São João de Piritiba, acho que ele não me reconheceu.

– Pois é, Seu Raimundo, ele pouco vem aqui em Areia Branca, e quando vem, vai direto pra o engenho e fica enfurnado por lá. Quanto a não o reconhecer, acho que a memória dele não deve ser tão boa quanto a do senhor – minha avó justificou educadamente.

– Pois é, não me entenda mal, Dona Chica, não estou reclamando – ele abriu um sorriso caloroso. – No final das contas, éramos tão pequenos quando jogávamos bola no terreno baldio em frente à escola. Mas é engraçado, lembro-me bem do semblante triste de Airton em uma ocasião especial, pois ele estava jogando no meu mesmo time no dia em que eu recebi a notícia da morte da minha mãe biológica, Dona Sinhá Lopes. Ele devia ter apenas seus sete anos de idade, mas parece que ele se compadeceu de mim, o seu pobre colega a chorar pela perda da mãe. Estranho, pois me recordo bem que ele também chorou. Daquele dia em diante nunca mais nos vimos, já que eu tive que me mudar para Mundo Novo com a minha tia Nina – Raimundo falou com a voz embargada.

– Desculpe a minha indiscrição, Seu Raimundo, mas a sua mãe faleceu de quê? – quase não acreditei que eu tinha perguntado aquilo para aquele homem que eu mal conhecia.

– Zé Maurício, ela morreu de tifo, uma doença não muito comum hoje em dia, mas que naquela época poderia ser fatal, principalmente para uma senhora subnutrida e deprimida como a minha mãe. Ela deixou-se adoentar, que pena. Mas também, acho que se ela não tivesse vivido todo o drama familiar que viveu, talvez até não tivesse contraído a doença, tampouco sucumbido às suas complicações.

– Eu lembro dela, Seu Raimundo – minha emotiva avó interrompeu, já com os seus olhos cheios d'água. – Sua mãe era de uma família muito boa. Tanto ela quanto sua tia Nina – a irmã bem mais velha – foram criadas a pão de ló pelo Coronel Nogueira, um brasileiro antigo na região, bisneto dos primeiros portugueses a aparecerem por aqui. O Coronel Nogueira era compadre do Coronel Quincas, por isso, ele sempre ia visitar a Fazenda Araçá, onde eu fui criada. Normalmente ele ia lá para mimar a sua querida afilhada, minha irmã adotiva, Belinha Alves Lima.

– É verdade, Dona Chica, o povo da minha mãe sempre foi muito chegado à família Alves Lima. Principalmente a minha tia Nina, que enquanto viveu foi muito amiga de Dona Belinha – Raimundo completou.

– Azar o dela! – minha avó foi dura como uma rocha.

Seu Raimundo, muito diplomático, ateve-se a um sorriso bem amarelo.

– Enfim, divergências à parte – imediatamente voltou ao assunto principal, por ter notado que o novo tópico não havia agradado à minha avó –, a minha mãe não conseguiu vencer a luta contra o tifo. E você deve estar a se perguntar, Zé Maurício, o porquê de ela ter se entregado. Digo-lhe sem rodeios, ela desistiu de viver depois de ter perdido a sua família. Para ser mais exato, depois de ter perdido o meu pai biológico, Emival Lopes, o ilustre filho do Senhor Governador do Estado de Pernambuco, da recém-formada República Brasileira, Doutor João Lopes.

– Dessa parte pomposa da história eu não sabia! – Dona Chica interrompeu com surpresa, já que os detalhes daquela tragédia pareciam ser mais do que conhecidos entre os moradores das redondezas de Areia Branca.

– Pois é, Dona Chica, tenho primos morando em Recife, os filhos de tia Nina, e eles conseguiram essas novas informações que eu estou prestes a lhes contar.

– Mas como eles descobriram isso depois de tanto tempo? – minha avó retrucou meio descrente.

– Vou lhe contar, Dona Chica, vou lhe contar. Paciência – Raimundo pela primeira vez demonstrou certo descontentamento, mas ainda assim manteve o seu sorriso, agora não tão largo. – Vamos começar do início para seu neto entender tudo. Zé Maurício, o meu avô paterno, o Doutor João Lopes, era um político muito influente lá pra as bandas de Pernambuco. Segundo uma pesquisa feita pelos meus primos, há registros muito antigos atestando que ele foi dono de quase metade do estado. Isso sem contar algumas terras em Alagoas e na Paraíba. Além disso, consta no memorial do governo pernambucano o seu nome como governador-geral do Estado, empossado em 1895, ano também em que meu pai nasceu.

"Só que, durante o seu mandato, o meu avô criou inúmeras inimizades, e talvez por isso ele só tenha durado pouco mais de três anos no poder. Depois de um Golpe de Estado cuidadosamente orquestra-

do pelo Coronel Tertuliano Almeida, seu principal desafeto, meu avô
não só perdeu o diploma de médico, mas também todas as suas terras.
Além disso, fugiu-lhe às mãos o que ele mais prezava na vida, o governo
do Estado de Pernambuco. Meu avô era herdeiro de um temperamento
assaz forte, quiçá pelo sangue quente sertanejo que corria em suas veias.
Segundo a minha tia Nina, ele era descendente de índios antropófagos,
imigrantes portugueses degredados e guerreiros holandeses expatria-
dos. O fato é que ele não engoliu o golpe a seco e resolveu se vingar
no ato. O balzaquiano de porte médio agarrou a suas duas garruchas
– de dois tiros cada uma –, convocou uns três ou quatro jagunços e
partiu para a ignorância em plena sessão plenária em que os seus princi-
pais adversários comemoravam o poder recém-alcançado. Doutor João
Lopes entrou afoito no salão e, no auge da sua macheza, sem titubear
partiu em direção ao inimigo que mais odiava, o Coronel Tertuliano
Almeida. Antes mesmo que o miserável conseguisse se levantar, Lopes
deu-lhe uma salivosa cusparada na face. Não houve tempo nem para
Almeida assimilar a ofensa, pois a sangue-frio meu avô completou a sua
missão ao deflagrar um tiro certeiro no seu coração. Em meio ao pânico
que tomou conta do recinto e muitos tiros, João Lopes conseguiu fugir
graças à cobertura recebida pelos seus leais jagunços. Os coitados não
conseguiram se safar, no entanto.

"Tudo isso está documentado no arquivo jornalístico do maior
periódico da época, o Diário de Recife. Segundo os meus primos,
as microfilmagens ainda diziam que o meu avô foi muito procurado
pelos poderosos de Pernambuco, por semanas, mas o seu esconderijo
era mais resguardado do que se poderia supor. João Lopes conseguiu
guarida no monastério beneditino, cujas paredes foram financiadas
pelo dinheiro da tradicional família do caridoso e religioso médico.
Recebeu a desprendida retribuição até o ponto em que começou a ficar
perigoso para os monges e clérigos que o abrigavam. Foi assim que João
resolveu deixar Recife da maneira mais inusitada possível, já que era
difícil até imaginar um nobre ex-governador fugindo dentro de uma
simplória barrica cheia de bacalhau. Isso mesmo, os monges arranjaram
um jovem negociante que normalmente despachava peixe seco para
a Bahia, e o convenceram a transportar meu avô sob a ameaça de
excomunhão. Sua carroça foi carregada com quinze enormes barricas
cheias de bacalhau e dentro de uma delas João se escondeu em meio
à fedentina dos peixes secos. Meu avô partiu de Recife de madrugada,

rumo a Mundo Novo, Bahia, onde ansiosos a minha avó e o meu pai já o aguardavam sãos e salvos na casa de um primo distante.

"Mas ninguém esperava que a polícia precatória de Pernambuco estivesse fazendo rondas em terras fora das fronteiras do estado. Era questão de honra capturar o político rebelde! O grande erro do meu avô foi subestimar a perícia do Sargento Mariano, um oficial de carreira que depois do que vou lhes contar recebeu o apelido de Perdigueiro do Sertão. Pois é, depois de cruzar a cidade de Paulo Afonso, já no interior do estado da Bahia, João Lopes achou que já tinha se safado, por isso, não esperou nem mais um minuto para deixar a fétida barrica de bacalhau na qual estava escondido. Resolveu então se sentar ao lado do condutor da carroça que havia concordado em guiá-lo para a liberdade, mesmo contra a vontade dele, visto que, apesar de jovem, o carroceiro sabia bem da boa fama da polícia pernambucana. Quem dera o meu avô lhe tivesse ouvido e permanecido junto à fedentina dos peixes, pois seria melhor do que o fado que tragicamente o foi reservado.

"O Sargento Mariano havia espalhado soldados disfarçados por toda a fronteira sul de Pernambuco, uma vez que alguns parentes distantes do ex-governador, sob muita tortura, acabaram por confessar que detinham primos na Bahia. Essa foi a dica na qual os novos governantes e a polícia pernambucana apostaram todas as suas fichas. Consequentemente, após o total relaxamento do meu avô nos cuidados para se manter discreto na sua fuga, não demorou muito até que um soldado disfarçado o identificasse já em terras baianas. O desfecho da história a partir daqui se torna meio que previsível. Em uma manhã muito chuvosa, ocorrência rara na região, o Doutor João Lopes, junto ao seu guia – que o após muito insistir, teve sucesso em convencer que o meu avô voltasse para dentro de uma das barricas –, partiram de um vilarejo chamado Cabaças, nas imediações de Paulo Afonso, rumo a Mundo Novo. Não chegaram a marchar dois quilômetros até o ponto em que foram surpreendidos por uma tocaia de mais de vinte homens armados com fuzil. Grande silêncio tomou conta daquela situação. Ele só foi quebrado quando o Sargento Mariano – que liderava a missão – se aproximou do carroceiro e falou com uma frieza assustadora: 'Ou você me diz onde está o foragido, ou eu lhe capo aqui agorinha'. Antes mesmo que o sargento tivesse tempo de sacar a sua peixeira afiada, o carroceiro fez um sinal com o rosto em direção ao fundo da carroça. O pobre rapaz tremia como uma gelatina.

"Três guardas correram imediatamente em direção às quinze barricas, subiram na carroça e começaram a inspecionar uma por uma. Dando cobertura aos seus colegas, mais de dez fuzis os circundavam, carregados e apontados para o caso de depararem-se com algum tipo de reação vinda de dentro de qualquer uma delas. Ainda assim, o Sargento Mariano gritou umas três vezes: 'Renda-se, Doutor João, não há escapatória!'. Contudo, não ouviu sequer um ruído como resposta. Foi assim que, ao tentarem mover a sexta barrica, cujo interior iria ser cuidadosamente inspecionado, assim como aconteceu com as outras, os soldados notaram que ela estava mais pesada do que o normal. O suspense assolou a todos, até que o próprio Mariano se prontificou a abrir pessoalmente a sua tampa. Sacou seu revólver com uma mão, agarrou o pé-de-cabra com a outra, e forçou a extremidade da barrica até quando conseguiu abri-la. A primeira visão que ele teve foi estarrecedora. Isso sem salientar o enorme fedor de morte que impregnou o ambiente. Só que, não eram os peixes dentro daquela barrica que tinham perecido, mas sim, o corpo do meu pobre avô."

– Como assim? Ele estava morto? – interrompi boquiaberto.

– Isso mesmo, Zé – Seu Raimundo confirmou. – Laudos do Instituto Médico Legal de Recife, o órgão que fez a sua autópsia, combinado a artigos de jornais da época, afirmaram categoricamente que o meu avô se havia envenenado. Meus primos leram todos eles com extremo cuidado. Segundo a mídia do fim do século passado: "o Doutor João Lopes, ex-governador e assassino, preferiu ingerir cianureto em vez de se entregar aos seus inimigos!".

– Nossa, que absurdo! – Chica não conteve o seu espanto cristão.

– Eu imagino que, desde o instante em que ele começou a sua escapada, tinha consigo no seu bolso o poderoso veneno. Por ser um bom médico, ele sabia muito bem como manipular uma substância capaz de tirar a sua vida em um piscar de olhos. E poucos gramas de cianureto de potássio fariam com competência esse lúgubre trabalho. Tal cautela era como se fosse uma garantia para preservar a sua honra. Ao perceber de dentro da barrica de bacalhau na qual se escondia que havia sido descoberto pelas tropas recifenses, resolveu ele mesmo tirar a sua própria vida, pois sabia que, na verdade, iria ser assassinado de qualquer maneira – Raimundo tentou justificar o ato do seu antepassado.

– Povo brabo, esses antigos, hein? – minha avó deixou escapar seus pensamentos. – Desculpe, Seu Raimundo, não tive a intenção de ofender – desculpou-se ao perceber que não havia sido muito agradável.

– Não por isso, Dona Chica – Raimundo replicou –, mas é fato que o povo daqueles tempos era mais apegado a certos conceitos malucos de honra. Para o meu avô, o pior não seria morrer e deixar a sua família à míngua, mas sim, inaceitável seria ser capturado e humilhado no lugar no qual foi uma figura pública respeitada.

– E, que rumo tomou o seu pai e a sua avó? – me intrometi mais uma vez naquela sombria história.

– Zé Maurício, meu pai foi criado pelos primos baianos do meu avô, os Fontes. Logo depois de constatada a morte do Doutor Lopes, uma guarnição pernambucana viajou até Mundo Novo para prender a minha pobre avó. O apavorado carroceiro confessou o endereço ao receber as menores ameaças. A sorte é que o meu pai, uma criança de colo naquela época, não estava em casa no momento em que os soldados invadiram o sítio dos Fontes em busca do que restava da raça do seu ex-governador. Mais especificamente, ele estava a passear com a filha mais nova dos Fontes dentro de uma densa mata que bordeava o sítio. Quando ela resolveu voltar, percebeu uma movimentação estranha dentro da sua casa e resolveu permanecer escondida na mata até que tudo se acalmasse. Os pernambucanos se foram com a minha avó e deixaram para trás o meu pai, que foi criado com carinho pelos Fontes, os primos endinheirados e de grande coração.

"Meu pai, Emival Lopes, naturalmente cresceu revoltado com toda aquela situação. Ele sempre foi um homem traumatizado por nunca ter tido a oportunidade de conviver nem com o seu pai e nem com a sua mãe. Irônico como as histórias se repetem, pois eu também acabei privado dessa alegria. Quando meu pai completou vinte e três anos, ele se casou com a minha mãe, conhecida até hoje por Dona Sinhá, e como bem disse sua avó Chica, ela era filha de um rico latifundiário da região, o Coronel Nogueira. Meus pais me tiveram em 1920, dois anos antes da viagem que levaria meu pai ao falecimento. Isso mesmo, em 1922 o também esquentado Emival Lopes partiu rumo a Pernambuco em uma irracional cruzada que teoricamente lhe traria uma suposta justiça esperada por pouco mais de vinte e cinco anos. Meu pai foi simplesmente fuzilado pelos jagunços do então dono das terras que ele foi reclamar posse. O meu avô materno, o Coronel Nogueira, que lhe acompanhava nessa expedição insana, escapou do atentado por pouco, pois chegou ao local do crime quinze minutos depois do combinado.

Restou-lhe recolher o corpo do genro massacrado por mais de trinta balas.

"A minha mãe biológica nunca perdoou o meu avô Nogueira, tampouco meu pai, pela atitude inconsequente e, porque não dizer, desnecessária. Ambos já eram ricos e não precisavam sair da Bahia para Pernambuco visando reivindicar direitos perdidos havia uma geração. Aquela foi uma peleja perdida já nos tempos do velho João Lopes e não cabia mais vingança naquela tenebrosa saga. Foi olho por olho, dente por dente. Por que meu pai teria que reavivar essa ferida? Essa deve ter sido a pergunta que atormentou os últimos dias de minha querida mãe. Inconformada com a viuvez tão precoce, ela parou de se alimentar de forma decente e entregou-se ao mais completo marasmo. Raramente cuidava de si, chegando ao cúmulo da depressão quando parou inclusive de tomar banho. Entregou-se por inteiro, simplesmente desistiu de viver. Sua irmã, Tia Nina, ainda tentou resgatá-la desse caminho traiçoeiro, mas todos éramos impotentes frente a sua imensa infelicidade. O tifo lhe consumiu por completo quando eu tinha meros seis anos de idade. Daí pra frente, eu fui criado por Tia Nina por um tempo e depois fui entregue à minha mãe adotiva, Dona Marta, uma moça humilde, também viúva, mas com muito amor para dar. Por ironia do destino, ela era da mesma família Fontes que adotou o meu pai."

– Conheci Dona Marta Fontes – disse minha avó Chica –, ela também tinha parentesco com a família Alves Lima. Sempre gostei muito da sua mãe adotiva, Seu Raimundo. Ela visitava com frequência a Fazenda Araçá, quando criança, e por termos nascido no mesmo ano, nos dávamos super bem e brincávamos muito todas as vezes que ela aparecia. Isto é, quando eu conseguia fugir das ordens de Dona Filó.

– É verdade, ela me contava esses casos – sorriu Seu Raimundo. – Mas a senhora deve então lembrar que ela não era uma pessoa muito dada a aventuras. Morria de medo que eu fosse para Salvador. Desse modo, hoje aqui estou, técnico em farmácia e não médico. Diplomado em Jacobina e não na capital – Raimundo demonstrou frustração em sua voz.

– Lembro, sim, Seu Raimundo. A coitada era meio medrosa mesmo. Mais a sua intenção de protegê-lo era boa. E pensemos juntos, graças a ela temos o melhor farmacêutico da região! – Chica abriu um sorriso tentando confortá-lo.

– Obrigado, Dona Chica. A senhora tem razão, devo tudo a Dona Marta, não posso reclamar. Muito diferentemente da minha mãe verdadeira, ela nunca desistiu de mim – lamentou-se.

– É engraçado, pois apesar de ter muitas memórias do seu avô Nogueira, eu pouco me recordo de Dona Sinhá. Ela raramente ia visitar os Alves Lima – Chica comentou, tentando mudar o assunto.

– É, tenho a impressão de que ela não ia muito lá na Fazenda Araçá. Assim como a senhora, acho que ela não gostava muito de Dona Belinha – Raimundo sorriu zombeteiro enquanto minha avó fazia o sinal de positivo com o dedão da mão direita. – Já o meu avô Nogueira, como a senhora já bem citou, vivia por lá. Ele gostava muito do Coronel Quincas, seu compadre e amigo de grandes prosas. Por falar nisso, lembrei-me de uma coisa, a minha tia Nina certa feita me contou que ele também gostava muito de conversar com o pai da senhora. Parece que o velho Nogueira sempre que o via queria saber mais a respeito da terra dos seus antepassados portugueses, e Seu Sebastião não cansava de contar. Minha tia Nina, inclusive, por já ser quase uma mocinha na época, algumas vezes chegou a presenciar ela mesma esses descontraídos bate-papos – Raimundo olhou com ternura para a minha avó. – Dona Chica, há mais de um mês que eu tenho algo para falar para a senhora, mas nunca mais tive o prazer da sua visita – falou enigmático. – É, por sinal, algo relacionado ao pai da senhora! – ao terminar a sua frase, os olhos azuis de Dona Chica dilataram suas pupilas e imediatamente voltaram-se para o velho farmacêutico com imenso interesse.

– O que, sobre o meu pai? O que pode ser? O coitado sumiu louco pelo norte do Brasil há mais de oitenta anos – ela falou cética, mas pude notar uma grande apreensão da sua parte.

– Não sei não, Dona Chica, mas acho que o pai da senhora não acabou os seus dias no norte do país não – Raimundo rebateu.

– Vamos lá homem, desembuche logo! – ela deixou escapar toda a sua tensão.

Mesmo depois de tantos anos, aquele ainda era um mistério para a nossa família. O pouco que tínhamos conhecimento sobre o meu bisavô Sebastião era que ele havia enlouquecido ao presenciar a morte horrível e repentina da sua amada esposa, que para ser honesto, nunca nem sequer soubemos ao certo o seu nome. Mais do que isso, nada de muito concreto. Segundo rumores – pelo menos os melhores deles –, ele havia doado os seus quatro filhos para adoção e resolveu partir para o Acre em busca de riqueza. Estou certo de que esse ainda é um assunto que muito perturba a minha avó. E pasmem, coincidência ou não, naquele dia, depois de anos, já quase sem esperança, ela sem querer veio a se deparar com possíveis pistas do paradeiro do seu pai, que àquela altura, convenhamos, já deveria estar morto. No entanto, só de saber onde ele possivelmente vivera e morrera, para ela já seria um grande triunfo.

– Certo, Dona Chica, eu vou direto ao ponto – Raimundo disse meio esbaforido. – No fim do mês de fevereiro eu fui pela primeira vez visitar os meus primos de Recife. Isso mesmo, por uma ironia do destino, a minha tia Nina, após ser aprovada em um concurso público federal, acabou mudando para Pernambuco com toda a sua família, onde prosperou e viveu até os seus últimos dias. Depois de muita insistência, eu acabei cedendo ao velho convite e aproveitei para também assistir ao seu carnaval. Muito bonito e tal, mas ao término da festa, entre uma prosa e outra, começamos a relembrar dos velhos tempos de criança, e por sugestão da prima Mara, terminamos por folhear alguns álbuns de fotografia de tia Nina. Lá tinham muitas fotos minhas, inclusive, pois como já disse, morei com ela por algum tempo em Mundo Novo. Um álbum puxou o outro, e foi quando começamos a ver as fotos do casamento de Mara, celebrado em Recife no ano de 1950, que algo realmente me surpreendeu.

"Nesse álbum havia muitas fotos do meu avô Nogueira – que, assim como uma leva de coronéis da região, depois de perder tudo em Piritiba, acabou indo morar com os filhos, no caso dele, a minha tia Nina –, e uma delas, em especial, chamou-me muita atenção, pois no seu rodapé estava escrito o nome do pai da senhora, Dona Chica. Para ser mais exato, estava grafado assim: 'Papai e o grande amigo dos tempos da Fazenda Araçá, Sebastião', com a letra de Tia Nina. Como eu sempre soube dos boatos sobre o final meio trágico que o pai da senhora teve, fiquei muito agitado, visto que aquela foto do casamento de Mara mudava todas as conjecturas traçadas anteriormente. Ainda pensei em ligar-lhe, mas sei que a senhora não tem telefone. Por isso, resolvi esperar a senhora aparecer, até porque, no meu entender, não se trata mais de um assunto de urgência."

– Seu Raimundo, o senhor tem certeza que era realmente o meu pai? – minha avó perguntou com a voz trêmula enquanto eu ouvia tudo aquilo atentamente.

– Quase cem por cento! Minha prima Mara confirmou que foi apresentada a ele no dia do seu casamento pelo nosso próprio avô, o Coronel Nogueira. Segundo ela, meu avô se referiu a ele como o grande amigo português que conhecia desde os tempos antigos da Fazenda Araçá. Além disso, depois de eu tanto insistir no assunto, a minha prima ainda me garantiu que ele tinha um sotaque forte do povo lusitano. E mais, lembra-se claramente que o velhinho, na época com mais ou menos uns oitenta anos, chamava-se realmente Sebastião. Infelizmente ela nunca veio a saber o seu sobrenome.

– Então era realmente o meu pai! Não havia outro Sebastião a trabalhar na Araçá – Chica concluiu pasma.

– Mara ainda falou que ele elogiou muito a beleza da minha tia Nina, e que mais de uma vez o velhinho disse ter filhos com a mesma idade dela. A minha tia Nina, se viva estivesse, hoje teria quase cem anos.

– Meus irmãos mais velhos, igualmente se vivos estiverem, têm em torno disso – Chica afirmou enquanto uma furtiva lágrima rolou pelo seu rosto marcado pelo tempo.

– Então, Dona Chica, é quase certo que o pai da senhora tenha terminado os seus dias em Pernambuco, não no Acre, como o povo diz. Eu ainda tentei convencer Mara a me dar a foto, mas sabe como é, quando se trata de álbum de casamento as mulheres ficam meio enciumadas. Mas se a senhora quiser, posso pedir para ela arranjar uma cópia – Raimundo falou animado.

– E adianta de quê, Seu Raimundo? Meu pai já deve estar morto mesmo. Além disso, ele nunca quis me procurar. Se quisesse, ele bem sabia onde eu estava. Ele mesmo me deixou lá – ela desabafou ao enxugar outra lágrima.

– A senhora não tem curiosidade de ver pelo menos como é o rosto do bisavô? – eu me intrometi, de certo modo transpondo a minha curiosidade para a minha avó.

– Eu não, Neno. Já tive muito, mas hoje no fim da vida não tenho mais – ela respondeu serena, depois de um suspiro.

– A senhora sabe que eu estou às ordens caso mude de ideia – Seu Raimundo se ofereceu com gentileza.

– Sei, sim, meu amigo, sei, sim. Mas já proseamos demais para um dia só. Ainda tenho que voltar para o engenho, pois tenho ainda que fazer um mugunzá para esse moço – Chica apontou para mim – e ajudar Arminda a matar um peru gordo.

– Seu Raimundo, obrigado pelo curativo. Quanto eu lhe devo? – eu meti a mão no bolso com a intenção de pagá-lo pela "consulta".

– Dinheiro de filho de Ducarmo não vale nada aqui – o simpático senhor sorriu. – É cortesia! – consumou.

– Fico sem jeito se não pagar – ainda tentei. – Posso pelo menos cobrir os custos do material do curativo? Além disso, queria uns analgésicos para dor de cabeça!

– Tome aqui algumas aspirinas – me deu três cartelas –, e já lhe disse, aqui você não paga nada! – Raimundo insistiu.

– Eu agradeço então, e fico devendo o favor. O que o senhor precisar de Salvador é só me telefonar – lhe entreguei um cartão de visita.

Seu Raimundo aceitou de bom grado a minha oferta e aproveitou para se despedir. Mandou lembranças outra vez para a minha mãe, sua antiga ajudante mirim, e pediu também que eu mandasse um abraço para meu tio Airton, quando o visse novamente. Insistiu que se eu tivesse tempo lhe contasse a história do dia em que jogavam futebol em frente à escola, quando ainda eram crianças. Eu lhe garanti que se houvesse oportunidade, seria um prazer. Foi então que, feliz, ele nos guiou até a porta da famosa "Pharmacia Alvorada" e logo depois que beijou a mão da minha ainda emocionada avó, proferiu uma frase que a deixou mais intrigada do que nunca.

– Dona Chica, uma última coisa. Minha intenção não é aborrecê-la, longe disso, mas acho que a senhora deveria despedir-se de Dona Belinha antes que seja tarde demais. Um passarinho me contou que ela pode ter algo de muita valia para a senhora.

Minha avó simples e inexplicavelmente ignorou as palavras daquele bom homem. Com tamanha naturalidade, pausadamente disse-lhe um último adeus, virou as costas, entrou no carro, e em profundo silêncio esperou que Fábio desse a partida. Permaneceu assim até que nós chegamos à entrada do engenho.

9

O custoso perdão

— ELE PENSA QUE eu não sei que esse tal passarinho é Salustiano, o
filho de Belinha – eu finalmente externei toda a minha consumi-
ção em relação às palavras de despedida há pouco pronunciadas por
Seu Raimundo.

– Desculpe, Vó. Não entendi – o meu neto Neno voltou-se para
mim, meio confuso.

– É, meu filho, agora o povoado inteiro encasquetou que eu tenho
que ir dar a extrema-unção àquela miserável agonizante! Primeiro foi
Seu Honório da mercearia, hoje pela manhã, e como você próprio as-
sistiu, hoje de tarde foi Seu Raimundo. Os dois, por serem próximos de
mim, estão sendo pressionados pelo filho caçula de Belinha, Salustiano,
a convencerem-me de fazer uma derradeira visita ao leito de morte
da sua moribunda mãe. Estranhamente Belinha insiste em me reencontrar e o filho parece não medir esforços para realizar o seu último
desejo. Seu Honório foi quem me contou os detalhes da aproximação

de Salustiano e presumo que Seu Raimundo tenha igualmente sido
contatado por ele.

– Eu faria o mesmo pela minha mãe – o meu jovem neto exprimiu
a sua opinião por demais madura. – Eu posso saber por que a senhora
não vai visitá-la? Afinal, ela é como se fosse sua irmã – Neno pôs-me
na parede.

– Acho que você já ouviu falar que eu nunca me dei muito bem
com ela, não é mesmo, meu rapaz? Agora vamos para dentro de casa
que eu ainda tenho que preparar o milho para o mugunzá de amanhã
de manhã. Hoje de noite teremos peru – desconversei, pois não queria
discutir com o meu neto aquele assunto que tanto me perturbava.

Acompanhei Zé Maurício até o seu quarto, o mesmo que ele costumava dormir quando era pequeno, e o aconselhei a tirar um cochilo
até que o peru ficasse pronto, já que iria demorar um pouco, graças
ao imprevisto. Ademais, seria bom para o meu recém-acidentado neto
que ele descansasse um pouco. Neno concordou com a minha sugestão
e antes mesmo que eu deixasse o quarto, ele já estava dormindo como
um anjo.

Naquela noite ceamos juntos à mesa, como costumava ocorrer nos
tempos áureos do nosso engenho. Eu sentei na cabeceira, lugar onde
antigamente Eupídio normalmente reinava, e os meus convidados e
agregados se espalharam pelas laterais daquele antigo e maciço móvel
de jacarandá. Recordei-me incessantemente de cada um dos meus filhos durante toda a refeição. Inclusive de Mira, que já não mais estava
entre nós. Fábio e Isaurino repetiram duas vezes, e se tivessem dentes
mais fortes comeriam até os ossos do peru. Já o meu neto, quase não
mexeu no prato. Acho que ele estava ainda meio aturdido pelos efeitos
da queda, ou quem sabe pela decepção de não lhe ter sido revelado o
segredo que tanto o atormentava. Pedi perdão a Deus por ter mentido,
uma vez que eu estava jurada e não podia expor nada a respeito do
tópico que o Senhor Puyol havia deslealmente levantado. Ele não tinha
o direito de me colocar nessa situação tão delicada. Porém, no fundo
do meu coração entendia que a sua intenção era boa, visto que o velho
catalão só queria mesmo era ajudar o meu pobre Neno. Além disso,
eu tinha plena ciência de que eu poderia, sim, libertar o meu neto
das garras de Pompeu de Lear, aquele velho maldito. Aquilo passou a
remoer dentro de mim.

No entanto, pelo menos naquele instante, aquele não era o assunto
que mais pesava a minha consciência. Ao final da ceia, fomos todos

deitar cedo, por conta do cansaço de um dia imensamente ativo, mas, para mim, a noite estava somente começando. Passei horas a refletir as palavras de Seu Honório e Seu Raimundo. Não conseguia chegar a uma decisão. Visitar ou não a mulher que foi a responsável por trazer tanto sofrimento para a minha vida? Essa maldita pergunta martelou o meu juízo por horas! O senso de caridade apelava para que eu fosse. Por outro lado, a ira e um sentimento podre e fétido de vingança me convenciam que a ignorar poderia ser uma forma de fazê-la provar do seu próprio veneno.

Depois de dormir por no máximo quatro horas de relógio, decidi levantar-me e, ainda de camisola, resolvi ir à cozinha para tomar um copo de leite fresco. Ao adentrar na sala bem ao lado do meu quarto, notei que eu não era a única a estar desperta naquele alvorecer morno e seco.

– Não conseguiu dormir, meu filho? – perguntei a Zé Maurício, logo após desejar-lhe um bom dia.

– Não, vó. Acho que fiquei sem sono depois do cochilo que tirei no fim da tarde – ele tentou me iludir, mas eu sabia que tudo estava relacionado à sua grande frustração.

– Estava pensando, Neno, eu acho que eu devia ir visitar aquela pobre moribunda – sem pedir licença, despejei no colo do meu neto tudo o que me havia afligido no decorrer daquela noite de insônia. – Se eu não for, acho que vou me arrepender. Vai que ela tem mesmo algo de interessante a me dizer, como afirmou o Seu Raimundo.

– Eu acho ótimo, vó. "Melhor arrepender-se de algo feito, do que de algo não feito", esse é o dito popular. Além do mais, na menos cordial das hipóteses, ela vai falar um monte de besteira e quem sabe até lhe ofender. Contudo, pior do que é não pode ficar. Duvido muito que a senhora consiga odiá-la mais do que a senhora já odeia. Dessa maneira, não há nada a perder – eu não cansava de me surpreender com a maturidade daquele rapaz. Ela crescia vertiginosamente a cada reencontro.

– É verdade, Neno. Só tenho a ganhar. Por isso, gostaria de pedir um favor. Será que você poderia ir comigo? Além de precisar da carona – Chica sorriu –, apreciaria muito a sua sensata companhia. Dar-me-ia mais força para enfrentar o leão.

– Será um prazer. Fico lisonjeado! Quando a senhora quer ir?

– Pode ser agora? Logo depois do café, é claro – notei surpresa no seu olhar.

Neno respondeu que sim e foi imediatamente acordar Fábio, que deve ter dormido como uma pedra depois de comer as duas coxas do peru.

Depois de muita reflexão, eu decidi resolver aquele problema imediatamente, naquela manhã mesmo. Pensei comigo, "Eu não vou fomentar no meu fim de vida, noites e mais noites de insônia". Por que deixar para amanhã, o que pode ser feito hoje? Até porque, no caso de Belinha, poderia não haver amanhã.

É estranho, pois quando o destino decide conspirar em nosso favor, tudo acaba acontecendo ao mesmo tempo, e as linhas da história parecem todas se conectar. Diria que a vida é como se fosse um grande quebra-cabeça e as peças finais realmente indicam se encaixar nas lacunas deixadas pelo nosso passado. Caso eu vencesse o meu gênio forte adquirido com o tempo, estaria prestes a conduzir os derradeiros movimentos, das derradeiras peças, do complicado jogo de xadrez que foi a minha existência. Se eu bem jogasse, poderia até conseguir um xeque, ou até mesmo um legítimo xeque-mate. Mas para isso, antes, eu teria que engolir a seco aquela visita, digamos que, nada aprazível, à minha irmã adotiva. Se é que eu poderia assim chamá-la.

– Fábio, meu filho, peça a Isaurino que lhe explique onde é a casa de Marilda, filha de Dona Belinha, lá em Piritiba – pedi ao bom rapaz, enquanto eu ia em direção à cozinha, ajudar a mexer o tão esperado mugunzá, cujos ingredientes já haviam sido separados e preparados na noite anterior.

Realmente o milho branco de Seu Honório fez a diferença, porque o meu neto descontou no saboroso mugunzá do café da manhã tudo o que não havia comido na ceia da noite passada. Eu sabia que ele gostava, por isso, caprichei na dose. Fiquei muito satisfeita por tê-lo agradado.

– Oh, Vó Chica, eu poderia morrer agora, que morreria feliz! Esse mugunzá é o manjar dos Deuses. Como eu sinto falta disso lá em Salvador. Bem feito como o da senhora, ninguém faz! – ele falou depois de raspar a cumbuca e se servir novamente.

Assim que ele terminou de se servir pela terceira vez, eu já comecei a me preparar para aquele encontro que no mínimo eu poderia definir como tenso. Ornei-me com o meu melhor vestido, coloquei um pouco de maquiagem, pinguei algumas gotas de colônia e, por fim, calcei um belo mocassim que eu havia comprado para ocasiões especiais, pois no final das contas, não queria chegar na casa de Marilda parecendo uma mendiga do mato.

Sem mais tardar, então entramos no carro – eu, Neno, e Fábio, como sempre a dirigir – e rumamos para a estrada de chão que passava bem perto do nosso canavial. Dali para frente restou-me somente concentrar-me e esperar que o potente carro do meu neto nos carregasse rapidamente pelos onze quilômetros que separavam o nosso antigo engenho do centro de Piritiba. O tempo passou como um piscar de olhos. Vejo-me obrigada a de vez em quando reconhecer as benesses da tecnologia e da riqueza, pois caso eu resolvesse fazer a mesma viajem da forma tradicional, eu levaria uma pequena eternidade para chegar ao meu destino final. Dentre outros tempos mortos, eu teria que me sujeitar aos atrasos do transporte público e principalmente ao desconforto da minha velha charrete. Nunca tinha viajado tão rapidamente para Piritiba quanto naquele dia. Não só pela ligeireza daquele moderno veículo, mas pela ansiedade de reencontrar-me com o meu passado ruim.

– Chegamos, Dona Chica. A casa é aquela ali – Fábio, sempre gentil, apontou para um pequeno casebre, longe de estar à altura do luxo ostentado no passado pelos Alves Lima.

– Fábio, pode parar o carro em frente ao portão – Neno deliberou.

– Vó Chica, a senhora fica no carro e eu vou lá me apresentar e dizer que a senhora está aqui para visitar a sua irmã adotiva – assenti com a cabeça e assim que ele saiu do carro fui devastada por um incômodo frio na espinha.

Zé Maurício bateu três vezes naquela porta fina, fazendo tremer um vitral amarelado cheio de rachaduras posicionado bem no seu meio, até que alguém o atendeu e começaram a dialogar. Eu não conseguia nem ver, nem escutar o que dizia o interlocutor do meu neto. A porta então se fechou e Neno veio até mim com um semblante meio consternado.

– Vó, a situação de Dona Belinha não está muito boa. Acabei de falar com a sua filha, Marilda, e parece que ela está realmente nas últimas – ele deu-me a notícia.

– Mas não posso falar com ela? Poxa, disseram-me que era o seu último desejo – resolvi insisti no meu propósito.

– Marilda foi ver se ela está acordada e me garantiu que se ela estiver, absolutamente ira lhe receber, Vó Chica.

Aqueles dez minutos passaram na velocidade de horas, até que finalmente consegui ver o semblante de Marilda, hoje uma senhora completamente distinta da pequena menina que eu um dia conheci.

Ela tinha engordado bastante nos anos que passaram, e confesso que senti um pouco de pena ao testemunhar ao jeito desleixado com que ela se vestia. Tive então certeza de que a pobreza tinha verdadeiramente assolado os descendentes dos antes poderosos Alves Lima.

– Como vai, Dona Chica? – Marilda veio até a porta do carro e me cumprimentou com um sorriso humilde e envergonhado estampado na face.

– Vou bem, minha filha. Há quanto tempo que eu não lhe vejo – disse com certa frieza. – Parece que a vida não tem sido muito generosa com os Alves Lima – admito que me arrependi depois de ter falado aquela frase tão perversa.

Aprendi com a experiência que não deveríamos espezinhar algo à beira da morte. E, à primeira vista, era aquilo o que eu podia notar acontecendo àquela pobre família. Entretanto, reagi daquela maneira, penso eu, pois, no fundo, no fundo, o meu espírito buscava vingança. Nos mínimos detalhes. Por mais que eu tentasse conscientemente negar. Esperei então uma resposta à altura – mais dura, aguerrida – vinda da minha interlocutora, mas me surpreendi com o acatamento e fala mansa da filha de Belinha.

– É verdade, Dona Chica, *nóis tá* enfrentando um problema após outro – Marilda desabafou enquanto me ajudava a sair do carro. – Meu marido me deixou depois de mais de vinte anos de casada. Meu filho mais velho morreu ano retrasado. E pra terminar, mamãe *vei*[1] morar comigo ano passado. *Num*[2] tô *recramando, apois* eu amo minha mãezinha. Mas eu mal consigo pagar as minhas *conta*, com a minha pequena aposentadoria, quanto mais as de mamãe. Ela toma muito remédio, fora as *despesa* do dia-a-dia – calou-se desolada, o que me fez arrepender de vez. Entristeci-me perante a sua miséria e os seus incontáveis erros de português, o que indicava tratar-se de uma pessoa exposta a pouco estudo.

– E os seus irmãos, não ajudam com as despesas? – indaguei indiscretamente.

– Que nada, Dona Chica! Os que moram pra as *banda* de Goiás nem sequer telefonam. Já Salustiano, o único que mora perto, lá em

---

1. Veio.

2. Linguagem inculta regional equivalente a: "Não", "Reclamando" e "Pois", respectivamente.

Jacobina, *num* tem tanto dinheiro. Se *nóis* facilitar, ele ainda vem aqui pedir – ela zombou.

– Mas ouvi dizer que ele estava tão bem! Com uma concessionária e tudo mais. Tu *num acha* que ele tá te engabelando? – era impressionante como eu tendia a falar com certos vícios, quando dialogava com alguém não tão instruído no bom português. Aquilo era como se fosse um ímã que me atraía de volta para o peculiar e regional jeito com que o nosso povo sertanejo sabia se comunicar. Admito que gostava de falar assim de vez em quando. Afinal, era o meu jeito, a forma que aprendi desde criança, somente aprimorada por conta da constante leitura.

– Acho não, Dona Chica. A senhora vai ver com o *zóio*[3] da senhora.

– Tá bom... – repliquei incrédula. – Agora posso falar com a tua mãe? – voltei ao ponto que me trazia àquela humilde casa.

– Claro que sim! – Marilda me conduziu para dentro da sua modesta sala de visita, dentro da qual somente havia uma televisão bem velha e um sofá aos farrapos.

Então, andamos em direção à pequena sala de jantar, que se resumia a uma minúscula mesa de quatro cadeiras e um calendário impresso pelo Mercadinho Central pendurado na parede, até passarmos para o corredor que dava acesso à cozinha. Uma vez no modesto recinto carente de bons alimentos, Marilda me ofereceu um café recém passado e me pediu que eu sentasse em uma cadeira velha ao lado do fogão de lenha enquanto ela ia avisar a mãe que eu já estava pronta para encontrá-la. A dedicada filha voltou pelo mesmo corredor e abriu a porta do quarto da esquerda, onde presumivelmente Belinha dormia. Nesse meio tempo, Zé Maurício e Fábio juntaram-se a mim e também se serviram do bule de café. Percebi que Neno sentiu pena das condições precárias em que viviam as duas senhoras e deixou alguns Cruzados Novos debaixo da lata de bolachas enferrujada. Antes mesmo que pudesse me certificar do valor da oferta, ouvi a voz baixinha vinda do corredor:

– Dona Chica, a senhora pode entrar – Marilda me esperava ao pé da porta.

Eu levantei tremendo não só graças à velhice, mas também por conta do nervosismo do reencontro. Agarrei a mão de Neno e tenho

---

3. Olhos.

certeza que ele percebeu que às minhas estavam suando de tensão. Ele tentou me confortar alisando os meus cabelos e logo me guiou até a entrada do quarto da esquerda. Acho que ele também estava curioso para ver a tal de Dona Belinha que me havia feito tanto mal. Só que, ele caiu do cavalo, pois educadamente Marilda pediu que ele me deixasse entrar sozinha, já que esse era o desejo da sua mãe. Belinha queria falar comigo em particular. Desse modo, dei um último aperto na mão do meu neto, como se extravasasse aquela enxurrada de ansiedade que me afligia, e enfim me dirigi para dentro daquele quarto escuro. Assim que Marilda acendeu o abajur, a primeira visão que tive foi desoladora, como era de se esperar.

— Olá, Francisca. O tempo foi bom com você, minha irmã — aquela voz trêmula e debilitada surpreendentemente referiu-se a mim como nunca havia se referido.

— Oi, Belinha. Obrigado pela parte que me toca — respondi fleumática. — Engraçado, se não me falhe a memória, acho que essa é a primeira vez que ouvi você me chamar de irmã — desferi o segundo golpe.

— Francisca, minha querida, pedi que você viesse me ver... — ela gemeu de dor — ...porque queria muito te pedir perdão. Como você pode ver, não tenho muitos dias pela frente, talvez nem horas. Desejo muito que me perdoe — Belinha dessa vez levou a mão ao estômago e gemeu novamente de dor.

— Como eu posso perdoá-la depois de tudo o que você fez de mal para mim? — retorqui, fria como uma pedra de gelo.

— Os anos fizeram-me arrepender, minha irmã. Por favor, me desculpe. Eu te suplico — após mais um gemido de agonia, ela começou a chorar como uma criança de colo.

A partir daquele instante, toda a minha impassibilidade começou a ruir. Por mais que eu fosse insusceptível a nutrir qualquer bom sentimento relacionado à minha irmã, frente àquela cena carregada de arrependimento, não havia como eu ignorar o seu pedido. No entanto, antes de enfim conceder o tão rogado perdão, me achei no direito de relembrá-la de tudo de ruim que ela me havia proporcionado. Inclusive de um fato que, não fosse pela situação digna de pena que eu presenciava, seria inexoravelmente imperdoável.

— Eu te perdoo, Belinha. Do fundo do coração, eu te perdoo — repeti, pois queira me convencer de que eu estava falando a verdade. — Mas te digo também de coração, doeram bastante as surras que a sua mãe me deu graças às mentiras que você inventou – ao ouvir o meu desabafo, ela chorou mais ainda. – Eu nunca roubei nada na sua casa, muito menos seus laços, meias e presilhas. Jamais namorei escondido com o filho do vaqueiro. Longe de mim, e graças a Deus casei virgem. No entanto, essas invenções me renderam milhares de bolos e surras com vara de marmelo.

– Que remorso eu sinto! O que posso fazer para me redimir? – Belinha me interrompeu querendo penitência para os seus pecados.

– Honestamente, nada. Não podemos voltar no tempo, logo, é impossível reconquistar a reputação que você fez questão de manchar. Lembra-se? Fora o que já citei, você chegou a insinuar que eu maltratava seus irmãos menores e cuspia na comida quando os outros não viam. E qual era o fim de tudo isso? Mais palmatória e corrião! Contudo, o ápice das suas intrigas em casa ocorreu quando você finalmente conseguiu me fazer brigar com o seu pai, o meu querido Quincas, com quem eu sempre tive uma ótima relação. Esse episódio doeu mais do que uma surra. Sempre o considerei como um pai, e acho que isso verdadeiramente te incomodava. Não é mesmo?

– Eu sei que não fui boa com você, Francisca. Por isso lhe chamei aqui, já que quero pelo menos tentar recompensar-lhe por tudo de ruim que lhe causei – Belinha tossiu forte e pediu à sua filha um lenço encardido que estava sobre o criado mudo. Limpou a boca e sujou o trapo com o vermelho do sangue que de lá vertia.

– Acho difícil! Eu nunca me esquecerei daquela ocasião em que você inventou a maior de todas as suas mentiras, de consequências avassaladoras. Saiu dizendo para todo mundo que eu estava espalhando pelos quatro cantos da Fazenda Araçá que o seu pai estava sendo corneado. Isso é coisa que se faça? Dali por diante, o meu padrasto ficou louco da vida comigo e nunca mais tive o carinho e atenção da única pessoa que de certo modo se importava comigo. Você criou a intriga, Belinha, isso é fato, mas admito que tu não foste a única responsável pela minha ruína. Teu pai foi fraco, ponto final. Acho que o poderoso Coronel Quincas me usou como bode expiatório, simplesmente por não ter mais a quem culpar por todas as suas frustrações. Tenho essa mágoa dele. No seu íntimo, teu pai sabia que estava sendo realmente traído pela Dona Filó. E mais, acho que, no fundo mesmo, ele tinha certeza de que ela não só se deitava com um amante, mas com vários.

"Sua mãe, Belinha, nunca foi lá flor que se cheirasse, e você igualmente sempre soube disso. Confesse-me agora, você me usou, inventando que eu que espalhava os boatos sobre o seu pai, pois, no fundo, no fundo, queria matar dois coelhos com uma só cajadada. Além de ambicionar a minha expulsão da Araçá, você também queria alertar o coitado do seu pai das traições, não é mesmo? Trazer o problema à tona, digamos assim. Você nunca tolerou a libidinagem infiel e desmedida da tua mãe, e encontrou na mentira uma forma de lutar contra isso. Uniu o útil ao agradável, como eu já disse, porque se livrou de mim, que você nunca suportou mesmo, e de certa maneira fez com que seu pai prestasse mais atenção nos passeios da sua mãe."

– Minha mãe, que Deus a tenha, nunca foi uma boa esposa, eu reconheço. Porém, tenho que admitir que ela foi pior madrasta. Quando ela soube do fuxico que eu inventei a teu respeito, Francisca, ela tratou de contra-atacar imediatamente, confesso. Não foi ideia do meu pai forçar o seu casamento com o filho dos Miranda, mas sim, de Dona Filó, em retaliação aos teus supostos comentários referentes à sua honra. Foi fácil convencer o Coronel Quincas, que prontamente concordou em se livrar da fofoqueirinha que o chamava de corno pelas costas. Pena que ele não teve a mesma atitude intempestiva para prestar mais atenção no comportamento da esposa, que o chifrava debaixo do seu nariz. Como você bem sabe, inclusive com amigos próximos, como o Coronel Nogueira. Até o fim da vida meu pai se negou a enxergar o óbvio – Belinha se lamentou entre um tossido e outro.

– É pena saber que ele nunca reagiu – me lamentei também. – Nunca cheguei a odiar o seu pai, Belinha. Palavra de honra! Mesmo magoada por ele ter concordado em quase me expulsar da fazenda, quando arranjou o meu casamento de última hora com Eupídio, sempre rezei pela felicidade do velho Quincas. Quanto a você, Belinha, não ouso dizer o mesmo. Senti muito ódio. Imaginei todos os dias da minha vida como você deve ter se vangloriado da minha desgraça, visto que finalmente conseguiu me tirar do seu caminho – a provoquei.

– Confesso que na época fiquei feliz mesmo, você bem sabe o porquê – ela se encolheu envergonhada entre os travesseiros que a apoiavam na cabeceira da cama. Enfim, Belinha tocou no assunto que mais dificultava o meu perdão. Algo ainda pior do que o repúdio do meu padrasto.

– Multiplique por dez a tua felicidade e ainda assim não chegarás nem perto da magnitude da minha tristeza. Enquanto lá vivi, boba eu nunca desconfiei que a sua enorme obsessão em me arrancar daquela fazenda nada mais era do que medo de perder Tarcísio para mim – citei o nome do meu grande amor. – Assim como eu, você também sempre foi apaixonada por ele, mas não se conformava em não ser correspondida. Por conseguinte, teve que jogar sujo, sempre à sua maneira – não consegui reprimir o meu sentimento e acusei a moribunda.

– Eu sei, minha irmã, hoje enxergo bem isso. E o pior é que no final Tarcísio Cunha não ficou nem contigo, nem comigo – agora além de tosses a pobre velha começou a sentir falta de ar.

– Deus é justo, Belinha. Mesmo sem mais a minha presença na fazenda, pois lembro bem que fui obrigada a ir morar na casa dos Nunes, amigos da família de Eupídio, enquanto os Miranda terminavam os preparativos das bodas, você nunca pôde lutar contra a natureza de Tarcísio. Por mais que você tenha tentado, em conluio com a sua pérfida mãe, Dona Maria Cunha, o caráter do meu grande amor sempre foi imaculável.

– É verdade, Francisca, Dona Maria fez de tudo para me ver casada com o seu filho. A matriarca dos Cunha julgava que a herdeira dos Alves Lima seria um bom par para ele. Digamos que uma linhagem à altura – Belinha tossiu e cuspiu sangue novamente. – Dona Maria inclusive que contatou os Miranda, conhecidos distantes, propondo o casamento para o seu filho varão. Apesar de a família de Seu Eupídio ostentar uma classe social mais baixa do que a dos Cunha, as notícias de que havia um homem de bem à procura de esposa corriam rápido. Além disso, uniria o útil ao agradável do ponto de vista de Dona Maria, que na realidade queria mesmo era lhe tirar do jogo.

– Pois é, foi como uma rainha comendo um reles peão em um jogo de xadrez – eu disse macambúzia. – Dali para frente entrou em cena a tua mãe, Dona Filó, e para a minha surpresa o meu estimado Quincas. Ambos arranjaram tudo à surdina com os recém-apresentados Miranda, e numa manhã muito cinza, recordo-me bem, fui levada da Araçá pelos gentis Nunes. O resultado disso foi o meu casamento com apenas dezesseis anos, e pior, com um homem que eu não gostava.

– Eu soube que a senhora até tentou se recusar a casar, isso procede? – Marilda se intrometeu onde não foi chamada e recebeu resposta à altura.

– Isso procede, sim, Marilda. Só aceitei me casar quando soube da trágica notícia sobre Tarcísio. Mas isso não é da sua conta – fechei a cara.

– Marilda, Tarcísio acabou... – Belinha ainda tentou enveredar pelo nosso passado triste, mas a cortei de imediato.

– Belinha, vamos deixar o passado no passado. Não adianta lembrar do que é ruim. É masoquismo! O fato é que você, Dona Filó, Dona Maria Cunha e, como já aludi, para a minha decepção, o Coronel Quincas, destruíram a minha juventude. Demorou muito para eu aceitar o meu fardo, e graças a Deus hoje sou feliz, pois tenho uma família linda. Basta ver o belo rapaz que está lá fora, o meu neto Zé Maurício.

– Desculpe, Francisca – Belinha pediu um pouco d'água ao sentir uma sequidão na boca. – Não pretendi fazê-la sofrer. E quanto ao passado, resta-me rogar outra vez pelo seu perdão. Pelo menos em meu nome, visto que os outros três já não se encontram mais entre nós.

– Eu te perdoo, Belinha. Como eu já disse no início da conversa, eu te perdoo. Pelo menos no fim da sua vida o arrependimento veio para abrandar o seu coração. Fica o exemplo para a sua filha – apontei para Marilda, que a essa altura já se encontrava em prantos.

– Obrigado, minha irmã, agora posso morrer em paz – Belinha acompanhou a filha igualmente tomada pela comoção. As duas choraram juntas e abraçaram-se com a sensação de dever cumprido.

– É o meu dever de cristã, Belinha – recusei-me a derramar uma lágrima sequer. – Perdoo de coração – repeti mais uma vez. – Agora tenho que ir, e admito que essa visita me fez bem. Melhor, nos fez bem! Desejo-lhe melhoras – falei por falar, pois era óbvio que a sua vida chegava ao fim da linha.

Em meio a choros e tossidos cada vez mais intensos, dirigi-me até a minha irmã adotiva, agarrei com cuidado as suas mãos fragilizadas e beijei-lhe a testa em um ato simbólico com o qual eu definitivamente selava a minha total remissão. Afastei-me devagar e quando eu já ia em direção à porta do quarto, a voz fraca de Belinha interrompeu a minha discreta saída:

– Minha irmã, como eu já disse antes, ainda quero tentar recompensar-lhe por tudo o que eu lhe fiz de mal. Marilda, por favor, minha filha, pegue o envelope na gaveta da cômoda – ela pediu à filha, que enxugava o rosto vermelho e umidificando pelas lágrimas.

Naquele efêmero instante fiquei imensamente intrigada e curiosa. Entre os poucos segundos que foram gastos por Marilda para chegar até aquela gaveta, tive tempo de fazer-me várias perguntas a respeito do que seria aquela novidade revelada aos quarenta e cinco minutos do segundo tempo. "Será que ela vai me entregar algum documento? Ou quem sabe um bilhete de despedida redigido a próprio punho nos moldes do escrito pelo Senhor Puyol?". Ainda pensei em absurdos como: "Será que ela quer me doar dinheiro como compensação pelos males que meu causou?". Porém, fui mais uma vez tomada pela lucidez e convenci-me que ao menos a minha derradeira conjectura seria absolutamente improvável. Bastava ver as condições precárias em que viviam os herdeiros dos Alves Lima.

– Esse envelope é seu, Francisca. Espero que ele não tenha vindo tarde demais – Belinha falou emocionada assim que Marilda passou às minhas mãos aquela sobrecarta bem antiga, notoriamente marcada pela ação do tempo.

Primeiro eu conferi o seu verso, e lá estava o meu nome, provavelmente grafado com pena e tinteiro. Imediatamente virei o envelope, retirei do seu interior duas folhas de papel meio obliteradas e certifiquei-me sem hesitação da minha repentina desconfiança – a carta contida naquele envelope certa feita fora redigida e assinada pelo Coronel Quincas em pessoa.

– Meu pai escreveu-lhe essa carta dias antes de partir dessa para uma melhor. Ele insistiu que lhe entregássemos somente depois que ele se fosse, pois segundo as suas próprias palavras, ele não suportaria o embaraço de ter de entregá-la pessoalmente. Com o tempo ele se arrependeu muito por ter conspirado a favor do seu casamento forçado. Sentia vergonha do que fez. Em 1943, quando ele faleceu, a nossa família já tinha perdido quase tudo. Humilhado e na mão de agiotas, por ter feito maus negócios no princípio do Estado Novo de Getúlio Vargas, o velho Coronel Quincas recluiu-se em um sobrado velho aqui em Piritiba e esperou a morte chegar. Como era de se esperar, foi abandonado pela minha mãe – Dona Filó –, e agonizou os seus últimos dias sozinho, assolado pela mesma doença que nos dias de hoje me devasta, a maldita tuberculose – ao revelar o mal que a minava, Belinha tossiu aquele sangue pisado outra vez.

"Após a morte de papai, a carta ficou em meu poder, mas naquela época eu ainda remoía dois grandes motivos que me encorajaram a não lhe entregá-la. Primeiro, eu não tinha ainda superado o fato de não ter conseguido casar-me com Tarcísio, e de certa forma te culpava por isso, Francisca. E o segundo e pior, eu morria de vergonha de ser uma 'nova pobre'. Ainda mais quando soube que você estava se dando bem na vida, com os filhos indo para Salvador e tudo mais. Percebi então que a tonta aqui havia no final das contas contribuído sem querer para o seu sucesso. Desse modo, resolvi enterrar o assunto dessa carta junto com o meu pai. Como já disse, peço perdão se ela só veio agora e espero que não seja tarde demais."

– Não se preocupe, Belinha. Acho que qualquer assunto tocado pelo Coronel Quincas nesta carta já está mais do que resolvido. No fundo da minha alma, acho que superei todos os meus traumas – recitei aquele conforto para a minha agonizante irmã adotiva, mas admito que não tinha tanta certeza do que eu estava falando. – Agora me despeço de uma vez. Prefiro ler a carta com calma, pois assim posso ter boas memórias do meu quase pai. Adeus, minha irmã – ao proferir a minha última frase, a chamei de irmã, visto que quase morri de pena quando a vi chorar mais forte, encolhidinha debaixo da sua humilde manta. Compadeci-me do seu medo da morte e percebi que em muito breve eu mesma poderia estar em tão deprimente situação.

Saí do quarto tremendo mais do que o normal a uma velha de noventa anos, e por demais comovida. Somente me acalmei um pouco quando revi o meu amado neto, que me amparou assim que eu entrei de novo naquela modesta cozinha. Guardei discretamente a carta na minha bolsa, para ninguém ver, e pedi a Deus que das suas mal traçadas linhas viessem somente bonanças e não tempestades.

10

Rua Atalaia, 56

— Dona Chica, agradeço muito o sacrifício que a senhora fez pela minha mãe – Salustiano, o filho de Dona Belinha, falou com a minha avó assim que ela saiu do quarto cujo grande reencontro aconteceu.

– Não foi nada, Salustiano. Só acho que você deve parar de enganar sua irmã e começar a ajudar a cobrir as despesas da sua pobre mãe – minha avó lhe apontou o dedo rispidamente.

– Mas Dona Chica, as coisas não estão indo bem para mim também – ele argumentou com um ar sonso e debochado.

– Não venha querer me enganar também. Sei bem que você tem um negócio prosperando em Jacobina. Seu Honório me contou! Mas conheço bem o seu tipo, meu rapaz. Você não nega que é neto de Dona Filó. Mentiroso, dissimulado e traidor. Agora deixe-me ir, tenho mais o que fazer. Passar bem! – Dona Chica descontou toda a tensão acumulada naquele quarto no coitado do Salustiano, que ficou extremamente sem graça.

Minha avó se retirou da cozinha e foi acompanhada por Fábio até a porta do carro, onde entrou e me esperou juntar-se a ela. Só que antes disso resolvi trocar duas palavras com o neto da família que criou minha avó Chica.

– Não ligue não, Salustiano. A velhinha está nervosa graças ao grande reencontro – tentei deixá-lo menos desajeitado.

– Eu sei, Zé Maurício. Fui eu quem mais lutou para que o último desejo da minha mãe fosse realizado. Inclusive tive que fazer incontáveis viagens de Jacobina para cá, no intuito de convencer os amigos de Dona Chica a me ajudarem. Agradeço a Seu Honório, mas ele tem a língua muito grande. Vive dizendo por aí que eu estou bem de vida, mas na realidade eu não estou. Se pudesse ajudar mais minha mãe, eu ajudaria.

– Eu sei disso – falei ao compadecer-me do seu tipo, tão maltratado pela vida quanto a sua irmã.

– A minha intenção foi sempre ajudar. Inclusive a Dona Chica, que provavelmente já tenha recebido as boas notícias dadas por minha mãe nesse dia tão especial – ele revelou algo intrigante.

– Quais notícias? – não contive o meu ímpeto de querer saber mais.

– A carta! Pergunte à sua avó sobre carta – ele sorriu e fez uma careta levando a mão à boca. – Não quero mais comprar briga com Dona Chica. Deixe *ela mesma lhe* contar a respeito do assunto contido na carta escrita pelo meu avô. Ela já tem uma birra comigo desde que eu era criança, e não quero piorar a sua antipatia.

– Certo, sem problemas – agora fiquei eu, meio irritado com as suas presepadas. – Grande abraço e boa sorte! – me despedi, quando ele já ensaiava emendar uma conversa interesseira sobre possíveis investimentos no mercado automotivo de Jacobina. Afinal, todos sabiam que eu era neto de banqueiro, mas poucos tinham ciência de que ele estava falido.

Dirigi-me ao carro e, assim que eu me sentei no banco traseiro, ao lado da minha avó, puxei conversa.

– Valeu o encontro?

– Sim. Melhor do que eu esperava. Em vez de me ofender, pediu perdão repetidamente. Coitada, está sofrendo o diabo. Resta-lhe pouco tempo – minha avó calou-se por um tempo até que eu a provocasse novamente.

– Ela lhe contou alguma novidade? Digo, algo novo que a senhora não sabia. Do tempo após a sua saída da fazenda. Tipo, o porquê da decadência da antes importante Família Alves Lima.

– Nada de mais. Não quis saber detalhes sobre o drama de Belinha, tampouco de Marilda – minha avó me disse meias verdades.

– E de uma tal carta escrita pelo Coronel Quincas, a senhora tem algo a dizer? – resolvi parar com os meus rodeios e cutucar diretamente na ferida.

– Ah, aquele linguarudo de uma figa – minha avó referiu-se imediatamente a Salustiano. – Desde jovem não conseguia enrolar a sua língua de sapo dentro da boca! Ai, como eu detesto esse rapaz. É a avó, cuspido e escarrado! Já ficava angustiada quando eu era obrigada a vir aqui em Piritiba fazer qualquer coisa, pois tinha sempre o azar de dar de cara com ele. E o pior é que ele sempre foi sonso, e todas as vezes que me encontrava vinha falar comigo. Acho que ele sempre teve uma queda por sua tia Gracinha – minha tia caçula –, por isso, na sua mente doentia, queria conquistar primeiro a simpatia da "sogra".

– É, foi ele quem me contou sim – confessei. – Mas agora que sei, e estou envolvido em toda essa história, acho que tenho o direito de saber o que tem escrito na carta – usei-me de um tom sério.

– Ainda não li – Chica franziu o cenho e nada mais disse.

– A senhora vai me deixar ler também? – decidi não arredar pé.

– Vou – foi monossilábica.

Minha avó manteve-se calada até chegarmos de volta ao engenho. Ao estacionarmos na frente da sede, ela saiu do carro com ligeireza e se trancou no seu quarto por um longo tempo. Muito curioso que eu sou, grudei o meu ouvido na sua porta umas duas ou três vezes, para me certificar de que tudo estava na medida do possível bem. De certa forma me tranquilizei, já que o máximo que eu pude ouvir foram alguns fungados, quase choramingos, emitidos pela minha emotiva Chica. "Ela vai sobreviver às tais notícias contidas na carta", pensei. Desse modo, nada mais me restava fazer a não ser esperar. Ainda muito curioso, matei o tempo comendo uma ótima galinha ao molho pardo servida para o almoço pela gentil Arminda. Pena que Fábio, outra vez, devorou as duas coxas antes mesmo que eu pudesse sentar-me à mesa. Mas mesmo assim, contentei-me com um pedaço do peito. Estava muito bom! Então, já bem alimentado, quando eu resolvi finalmente sentar-me no sofá da sala para uma sesta – sem mais esperança de que Dona Chica fosse sair do seu retiro naquela tarde –, pouco depois ela deu as caras, ainda com o rosto meio inchado por conta do choro vertido.

– Tome lá – ela pôs o envelope na minha mão esquerda. – Não era tudo o que você mais queria? Pode ler – Chica saiu em direção à cozinha.

Sem esperar um minuto sequer, eu comecei a ler aqueles dois papéis manchados, cuja fabricação parecia ser bastante antiga. Neles, letras graúdas diziam:

Minha cara Francisca,

Perdão! Essa é a palavra que mais gostaria de ter usado nesses últimos dias de vida. Todavia, não usei, e apesar de carregar o pomposo título de Coronel Quincas, confesso que sou um covarde. Não tive a coragem de ir pessoalmente pedir-lhe perdão, por isso, escrevo essa humilde carta.

Francisca, muito embora a tenha tratado mal nos derradeiros dias em que você viveu sob o meu teto, asseguro-lhe que sempre lhe amei como uma filha. Para mim não há, nem nunca houve nenhuma distinção entre você e os meus outros cinco filhos legítimos. Pena que errei feio ao deixar-me levar pela conversa da minha ex-esposa, Filomena.

O que vou lhe confessar agora nada mais é do que um grande desabafo desse homem, cuja honra foi completamente denegrida. Quando a minha filha Belinha assegurou-me de que você era quem estava tecendo comentários maldosos a meu respeito para toda a Fazenda Araçá, Filomena forçou-me a tomar uma atitude drástica referente ao assunto. Ela quis a princípio que eu desse uma ordem vil aos meus jagunços – que abusassem de ti e depois dessem um fim no corpo em qualquer matagal fora da nossa região. Quando eu ouvi tamanha barbaridade, me recusei categoricamente a conduzir o seu plano sórdido, mas ela não me deixou em paz até que eu concordasse em arranjar uma forma de nos livrarmos de tua presença. Junto aos Cunha ela arranjou o seu casamento com o filho dos Miranda e dali pra frente nunca mais te vi. Como eu me arrependo por ter cedido!

No fundo, eu já desconfiava que a minha mulher realmente estivesse a me trair. Aquele boato que, tanto ela quanto Belinha, juravam sair da tua inocente boca, na realidade já estava na boca do povo. Inclusive nos ciclos de "amigos" de Areia Branca, Piritiba, e até de Mundo Novo. E eu sabia disso! Assim como eu, sempre soube que você seria incapaz de falar mal de mim pelas costas. Tenho certeza disso, como tenho certeza de que a minha filha e a minha mulher nunca lhe aceitaram. Eu deveria, sim, como pai, ter te defendido. Mas não, cedi para manter uma aparência de família honrada que nunca existiu. A prova viva é que a vagabunda da minha mulher simplesmente me largou no exato instante em que não pude mais sustentar o seu luxo e as suas futilidades. A vida não tem sido fácil, minha querida Francisca. Perdi tudo o que as minhas duas gerações passadas conseguiram juntar com tanto esforço. Eu sou um total fracasso e mereço que a tuberculose me consuma completamente quanto antes.

Contudo, antes de me despedir, gostaria de lhe dar um presente, mesmo sabendo que ele de forma alguma apagará todo o mal que eu lhe proporcionei no passado. Você lembra das nossas conversas a respeito do seu pai biológico, o meu querido amigo Sebastião? Pois é, nunca deixei de lado a minha busca por informações do seu paradeiro. E mais, as acirrei e muito depois de quase não mais aguentar o remorso por tê-la simplesmente expulsado da minha vida. Desse modo, imbuí-me de corpo e alma nessa nobre missão. Eu teria que encontrar o teu pai! Então, procurei saber qual era o melhor detetive de Salvador e o contratei. Paguei-o em dinheiro vivo para que ele não medisse esforços em encontrar notícias do teu pai onde quer que ele estivesse nesse nosso imenso Brasil.

Tenho então o prazer de informá-la que o seu pai, para a nossa surpresa, hoje mora em Alagoas. Mais especificamente em Maceió, na Rua da Atalaia, 56 - Centro. Ele casou novamente e me parece que você tem um meio-irmão. Mas advirto, esse endereço é o que ele morava três anos atrás. Depois disso, infelizmente não tive mais fundos para manter o detetive, tampouco para ir visitar o meu velho amigo. Espero que ele ainda viva lá.

Minha filha, almejo que essa carta chegue a ti em tempo. Desejo do fundo do meu coração que você reencontre o seu elo perdido e por fim conheça a pessoa maravilhosa que é o seu pai Sebastião. Já o seu pai Quincas, agora lhe diz adeus e deseja-lhe toda a felicidade do mundo. Longe ou perto, a procura das suas raízes é assaz válida, pois o amor incutido no reencontro torna-se a maior de todas as recompensas da vida! Seja feliz, minha querida filha Francisca.

Do seu saudoso e arrependido pai,

Quincas Alves Lima.

– Puta merda – falei baixinho para que a minha avó não conseguisse ouvir o meu xingamento.

Imediatamente me levantei e me enveredei para a cozinha. Quando lá cheguei, minha avó estava muito nervosa, como sempre descontando o sentimento exacerbado na pobre Arminda. Ela teimava que a moça deveria colocar menos brasa no seu ferro de passar antiquíssimo, ainda dos tempos dos Miranda. Além disso, insistia que a fécula de mandioca não estava fresca o suficiente para fazer os melhores beijus na manhã seguinte. Não entendi o porquê de ela estar planejando o desjejum de amanhã, visto que, se eu estivesse no seu lugar, já estaria arrumando as minhas malas para partir sem demora para Maceió.

– Vó, posso ter uma palavrinha com a senhora em particular – a convidei da porta da cozinha apontando em direção à biblioteca.

– Pode, sim, meu filho – ela falou depois de um profundo suspiro.
– Arminda, não quero conversa fiada. Trate de arranjar fécula fresca lá no engenho para amanhã. Nem que você tenha que colher as mandiocas você mesmo! – ela outra vez gritou com a filha de Isaurino.

Ao adentrarmos na biblioteca, fechei a porta e com muita calma a perguntei:

– Então, vó, boas notícias na carta, não é mesmo?

– Boas notícias? O pobre velho morre à míngua e você vem me dizer que essa maldita carta trouxe boas notícias! – ela tentou desviar do assunto central.

– Eu sei, Dona Chica. Inclusive, igualmente lamento muito! Mas a senhora sabe bem do que eu estou falando. Nós finalmente temos notícias do bisavô Sebastião! A senhora não está louca para pegar um avião e partir rumo a Maceió? – demonstrei enorme entusiasmo na minha frase.

– Para quê, Neno? Para encontrar o túmulo do meu pai? – toda a fortaleza sentimental da minha avó naquele instante desabou. Ela enfim soltou o pranto que reprimia desde que decidiu ir visitar Belinha.

– Calma, Vó Chica – a abracei e dei o ombro para que ela chorasse com mais vigor.

– Meu pai já deve estar morto – soluçou. – E, além do mais, ele nunca veio me procurar – se desmanchou de vez. – Ele sempre soube onde eu estive. Sebastião nunca foi maravilhoso como o Coronel Quincas disse na carta. Eu fui uma boa criança. Sempre fui! – ela proferiu frases desconectas.

– Todos nós sabemos, vó. Mas a senhora já pensou na possibilidade de ele nunca ter vindo à sua procura por ter sentido extrema vergonha por tê-la abandonado? Quem sabe ele também não tenha morrido sofrendo desse enorme remorso? – tentei consolá-la.

– Eu não sei mais de nada, meu filho – o pranto recusava-se minar.

– Eu tenho quase certeza de que esse foi o motivo da sua ausência. Além do mais, as notícias correm soltas, como a senhora já viu. Existe uma grande chance de ele ter monitorado a sua vida à distância. Quem sabe até ele tenha descoberto que os seus netos foram parar nas universidades de Salvador e tudo o mais? Tudo graças à senhora. Ele deve ter morrido um pai muito orgulhoso – abri um sorriso tentando animá-la.

– Oh Deus, o que seria de mim sem a tua afabilidade, meu Neno? Obrigada, por tentar aliviar a minha dor – entre um choramingo e outro ela ensaiou sorrir.

– E então, vamos dar um passeio em Maceió? Já fui lá, é bem bonito – não contive a insistência, já que além de estar muito curioso a respeito do fim de vida do meu antepassado, queria devolver as raízes para a vida da minha sofredora avó.

Chica respirou fundo, encarou-me com seus profundos olhos azuis e deu o veredicto:

– Vamos! Partimos amanhã de manhã. Mas estive pensando com os meus botões, acho que seria bom falarmos antes com Seu Raimundo – minha perspicaz avó demonstrou que não estava dormindo no ponto.

– É verdade, vó! A prima dele pode ter informações valiosas. Até porque, o endereço da carta do Coronel Quincas é de 1943. Existem grandes chances de não haver mais ninguém da família morando lá. Ademais, eu soube através do departamento de investimentos do banco – referi-me à quase falida Casa de Depósitos do velho Lear – que Maceió está vivendo um grande processo de expansão. Muito provavelmente esses imóveis mais antigos, especialmente no centro, estão sendo remodelados ou adquiridos por grandes construtoras de prédios. Sem dúvida temos que pegar o endereço da tal Mara – prima de Raimundo – e quem sabe fazê-la uma visita. Vou pedir também ao pessoal do banco que pesquise quem é o atual morador da Rua da Atalaia 56.

– Se nos apressarmos ainda podemos encontrar a farmácia do Seu Raimundo aberta – Chica mostrou-se contagiada pelo meu entusiasmo em esmiuçar o passado.

– Então, não percamos tempo. Fábio, prepare o carro! – gritei extasiado.

Assim, mais uma vez nos dirigimos ao centro de Areia Branca. Fomos direto ao encontro do competente farmacêutico, pois já se aproximava das seis da tarde, horário em que comumente o comércio fechava as portas. Por sorte, chegamos lá a tempo, quando Seu Raimundo já arrastava o portão de correr para baixo.

– Seu Raimundo, por favor, não feche ainda – Chica gritou de dentro do carro ainda em movimento.

– Vixe Maria, o rapaz se sentiu mal de novo? – ele perguntou preocupado.

– Não, Seu Raimundo. Estou bem – tomei a palavra quando saí pela porta traseira do veículo. – Queremos ter uma conversa rápida com o senhor, pode ser?

– Claro! Deixe-me fechar o portão. Entramos na farmácia pela porta lateral – disse, simpático como de costume.

Ao entrarmos na farmácia, a minha avó não conteve a sua ansiedade e foi direto ao assunto.

– Seu Raimundo, será que o senhor poderia telefonar para a sua prima Mara, lá em Recife, e perguntar se ela tem algum endereço do meu pai, ou coisa parecida? – ela falou nervosa.

– Opa, já vi que a senhora acabou visitando Dona Belinha – ele deixou escapar que sabia mais do que devia.

– Maldito seja o infeliz do Salustiano! – Chica desabafou enquanto apertava os dois punhos com raiva. – Oh homenzinho da língua ferina! Ele contou pra o senhor o que continha na carta? – indagou ao embaraçado Raimundo.

– Falou sim, Dona Chica. Mas ele me pediu segredo, já que a mãe dele queria ela mesma dar a notícia à senhora – gaguejou ao justificar-se.

– É demais a cara de pau daquele rapaz. Ele pode sair falando para todo mundo da vila sobre as informações de uma carta confidencial, mas, ao mesmo tempo, pede segredo. Francamente! – minha avó estava louca da vida com Salustiano.

– Não se preocupe, Dona Chica, eu serei discreto. Referente a esse assunto, a minha boca será um túmulo – Raimundo falou escabreado.

– E por que diabos você não me falou de uma vez do conteúdo dessa bendita carta? Podia me poupar tempo e lágrimas – ela reclamou no auge da emoção.

– Porque sou um homem de palavra, Dona Chica. Assim como eu prometi à senhora que não vou sair falando do assunto da carta, jurei a mesma coisa a Salustiano. Além disso, deixei a dica quando a senhora saiu da minha farmácia ontem à tardinha, já que, mesmo sob juramento, achava que a senhora deveria, sim, encontrar-se com a sua irmã-adotiva, para finalmente descobrir onde estava o seu pai. Seja dito de passagem que, Salustiano nunca me informou o endereço de Seu Sebastião, pois caso contrário, eu poderia tê-lo dado à senhora e dito que me foi informado pela minha prima Mara, lá de Recife. Ajudar a senhora sempre foi o meu intento!

– Desculpe, Seu Raimundo. Eu estou com os nervos à flor da pele. Ao deparar-me com essas novidades, não sei mais o que fazer. A minha intenção não foi a de ofendê-lo. Sei muito bem que o senhor é um homem honrado, muito diferentemente de uma gama de areia-branquenses safados que adoram falar da vida alheia. E para o meu desgosto, a história da minha família cruzou o caminho do maior boca-rota das redondezas, o do maldito Salustiano.

– A senhora não deve ligar pra esse povo, Dona Chica. É um bando de invejosos. Ainda bem que são poucos, graças a Deus – Raimundo fez o sinal da cruz.

– Graças a Deus – Chica confirmou. – Mas agora me diga, o senhor pode ligar para Mara? – pediu com muito jeito.

– Mas a senhora não já tem o endereço do seu pai? – ele perguntou meio confuso.

– Tenho, mas ele é de 1943. Antes de partirmos para Maceió gostaríamos de falar com Dona Mara, para quem sabe confirmar esse endereço – minha avó apontou para o telefone da farmácia.

– Quer dizer que ele morava em Maceió – Raimundo não escondeu a sua excitação com a novidade, mas logo teve que nos dar a má notícia. – Ficaria imensamente feliz e honrado em poder ajudar, mas assim como a senhora, Dona Chica, a minha prima não tem telefone. Eu posso telefonar para o meu primo Durval e pedir a ele que entre em contato com ela. Mas de antemão, lhe previno, acho que tudo o que Mara sabe eu já disse para a senhora. Não lembro de ela ter mencionado nenhum endereço – Raimundo falou meio desolado.

– Desculpe interromper – tomei a palavra –, mas acho que essas coisas não se resolvem pelo telefone. Além disso, Seu Raimundo, a sua prima pode saber de alguém que tenha conhecido o meu bisavô. Isso tudo é como um grande quebra-cabeça! Basta que nós tenhamos calma para unir todas as suas peças inteligentemente – fui firme ao falar. – O senhor não estaria interessado em viajar conosco até Recife? – cheguei onde queria chegar. – Isto é, caso amanhã o pessoal do meu banco confirme que este não é mais o endereço da família do meu bisavô – mostrei-lhe a carta e expliquei o meu plano de pedir a ajuda do pessoal da Casa de Depósitos.

– Viajaria com vocês sem problemas – ele se expressou meio preocupado. – Entretanto, não tenho ninguém para cuidar da farmácia. A pobre coitada que me ajuda com o caixa não daria conta de vender nem sequer um Mertiolate[1] na minha ausência – se lamentou.

– Quanto o senhor fatura por dia na sua farmácia? – fiz a pergunta que poderia resolver os nossos problemas.

– Não, não posso aceitar que o senhor cubra as minhas supostas vendas. É muito dinheiro e... – eu interrompi Seu Raimundo, munido da agressividade capitalista que me foi ensinada na teoria e, na prática.

– Seu Raimundo, mil Cruzados Novos por dia de ausência do senhor cobrem os prejuízos? – ofereci muito mais do que eu estimava que aquela pequenina farmácia do interior pudesse faturar por dia.

– O quê? Isso é muita gaita, Zé Maurício! Muito mais do que eu faturo nesse fim de mundo – ele sorriu. – Não posso aceitar.

– Seu Raimundo, por favor, deixe o seu acanhamento de lado nesse momento, lhe imploro – impaciente com aquele joguinho educado, fui ao limite da grosseria. – O senhor sabe que nós estamos verdadeiramente precisando da sua ajuda, portanto, aceite a minha oferta, já que esse dinheiro não me fará falta – cem por cento confiante de que o meu pessoal não iria encontrar nenhum parente nosso na Rua da Atalaia, 56, insisti em ter a presença do bom amigo farmacêutico. Porém, admito que menti ao dizer que o dinheiro não me faria falta, afinal, estávamos vivendo os últimos dias de vacas gordas.

– Se é assim, eu aceito – ele respondeu meio ressabiado. – Você então me avisa se vai realmente precisar de mim, caso o endereço da carta não seja mais de nenhuma valia.

– Este é um assunto que eu tenho que resolver agora mesmo. Amanhã pela manhã já devo ter uma resposta para o senhor. De qualquer forma, mantenha-se preparado, pois poderemos viajar amanhã

---

1. Nome comercial da substância timerosal, muito usado no Brasil dos anos 80 para tratar de feridas.

mesmo. Agora tenho que correr! – aproveitei a deixa para me despedir e junto à minha avó dirigir-me imediatamente para o posto telefônico.

Chegando lá, uma simpática telefonista me conectou com o departamento de investimentos da Casa de Depósitos, e assim consegui falar com o gerente Martins, um velho amigo meu, muito bem conectado e conhecido por sempre fazer hora extra.

– Martins, aqui quem fala é Zé Maurício.

– Grande, Zé. A que me deve essa honra?

– Martins, eu preciso de um favor seu. Queria que você descobrisse se um endereço em Maceió ainda existe. Se existir, ficaria imensamente grato se você averiguasse quem mora lá. Mas isso é pra ontem. Preciso dessa informação até no mais tardar ao meio-dia de amanhã. Nós ainda estamos financiando construtoras alagoanas?

– Estamos, sim, Zé. Não se preocupe, vou conseguir essa informação. Mas aproveito para dizer que o seu avô está uma fera contigo. Ele tem te procurado como louco, mas ninguém sabe dizer onde você está – Martins preveniu-me para futuros problemas. – Ele está fulo da vida, dizendo que quer conversar com você a respeito da concordata antes da sua viagem para Princeton. Pelo menos esse é o boato corre nos corredores, cada vez mais vazios. Cabeças estão a rolar! – ele gargalhou demonstrando nervosismo. Enfim, a próxima poderia ser a dele.

– Conto contigo, Martins. Infelizmente não posso te dizer onde eu estou, mas te ligo amanhã às onze horas, fechado?

– Fechado, patrão – deu risada. – Até amanhã, então!

Desliguei o telefone, paguei à simpática telefonista e finalmente voltamos ao engenho, onde um belo pernil de porco assado nos esperava. Pena que o meu apetite se foi ao receber as notícias de que o velho maldito já estava no meu encalço. Chica imediatamente percebeu o meu jeito taciturno ao terminar o jantar, e como toda boa avó, aproximou-se intencionada a me ajudar.

– Está sem fome, filho? Sua avó mandou preparar esse pernil especialmente para você – Chica afagou os meus cabelos.

– Não estou me sentindo bem, vó – e realmente parecia que toda aquela maldita tontura do dia anterior alvitrava uma volta triunfal.

– É, o dia hoje foi bastante cansativo. E por que não dizer, cheio de revelações? – ela sorriu.

– Amanhã será tão corrido quanto – suspirei já controlando uma náusea chata que subitamente tomou conta de mim. – Tenho que ligar para Martins às onze e estava pensando em contatar o piloto do nosso helicóptero, mas depois de saber que o velho Lear já está na minha cola, não acho que essa seja uma boa ideia.

– Eu sabia que tinha o dedo daquele espanhol maldito! – minha avó praguejou. – Todas as vezes que esse *pistiado*[2] atravessa o seu caminho, você reage assim. Ou fica tenso, ou se sente mal, ou se acidenta!

– Mas a senhora tem a chave para me libertar dele, pelo menos segundo o Senhor Puyol – provoquei.

– Se eu tivesse, eu já lhe tinha dado – ela abriu um sorriso amarelo.

– Muito bem, boa noite, pois o dia amanhã vai ser longo – me deu um beijo na testa e partiu para o seu quarto, deixando-me no mínimo intrigado. Bastou que eu tocasse naquele delicado assunto, para que ela me abandonasse em meio às náuseas e um princípio de tontura. Ela nunca me deixaria assim em uma situação normal.

Aquela foi, diga-se de passagem, uma péssima noite para mim. Em meio a aterrorizantes lembranças vindas de Salvador, sessões de vômito e muita dor de cabeça entraram em cena para me amofinar. Tomei os remédios dados por Seu Raimundo, mas o meu quadro só veio mesmo a melhorar quando me mediquei com o que eu havia trazido de Salvador. Foi então sedado por drogas pesadas, que o dia para mim raiou. Às onze da manhã.

– Neno, meu filho, não queria te acordar desse sono tão profundo, mas já são onze horas – minha avó me cutucou. – Venha para a cozinha, o beiju está na mesa, fresquinho do jeito que você gosta – convidou-me parecendo estar de melhor humor.

Ela sabia que eu não resistia a beijus feitos na hora, cozidos nas pedras quentes daqueles fornos imensos, tão grandes que se podia entrar no seu interior. Levantei rapidamente, me arrumei e parti para a cozinha para matar quem estava me matando, a fome. Por não ter quase tocado no pernil da noite passada, descontei no beiju com manteiga de garrafa toda a minha privação. Comi quase cinco deles, pois afinal de contas, a noite tinha sido cansativa e eu precisava de energia para aguentar a grande viagem a qual iríamos enfrentar naquela tarde. Só não sabíamos ainda para onde, Pernambuco ou Alagoas.

Ao terminar o farto desjejum, imediatamente nos dirigimos para o posto telefônico, visto que nós já nos encontrávamos bastante atrasados. Aconselhada por mim, minha avó trouxe consigo somente uma

---

2. Jeito regional para "empestado", "pesteado"

maleta pequena, com no máximo duas mudas de roupa, já que não pretendíamos demorar no nosso destino. Eu ainda tinha muito o que fazer antes de finalmente viajar para Princeton, por isso, teria que estar de volta a Salvador em muito breve.

– E então Martins, descobriu sobre o tal endereço? – assim que eu fui conectado pela simpática telefonista, perguntei, ansioso pela resposta.

– Esqueça, Zé! Esse endereço não existe mais há quase vinte anos. Hoje neste local ergueu-se um enorme prédio comercial que englobou quase toda a Rua da Atalaia. Natural, muito natural, pois qualquer terreno no centro de Maceió hoje vale ouro. Posso saber o porquê de tanto interesse nesse endereço? – Martins não conteve sua curiosidade.

– Perdoe-me, Martins, mas não tenho tempo para te explicar agora. Fica para a próxima vez que tomarmos um chope. Tenho que ir, amigo. Obrigado, e um grande abraço – tentei cortar a conversa, uma vez que agora eu já sabia que ainda teríamos que esperar que o Seu Raimundo arrumasse as suas tralhas para viajar conosco. Destino: Pernambuco.

– Sem problemas, Zé. Olha só, um último aviso, seu avô... – bati o telefone na sua cara, sem pestanejar.

Eu tinha certeza de que o velho Lear já deveria estar sabendo da nossa conversa e provavelmente estava infernizando a vida de Martins para ele descobrir alguma pista do meu paradeiro. Portanto, quanto menos eu falasse, melhor para mim.

Cientes de que deveríamos seguir rumo a Recife, arrancamos o carro direto para a farmácia de Seu Raimundo, que surpreendentemente já nos esperava de malas prontas.

– Eu tinha noventa e nove por cento de certeza de que esse tal endereço não mais existiria, dessa maneira, já vim trabalhar preparado – Seu Raimundo sorriu enquanto entrava no carro. – Inclusive, ontem mesmo eu já telefonei para o primo Durval, pedindo que ele avisasse à prima Mara que estaríamos chegando – saber daquilo foi ótimo, pois, se tudo corresse de acordo com os meus planos, nutri a esperança de encontrarmos com a sua prima ainda hoje. – Não se preocupem, visto que eu não adiantei a Durval nada sobre o motivo da visita – ele disse ressabiado, como se justificando a sua fiabilidade por conta das desconfianças levantadas por Vó Chica frente aos acontecimentos passados.

Então, com todos a bordo, sem mais tardar pedi a Fábio que guiasse o nosso carro pelas mesmas estradas esburacadas da BA-052, rumo

ao aeroporto de Salvador, de onde partiríamos no primeiro voo para
Recife. Primeiro, em todos os sentidos para a minha avó Chica, já que
estreava ali o seu relacionamento com os aviões. Antes tarde do que
nunca.

Vale salientar que optei por não reservar as passagens aéreas via
a nossa usual agência de viagem, já que essas notícias corriam muito
rapidamente e poderiam alcançar os ouvidos do velho Estevan em um
piscar de olhos. E certamente eu não poderia desconsiderar a possibilidade de ele aparecer no aeroporto em pessoa, com o objetivo de ter as
tais conversas antes de eu finalmente "escapar" para os Estados Unidos.
Assim sendo, eu já estava preparado para na pior das hipóteses vir a
ter que subornar alguém para conseguir as nossas quatro passagens de
última hora para Pernambuco, mas graças a Deus e a uma aeromoça
velha conhecida, isso não foi necessário. Decolamos no início da noite,
para o desespero da minha avó Chica, que, como todo debutante nesse
quesito, ficou uma pilha de nervos e naturalmente não soltou a minha
mão enquanto a aeronave não aterrissou. Chegamos à porta da casa de
Mara às oito e meia da noite em ponto. Logística perfeita, eu posso me
gabar!

11

Alagoas do passado

— Olá, Dona Mara. O meu nome é Francisca Miranda, filha de Sebastião, amigo do seu avô Nogueira – estendi a mão direita em cumprimento, assim que Seu Raimundo me apresentou à sua prima.

– Oh, meu Deus, me lembro dele no dia do meu casamento, Dona Francisca. Apesar do pouco contato que eu tive com o teu pai, ele me pareceu ser um homem de bem. Fora que meu Vô Nogueira se derreteu em elogios quando me apresentou o bom português – Mara falava à medida que nos convidava a entrar na sua modesta casa.

Ao sentarmos no sofá da sua sala, ela nos ofereceu café e biscoitos, e quando já nos sentíamos um pouco mais à vontade, fomos surpreendidos pela entrada de Seu Durval, um senhor alto, de bigodes fartos e pouco cabelo. Ele educadamente se apresentou e nos saudou um a um. Neste ínterim, Dona Mara, senhora que deveria ter em torno de setenta anos – assim como Airton, o meu filho mais velho –, foi ao seu quarto e trouxe de lá consigo um álbum de retratos bem antigo. Assim, a altiva e bem arrumada prima de Seu Raimundo pediu educadamente a nossa atenção e abriu o álbum exatamente na página onde estava a famosa foto de meu pai. Mara foi além e aproveitou para ler em voz alta o que estava escrito no rodapé daquela velha fotografia preto-e-branca: "Papai e o grande amigo dos tempos da Fazenda Araçá, Sebastião".

– Isso foi escrito por mamãe – Mara se referiu a Dona Nina, filha do Coronel Nogueira e tia de Seu Raimundo. – É a letra da minha querida mãezinha – percebi certa ternura quando ela afagou o álbum com carinho.

Confesso, senti inveja por nunca ter podido chamar ninguém de mãe. Mas naquele momento chave, o sentimento que reinava absoluto no meu íntimo era mesmo uma enorme ansiedade. No frigir dos ovos, eu estava prestes a ser apresentada pela primeira vez à fisionomia do meu pai verdadeiro, o português Sebastião de não sei lá o que. Minhas mãos suavam em bicas e quando não mais pude controlar a minha agonia, levantei-me de súbito e dei uma olhadela para o homem cuja face estava sendo apontada pelo dedo indicador de Dona Mara. Antes mesmo que eu liberasse uma primeira e insistente lágrima, a prima de Seu Raimundo arrancou a fotografia do álbum com muito jeito, e disse:

– É um retrato primoroso, mas acho que ele ficará mais bem guardado com a senhora, Dona Chica – a partir daquele instante, não somente uma, mas dezenas de lágrimas verteram dos meus olhos.

– Em normais circunstâncias eu diria que não poderia aceitar, mas por tratar-se da única foto do meu pai biológico, pelo menos que eu tenha ciência, não há como não a receber de bom grado. Obrigado, minha querida! – agradeci de coração àquela generosa senhora pelo seu desprendimento.

Ainda tomada pela emoção do momento, chamei Neno para perto, e apresentei-lhe a imagem do seu tão misterioso bisavô Sebastião. Ao analisar com mais calma a fotografia, veio imediatamente à baila a vaga memória do meu pai que ainda pairava no meu inconsciente. Recordei-me principalmente dos seus bigodes hirsutos, pois eles estavam lá, mesmo que um pouco mais grisalhos. No dia do casamento de Mara, meu pai também estava vestindo um terno de linho branco muito elegante, o que de certa forma inexplicavelmente me deixou muito orgulhosa. Em estado de total contemplação, passei despercebidamente o meu dedo médio por sobre a sua face e nela notei inúmeras outras características físicas, todas elas bastante familiares. O meu nariz era igualzinho ao dele, isso sem contar os cabelos ondulados e o formato do rosto. Curiosamente, ao quase devorar aquele retrato, fui tomada por um enorme jorro de identidade. Senti-me pela primeira vez mais enraizada. Ficou muito mais óbvio para mim que os meus filhos não tinham somente herdado as características físicas da família de Eupídio. Além do sangue índio de Maria de São Pedro, estava provado em foto que a minha prole havia sido igualmente raceada pelo meu, no mínimo, meio-sangue português.

– Dona Mara, desculpe-me insistir em um assunto que já foi exaustivamente tratado com o Seu Raimundo, mas gostaria de confirmar com a senhora. A senhora não tem nenhuma pista de onde possa ter vivido o meu pai? – cruzei o meu triste olhar ao seu.

– Não tenho, Dona Francisca. O pouco que me lembro, como a senhora já bem disse, foi dito a Raimundinho – usou jeito que ela tratava o primo. – Agora em pessoa, posso repetir para a senhora, se desejar. Esse senhor da foto, supostamente o seu pai, chamava-se realmente Sebastião, com certeza era um português e conhecia o meu avô Nogueira desde os tempos da Fazenda Araçá.

– A senhora se lembra se o seu avô mencionou como reencontrou o velho amigo português? – Zé Maurício tomou a palavra.

– Não, meu jovem – Mara respondeu com sinceridade.

– O meu bisavô veio sozinho para a festa do seu casamento? – Neno insistiu como um ar de *Sherlock Holmes*.

– Eu não teria como lhe responder isso – Mara sorriu meio tensa. – Queira ou não, esse foi o dia do meu casamento. Eu estava preocupada com outras coisas. Para falar a verdade, não tenho ideia. Só lembro de ter sido apresentada a ele sozinho. Inclusive Seu Sebastião elogiou muito a beleza de mamãe – Dona Nina – e disse que tinha filhos da mesma faixa etária dela.

– Posso ver a fotografia novamente? – meu neto a tomou da minha mão, definitivamente agindo como um detetive. – Vocês estão vendo? Aqui na parte da frente do retrato, estão: o bisavô Sebastião, o Coronel Nogueira e provavelmente a Dona Nina – Neno apontou para o trio que completava a fileira dianteira na qual a lente do fotógrafo se focalizava. – Mas aqui na parte de trás, estão esses outros três, quase como papagaios de pirata, incrivelmente interessados no trio principal da fotografia – ele apontou para um senhor de meia-idade e um casal de jovens apaixonados que estavam em pé ao fundo.

Realmente eles pareciam estar esperando o final da pose para voltarem à companhia, ou do meu pai, ou dos Nogueira. Quem sabe até de ambos. Sem dúvida valeria averiguar, e Zé Maurício o fez com maestria.

– Dona Mara, preciso agora que a senhora use a sua memória no limite. A senhora se lembra quem são esses três ao fundo da foto? – Zé partiu para o tudo ou nada.

Mara averiguou bem a foto, e enfim declarou:

– Nunca tinha prestado atenção para isso. Pena que não tenho a mais remota ideia de quem sejam – suspirou, nos proporcionando alguns segundos de desespero.

– *Pere*[1] lá, você não se lembra, mana? – a voz salvadora tomou o seu lugar na conversa. – Esta daqui é Dona Perola – o primo Durval nos devolveu a esperança.

– Que Perola, Durval? – Mara demonstrou que realmente não sabia.

– Dona Perola, filha do engenheiro Carlos, o colega de *mainha*[2] – Durval completou demonstrando certa intimidade ao falar daquela jovem a qual o meu neto havia encasquetado no retrato.

– O senhor sabe se ela ainda está viva? – Neno voltou à conversa.

– Claro, rapaz. Você tá nos chamando de velho? – ele gargalhou após alisar os seus bigodes. – Ela mora aqui na Rua do Gomes. Nada que uns quinze minutos de carro não resolvam. Mas já é meio tarde – ele falou ao apontar para o seu relógio.

– São nove horas. Se corrermos, chegamos lá antes das nove e meia – Zé Maurício insistiu. Ele parecia muito concentrado em desvendar aquele enigma quanto antes.

– Vamos lá, então. Decerto ela poderá identificar quem é o seu paquera na foto – falou satírico –, e talvez até seja apta a nos dizer quem é esse senhor que parece acompanhá-los – Durval topou a empreitada.

– Seu Raimundo e Dona Mara, me perdoem, mas acho que devemos ir somente eu, minha avó e o Seu Durval. Não queremos assustar a coitada da Dona Perola, não é mesmo? – Neno falou com muito jeito.

– Além disso, não há tanto espaço no carro – meu neto se referiu ao pequeno veículo que alugamos no aeroporto de Recife.

Todos concordaram.

---

1. Espere.

2. Regionalismo para "mamãe".

– Muito bem, não percamos tempo. Fábio, meu filho, prepare o carro – contagiada pela vibração emanada por Zé Maurício, igualmente me entusiasmei.

De imediato então partimos para a tal Rua do Gomes, localidade não tão bela de Recife. Ao chegarmos em frente à casa de Dona Perola, certa tensão tomou conta de nós e Fábio a princípio recusou-se a desligar o motor do carro. Apreensão no auge, ficamos ali parados até que bravamente Seu Durval resolveu saltar e bater com cuidado na porta da velha conhecida. Ela mesma atendeu ao chamado, já enrolada em um robe de dormir, e depois de trocar algumas palavras, simpaticamente nos convidou a entrar.

– Em que posso ajudá-los – ela perguntou meio sonolenta.

– Dona Perola, desculpe incomodá-la tarde da noite, mas... – eu resumi para aquela prestativa senhora os motivos que nos trouxeram a Pernambuco. – A senhora poderia nos dizer quem são essas pessoas que lhe fazem companhia nesta foto?

– Nossa, quanto tempo faz! – ela disse admirada. – Se não me falhe a memória, esse foi o dia do casamento da filha de Dona Nina, irmã de Durval, não é mesmo? – todos ansiosos assentimos com a cabeça. – Esse era meu namorado na época, o Luís – ela apontou para o jovem rapaz da foto. – E este aqui, o pai dele, Seu Nuno – deu nome ao senhor de meia-idade também ao fundo. – E digo mais, este daqui ao lado de Dona Nina era o avô do Luís, Seu Sebastião, o português – aquela frase me fez gelar do dedão do pé ao meu mais longínquo dos fios de cabelo.

– Eu sabia! – Zé Maurício gritou em êxtase. – Vó Chica, apresentou-lhe o seu meio-irmão Nuno, e o seu sobrinho Luís – Dona Perola olhou para mim assustada. – Eu desconfiei desde o início que esse senhor – apontou para Nuno na foto – fosse o tal filho do novo casamento do bisavô Sebastião citado na carta do Coronel Quincas. Lembra-se? Basta ver os traços de ambos. São muito parecidos – Neno mostrou-me outra vez a fotografia e pude analisá-la com outros olhos. Eles eram absolutamente cara de um focinho do outro. Como eu não pude ter notado isso antes? Palmas para o meu neto!

– Eu tenho um meio-irmão – falei com um ar meio embasbacado.

– Tem, sim, vó – Neno emendou sorridente. – Dona Perola, a senhora ainda tem algum contato com o seu ex-namorado Luís? – ele fez a pergunta chave.

– Deixe-me ver na minha agenda telefônica. Mas já vou dizendo a vocês de antemão que ele não mora aqui em Pernambuco. Desde que nos conhecemos ele sempre morou em Maceió, em Alagoas. Na verdade...

– Bingo! – Zé Maurício interrompeu Dona Perola quando se certificou de que os fatos agora começavam a se encaixar. – Desculpe, a senhora pode continuar – ele pediu respeitosamente.

– Na verdade, eu também sou de Maceió. Vim morar em Recife já depois de moça, quando o meu pai foi transferido para a mesma repartição pública federal que Dona Nina trabalhava – Perola olhou para Durval.

– Lembro do Doutor Carlos, um engenheiro de mão-cheia – Durval elogiou.

– Obrigada, Durval – Perola agradeceu. – Desde que mudamos, meu pai desenvolveu uma grande amizade com a Dona Nina, uma mulher igualmente excepcional – retribuiu o elogio. – Recordo-me com carinho que ela me consolou muitas vezes quando eu chorava graças à distância do meu grande amor. A família de Luís sempre foi nossa vizinha durante todos os anos em que vivemos em Maceió. Morávamos na Rua da Atalaia – Zé Maurício sorriu de contentamento outra vez –, uma casa grudada na outra. A amizade de infância tornou-se amor e somente acabou dois anos após a minha partida para Recife. Ainda tentamos sustentar o relacionamento à distância, mas não deu certo. Esta ocasião em especial – apontou para a foto – foi a derradeira vez que Luís veio me visitar. Lembro-me bem que ele não queria nem ter vindo, pois já estávamos brigando muito. Só veio mesmo porque o seu avô insistiu em comparecer ao casamento da neta do seu grande amigo do passado – Perola apontou para o Coronel Nogueira no retrato velho de bordas em formato de serra.

– Dona Perola, desculpe-me por outra vez atravessar a sua fala, mas isto explica tudo! – Zé Maurício começou a sua elucidação. – Graças à grande amizade entre o Doutor Carlos e a Dona Nina, provavelmente um frequentasse a casa do outro. Em algum desses encontros, possivelmente Dona Nina conheceu Luís, em uma de suas visitas a Recife. Conversa foi conversa veio, Luís deve ter mencionado que o avô também havia morado no interior da Bahia, era imigrante português e por aí vai. Dona Nina, que deve ter sido uma senhora muito perspicaz, ligou os fatos e chegou à conclusão de que o avô de Luís era o sumido Sebastião que ela mesma chegou a conhecer na Fazenda Araçá. Uma vez confirmado, entraram em contato e combinaram o seu reencontro

com o velho amigo, o Coronel Nogueira, para o dia do casamento de
Dona Mara. Estou certo? – meu neto perguntou a Dona Perola.
    – Como você sabe de tudo isso, rapaz? – ela rebateu aturdida.
    – Somente deduzi – gargalhou meu neto.
    – Bravo! – disse Perola. – Só acrescento que a Dona Nina somente
começou a verdadeiramente desconfiar de tudo, quando ela foi apresentada ao Seu Nuno, que também sempre vinha a Recife visitar meu
pai. Eles eram muito amigos. No primeiro dia em que Dona Nina pôs
os olhos em Seu Nuno, ela disse: "Você me lembra uma pessoa que eu
conheci há muito tempo no sertão da Bahia". Dali pra frente foi fácil
descobrir que ele era na realidade o filho dessa tal pessoa. Seu Nuno
absolutamente tinha todos os traços do velho Sebastião. Não havia
como negar.
    – E a senhora ainda tem contato com eles? – foi a minha vez de
sondar curiosa.
    – Ih, tem pra mais de quinze anos que eu não falo com o Luís –
ela jogou um balde de água fria sobre a minha fé em conseguir algum
endereço viável. – Apesar de eu ter me separado dele quando ainda
éramos jovens, nunca perdemos a amizade. Principalmente porque eu
sempre considerei o Seu Nuno como um tio. Entretanto, depois que
o meu marido faleceu, me isolei do mundo. Deixei de ligar para as
pessoas, inclusive para os meus velhos vizinhos alagoanos.
    – Mas a senhora ainda tem o seu número de telefone? Endereço?
– Zé foi insistente.
    – Eu ia ver isso na minha agenda, mas você fez o favor de me
interromper e levar a conversa para um outro rumo – Perola retrucou
seca como pão dormido. Mas mais seco ainda, Zé teve que engolir.
Acho que a pobre senhora ficou tensa com toda aquela viagem ao
passado na qual ela foi obrigada a embarcar.
    Perola foi então em direção à mesinha sobre a qual ela deixava
o seu livrinho de anotações, bem ao lado do telefone, e começou a
pacientemente procurar. Passava as páginas com cuidado, levando a
ponta do dedo à boca cada vez que fazia um movimento. Aquilo tudo
durou e durou. Foi quando nós já não tínhamos mais sequer uma gota
de paciência, que graças a Deus pudemos ver uma minguante luz no
fim do túnel. Ou melhor, ouvir.
    – Achei! Vamos ver se o número ainda é esse – ela agarrou o seu
telefone e começou a vagarosamente discar aquela roda barulhenta.

Naquele meio tempo, aproveitei para bisbilhotar de rabo de olho o nome que estava escrito no livrinho de telefones de Dona Perola, e, para minha emoção, pela primeira vez fui apresentada ao meu sobrenome verdadeiro. Estava estampado lá: "Luís Viana". Viana, esse era o meu real sobrenome, que em certa altura foi substituído por "de Jesus", pois no interior este era o sobrenome comumente dado a quem não tinha um. Até me casar chamei-me Francisca de Jesus, já que Dona Filó opôs-se ferrenhamente em deixar-me usar o antes pomposo Alves Lima. Naquela noite, então, as minhas raízes cresceram um pouquinho mais e pela primeira vez, depois de noventa anos, senti-me perto de ser alguém. Repleta de felicidade, repeti em silêncio duas vezes o meu velho novo nome, possivelmente o mesmo que me fora dado no dia do meu batismo. Francisca Viana! Agora mais do que nunca quis saber tudo o que eu pudesse a respeito das minhas origens, porém antes, teria que rezar para que alguém atendesse aquele bendito telefone. Mas ele chamou, chamou, e chamou, e infelizmente ninguém atendeu. Tentamos por umas três vezes seguidas.

– Deve ser porque já passa das dez. É tarde gente! – Durval ainda tentou manter a nossa motivação.

Recusando-me a perder nem sequer mais um minuto, fiz a pergunta que, devo admitir, me fez ter vertigem dada a sua importância:

– Dona Perola, a senhora tem o endereço de Luís?

– Tenho, sim, Dona Francisca – um jorro de alívio subiu-me pela barriga. – Pelo menos, o endereço que ele morava até quando ainda mantínhamos contato. – É esse aqui – ela apontou no livrinho –, Rua do Porto, 33. O bairro é Bebedouro.

Sem mais ter o que fazer naquele fim de noite cheio de descobertas, nos despedimos de Dona Perola, a agradecemos por toda a sua imensa ajuda, e partimos de volta para a casa de Dona Mara. Obviamente levamos conosco o endereço e o número de telefone de Luís. Ao chegarmos de volta à casa da prima de seu Raimundo, ainda tentamos insistir que seria melhor ideia dormirmos no hotel já previamente reservado. No entanto, aquela foi uma causa perdida, pois não houve como negar a hospitalidade tão desprendida oferecida pelos primos de Recife. Com exceção de Fábio, que foi convidado a ficar na casa de Seu Durval, todos nós dormimos sob o teto de Dona Mara, que apesar de simples, detinha muitos quartos vazios.

No outro dia pela manhã, bem cedo, foi a vez de nos despedirmos de Dona Mara, Seu Durval, e também de Seu Raimundo. Agradecemos a hospitalidade e todo o esforço em ajudar-nos junto à nossa investigação, e nos oferecemos a retribuir a gentileza de qualquer forma, em qualquer tempo, caso necessitassem. Já a caminho do aeroporto, chegamos a um consenso de que o Seu Raimundo não precisaria nos acompanhar até Maceió, de modo que, ele concordou em pegar um outro avião, com destino a Salvador, onde um motorista o esperaria para guiá-lo até Areia Branca. Zé Maurício organizou tudo isso via telefone, inclusive mandou que o seu gerente de banco fizesse uma transferência generosa para a conta do farmacêutico. Muito mais do que o combinado, ele me garantiu. Já eu, meu neto e Fábio partimos imediatamente para Maceió, onde em seu aeroporto um carro alugado também já nos esperava. Portanto, tive que enfrentar o avião novamente! Queria bem dizer que já tinha me acostumado a me transportar naquela geringonça alada, pois em menos de um dia voaria pela segunda vez. Contudo, esse estava longe de ser o meu sentimento. Voar era coisa para passarinho, por isso, suei frio a cada balançada que aquele monstrengo deu por entre as nuvens.

– Fábio, arranje um mapa e vamos direto para a tal Rua do Porto, 33 – Neno pediu ao competente motorista imediatamente após, para o meu alívio, tocarmos o solo de Alagoas.

Foi assim que começamos a dirigir pela linda orla de Maceió, lugar que, para uma *tabaroa*[3] do interior como eu, aparentava ser uma prévia do paraíso. Sempre secretamente sonhei em visitar aquela cidade, especialmente por ser o lugar no qual Tarcísio, o meu grande amor, tinha decidido morar quando tomou a corajosa decisão de libertar-se das garras da sua mãe dominadora. Quantas foram as vezes em que me fantasiei banhando-me naquelas águas cristalinas ao lado do meu amado Tarcísio. Pena que tudo nunca passou de devaneios idiotas. Assim sendo, esforcei-me em me esquecer de Tarcísio e concentrei-me naquele magnífico mar. Confesso que pouco eu tinha visto o mar, mesmo quando visitava Salvador. Por isso, aproveitei!

Rodamos e rodamos, até que tivemos de encostar o carro, uma vez que Fábio estava completamente perdido. Enquanto ele tentava se encontrar, aproveitei para mirar de mais perto aquela praia de águas verdes como esmeraldas e deleitar-me mais nitidamente com toda a beleza daquele cenário. Irritei-me ao recordar-me de Tarcísio outra vez.

---

3. Feminino de Tabaréu – jeito como se chama o jeca, caipira na Bahia.

Mas logo consegui esquecer. Entretida com a sua areia branca e com um coqueiro com o formato de um gogó de ema, só voltei à realidade da nossa busca quando o carro começou a andar novamente. Entramos pela cidade adentro, voltamos para a orla, até que finalmente chegamos ao bairro do Bebedouro, e achamos a bendita casa 33 da Rua do Porto. Zé Maurício mais uma vez tomou a iniciativa e saiu do carro para tocar a campainha. Apertou o botão, uma, duas, três, quatro vezes e nada de ninguém responder.

– Deve estar queimada – apontou para o botão da campainha posicionado ao lado da porta daquela casa de muros altos.

– Posso ajudar o senhor? – uma bonita morena segurando um saco de compras, aparentando ter os seus dezoito anos, abordou o meu neto, que inconformado já tocava a campainha com certa violência.

– Talvez! – ele tentou moderar o seu tom de voz. – A senhorita sabe quem mora nessa casa?

– Sei sim – a mocinha de cabelos ondulados e olhos castanhos claros respondeu sorridente. – Mas o senhor sabe? – usou-se de um ar irônico.

– Por acaso é o Senhor Luís Viana? – Neno entrou no jogo.

– É sim! É o meu avô Luís sim – ela confirmou.

– Graças a Deus! – Zé Maurício deu um sorriso aliviado e mediu de cima a baixo a sua recém-descoberta priminha de algum grau. – Ele está em casa? – emendou outra pergunta. – Estou buzinando já faz tempo e ninguém atende.

– Não ligue não. Ele está em casa sim. Só que, meus pais saíram pra trabalhar e a enfermeira faltou ao trabalho hoje. Eu fiquei com a incumbência de tomar conta de vovô. Contudo, tive que ir ao mercado fazer umas comprinhas. O coitado já não ouve bem, por isso não deve ter escutado a campainha. Mas quem é o senhor mesmo?

– Meu nome é Zé Maurício – ele deu a mão. – Estou aqui porque sou bisneto do Senhor Sebastião Viana, o seu trisavô – Neno foi direto como um soco bem-dado no estômago.

– O meu é Catarina. Uau! Essas são grandes notícias! – ela não conseguiu esconder a sua confusão. – Por favor, entre. Assim como eu, o meu avô Luís vai ficar curioso para saber mais sobre o senhor – ela abriu a porta com a sua chave.

– Queria antes te apresentar a sua tia-bisavó, Francisca – Neno apontou para mim, que escutava toda a conversa com o ouvido já quase todo fora do carro.

– Muito prazer – a mocinha falou estarrecida. – Vamos entrar, pois meu avô vai com certeza entender melhor toda essa história – ela abriu um sorriso nervoso.

Ao passarmos pela porta de entrada, vimos que aquele alto muro separava a rua de uma bela casa de dois andares, com uma linda piscina do seu lado esquerdo e enormes varandas. Cruzamos então o seu jardim impecavelmente bem cuidado e fomos convidados a nos sentar em uma sala arejada, cercada de vidraças chiques, que demonstravam o alto poder aquisitivo do seu dono. Lá esperamos calados a chegada de Luís, o meu meio-sobrinho que há pouco tempo eu não sabia nem sequer da existência. Depois de uns dez minutos de tensão, que mais pareceram horas, fui surpreendida pelo meu nome sendo proferido em voz alta e com muita euforia:

– Tia Francisca, é você! Isso deve ser um milagre! Ou um sonho bom! – Luís, que aparentava ter uns setenta anos, assim como o meu filho mais velho, veio em minha direção puxando de uma perna, mas ainda assim, com muita disposição.

Antes mesmo que eu conseguisse falar qualquer coisa, ele me puxou pela mão, deu-me um caloroso abraço e disse com a fala embargada:

– Ouvi meu avô Sebastião falar tanto da senhora!

– Sério? Fico surpresa! – sorri de nervoso e retribui o abraço forte. – Posso saber o que ele dizia? – averiguei, já que a oportunidade de ouro se abria bem à minha frente.

– Ele dizia que das suas filhas a senhora era a mais inteligente e amorosa – Luís respondeu satisfeito e muito emocionado, à beira de derramar lágrimas de alegria.

– E posso saber por que ele nunca me procurou? – surpreendi-me ao disparar esta tão delicada pergunta ao meu pobre sobrinho que eu tinha conhecido havia menos de dois minutos.

Luís ficou meio atordoado ao receber a minha bordoada sentimental. Olhou para a neta Catarina, que se aproximou prevendo o pior, mas conseguiu manter o jogo de cintura para seguir na conversa:

– Tia Francisca, não posso responder pelo meu avô, pois ele já não está mais aqui entre nós – ele confirmou o que no meu íntimo eu já tinha quase certeza. Sebastião havia morrido.

Naquele instante, mesmo já desconfiando de que essa fosse a atual realidade, foi por água abaixo uma nesga de esperança que eu ainda carregava no fundo do meu ser. Mesmo que inconscientemente, ainda sonhava em ver o meu pai vivo, no auge dos seus cento e poucos anos.

Todavia, depois da reveladora frase do meu sobrinho, fui impelida a desertar de um sonho bobo, que só uma filha carente poderia nutrir em relação ao seu ausente pai de toda a vida.

– Desculpe, tia Francisca – Luís imediatamente percebeu uma avassaladora tristeza tomar conta do meu semblante. – Acho que sem querer lhe dei em primeira mão a notícia da morte do seu pai, o meu querido avô Sebastião. Perdoe-me pela falta de cuidado. Não foi a minha intenção.

– Não se preocupe, meu filho. Tenho certeza de que você não quis me magoar. Além do mais, eu já desconfiava da morte do meu pai biológico – fui categórica demais ao defini-lo, ainda graças ao meu alto nível de tensão. – Afinal de contas, se vivo ele estivesse, não seria mais um garoto. Não é verdade? – ensaiei descontrair o cenho.

– É mesmo, se vivo estivesse, hoje ele teria cento e quinze anos – Luís me concedeu mais uma das muitas informações que estariam por vir naquele revelador fim de manhã.

– Valha-me Deus, então não teria mesmo como ele estar vivo. Como eu fui ingênua em crer nessa hipótese. – falei surpresa frente ao meu grotesco erro de cálculo, acho eu que causado pela minha grande vontade de acreditar.

– Nem tanto, tia – Luís alisou a minha mão com ternura. – Por pouco mais de dez anos a senhora não o encontrou aqui em casa "vivinho da Silva". E digo mais, o velhinho era forte como um touro. Morreu mais de desgosto do que de qualquer outra coisa, já que a sua saúde era de ferro. Porém, ainda assim, não conseguiu suportar que o seu filho fosse desta para uma melhor antes dele – dei um suspiro cheio de melancolia ao ficar a par de que eu e meu pai tínhamos algo mais em comum. Vimo-nos obrigados a ter que lutar contra a dor de sepultar um filho.

– Parece que a vida trouxe mais de uma vez grandes desgostos para o fado do pobre Sebastião – lamentei a perda do meu meio-irmão que viveu e morreu e eu nunca cheguei a conhecer. Igualmente, não pude deixar de lembrar da trágica morte da minha mãe biológica ao amamentar a sua criança recém-nascida no meio do sertão. – O filho que tu te referes como morto é o Nuno, teu pai? – emendei a questão.

– Sim, tia Francisca, ele era filho único. Meu pai morreu há treze anos por conta da desgraçada da diabete, um mal que parece assombrar a nossa família. Mas a senhora não precisa se assustar, pois a herança maldita vem da família da minha avó Pureza. Papai puxou essa moléstia e, assim como vovó, morreu com apenas sessenta e três anos, sem nenhum dedo nos pés e em pele e osso. Coincidência? A senhora sabe agora porque eu manco e ando com a ajuda da minha bengala. Filho de peixe, peixinho é.

— Eu sinto muito, Luís. A minha filha é médica, logo, eu leio muitas revistas que ela me manda. Digo-lhe com propriedade, há grandes avanços no tratamento da diabete — sorri tentando lhe dar um alento.

— Eu já gastei metade da fortuna que o meu avô deixou com o meu tratamento, mas nada parece adiantar — Luís tocou em um ponto interessante, dinheiro. Ele parecia ter muito.

— O senhor poderia me dizer o que o meu bisavô fez da vida enquanto viveu? — Neno demonstrou ter tido o mesmo interesse que imediatamente despertou dentro de mim. — Desculpe-me a minha indiscrição, por isso, aproveito para me apresentar. Sou Zé Maurício, neto de Dona Chica — ele cumprimentou o primo distante.

— É um prazer falar do grande império construído pelo meu aguerrido avô Sebastião — Luís deixou transparecer certo receio frente ao abrupto interesse de Neno. — Mas para chegar lá, vamos começar no início. O que vou lhes contar agora é fruto de depoimentos dados pela minha avó Pureza e pelo meu próprio avô, nos raros momentos que ele esteve disposto a falar.

"Depois que deixou a Bahia, em 1909, Sebastião veio para Maceió atrás da minha avó Pureza, moça que conheceu ainda em Ilhéus, lugar onde morou algum tempo depois da tragédia que ocorreu com a sua primeira esposa — Luís demonstrou conhecer e confirmou a história que me foi contada pelo Coronel Quincas. — Minha avó era igualmente portuguesa recém migrada, o que explica o surto de caridade que ela teve ao assistir ao compatriota Sebastião ser quase linchado por ter se defendido do filho de um coronel da região em uma briga de bar. Minutos antes de começarem a barbárie contra o pobre bêbado lusitano, vovó conseguiu convencer todos os portugueses a morar no centro de Ilhéus a saírem em defesa do patrício prestes a receber a sua pena sem julgamento. Usou-se do seu chame e persuasão e conseguiu a façanha, depois de quase criar uma mini guerra civil entre brasileiros e portugueses.

"Não satisfeita, ela levou o pobre homem embriagado para a casa dos seus pais, os Moura, e cuidou dele até que convalescesse dos ferimentos e da bebedeira. Quando Sebastião acordou, foi arrebatado pelo amor à primeira vista. O velho português chegou a me confessar isso em uma noite de porre. Ele disse ainda que naquele instante arranjou uma nova razão para viver. Só que o seu sonho durou pouco, pois os Moura tinham outros planos para a sua filha Pureza. Ao perceberem o envolvimento afetivo crescendo entre ambos, já que posteriormente passaram a se encontrar com grande frequência, decidiram mudar de Ilhéus para Maceió. A desculpa foi que Ilhéus não era o lugar mais propício para ganhar a vida. Além disso, um outro ramo da família Moura havia migrado para a capital de Alagoas e sempre se gabavam de que ali era o lugar para crescer. Muitos deles haviam investido no mercado de padarias, e de acordo com as suas próprias farrombas, estavam ganhando burras de dinheiro.

"Dessa maneira, não era interessante para os Moura deixarem a sua única filha casar-se com um zé-ninguém como o maltratado Sebastião. Queriam alguém bem-sucedido da nova cidade que escolheram para ganhar o pão, literalmente, pois, seguindo os passos dos parentes, abriram uma pequena padaria. Ainda tentaram apresentar um ou dois candidatos à desolada Pureza, mas o que eles não esperavam era que o realmente apaixonado Sebastião viesse em busca da sua nova razão de viver. Os Moura mal sabiam sobre os maus bocados que o meu avô já havia passado na vida, portanto, não tinham ciência de que ele lutaria com unhas e dentes para conseguir o amor de Pureza. E conseguiu!

"Sebastião chegou a Maceió em um domingo, 'roubou' Pureza na segunda e na terça-feira já estavam casados. Não preciso dizer que as dificuldades foram tamanhas no seu grande reinício de vida. Sem o apoio de ninguém, comeram o pão que o diabo amassou. Café com leite para meu avô, mas substanciais novidades para a minha avó, que até então teve todo o suporte da sua família. Os Moura não saíram de Portugal com uma mão na frente e outra atrás como a maioria dos imigrantes do fim do século XIX. Vieram aos poucos, de forma planejada, e os patriarcas da família ainda permaneciam na sua terra *mater*, donas de fazendas e títulos acadêmicos, para o caso que os seus filhos falhassem em fazer a América. Mas nada disso impediu que o meu avô Sebastião trabalhasse como um leão e finalmente encontrasse as oportunidades que o Brasil do início do novo século poderia proporcionar a quem procurasse. Como se fosse uma questão de honra, uma teimosia, Sebastião também investiu em padarias, e em menos de vinte anos passou a ser o dono do mercado de Maceió. Os Moura dissiparam-se como moscas! Já Sebastião Viana, o imigrante sem nada a perder, foi quem verdadeiramente fez a América. Hoje temos tudo isso que vocês podem ver, graças ao seu obstinado sonho de ser alguém."

Quando Luís terminou o seu relato com aquela eloquente frase, nunca na vida me senti mais parecida com o meu pai. Tudo o que também sempre quis na minha vida foi ser alguém! Desde pequena fui impelida a um mundo sem identidade, sem sobrenome, sem cultura familiar, sem raízes. O que consegui, foi lutando, assim como uma leoa, assim como o meu pai. Não pude deixar de sentir uma ponta de ciúmes da tal de Pureza naquele instante, a mulher que teve tudo o que eu mais sempre quis ter do velho Sebastião. "Será que foi ela quem impediu que meu pai entrasse em contato comigo?", aquela pergunta horrível veio à minha cabeça para me amofinar. Foi assim que, sem medo das consequências que poderiam ser geradas daquele diálogo, resolvi ir a fundo na tentativa de entender os motivos do meu falecido pai.

– Luís, o meu pai lhe contou que ele deixou, além de mim, mais três filhos para adoção lá na Bahia? – finalmente toquei no delicado assunto.

– Tia, ele contou sim. Não posso mentir – disse cândido.

– E será que você poderia me dar uma luz? – fiz uma pausa carregada de tensão. – Por que diabos ele nunca procurou a gente? – lancei a pergunta recorrente e não mais contive o choro. Neno de imediato pousou a mão sobre o meu ombro, dando-me força para resistir à resposta porvindoura.

– Honestamente? – Luís averiguou sem graça e eu assenti com a cabeça dando-lhe permissão para falar. – Como eu já disse, não sei ao certo, mas desconfio que, no fundo, no fundo, ele sempre teve medo de saber o que o destino reservou aos seus filhos, tia. Da senhora, até que ele sempre teve notícias, pois acabou conhecendo aqui em Maceió um casal natural lá de Piritiba, que sempre lhe trazia as boas novas. Piritiba, esse é o nome da cidadezinha perto da fazenda onde a senhora mora, não é mesmo? – ele procurou se certificar. – Mas com relação aos outros três, acho até que o vô procurou saber, logo no início, mas nunca veio a descobrir o seu paradeiro. Perdeu o contato totalmente.

– Mas com todo o dinheiro que tinha, ele bem que podia mandar procurarem. Facilmente! – deixei escapar a minha raiva. – Por falar nisso, você sabe o nome dos meus irmãos? E o neném, era menino ou menina? – curiosíssima, quis conseguir mais peças para o quebra-cabeça da minha vida.

– O varão chamava-se Caetano e a menina entre ele e a senhora, Clarina. Já "a" neném, pois era uma menininha, não chegou a ser batizada, ao menos pelo meu avô. Mas o casal adotivo, acho eu que natural de Ipiaú, deve tê-la batizado. Segundo palavras do meu próprio avô, eles eram bons cristãos.

– E o nome da minha mãe, você sabe? – odiei a minha vida por ter que tentar descobrir o nome da minha própria mãe através das memórias de um meio-sobrinho, distante e recém-descoberto.

– Apesar de muito insistirmos, o velho Sebastião sempre se recusou a falar sobre esse assunto. Acho eu que nem mesmo a minha avó Pureza chegou a saber o nome daquela pobre senhora.

– Nem de onde ela vem? – odiei-me mais ainda.

– Não, tia. Ele realmente nunca falava a respeito dela. Ou melhor, não falava nada que se referisse ao seu passado. Não sabemos sequer o nome da cidade portuguesa de origem do meu avô Sebastião. Quando tocávamos no assunto, ele dizia: "Brasil novo, vida nova. O passado está enterrado". Para falar a verdade, logo a princípio, só viemos saber da existência da mãe da senhora porque o povo de Ilhéus comentou com a minha avó Pureza. Disseram que o pobre Sebastião quase morreu de desgosto depois da tragédia – Luís disse, assim como eu, decepcionado.

– É, foi uma morte horrível – deixei escapar com o olhar longínquo.

– Coitada, ainda segundo os boatos ouvidos por Vó Pureza, ela foi enterrada quase como indigente em um simplório cemitério nas redondezas da vila em que ela pereceu – Luís completou. – O povo diz que meu avô estava tão transtornado que se recusou a dar qualquer informação a respeito da esposa falecida. Não há sequer o nome na lápide. Parece-me até que ele chegou ao ponto de desconjurar Deus. Além disso, gritou para quem quisesse ouvir que a maldita terra do Brasil poderia até consumir o corpo do seu grande amor, mas não merecia saber o seu nome.

– Você sabe o nome do vilarejo que eles enterraram a minha mãe? – averiguei sem perder tempo, pois depois que tudo aquilo terminasse, eu gostaria muito de quem sabe tentar descobrir o túmulo da minha genitora.

– Hum – ele coçou a cabeça. – Só um momento, tia. Vou procurar o livro de contabilidade da nossa rede de padarias – Luís mancou até o seu escritório e nos deixou intrigados, pois o que teria um livro contábil a ver com o a minha questão.

– Pronto, achei! – voltou contente. – O nome da vila é Japomirim. Se não me engano, é bem perto de Ipiaú – quando ele viu que não entendemos como um balancete contábil poderia lhe dar essa informação, explicou. – Ah, eu sei disso porque a nossa firma tem um contrato com uma lojinha de flores de Japomirim, e desde sempre nós temos que pagar uma mensalidade para que eles nunca deixem faltar ornamentos no túmulo da mãe da senhora, tia. O meu avô fez questão inclusive de mencionar isso no seu testamento. Estivesse ele, vivo ou morto, lá flores não poderiam faltar. Mas o estranho é que enquanto ele viveu, nunca se predispôs a ir visitar os restos mortais da antiga esposa.

– Talvez ele não quisesse reviver toda a dor que um dia teve de suportar? – Catarina concluiu com maestria.

– Tenho certeza – Zé Maurício comentou com o semblante triste.

– Acho que ele quis apagar da sua nova vida todos os que pudessem relembrá-lo do seu passado infeliz. Inclusive os seus filhos! – falei desolada, ainda sem digerir muito bem os motivos que levaram o meu pai a nunca ter nos procurado.

Luís ficou meio abatido ao ouvir o meu desabafo. No entanto, acho eu que no seu íntimo ele era capaz de entender os meus motivos. Afinal, aquilo tudo sempre esteve entalado na minha garganta e aquele sem dúvida era o momento certo para extravasar. Tive uma ótima primeira impressão do meu sobrinho, visto que não foi combativo ou descortês em nenhum instante, mesmo quando ultrapassei alguns limites ao apontar supostas falhas na conduta do seu estimado avô. E parecia que ele verdadeiramente amava o velho Sebastião.

Desse modo, continuei explorando a boa vontade de Luís, perguntando freneticamente sobre tudo o que eu sempre quis saber. Ficamos horas conversando ali naquela luxuosa sala de estar. Dentre outras coisas, ele me disse que era filho único, pai de dois homens, viúvo, que era formado em Direito – para a minha total inveja, porque sempre quis ter tido nível superior –, e pasmem, que no passado tinha até se candidatado à prefeitura de Maceió. Em contrapartida, ele quis saber como finalmente o encontramos, e por que demorou tanto até que isso acontecesse. Eu expliquei-lhe parte do nosso caminho até finalmente conseguirmos o seu endereço com Dona Perola, sua ex-namorada. Ele ficou feliz e perguntou sobre ela, pois, como já sabíamos, havia vários anos que eles tinham perdido o contato. Achei-me então na obrigação de contá-lo o pouco que eu sabia a respeito da vida atual de Dona Perola, em retribuição a tudo o que ele já me havia elucidado sobre a minha família. Ainda bem que eu consegui ser sucinta e não demorou muito tempo, uma vez que eu não queria desviar o rumo da nossa conversa.

Ainda embalados pela curiosidade – mais minha do que dele, obviamente –, começamos então a conversar sobre os diversos assuntos, melhor dizendo, detalhes, corriqueiros à vida do meu pai, à sua própria vida, e à vida do meu meio-irmão Nuno, que para o meu infortúnio, também não tive prazer de conhecer. Luís me garantiu que o seu pai teve uma vida decente. Sempre lhe ensinou que deveria tocar os negócios da família com honestidade e preservar a honra e os bons costumes dos Viana. Nuno morreu após muito sofrimento, o que percebi ser uma grande fonte de preocupação para Luís, que também herdou a perigosa diabete dos Moura. Meu sobrinho lutava bravamente para sobreviver, assim como o meu irmão havia lutado até o fim. Luís me confidenciou que todos os dias reza para Santa Rita de Cássia para que poupe os seus filhos desse mal que devasta os seus por gerações. Principalmente, Sebastião Neto, o seu filho mais velho e pai de Catarina, pois tem a vida bastante desregrada. Catarina igualmente demonstrou certo medo, e garantiu que se cuidava mais do que a média no quesito alimentação.

Entretidos pela intimidade que crescia a olhos vistos, a tarde passou mais rápido do que eu gostaria. Através de Luís, descobri uma face do meu pai que eu nunca poderia ter imaginado, a de um grande empreendedor. Sempre desconfiei que ele tivesse terminado os seus dias na sarjeta, ou morto por garimpeiros gananciosos em busca do ouro de tolo que moveu tantos sonhadores aos confins desse país. Mas não, Sebastião reconstruiu a sua vida e fez com que ela valesse a pena. Pelo menos, para ele.

Somente me dói o coração ter consciência de que ele nunca teve a coragem que se fazia mister para vencer a sua vergonha, os seus medos e os seus arrependimentos. Ele nunca veio à nossa procura! Isto é fato! Pior, ele nunca nem sequer quis saber que fim levou os meus irmãos desaparecidos. Pois é, pelo menos disso, eu poderia me gabar, já que fui informada de que ele me monitorava à distância por intermédio de alguns amigos de outrora. Grande coisa!

Foi assim, tomada pela decepção, que, no exato instante em que tirei aquelas mesquinhas conclusões, um último detalhe começou a me incomodar deveras. Por conseguinte, nada me reprimiu de imediatamente investigá-lo. Simplesmente fiz uma derradeira pergunta ao meu sobrinho, sempre disposto a respondê-las.

– Luís, tem algo que está me martelando dentro da cabeça até agora. Lembra-se quando você me disse hoje mais cedo que o meu pai tinha notícias minhas através de um tal casal de Piritiba? Afinal de contas, quem eram eles? Quais os seus nomes?

– Tarcísio e Glória Cunha!

Ao ouvir aquele primeiro nome, os meus olhos fecharam-se automaticamente, encheram-se de lágrimas penitentes e fui transportada a um sentimento que há muitos anos parecia ter se perdido nas resignadas linhas da minha memória. Assim, tomada por um efêmero jorro de expectativa, fui subitamente reapresentada ao velho mundo mágico do amor. Apesar de saber que Alagoas tinha sido o destino escolhido pelo meu amado, nunca esperaria receber notícias suas no final da minha longa e sofrida jornada. Como sempre, quando tomada pela apreensão, restou-me olhar para o céu e rogar para que o meu querido São Tiago Maior protegesse Tarcísio onde quer que ele estivesse. Secretamente, desejei do fundo do meu coração que ele ainda gozasse de vida e saúde.

12

Linho branco, rosas e cravos vermelhos

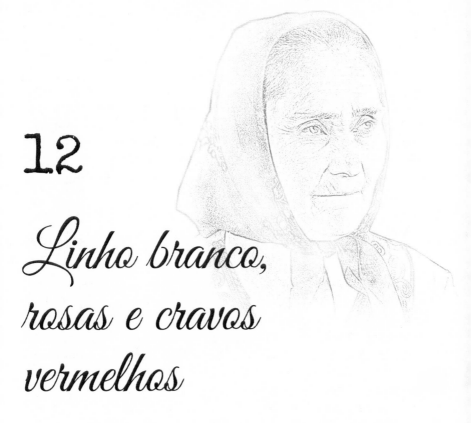

E M 1913, QUANDO EU tinha apenas quatorze anos de idade, entrou no meu caminho Tarcísio, o homem que, sem medo de errar, defino como o único que amei em toda a minha longa vida. O conheci em uma manhã de chuva, quando eu ajudava Seu Malaquias, pai de Seu Honório da mercearia, a limpar o estábulo que abrigava as mulas e cavalos na antiga Fazenda Araçá. Como já mencionei, Seu Malaquias assumiu o posto de tratador da tropa de muares e dos poucos equinos assim que meu pai deixou a fazenda em busca do seu sonho tolo. Tarcísio tornou-se um bom amigo do seu filho, Seu Honório, na época Honorinho, já que ambos gostavam de montar a cavalo e ensaiar movimentos de puxada de boi pelo rabo, que depois veio ser conhecida como vaquejada.

No dia em que os Cunha visitaram a Araçá pela primeira vez, trouxeram consigo o seu filho varão, que, louco por cavalos, não hesitou em ir imediatamente rumo ao estábulo da fazenda, na companhia de Honorinho, que tinha a missão de apresentá-lo a bela coleção de garanhões do Coronel Quincas. Quando chegou lá, o menino rico de mais ou menos quinze anos quase enlouqueceu quando lhe foi oferecido um dos belos animais da raça que hoje chamam de Quarto de Milha para ser montado. A partir dali, ele passou a retornar constantemente à fazenda para montar na companhia do novo amigo Honorinho e às vezes também na companhia de Belinha, a herdeira dos Alves Lima.

Recordo-me como se fosse hoje que eu notei o seu lindo cabelo castanho logo na primeira visita, pois eu também estava dentro do estábulo, mas carregando estrume para fora, em trajes digamos que não muito dignos a uma mocinha que se prezasse. Ao perceber aquela movimentação estranha, escondi-me atrás do feno como um rato, e de lá não saí. Observei com admiração aquele belo rapaz de traços finos e alvos montar muito bem em seu animal e dirigir-se feliz para os pastos em busca de diversão. O meu coração apertou de um jeito estranho naquela tarde de inverno, e pela primeira vez experimentei o gosto amargo da paixão.

Os nossos olhares somente se encontraram pela primeira vez já na sua terceira visita aos Alves Lima. Até lá, passei noites de cão a idealizar-me abraçando e beijando o rosto macio de Tarcísio. Muitas vezes chorei, e como chorei, escondida debaixo dos meus lençóis, já que sabia que uma gata-borralheira que nem eu, não teria a mínima chance de conquistar a atenção daquele príncipe de tão nobre estirpe. Só que tudo mudou quando os meus tímidos olhos azuis entreolharam os olhos castanho-claros de Tarcísio. Notei que o seu semblante se iluminou como o sol e depois se ruborizou envergonhado ao perceber que tinha denunciado todo o seu interesse recíproco. A partir dali, fui preenchida por uma esperança infantil, e mais sonhos pueris passaram a habitar o meu fértil imaginário.

Entretanto, eu mal sabia que os meus sonhos contrastavam em demasia com a igualmente desenfreada paixão nutrida pela minha irmã-adotiva, Belinha, e primordialmente com os ideais dos Cunha, pais imbuídos de arranjar um brioso casamento para o seu filho varão. Juro que eu teria recolhido-me à minha insignificância e desistido de tudo, não fosse por um fato em especial. Ou melhor, um momento em especial. Para ser mais clara, uma bela tarde de início de primavera em que Tarcísio aproximou-se de mim na beira do riacho que cortava a Araçá, e disse:

– Olá, Francisca! – eu me assustei e quase deixei que a bacia de *frande*[1] que eu lavava roupa corresse riacho abaixo, levada pela sua correnteza bravia de águas escuras.

– Oi, moço – respondi ainda atordoada, igualzinho a um bicho do mato.

– Posso lhe ajudar a recolher a roupa? – ele abriu um sorriso e ofereceu-me ajuda, já que, devido ao meu rompante, metade das roupas caíram na lama que margeava o rio.

– Não, não se preocupe – ainda hoje me envergonho do meu enorme acanhamento demonstrado naquele dia.

– Eu insisto – Tarcísio tomou coragem e agachou-se ao meu lado visando auxiliar-me. Foi nesse exato momento que ele pela primeira vez tocou a minha mão.

Ainda agachado, ele virou-se para mim e encarou-me com ternura. Acho que ele pôde ver o seu próprio reflexo no azul dos meus olhos arregalados de tensão. Tremiam como árvores ao vento. Munido de maior ousadia, Tarcísio então pousou a sua outra mão no meu rosto, deu um suspiro apreensivo, e finalmente disse:

– Você é a menina mais linda que eu já vi!

Naquele instante as minhas pernas tremeram, senti uma imensa tontura e o meu esperançoso coração palpitou em ritmo acelerado – e por que não dizer, em compasso comemorativo. Todavia, a timidez foi mais forte do que eu, e como se reagindo a um instinto incontrolável, em um rompante levantei-me assustada e corri rumo à sede. A cada passo que dava, eu tentava entender e conceber que tudo o que eu havia sonhado parecia estar começando a se realizar. Belisquei-me duas vezes para certificar-me de que eu estava realmente acordada. Ao passar como um raio pela porta da frente do casarão dos Alves Lima, todos notaram que eu estava meio assombrada, e para o meu azar, a primeira pergunta veio da mãe de Tarcísio, Dona Maria Cunha, que como uma ave de rapina pegou no ar toda a situação. Presumo que ela já tivesse notado algum sinal demonstrado pelo filho.

---

1. Regionalismo para: folha-de-flandres - fina chapa de ferro laminado, coberta com uma camada de estanho, com diversas aplicações, como a fabricação de latas; lata. Dicionário Houaiss.

– Viu algum fantasma, minha filha? – Dona Maria foi irônica e meio sarcástica, para o deleite de Dona Filó e Belinha.

– Não, senhora – respondi completamente sem graça, ávida por deixar aquele ambiente hostil e retirar-me para o refúgio do meu quarto.

– Você viu o meu filho por aí? – a matriarca dos Cunha foi direto ao ponto que a afligia.

– Deve estar andando de cavalo – sem mais suportar a pressão daquele mini interrogatório, dei as costas e corri para o meu santuário. Infelizmente, também me denunciei à sagaz matriarca dos Cunha.

Dali por diante, acho que Dona Maria começou a desconfiar seriamente ou quiçá a ter certeza do nosso interesse mútuo. Ela, sem demora, então deu início à sua campanha contra a nossa presumível união, antes mesmo que nós tivéssemos confessado um para o outro os nossos puros e pujantes sentimentos juvenis. Em conluio com Dona Filó, outra grande interessada no estreitamento de laços entre as duas tradicionais famílias, arquitetaram um grande plano para unir cada vez mais Tarcísio e Belinha. Dessa maneira, o meu coração passou a sofrer nos finais de semana, os quais Belinha ia visitar os Cunha, e se alegrava novamente nos outros, quando Tarcísio vinha retribuir a gentileza. As matriarcas mancomunadas mal sabiam que estavam dando o ouro ao bandido todas as vezes que mandavam Tarcísio à Fazenda Araçá. Em vez de cumprir o seu papel e fazer corte a Belinha, o espirituoso rapaz se embrenhava no mato a cavalo, e só voltava quando ele sabia que eu já estava no estábulo a labutar. Não preciso dizer que a cada novo pôr do sol nós nos tornávamos cada vez mais apaixonados.

– Tia, a senhora está bem? – Luís me acordou da quimera na qual eu havia me enclausurado quando ouvi de supetão o nome de Tarcísio.

– Estou bem, sim, meu filho – respondi ainda hesitante em deixar aquelas tão longínquas memórias.

– A senhora está meio pálida. Quer uma água? – Luís mostrou-se imensamente atencioso, o que me fez admirá-lo ainda mais.

– Não, Luís. Obrigada. Mas gostaria de fazer-lhe uma outra pergunta a respeito dos Cunha – não contive o meu instinto. – Vocês ainda têm contato com eles? Ainda estão vivos? – uma enorme angústia tomou-me por completo, pois o teor da resposta poderia ser devastador.

– Não, tia. É com grande pesar que lhe informo que – naquela fração de segundo quis também morrer, mas, sou obrigada a confessar que o sentimento se transformou quando o meu sobrinho terminou a sua frase – a Dona Glória faleceu há mais ou menos trinta anos – fui tomada por uma lutuosa alegria. – No entanto, Seu Tarcísio continua firme e forte do auge dos seus noventa e um anos – ri-me por dentro. – Só por curiosidade, a senhora por acaso o conheceu? – Luís quis saber. – Pois ele sempre falava da senhora, mas através de notícia de terceiros.

– Sim – não pude mentir. – Conheci o Senhor Tarcísio Cunha nos tempos antigos da Fazenda Araçá – ao pronunciar o seu nome rejubilei-me de tanto deleite.

– Engraçado, o meu avô também o conheceu graças a um amigo em comum da época em que trabalhou na Fazenda Araçá, o Coronel Nogueira, pai de Dona Nina, grande amiga da família de Perola, minha ex-namorada que deu o meu endereço à senhora lá em Recife – explicou achando ter-me dito grandes novidades.

– Conheci todos eles também – sorri. – Mas diga-me uma coisa, como o Coronel Nogueira reencontrou Tarcísio? – tentei sanar a minha dúvida, já que eu tinha ciência de que os Cunha eram igualmente amigos dos Nogueira, ambas famílias tradicionais das redondezas de Piritiba. Porém, o destino havia separado Tarcísio muito cedo da convivência do ciclo de amigos da sua família, quando ele resolveu se libertar das garras da mãe e fugiu para traçar o seu próprio caminho.

– Seu Tarcísio era dono de uma grande empresa de laticínios, com a matriz em Maceió, mas com sucursais em Recife e Salvador. Por coincidência, Dona Nina foi a encarregada do governo pernambucano para auditar a sua distribuidora lá em Recife, o que promoveu o reencontro entre o filho dos Cunha com o velho amigo da família, o Coronel Nogueira. A amizade cresceu com o tempo – dizem as más línguas muito mais por insistência e puxa-saquismo do coronel, que vivia grandes dificuldades financeiras na época –, e em uma certa feita, muito naturalmente, a coincidência nos golpeou a todos outra vez. O meu avô Sebastião acabou reencontrando o Coronel Nogueira através de Perola, a minha ex, e graças a uma recomendação do velho amigo, contratou a empresa de Seu Tarcísio, também forte no mercado alagoano, para fornecer laticínios à nossa rede de padarias. Tivemos um ótimo relacionamento comercial, que com o passar dos anos se desenvolveu para o âmbito pessoal. Seu Tarcísio até se ofereceu para buscar informações a respeito da senhora, tia, quando o meu avô lhe confiou sua história e pediu a ele que o ajudasse. Acho que Seu Tarcísio é o homem vivo que hoje mais sabe sobre a vida do meu avô. Mesmo separados por uma geração, eles gastavam horas e horas bebendo Vinho do Porto e jogando conversa fora.

Quando eu ouvi aquele relato, conclui que parecia ser uma característica da família gostar de Tarcísio. Na realidade, essa era uma tarefa fácil, visto que ele sempre foi uma pessoa muito simpática, espirituosa e companheira. Por um minuto deixei-me levar pelos pensamentos passados, os quais me trouxeram de volta as propostas ambiciosas do meu primeiro e único amor. Por que eu não aceitei fugir com ele, quando me propôs? Que idiota fui! Preferi esperar a minha sentença – o meu casamento forçado – a viajar rumo ao desconhecido na companhia do meu amor.

– Luís, meu sobrinho, você ainda tem contato com o Senhor Tarcísio? Digo, ainda tem o seu endereço aqui em Maceió? – perguntei com muito jeito.

– Claro que sim, tia! A senhora quer ir visitá-lo. Podemos chamar o motorista e ir agora mesmo à sua casa – meu sobrinho ensaiou se levantar, quando o interrompi.

– Não, não, Luís! Não sei nem se ele se lembra de mim – disse apreensiva. – Nos conhecemos quando éramos ainda crianças. Queria que você antes fizesse o favor de telefoná-lo e perguntasse, primeiro, se ele ainda se recorda de mim, e segundo, se ele se importaria que eu lhe fizesse uma visita – tomei um certo tipo de coragem que eu ainda não tinha ciência de ser detentora, mas admito, suei frio logo depois do meu ato.

Luís de pronto agarrou o telefone e sem rodeios ligou para o amigo íntimo da família Viana de Alagoas. Telefonou primeiro para a sua residência, mas ele parecia não estar. Mas Luís não desistiu, conseguiu um outro número e imediatamente o discou. Assim que foi atendido, meu sobrinho não hesitou nem um segundo em dizer a Tarcísio que eu estava lá na sua casa, e logo em seguida ficou mudo por quase dois minutos, somente ouvindo o que seu interlocutor do outro lado da linha tinha a dizer. Regada a uma ou duas gotas de suor que rolaram pelas minhas têmporas, aqueles dois minutos foram os mais longos da minha vida. E para a minha decepção, a resposta do meu amor de juventude veio curta e grossa. Não teria tempo de receber-me em sua casa por diversos motivos. Entendi então que, se o bem conhecia, os dois minutos devem ter sido gastos com as suas cordiais desculpas.

Devassada pela decepção, ainda tentei disfarçar e fingi-me satisfeita e feliz durante todo o jantar magnificamente servido pelo nosso anfitrião. Enquanto, quase hipnotizada, eu observava Fábio comer aquele monte de salmão como se fosse tilápia da barragem do França em Piritiba, um grande vazio preencheu o meu avelhantado e golpeado espírito, agora mais do que nunca em busca do seu merecido descanso. Mesmo após as tantas descobertas e revelações que regeram aquele dia intenso, a minha existência pareceu outra vez sem sentido naquele fim de noite. Desse modo, pedi licença ao meu sobrinho, o agradeci deveras por todo o carinho e paciência, e recolhi-me para os aposentos no segundo andar que me foram oferecidos pela graciosa Catarina.

Ao deitar-me naquela enorme cama, na qual em situação normal o seu belíssimo dossel me faria sentir como uma bela rainha, naquela ocasião em especial coube-me melhor o papel que eu sempre interpretei impressionantemente bem durante toda a minha vida, o de uma mera plebeia indigna do príncipe encantado. Restou-me então pousar a minha cabeça naquele confortável travesseiro de penas de ganso e me encolher entre as cobertas. Só que, antes mesmo de que eu derramasse as primeiras lágrimas incumbidas de extravasar o meu cabal sentimento de rejeição frente à atitude de Tarcísio, ouvi uma pedra estalar na minha janela. Imediatamente estalaram duas e três, até que resolvi ir inspecionar o que diabos acontecia lá embaixo, no bem cuidado jardim da casa de Luís. Arrastei-me em direção à janela, a abri com muito esmero, e quando finalmente avistei quem lançava as pequenas pedrinhas na direção do meu quarto, me belisquei de imediato, pois aquilo só poderia ser um sonho, fruto da minha cobiçosa imaginação.

– Chica, é você? – aquela voz doce proferiu o meu nome e tive que me segurar na esquadria para não cair de nervoso.

– Quem é? – fiz-me de desentendida.

– Sou eu, Tarcisinho, lá da Piritiba! Esqueceu de mim? Desça aqui! – pude ver o seu sorriso largo, que mesmo maturado pelo tempo ainda continuava gracioso.

– Só um momento – não pude falar mais do que isso, por conta da tremedeira que me devassou.

Respirei fundo, corri para a suíte, passei um pouco de pó base no meu rosto enrugado, prendi o cabelo com duas presilhas e coloquei um casaquinho verde que Ducarmo tinha me mandado de Salvador. No final das contas, não queria me reapresentar ao meu grande amor depois de tantos anos como uma bruxa velha do mato. Sem mais ter como melhorar a minha decadente aparência, desci a escada com passos de gato, já que não queria acordar ninguém, e me dirigi apreensiva para a porta larga que dava acesso ao jardim. Quando finalmente a abri, estava lá de braços abertos e rosas-vermelhas em punho, o segundo grande elo perdido que faltava nos grilhões da minha tortuosa vida.

– Chica, os anos passaram e você continua linda, minha querida! – Tarcísio se aproximou, beijou-me o rosto e abraçou-me apertado.

– Os anos foram generosos contigo também, Tarcisinho – eu disse meio atordoada, ainda sem acreditar, quando me afastei e mirei o seu elegante terno branco de puro linho e um viçoso cravo que pendia do seu bolso como nos velhos tempos.

– Pois é, noventa e um anos de muito trabalho! Acho que isso é o formol da vida – gargalhou e me ofereceu o seu buquê de rosas. – Mas você não parece ter noventa, se bem me lembro. Daria no máximo setenta! – sorriu e me deu o braço para que o acompanhasse até um banco que ficava entre os viçosos gerânios e as frondosas palmeiras que enfeitavam aquele jardim de cinema.

– Mas pensei que você estivesse ocupado e não pudesse me encontrar – comentei e quis saber mais sobre a notícia que me decepcionara bastante no princípio da noite.

– Quis fazer uma surpresa, por isso ludibriei Luís – justificou ao sentamos no banco iluminado somente pelo luar. – Além do mais, queria que nos encontrássemos a sós, sem a interferência de ninguém, pois gostaria muito de lhe pedir perdão, Chica – Tarcísio disparou sem rodeios.

– Mas por que, Tarcisinho? Não há razão para isso! – tentei dividir o peso que ele carregava.

– Não, há sim! Eu deveria ter sido mais forte perante a insistência da minha mãe em esquecer você – o velho homem de pele enrugada e cabelos encanecidos abaixou a cabeça meio sem jeito, o que logo me alvitrou a figura de um garoto acanhado.

– Tudo conspirou contra a nossa união, Tarcísio – repliquei com o tom mais sério. – Todos queriam que você se casasse com Belinha.

– Mas nunca amei Belinha, isso não era segredo! – ele desabafou com ar de revolta. – Sempre amei você, Chica! E quase morri de desgosto quando soube que você iria se casar com outro – eu que quase morri, porém, de felicidade, quando ouvi aquela confissão. Pena que era tão tarde e já havíamos perdido a nossa valiosa juventude.

– Eu fui obrigada – fui direta.

– Só vim saber disso depois. Na época, minha mãe inventou que você queria realmente se casar com o tal de Eupídio, pois ele era o pai do filho que você supostamente já esperava, mas escondia. Eu morri de paixão naqueles dias que antecederam o seu casamento. Inclusive, o assisti de longe, mas não tive coragem de tentar impedi-lo. Sentia uma mistura de amor e ódio, já que tudo o que nós vivemos ia de encontro às palavras da minha mãe. Dessa maneira, quando não aguentei mais a pressão, fugi para cá, para Alagoas. Principalmente quando eu entendi que eu havia sido traído pela minha própria mãe – ele limpou o rosto suado.

– Como você descobriu?

– Ela começou uma campanha desmedida visando firmar um compromisso entre mim e Belinha, em outras palavras, entre as linhagens Alves Lima e Cunha. Chegou até a marcar uma noite para a festa de noivado, mas antes disso, graças a Deus, eu descobri através de Nenzinha, a filha mais nova dos Nunes, que você não estava grávida coisíssima nenhuma, tampouco amava o tal de Eupídio. Em vez disso, Nenzinha me disse que você havia a confessado toda a sua infelicidade e que tinha até cogitado retirar a sua própria vida.

Tarcísio se referiu ao meio tempo em que vivi na casa dos Nunes, amigos dos Miranda, até que finalmente tudo ficasse pronto para o dia do meu casamento com Eupídio. Nenzinha sempre foi uma grande amiga e confidente. Dividíamos o seu quarto enquanto lá estive. Após eu ser flagrada pela terceira vez a chorar debaixo das cobertas, lhe confessei que amava Tarcísio e estava me casando a contragosto. Ela resolveu então ainda tentar nos ajudar, mesmo que isso viesse a lhe proporcionar grandes problemas com os seus pais e os seus vizinhos, os Miranda. Nenzinha sempre foi idealista e uma feminista de primeira. Ainda que naquela época o movimento propriamente dito não existisse para as bandas do interior da Bahia, nela já residia um instinto feroz em defesa dos direitos da mulher.

Portanto, a filha dos Nunes não tardou em tentar encontrar-se com Tarcísio para dar-lhe notícias minhas, mas foi marcada bestialmente pela matriarca dos Cunha. Dona Maria sempre foi uma grande estrategista e planejou tudo muito bem para que Tarcísio ficasse incomunicável até o dia do meu casamento. Desse modo, ela enviou o rapaz de dezessete anos para a casa de parentes em Salvador e ele lá permaneceu por todo o período de férias. Nesse meio tempo eu me casei, para a felicidade dos Cunha e dos Miranda, contudo, uma parte fundamental do quase infalível plano de Dona Maria foi mal calculada. Nesse ínterim em Salvador, Tarcísio conheceu gente nova, e por que não dizer, criou pescoço grosso. Assim que ele completou maioridade, voou para longe daquele ninho viciado no qual ele havia sido criado, ou melhor dizendo, aprisionado.

– A partir dali, resolvi fugir para Alagoas e nunca mais voltar – Tarcísio continuou. – Para você ter uma ideia, parti na minha noite de noivado – deleitei-me ao ouvir aquilo, mesmo sabendo que Belinha estava quase morrendo. – Simbólico, hein? Pois é, só vim ter contato de novo com aquele povo quando o teu pai, o meu querido Sebastião, que Deus o tenha, me pediu que conseguisse notícias tuas. Fui pessoalmente a Areia Branca, mas não tive coragem de te procurar, Chica. Afinal, soube pelo meu velho amigo Honório que você estava bem casada e tinha filhos muito inteligentes – Tarcísio foi cândido.

– Bem, quanto à primeira parte, não estou bem certa – encarei-lhe como se dizendo que a vida teria sido melhor na sua companhia. – Já no que se refere aos meus filhos, sim, eles são muito inteligentes, assim como os meus netos!

– Tenho certeza disso – afirmou Tarcísio, como sempre encantador.

– Quer dizer que Seu Honório sempre soube que você estava me vigiando e nunca me disse, não é mesmo? – senti-me meio traída.

– Por favor, Chica, não o culpe por isso. Eu lhe pedi sigilo total, até porque seu pai me recomendou demais que nem eu, nem ele fossemos descobertos.

– É, mas Seu Honório bem que poderia ter contribuído para que eu viesse a conhecer o meu pai ainda vivo – lamentei-me.

– O pobre velho não aguentaria a emoção e o constrangimento de um reencontro. Tenho certeza do que digo, porque ele conversava muito comigo, éramos grandes amigos. Porém, vendo por outro prisma, quando Seu Sebastião me pediu ajuda, talvez ele não mais estivesse conseguindo aguentar o seu remorso. Quem sabe buscasse pelo menos o conforto de saber que vocês estavam bem. Mesmo à distância. Por isso, me suplicou que eu fosse sigilosamente em busca de notícias. Primeiro, determinou que eu viajasse a Areia Branca, onde ele tinha quase certeza de que eu ainda te encontraria por lá. Depois, instruiu-me que eu buscasse notícias em Ipiaú, lugar no qual ele havia deixado os seus outros três filhos para adoção. Tive o desprazer de descobrir que o menino mais velho, chamado Caetano, fora rejeitado pelo casal que se comprometeu em adotar as três crianças. Soube que ele ficou sob a responsabilidade de uma velha senhora a princípio e que depois foi aceito por um casal de portugueses, que no início dos anos 30 resolveu voltar para Portugal. O velho Sebastião ainda escreveu uma ou duas cartas para Caetano, já que descobrimos o nome e o endereço da pequena vila de onde os seus pais adotivos eram provenientes. Entretanto, nunca tivemos uma resposta. Já da menina e da nenenzinha, eu infelizmente nunca consegui saber nada sobre o seu paradeiro.

– Então quer dizer que você só foi à minha procura porque o meu pai lhe pediu? – independente da grande novidade referente ao meu irmão mais velho, somente consegui focar na minha grande decepção em relação à atitude de Tarcísio.

Por outro lado, fiquei menos desiludida no que se refere às atitudes do meu pai. No fundo, no fundo, estava provado, ele realmente tentou obter informações sobre mim e sobre os meus irmãos dados para adoção.

– Infelizmente, sim, Chica. Não posso mentir. Depois que fugi de Piritiba, deixei todo o meu passado para trás, inclusive o meu amor por você, ainda que tenha me doído de forma extrema, sou obrigado a confessar. Cheguei em Maceió com uma mão na frente, outra atrás, e quase tive de mendigar, não fosse pela mão amiga de um velho judeu que me deu uma oportunidade de trabalho na sua fábrica de laticínios. O velho Ezequiel morreu, e com o dinheiro que consegui juntar, fiz sociedade com o seu filho mais velho. Como diz o ditado, entrei como sócio e saí como dono, visto que o rapaz decidiu ir para São Paulo abrir um banco e não se obstou em me vender as suas cotas da fábrica, na condição de que eu tomasse com ele o meu primeiro empréstimo de financiamento. Durante muitos anos prosperei, mas a crise do petróleo acabou com o meu negócio em um piscar de olhos. Hoje vivo de favor com a minha filha mais nova, a Francisca. Dei a ela esse nome em tua homenagem! – sorriu ao afagar a minha mão.

– Nossa, que honra – falei meio cínica, já que eu sempre havia sonhado em gerar eu mesma uma filha sua. – Quantos filhos você tem? – completei.

– Três. A Flávia, o Sandoval e a Francisca – o meu infundado ciúme multiplicou-se por três. – Fui casado com Glória por pouco mais de trinta anos, até que o maldito câncer a arrancou subitamente da minha convivência. Sofri como um pobre diabo. Ela morreu jovem, tinha apenas cinquenta e dois anos – ao mesmo tempo em que ele se lamentava, eu tornava-me mais e mais enciumada. – Inclusive, ela se dava muito bem com o teu pai, Chica. Glória sempre o considerou como o pai que ela nunca teve – aquela frase culminou a minha ciumeira, que quase se reverteu em ódio. A tal mulher conseguiu receber dos dois homens mais importantes da minha vida o amor que eu sempre almejei. Sortuda de uma figa. Deus me perdoe, pois já é morta!

– Bem que você poderia ter sido o pai dos meus filhos – tomada por um rompante de raiva e frustração, simplesmente disse em voz alta o que estava preso no meu peito.

– Chica, você se lembra do nosso último encontro quando ainda éramos jovens? – mirando o fundo dos meus olhos, ele reagiu ao meu ímpeto com uma pergunta.

– Lembro, sim, lá no velho estábulo, antes de tua mãe te enviar para Salvador. Pouco tempo depois eu fui enxotada para a casa dos Nunes – respondi com a voz embargada.

– Você se lembra do que eu te disse? – insistiu.

– Como poderia esquecer? Arrependi-me de não ter aceitado a tua oferta cada dia da minha vida – mencionei a sua proposta de fugirmos da Araçá para começarmos uma vida nova em qualquer lugar. – Mas éramos tão jovens – não contive o choro.

– Eu sei, minha querida – ele limpou a lágrima que rolou pelo meu rosto e borrou a minha maquiagem tosca. – Você não pode se culpar. Por algum motivo, Deus não quis. Ele deve ter tido outros planos para nós. Mas confesso, eu também me arrependi por toda a vida de não a ter "roubado" à força. Pena que, como você bem disse, éramos jovens e eu não tive maturidade e coragem para simplesmente lhe trazer comigo. Eu tinha dezessete e você meros dezesseis. No entanto, uma coisa eu posso lhe garantir com toda convicção. Apesar de ter me conformado com uma vida nova, com uma mulher diferente, eu nunca deixei de te amar – agora foi a sua vez de tremer a voz. – Você sempre foi o meu amor verdadeiro, puro, sublime, aquele que quando se bate os olhos o seu coração tem certeza do que quer para o resto da sua existência. Nunca deixei de te amar, Chica. Isto é fato. Ainda te amo! – Tarcísio quis beijar os meus lábios, mas com delicadeza o impedi, ainda que a minha natureza desejasse muito ceder.

– Melhor não. Prefiro ter na lembrança os beijos apaixonados que trocávamos naquele velho estábulo, quando ainda éramos jovens – ambos ficamos por demais embaraçados. – Quero morrer com as boas memórias dos momentos mais felizes da minha vida – nos consolei.

– Se é que isso existe, você foi e sempre será a minha alma gêmea! – ele não se conteve em se declarar.

– E você a minha – fui simplesmente sincera. – Nos reencon-traremos em outra vida, então – mesmo sem estar certa a respeito da reencarnação e ainda muito triste pelo desperdício que foi a minha vida conjugal, experimentei um sorriso.

– Deus há de pagar essa dívida conosco! – Tarcísio descontraiu.

– E há de castigar todos os que conspiraram contra nós – completei ainda muito ressentida.

– Já castigou – ele rebateu rapidamente. – Bem, o fim dos Alves Lima você já deve saber, uma vez que eles ainda moram em Piritiba – presumiu.

– Sim, na realidade sei do fim de Belinha e do pobre Coronel Quin-cas. Parece-me que a família perdeu tudo nos tempos do Varguismo², e até hoje sofre com privações relacionadas a dinheiro.

– Não só os Alves Lima faliram nessa época, mas os Nogueira e os Cunha também. Desde a Revolução de 1930, até a implantação do Estado Novo, o antigo regime coronelista caiu em decadência, levando ou à prisão, ou à falência a grande maioria dos grandes coronéis do Brasil. Principalmente os de lá do interior baiano. Eu soube que o meu pai foi preso pelas tropas de Vargas por ser partidário fervoroso de Júlio Prestes, chefe do grupo político de oposição. Foi levado para Salvador debaixo de porrada e todas as suas terras foram confiscadas. O infeliz acabou morrendo de desgosto na prisão. Já a minha mãe, Dona Maria, passou de aristocrata a pedinte nas ruas da capital, após ser também liberada de uma casa de detenção feminina na qual havia sido trancafiada como suspeita de conspiração. Sem ter a quem recorrer – já que todos os parentes, tanto os dela quanto os de papai, viraram-lhe as costas, pois não queriam problemas com o governo –, morreu à míngua em um abrigo para mendigos. Fiquei sabendo do ocorrido há poucos anos, quando depois de mais de meio século eu resolvi entrar em contato com os meus primos soteropolitanos. Pena que os meus pais cavaram para si esse destino trágico. Lembro-me bem o quanto eles eram gananciosos e articuladores – se lamentou.

– É uma pena – fui condescendente. – Você sabe que fim teve a Dona Filó? – enfim, aviltei-me perante a minha curiosidade.

---

2. Relacionado ao governo de Getúlio Vargas.

Não quis ir a fundo nesse assunto quando encontrei Belinha recentemente, apesar de ter sido informada, inclusive pela carta do seu pai, de que a ardilosa Filó o havia abandonado.

– Essa teve o final mais triste de todos! Parece-me que ela era bastante infiel. Diga-se de passagem, foi amante do Coronel Nogueira às escondidas durante muitos anos, todo mundo sabe. Portanto, quando o Coronel Quincas perdeu tudo, junto a outra leva de coronéis da região, Filó preferiu assumir o seu relacionamento secreto com o Doutor Almeida, de Mundo Novo. Optou pela vida cômoda de concubina de médico de interior. Só que, quem traí uma vez, traí duas, traí três. E a libido de Dona Filó parecia ser insaciável. No auge dos seus cinquenta anos, ela começou a igualmente cornear o Doutor Almeida, que naquela altura inclusive já havia trocado a companhia da sua esposa legítima pela da amante. Filó parecia ter um mel! – Tarcísio sorriu meio encabulado.

"A mulher infiel então começou a extrapolar nas suas novas aventuras, porém, ela não esperava que por debaixo da pose séria e serena do Doutor Almeida vivesse um perfil frio e calculista, muito diferentemente do seu ex-marido, o ludibriável Coronel Quincas. Ele passou a vigiá-la de perto e quando teve certeza de que estava sendo vítima de traição, como uma jararaca, deu o bote. O doutor a seguiu até um casebre abandonado onde ela costumava se encontrar com o vaqueiro de uma fazenda vizinha para prevaricar, e quando o casal começou o ato obsceno, foi alvejado, cada um com um tiro certeiro na perna. Almeida não quis simplesmente matar. À moda antiga, como fazia o velho Lampião, o competente médico os amarrou e os despelou de cabo a rabo, ainda vivos. Dizem que ele fez o serviço com maestria, com o seu próprio estilete de labuta. O caso repercutiu até nos jornais de Salvador, visto que o crime hediondo serviu de exemplo para estudos de medicina forense na Escola Baiana de Medicina. A antiga matéria me foi mostrada igualmente quando resolvi visitar os meus primos da capital, e pude ler eu mesmo que os dois coitados morreram aos poucos, minando, já que o Doutor Almeida sequer se preocupou em dar-lhes tiros de misericórdia."

– Ave Maria, que coisa horrível. Por mais que desgostasse da minha madrasta, eu nunca a desejaria tanto mal – fiz o sinal da cruz e pedi pela sua pobre alma, não obstante o fato de ter me sentido quase indiferente às novidades, não fosse pela barbárie associada a ela. – Estranho que essa notícia nunca chegou aos meus ouvidos – concluí.

– Talvez quiseram te poupar? – Tarcísio sugestionou.

– Acho que não. Todos sabiam que eu não era grande fã dela – confessei meio sem graça. – O problema é que lá no engenho em que eu vivo, sempre ficamos meio isolados do mundo. As notícias vão e vem, e acabam sendo apagadas pelo tempo.

– Como foi viver assim, isolada e na companhia de um homem que você nunca amou? – ele se encheu de ousadia.

– Ruim, Tarcísio. Mas a gente acaba se acostumando – falei so-rumbática. – No entanto, tudo ficou melhor quando eu tive meus filhos. Eles deram-me razão para seguir em frente. Além disso, os livros. Adoro ler e escrever. Entretanto, até para isso eu tive que lutar com unhas e dentes para conseguir! A minha vida foi muito difícil, mas venci – dei um sorriso singelo.

– Orgulho-me de ti, Chica! Tu és uma guerreira! Digna de aplausos! – Tarcísio falou cheio de entusiasmo.

– Que nada! Eu sou somente mais uma mulher brasileira. Sertaneja forte! Lutadora, sim, mas somente mais uma... – antes mesmo que eu conseguisse terminar o meu discurso, uma movimentação suspeita emitiu sons de dentro da sala de estar da suntuosa casa de Luís.

Nesse instante, acho que fomos obrigados a nos desconectarmos de um tipo de transe, de uma pujante dependência espiritual que nada de mundano ousava se comparar. Para o nosso sofrimento, era chagada a hora de nos despedirmos. Tarcísio então se levantou, me puxou pela mão, e disse:

– Bem, temos que enfim dizer adeus – ele não conteve o impulso de me abraçar forte mais uma vez.

– Acho que desta vez, adeus para sempre – respondi tristonha e recordei-me da fé que eu nutria de muito em breve reencontrá-lo quando nos despedimos naquela ocasião do estábulo.

– Nada de ruim dura para sempre! – meu amor tentou nos consolar, se é que havia consolo. – Qualquer dia nos veremos de novo – sorriu em uma tentativa pífia de segurar o choro.

Ainda pensei em dizer, "por que não aproveitamos esse final de vida para ficarmos juntos?", mas antes de me expor a esse ridículo, graças a Deus, fui tomada por um fluxo de razão. Afinal de contas, o nosso tempo já havia passado. O destino não quis, ponto final. Tínhamos vidas diferentes, lares diferentes e famílias diferentes para cuidar. O certo então era que nós nos contentássemos com os devaneios bobos que vez ou outra flutuavam pela nossa fértil fantasia, e acordássemos para a realidade.

– Quem sabe em uma outra vida? – repeti o que eu não tinha certeza.

– Como duas andorinhas a voar livres – Tarcísio completou cheio de simbolismo.

Mais uma vez o barulho ecoou de dentro da casa, o que apressou a retirada de Tarcísio. Não sei por que cargas d'água ele não queria ser visto pelos amigos Viana. O acompanhei então até o portão de saída, e quando ele já havia colocado o seu pé direito para fora, subitamente virou-se e disse:

– Só uma última coisa. Seu pai me confessou um certo dia, entre um copo de vinho e outro, que você sempre foi a sua menina dos olhos. O velho português chorou como criancinha quando rememorou as tuas semelhanças com a tua mãe, que infelizmente nunca vim saber a procedência, tampouco o nome. Não só em temperamento, mas fisicamente também, haja vista os seus belos olhos azuis. Ademais, ele me explicou que preferiu lhe deixar sob os cuidados do velho Quincas porque sabia que você estaria mais segura lá do que na cangalha de um burro. Disse ainda que não via a hora de voltar para lhe buscar, mas antes disso o pior aconteceu. Em meio a um choro arrependido, o bom Sebastião me jurou que ainda não tinha te procurado, Chica, pois não aguentaria viver com a sua rejeição. E ele morreu certo de que você nunca o perdoaria por tê-la abandonado. Assim como eu, asseguro-te que o teu pai sempre te amou como a sua própria vida! Um beijo, minha Chica – ele roçou os lábios na minha face e deu um profundo suspiro –, garanto-te que, apesar de não ter dado certo, até o último instante você estará aqui – ele apontou para o seu lado esquerdo do peito, virou-se para a rua e seguiu andando pela sua calçada branca.

Quando a silhueta do seu terno de linho alvo sumiu na escuridão, fechei o portão de entrada e voltei para o meu quarto tentando decidir se estava triste ou feliz. Daquela noite confusa, só tive uma plena certeza. Dormi leve como um anjo.

– Bom dia a todos – feliz, na manhã seguinte cumprimentei Luís, Neno e Catarina, que já tomavam café à mesa.

– Opa, viu passarinho verde? – Neno provocou ao notar o meu contentamento, que contrastava bastante com a angústia com a qual eu tinha ido para a cama na noite anterior.

– Tive uma ótima visita no cair da madrugada – fui tomada por grande coragem e não vi nenhum problema em confessar o ocorrido.

Graças à forma misteriosa com a qual eu havia me colocado, todos pararam de comer e imediatamente se entreolharam, naturalmente demonstrando grande confusão.

– Posso saber quem? – Catarina foi a primeira a não conter o seu rompante curioso.

– Estranho, o vigia não me disse nada – Luís emendou antes mesmo que eu tivesse a oportunidade de responder.

– Seu Tarcísio Cunha bateu à minha janela na calada da noite – sorri emanando luz dos meus olhos azuis.

– Aquele velho é arteiro mesmo! – Luís se antecipou. – Como é que ele conseguiu chegar aqui em tão pouco tempo? Afinal de contas, ontem, quanto eu liguei para a casa onde ele mora aqui em Maceió, me disseram que ele estava na residência da filha mais velha, em uma cidadezinha do interior de São Paulo. E ele estava realmente lá, tanto é que eu falei com ele ao telefone, vocês bem viram. O danado deve ter vindo para cá de avião a jato! – meu sobrinho brincou com a situação.

– Nem que viesse montado em um míssil, ele chegaria aqui a tempo – a voz sóbria de Neno provocou-me um frio na espinha.

Fiquei mais irrequieta e insegura ainda quando os seus olhos afiados me encararam como se desconfiando da minha sanidade. A partir dali, não tive mais nenhuma certeza do que eu tinha realmente vivido naquela noite mágica regada a linho branco e rosas e cravos vermelhos.

13

Amonde

— Vó, A SENHORA tem certeza de que não sonhou com esse tal
encontro? – levei a sério aquele assunto, pois se tratava de uma
história por demais estapafúrdia. Era óbvio que, por mais que minha
avó Chica insistisse, ninguém conseguiria viajar do interior mais remoto de São Paulo até Maceió em menos quatro horas.

— Oxe, tenho certeza, Neno! – Chica foi veemente ao afirmar. –
Você acha que eu sou doida? Ele chegou aqui por volta da meia-noite
e só saiu pra lá de uma hora da manhã.

— Meia-noite? – pressionei. – Será que não foi mais tarde?

— Sim. Acho que foi isso mesmo, meia-noite – Chica aparentava
estar certa do que dizia.

— Vó, só o tempo de voo de São Paulo a Maceió dura em torno
de três horas. Nós telefonamos pra o Seu Tarcísio mais ou menos às
oito e meia da noite. Ele teria que ser quase um mago para chegar aqui
à meia-noite! Isso sem contar a viagem de carro até o Aeroporto de
Guarulhos ou Congonhas.

— Neno, confesso que não estou certa da hora que ele chegou. Mas
que ele esteve aqui, ele esteve! – engrossou o tom. – Ele até me trouxe
um buquê de rosas-vermelhas. Eu o coloquei em um vaso bem ali na
sala – já nervosa, ela apontou para a porta da sala de estar.

Eu imediatamente me levantei e fui conferir. Não preciso dizer que nada achei.

– A empregada não colocou lá fora? – minha avó ainda tentou justificar.

– Não – Catarina foi rápida ao responder. – Ela não veio hoje. Vem dia sim, dia não.

– Ai, meu Deus! Será que eu estou ficando louca? – Chica disse desolada. Sua confiança começou a ruir.

– Só há um jeito de saber – eu insisti. – Seu Luís, o senhor poderia telefonar para a filha mais velha do Seu Tarcísio e perguntar se ele está lá?

– Claro, Zé Maurício! É pra já! – Meu primo respondeu, como sempre solícito.

– Mas, gente. O homem esteve aqui! Não sou maluca! Sentamos no banco lá de fora – minha avó saiu para o jardim em busca de alguma pista da sua presença.

Enquanto isso, Luís discou o número de Flávia, a primogênita do Seu Tarcísio. Ela mesma atendeu e eu fui convidado a ouvir pela extensão.

– Como vai, Seu Luís! – Flávia falou tensa. – Que bom que o senhor telefonou. Ainda tentei avisá-lo, mas não tinha o seu número! Ontem, pouco depois de o senhor desligar a ligação, pasme, papai pegou o primeiro voo para Maceió. Subitamente ele mudou de ideia e disse que teria que ir ao encontro da Dona Francisca de qualquer jeito. Já era tarde quando nós saímos daqui de Assis, mas chegamos a tempo de embarcá-lo no Aeroporto de Guarulhos. Deve ter chegado aí de madrugada – ela continuou a falar sem parar. – Mas agora de manhã recebi uma ligação de Sandoval, o meu irmão, dizendo que papai estava internado na Santa Casa de Maceió! Ai, meu Deus, ele disse que o caso é sério... – Seu Luís viu-se obrigado a interrompê-la.

– Calma, Dona Flávia. Eu vou lá pessoalmente visitar o meu amigo e prometo telefonar para a senhora dando notícias – tentou ser gentil.

– Não se preocupe, Seu Luís. Eu estarei indo para aí às duas da tarde. Só consegui voo para esse horário – Flávia deu-nos a entender que o quadro do seu pai era realmente grave.

– Bem, não vou prolongar a nossa conversa, uma vez que quero ir imediatamente para a Santa Casa. Um grande abraço e muita calma! – Luís se despediu.

– Algum problema? – minha avó farejou o sangue.

– Tia, infelizmente o Seu Tarcísio teve um problema de saúde e está internado.

– Valha-me Deus! – Chica gritou e sentou-se no sofá já limpando as suas lágrimas. – Vamos lá agora! – ela determinou.

Sem perder tempo, entramos todos no nosso carro e Catarina explicou o caminho que Fábio deveria seguir para chegarmos o mais rápido possível à Santa Casa de Misericórdia de Maceió. Durante o percurso pensei comigo: "Por que diabos esse tal de Tarcísio resolveu encarar essa enorme viajem de última hora somente para rever a minha avó? Qual seria a ligação entre os dois? Ela disse que recebeu até rosas! Quem sabe isso tudo não passou de um sonho? Será que esse velho realmente conseguiu sair de Assis, pegar um avião de São Paulo até Maceió, e ainda chegar a tempo de visitar a minha avó, antes de se sentir mal?". Eu duvidava, mas era a palavra de Chica que estava em jogo. "Será que enfim a senilidade havia chegado para a minha avó?", conjecturei com uma ponta de tristeza.

Antes de fazer a minha cabeça sobre as minhas questões, chegamos ao hospital e de imediato subimos em direção à UTI. Conseguimos acesso graças ao prestígio de Seu Luís Viana, um homem por demais respeitado em todo o estado de Alagoas. Ao chegarmos à porta, de lá saíram, um médico e Seu Sandoval, o filho do meio de Seu Tarcísio. Seu Sandoval nos cumprimentou a todos meio consternado, monossilábico, e a sua expressão somente se abriu um pouco quando foi apresentado a Chica, de quem, segundo ele, nunca se cansava de ouvir a respeito, da boca do próprio pai.

O médico plantonista então convidou que entrássemos na unidade, um de cada vez, para que não perturbássemos os outros internados. Obviamente todos nós concordamos que a minha avó deveria ser a primeira a visitar o pobre velho, principalmente, depois do que Sandoval resolveu falar.

– Um táxi o deixou em casa quase de manhã, graças ao longo voo, e assim que se sentou na sua poltrona habitual começou a sentir uma forte tontura e dormência no rosto. Francisca, minha irmã, me telefonou assustada e corri até a sua casa para acudir meu pai. Ao deparar-me com a cena, desconfiei imediatamente de derrame e não hesitei em trazê-lo para a Santa Casa. Aqui os médicos confirmaram o quadro e de lá pra cá ele foi estabilizado na UTI. Advirto, ele está meio grogue, pouco fala. No entanto, quando abre a boca, ele pergunta sobre a senhora – Sandoval afagou o braço de minha Vó Chica.

– Oh, meu Deus – minha avó começou a chorar de novo. – Posso entrar, doutor? – entre um soluço e outro quis saber do médico.

– Pode, claro. Porém, acho ser conveniente que o rapaz a acompanhe – o médico apontou para mim. – A senhora pode precisar de ajuda – experiente, previu que algo pudesse acontecer àquela idosa com os nervos à flor da pele.

Autorizados, excepcionalmente entramos nós dois na UTI e logo fomos guiados por uma enfermeira até o leito de Tarcísio. O médico estava certo, pois no exato momento em que minha avó pousou os olhos sobre o pobre senhor, começou a tremer quase convulsivamente e por muito pouco não desmaiou. Mais uma vez estranhei a sua extremamente emocionada reação frente àquele quase estranho. Sem ter como agir diferente, a amparei no meio peito, e quando ela se acalmou, a acompanhei até a beirada da cama, onde o paciente convalescia desacordado.

– Oh, meu Tarcísio! O que aconteceu com você? – ela acariciou a sua testa com carinho. – Ontem você estava tão bem no seu terno de linho branco – insistiu em comentar o suposto encontro na noite passada – Hoje você está aqui, dormindo, com o seu grande coração quase desistindo de bater – continuou a falar em choramingos com o homem que provavelmente não conseguia ouvi-la por conta da sedação.

– Vó, acho que ele precisa de descanso. Vamos deixá-lo repousar e quando ele estiver mais forte voltamos – sugeri, já que eu comecei a me preocupar com o alto nível de emoção que a minha avó estava sendo exposta.

– É, Neno. Vamos... – quando Chica enfim desprendeu a sua mão do braço direito de Tarcísio e já virava o seu corpo em direção à porta de saída, nossa atenção foi obrigada a retornar para o leito, pois uma movimentação brusca fez o alarme do monitor cardíaco tocar freneticamente.

Tarcísio repentinamente despertou e através da sua feição transtornada e olhos arregalados pudemos ter certeza de que ele gostaria muito de nos contar alguma coisa, mas seu estado deploravelmente grave não permitia. Minha avó de imediato ainda tentou acudi-lo, mais por instinto do que por meio de qualquer técnica médica, porém, nada parecia acalmar a sua imensa aflição. O homem tentava com todas as forças que lhe restavam nos dizer algo que, julgo eu, ele deveria achar de extrema relevância. Mexeu pra cá, mexeu para lá, até que finalmente pronunciou uma única frase, quase ininteligível, mas de conteúdo absolutamente sério. Tão sério, que chegou para mudar drasticamente os nossos destinos.

– Amonde, Caetano, seu irmão, cavaleiro! – foi o tempo exato que Tarcísio precisou para disparar a novidade, antes que o corpo médico de emergência entrasse na UTI para lhe prestar socorro.

Em meio àquela confusão, fomos convidados a nos retirar da unidade, mas só arredamos pé da Santa Casa quando tivemos a certeza de que o Seu Tarcísio estava fora de perigo de morte imediata. Nesse ínterim de muita espera, aproveitei para investigar o que significava a palavra "amonde". Nada melhor do que começar a investigação entrevistando Seu Luís, que parecia saber bastante sobre a família, e obviamente a minha avó, a maior interessada no assunto.

– Seu Luís, o senhor sabe o que é "amonde"? – perguntei sem rodeios.

– Não tenho ideia, Zé Maurício – ele transpareceu honestidade.

– Vó, essa palavra lhe diz alguma coisa? – ela resumiu-se a balançar a cabeça em negativa.

– Por que está perguntando isso, Zé? – Luís quis saber.

– Porque o Seu Tarcísio fez de tudo para nos dizer esta frase: "Amonde, Caetano, seu irmão, cavaleiro!". Agora faz algum sentido para o senhor?

– Ainda não, mas se voltarmos para casa, pode ser que faça – ele sorriu misterioso.

Sem demora nos despedimos de Sandoval e o pedimos para nos manter informados da evolução do quadro de Seu Tarcísio. Chica ainda tentou uma última visita ao velho moribundo, já que, imagino eu, ela no seu íntimo provavelmente não nutria mais esperança de vê-lo com vida outra vez. Para o seu azar, o pedido foi negado, mas o médico meio que a engabelou prometendo que ela seria a primeira a saber quando Seu Tarcísio pudesse receber visitas novamente. Isso nunca aconteceu.

Ao chegarmos de volta à mansão de Seu Luís, ele partiu imediatamente para o seu escritório e chamou-me para ajudá-lo em uma não tão prazerosa tarefa. Depois de muito custo, graças à sua perna doente, ele conseguiu arrastar uma caixa de papelão imensa, que estava guardada debaixo de uma de suas prateleiras, e começamos a vasculhar todos os documentos, cartas e fotos dentro dela.

– É a letra de meu avô – ele me mostrou orgulhoso a medíocre caligrafia do velho Sebastião.

– São fotos dele também! – maravilhada ao deparar-se com as inúmeras outras imagens do seu pai, minha avó Chica não se conteve e igualmente aderiu à busca, querendo saber como Luís pretendia descobrir o que era "amonde".

– O que estamos procurando, Seu Luís? – quis saber, já tossindo por conta da poeira também contida dentro da caixa.

– Ainda não sei, Zé. Mas aqui dentro desta caixa é o único lugar que poderemos encontrar alguma pista sobre o meu tio Caetano. Meu avô nunca falava sobre ele, ao menos comigo. Todavia, tenho certeza que se houver alguma carta, documento, ou coisa parecida, estará aqui. Quem sabe mencionem o que é o tal "amonde"? Para falar a verdade, é a primeira vez que eu mexo nas coisas de meu avô. Você pode muito bem ver o tanto de poeira e traças que tem aí dentro. Não tenho mais saúde para esse tipo de busca, mas como hoje tenho ajuda jovem, vamos lá! – Luís mostrou-se mais uma vez simpático e prestativo, mas o trabalho duro sobrou pra mim.

Começamos então a ler todas as cartas, uma por uma, na esperança de encontrar qualquer pista. Minha avó se encarregou de checar as fotos e cartões-postais, enquanto Catarina, que também se ofereceu para ajudar, se concentrou nos documentos. Passamos horas e horas trancados naquela sala em busca de algo que parecia não existir, visto que até então o nome de Caetano não havia sido citado em nenhuma carta, foto ou documento. Quando a nossa fé já ia por água abaixo, minha avó Chica então nos surpreendeu ao levantar um velho cartão-postal meio rasgado, e gritar em êxtase:

– Amonde! Uma vila em Portugal! – ela apontou para a foto da pequena igreja do simplório lugarejo.

– Deixe-me ver, vó – agarrei o postal e pude ler que a remetente havia sido uma tal de Joana da Costa. Fiquei intrigado, porque além da sua assinatura, não tinha mais nada escrito no seu verso. Assim sendo, só pudemos distinguir a data do cartão pelo "1952" impresso ao lado da foto da igreja.

– Muito bem, sabemos o que é, ou melhor, onde é, Amonde, mas isso não se conecta de nenhuma forma com o tio Caetano – falei meio desanimado.

– Aí é que você se engana, meu caro Watson – Chica amenizou o peso da circunstância e citou o fiel escudeiro de Sherlock Holmes. – Na noite passada, Tarcísio me contou que Caetano fora rejeitado pelo casal que adotou as minhas irmãs, e que por fim fora acolhido por um casal português, que resolveu voltar para Portugal – ela completou, ainda insistindo na existência do tal dubitável encontro.

– Então, Seu Tarcísio queria lhe dizer hoje na UTI que Amonde é o lugar no qual seu irmão vive! – Luís concluiu com precisão.

– É claro! – minha avó celebrou. – Mas algo ainda me intriga, o que significa o tal de "cavaleiro"?

– Isto nós só vamos descobrir lá em Portugal! Quem sabe com os descendentes dos Costa? Mais especificamente, com os descendentes de Dona Joana da Costa. Esse é o sobrenome chave! Agora já temos por onde começar a nossa investigação! – falei em um rompante de entusiasmo, apostando todas as minhas fichas naquele sobrenome assinado no antigo cartão-postal.

– Vamos a Portugal? – minha avó demonstrou nervosismo.

– Esta é a nossa única chance de descobrirmos mais a respeito do seu irmão mais velho, e quiçá também uma pista sobre o paradeiro das suas irmãs – falei consciente de que poderíamos encontrar muito mais do que imaginávamos no país de origem da família da minha avó. Lá, uma informação poderia levar a outra, e quem sabe assim, até pudéssemos ser contemplados com uma benção divina. A paz de espírito que Chica sempre desejou nunca esteve tão perto de acontecer, e para enfim encontrá-la eu moveria montanhas se preciso fosse.

Naquele instante decidi que realmente iria me lançar em uma grande viagem internacional, mas não mais para Princeton, nos Estados Unidos, e sim para Portugal, mais especificamente para a pequena vila de Amonde. No entanto, antes disso, eu teria que descobrir onde exatamente fica esse lugar, provavelmente perdido entre os belos montes do interior do país dos antigos colonizadores do nosso Brasil. Quem seria melhor do que o bem relacionado Martins para me ajudar a achar a vila de Amonde? Afinal de contas, ele já estava envolvido na nossa busca até o pescoço. Portanto, não hesitei em agarrar o telefone e pedir-lhe o novo obséquio.

– Grande Martins! Eu de novo! – falei entusiasmado.

– Rapaz, teu avô tá te caçando como um louco aqui no banco! Você ainda está em Maceió? – ele especulou sobre o meu paradeiro. – Ele está me pressionando como um nazista para que eu diga onde você está. Já me ameaçou até de demissão. Parece que o velho grampeou o meu telefone! – Martins não conseguia conter a sua afobação.

– Martins, sabe o orelhão da Telebahia que fica em frente ao prédio do banco? Por favor, vá lá, anote o número de telefone do aparelho e me espere lhe retornar. Isto é uma ordem! – determinei, descontando toda a minha raiva no pobre executivo.

– Porra, eu ainda vou me lascar no meio desse fogo cruzado! Ligue em dez minutos.

Em precisos dez minutos liguei novamente e ele ditou os sete números do telefone público. Combinei que o chamaria em novos cinco minutos e competentemente ele lá estava a postos para atender o orelhão.

– Então, Zé, no que posso ser útil? – Martins foi irônico.

– Quero que descubra para mim como chegar em Amonde, pequeno vilarejo de Portugal. Amanhã às nove horas lhe ligo para esse mesmo número.

– Sem problemas! E quanto ao velho? Ele está me pressionando! – Martins parecia estar vivendo dias de cão.

– O velho que vá para o inferno! Amanhã às nove! – desliguei o telefone e corri para o banheiro. Não preciso dizer que vomitei todo o almoço.

Mais uma vez fui obrigado a tomar medicações fortes para cessar a velha tontura de sempre que se acirrava deveras todas as vezes que tinha notícias do velho Lear. Era tiro e queda! Resolvi então me recompor e obviamente quando voltei ao escritório, Luís sondou querendo saber se eu estava me sentindo bem. Minha avó pareceu já está acostumada com tudo aquilo, por isso, fingiu não ter notado a minha escapada para a sessão de vômitos.

– O que aconteceu, rapaz? Tudo certo? O que é isso no seu nariz? – meu primo tentou limpá-lo.

– Vez ou outra ele sangra. Desde criança tenho isso. Mas está tudo bem, deixe-me ligar para o aeroporto. Tenho que reservar três passagens para Portugal – tentei redirecionar a conversa.

– Pode deixar que disso eu resolvo. Tenho amigos na Varig. Agora vá limpar esse nariz – ofereceu Seu Luís.

O importante Luís Viana obviamente conseguiu fazer as três reservas para o dia seguinte sem nenhum problema. Acho que o povo de Maceió lhe era bastante grato por ter servido pão de boa qualidade durante décadas. Aproveitei e também fiz alguns telefonemas para providenciar certos detalhes da nossa viagem internacional. Quando terminei, restou-me então beliscar o jantar e esperar a manhã seguinte raiar para assim conseguir as coordenadas da pequena Amonde, onde quer que isso fosse em Portugal.

A noite passou devagar, destarte tive muito tempo para refletir sobre o cancelamento da minha viagem para Princeton. Após muita ponderação tive plena certeza de que estava fazendo a coisa certa. Nunca quis mesmo começar a estudar economia e finanças novamente, tampouco me sujeitar ao *status* de quase estagiário no tal intercambio executivo. Aquele era somente um pretexto para: primeiro, sumir da convivência viciosa do meu sádico avô paterno, e segundo, por ainda remoer uma grande frustração juvenil de não ter podido frequentar a Universidade de Princeton. Mas eu já não era mais aquele fedelho de grandes ambições, cujos objetivos estavam mais ligados a mostrar aos outros que eu podia, do que a simplesmente conseguir satisfação pessoal. Ao cruzar aquela madrugada em claro entendi que a prioridade agora era aproveitar o resto da minha nova vida – a qual eu acabara de ter plena certeza de que merecia ser bem vivida –, já que nunca sabemos se estaremos vivos no dia de amanhã.

Às nove da manhã em ponto telefonei para Martins e obviamente já esperava péssimas notícias atreladas às informações sobre Amonde. Mais especificamente, notícias enviadas por meu irascível avô. E foi dito e certo!

– Zé, antes de tudo quero dizer que o velho tá na tua cola, rapaz! Até me ameaçou de demissão caso eu não dissesse onde você está. Pôs-me contra a parede! – Martins falou afobado do orelhão que tínhamos combinado previamente.

– Martins, conto com a sua discrição, companheiro. Não quero ser o emissário das notícias trágicas, mas vocês todos serão de qualquer maneira demitidos até o fim do mês. O banco foi comprado – sem mais me importar, joguei merda no ventilador.

– Velho filho da puta! – Martins reagiu com surpresa. – Ontem mesmo ele convocou uma reunião para dizer que apesar dos rumores da concordata, o banco tinha achado um jeito de negociar e todos os nossos empregos estariam garantidos.

– Eu não contaria com isso – fui frio ao replicar.

– Hoje mesmo essa novidade vai correr pelos corredores do banco! Isso aqui vai virar um pandemônio. Garanto!

– Faça como quiser – eu disse indiferente e agradeci a Deus por não estar em Salvador para presenciar tudo aquilo.

– Ok, Zé, vamos ao que lhe interessa! Amonde é uma pequena freguesia no extremo norte de Portugal, mais especificamente no concelho de Viana do Castelo.

– Obrigado, Martins! Você é sem dúvida um funcionário de excelência. Não tenho dúvidas que você encontrará uma nova posição de trabalho imediatamente. Se precisar de recomendação por escrito, basta me contatar quando eu voltar a Salvador. Tenho certeza de que tem vários bancos de investimento precisando de um bom gestor. Principalmente um que tem faro de detetive! – dei um apoio moral.

– Sempre um prazer, Zé. Pode deixar que eu tentarei manter em sigilo o seu paradeiro. Grande abraço – aquela foi a última vez que falei com Martins, e ele foi mesmo demitido.

No cair da tarde fomos direto para o aeroporto de Maceió e Seu Luís e Catarina fizeram questão de nos acompanhar para um último adeus. Antes de embarcarmos compramos novos trajes, já que não prevíamos que aquela viagem fosse durar mais do que dois dias. Rimos bastante ao presenciarmos a felicidade de Fábio ao receber dentre outras roupas um belo casaco de couro, afinal ele iria igualmente enfrentar o friozinho do final de inverno europeu, assim como eu e minha avó. Dona Chica, depois de muita insistência, aceitou um belo xale de renda, uma nova saia de linho, meias quentes e duas camisas bordadas. Além disso, acrescentamos à compra algumas camisas masculinas, dois pares de calças, e um casaco de lona para mim. Paguei tudo com o meu *American Express*, derradeira lembrança de que em uma certa feita eu havia sido membro de um seleto grupo de ricaços fúteis e imbecis.

– Meu querido Luís, queria agradecê-lo demais pela sua enorme atenção! Saiba que esses dois dias foram maravilhosos. Hoje considero-me mais "alguém". E eu, que nunca antes tive um sobrinho, hoje sou feliz por ter encontrado um tão bom e gentil! – minha avó falou emocionada enquanto beijava meu primo.

– Tia Chica, o prazer foi todo meu! Também nunca tive uma tia, e hoje estou contente por poder me gabar de uma tão amável e corajosa. Eu queria muito acompanhá-los até Portugal, a terra do meu querido avô Sebastião, mas pena que a danada da diabete não deixa – lamentou-se.

– Foi um prazer, Catarina – dei um beijo na face da herdeira das panificadoras maceioenses. – Se precisar de algo em Salvador, é só me ligar. Apareça por lá qualquer dia – predispus-me a retribuir toda a hospitalidade que recebemos. Ela sorriu e me abraçou calorosamente.

Naquele instante, tive um rápido devaneio e pensei como seria sortudo o homem que por ventura viesse a se casar com aquela moça. Do pouco que convivi com ela nos últimos dois dias, pareceu-me uma

pessoa muito especial. Isso sem contar a sua beleza desconcertante.
Aquele pensamento foi o suficiente para abruptamente fazer-me despertar, e o meu primeiro ato assim que finalmente nós adentramos ao
salão de embarque foi telefonar para Camila, minha noiva. Desde que
viajei para Areia Branca havia completamente lhe esquecido. Aquilo
não poderia ser um bom sinal.

– Alô, Camila? Tudo bem com... – ela me cortou bruscamente
antes de eu conseguir terminar a minha frase.

– José Maurício, você não tem vergonha? Como é que você some
assim, sem me avisar, a poucos dias da sua viagem para os Estados
Unidos? – começou a me alvejar como uma metralhadora. – Mamãe
preparou um jantar para nós ontem à noite! Hoje temos a sua despedida com da turma do Iate Clube! Você vai aparecer, não vai? – Camila
usou-se de um tom quase autoritário.

– Desculpe, Camila, mas estou viajando a trabalho – menti. – Se
desculpe por mim – disse meio triste, pois a cada palavra ficava mais
claro que a minha noiva não se afinava em nada comigo.

– Onde você está? – ela exigiu saber.

– Infelizmente não posso dizer – naquele instante, de maneira
quase inconsciente, comecei a pôr em prática mais uma das resoluções
referente ao meu ambicioso e drástico plano de mudança.

– Como assim você não pode dizer? Eu sou sua quase esposa! Exijo
saber! – começou a segunda saraivada de ataques. – Tem mulher na
jogada? Se você puxou ao safado do seu avô Estevan, tem sim! Diga
onde você está, agora! – ficou histérica do outro lado da linha.

– Infelizmente não posso lhe dizer onde eu estou – repeti
monotônico. – Só posso lhe informar que eu estou com a minha avó
Chica – resolvi matar dois coelhos com uma só cajadada, pois sabia que
assim que eu desligasse, Camila iria imediatamente se queixar com a
minha mãe. Logo, aquela seria uma forma de deixar Dona Ducarmo
tranquila, sem ter que lhe dar detalhes do nosso plano. Quanto menos
ela soubesse, melhor, visto que até a Dona Ducarmo poderia ceder ao
assédio de Pompeu de Lear.

– Não acredito, José Maurício. Você está com mulher sim! E pensar
que gastei horas no shopping para comprar um vestido novo para a
festa de hoje à noite. Só para você, José Maurício. Só para você! –
enxerguei ali o quanto eu estava cansado de tanta futilidade.

A maçã nunca caí tão longe da macieira. Por mais que eu tentasse
me convencer do contrário, Camila não passava de mais uma menina

mimada pelo pai magnata, frívola, consumista, literalmente uma dondoca da execrável "nata" da sociedade baiana que eu tanto repugnava. O ápice da sua existência se realizava quando ela saía na capa de uma dessas inúteis colunas sociais. Ou seja, Camila era tudo o que eu não queria mais para mim a partir de hoje. Aquele telefonema veio como um balde de água fria para despertar um pobre urso que hibernava havia mais de cinco invernos. Ainda bem que ela facilitou as coisas para mim ao recitar violentamente a sua derradeira frase.

– Quer saber de uma coisa, está tudo acabado entre nós! – aquelas redentoras palavras me deram um novo ânimo. – Bem que seu avô me disse que você era um bosta! Devia ter acreditado antes! Por falar nisso, ele está puto da vida com você também. Por que não é surpresa para mim? – ela confirmou a história de Martins. – José Maurício, você está morto para mim! Não me procure mais! Passar bem – deu o seu último faniquito e bateu telefone na minha cara com ira.

Ao colocar o aparelho de volta no gancho fui tomado por um sentimento dicotômico que mais uma vez me fez correr para o banheiro para vomitar. Pena que esse mal-estar perdurou por toda a viagem para Lisboa, capital de Portugal, nossa primeira escala. No entanto, graças a Deus fomos presenteados por Seu Luís com assentos de primeira classe, o que me deu a oportunidade de recuperar-me da noite anterior perdida durante aquele voo relativamente tranquilo. A atitude generosa do seu sobrinho também foi assaz benéfica para Dona Chica, que apesar de não largar a mão de Fábio um minuto sequer durante o nosso tempo no ar, pôde relaxar as suas pernas massacradas pelo tempo e pelas varizes.

Ao adormecer na poltrona larga da primeira classe da Varig, tive pesadelos horríveis. O primeiro deles foi obviamente com Estevan Lear. Ele supostamente estaria no aeroporto de Lisboa com uma guarda à minha procura. Quando finalmente ele conseguia nos capturar à porta da aeronave, me levava para o seu carro aos gritos culpando-me pela bancarrota da sua querida Casa de Depósitos. No auge da gritaria despertei daquele sinistro letargo e fui obrigado a outra vez usar o saquinho de vômitos que fica disponível no compartimento traseiro do banco logo à minha frente. Limpei-me, caí no sono novamente e dessa vez sonhei com Camila. Ou melhor, com ela e mais uma vez com o velho Lear. Eles pareciam ser amantes, e Camila repetia em voz alta, vez após a outra, às gargalhadas: "Bem que o seu avô me disse que você era um bosta!". Dessa vez acordei com um novo princípio de sangramento no nariz, meu velho conhecido. Mas antes mesmo que eu conseguisse estancar a pequena hemorragia, nós enfim tocamos o solo da capital portuguesa.

Ao desembarcarmos, passamos pelos guichês de checagem de passaporte, e mais uma vez nos gabamos da amizade do influente Seu Luís, que conseguiu passaportes brasileiros para Chica e Fábio em tempo recorde, já que eles nunca tiveram um. Por garantia, meu primo conseguiu-lhes também vistos de entrada, pois igualmente detinha grandes contatos com o consulado português no Brasil, graças à influência de seu avô. Para mim, não foi necessária nenhuma intervenção, pois pedi à minha secretária, Dona Lourdes, que enviasse para a sala VIP da Varig em Maceió o meu passaporte espanhol, já que eu detinha a dupla nacionalidade de descendente – Espanha e Portugal têm um tratado de livre circulação. Contudo, obviamente não disse a Dona Lourdes o meu destino! Mais uma vez, quanto menos gente soubesse, melhor.

Ao sermos, ainda assim, bombardeados por diversas perguntas, como: "O que fazem em Portugal? Onde ficarão? Quanto dinheiro têm? Quando retornarão?", fomos finalmente liberados e pudemos prosseguir para o corredor que dava acesso à área destinada a passageiros em trânsito. Ainda bem que não nos preocupamos em recolher a nossa bagagem, visto que acordamos com a companhia aérea que só iríamos retirá-las no aeroporto do Porto, a grande cidade do norte de Portugal, ponto aeroviário mais próximo do concelho de Viana do Castelo. Dessa maneira, como chegamos de manhã bem cedo, resolvemos fazer o desjejum antes do novo embarque. Como eles dizem em terras lusitanas, tivemos o nosso "pequeno-almoço". Nós tínhamos tempo mais do que suficiente, uma vez que o voo doméstico para o Porto só sairia no início da tarde, por isso, relaxamos e comemos alguns pãezinhos com café.

Quando a minha avó Chica resolveu enfim provar um dos famosos pasteis de natas portugueses – mais conhecidos no Brasil como Pastelzinho de Belém, graças ao seu bairro de origem –, fomos surpreendidos pela voz do alto-falante a recitar o meu nome. "Por favor, passageiro José Maurício Miranda Pompeu de Lear compareça ao guichê de informações número vinte e seis." Desistimos do pastel de natas e resolvemos todos juntos partir em direção ao tal guichê, já que não tínhamos ideia do que se tratava e não gostaríamos sobremaneira de nos separar.

Ao caminharmos pelos corredores largos do aeroporto lisboeta, passei a nutrir uma sensação estranha, como se alguém estivesse nos seguindo à espreita. Seguimos em frente e depois de passarmos por dois ou três portões de embarque, tive plena certeza de que aquele chamado no alto-falante não estava relacionado a assuntos corriqueiros, como: atraso de voo, *overbooking*, perda de bagagem, ou coisa parecida. As minhas suspeitas se revelaram reais quando um homem, de terno preto e óculos escuros, me flanqueou pelo lado esquerdo, pousou a sua mão no meu cotovelo, e disse educadamente:

– Senhor José Maurício, por favor, acompanhe-me por aqui.

Naquela fração de segundo, as minhas pernas começaram a tremer e passei a seriamente temer que os meus pesadelos da noite passada viessem a se tornar realidade. Ou pelo menos um deles em especial, o exclusivamente ligado à figura do meu abominável avô.

14

Altamira

— Senhor José Maurício, queira se sentar, faça o favor – um
outro homem de trajes pretos me ofereceu uma cadeira ao adentrarmos a uma sala destinada a Polícia Judiciária no Aeroporto de
Lisboa.

– Onde está a minha avó? – questionei extremamente irritado, pois
não sabia do que tudo aquilo se tratava, tampouco porque eu estava
sendo preso.

– Antes de tudo, eu sou o Agente Menezes – ofereceu-me a sua
mão em cumprimento. – Não se preocupe, senhor. A senhora e o
outro gajo[1] estão na antessala a aguardar o fim da nossa conversa.
Inclusive já mandei oferecerem-lhes café. Fique tranquilo – o agente
disse em tom amigável, porém, misterioso.

– Eu posso saber por que me trouxeram para cá? Temos um voo
para o Porto em poucas horas – revelei.

– Nós sabemos. Verificamos com a nosso Departamento de Inteligência. Seja dito, eles já veem monitorando o senhor desde o Brasil.

---

1. O equivalente a "rapaz" em Portugal.

– Monitorando por quê? Não fiz nada de errado – argui com veemência.

– Não é o que diz o governo brasileiro – o agente coçou sua barbicha e encarou-me com firmeza. – O senhor está sendo investigado por evasão de divisas, fraude, gestão temerária e fraudulenta, e por sonegação de informações ao Banco Central do Brasil.

– O quê? O senhor está louco! É claro que não sou responsável por nada do que o senhor está me acusando! – reagi em pânico e a única coisa que pude pensar foi a respeito de uma possível cilada arquitetada pelo velho Lear.

– Não sou eu quem o acusa de nada, Senhor José Maurício, e sim, o governo do seu país. Recebemos uma ligação para que o detivéssemos para interrogatório assim que o senhor aterrissasse em Lisboa. Estou cumprindo as minhas ordens. Mas diga-me afinal, o senhor é ou não dono de um banco? – Menezes começou a me inquirir.

– Sou herdeiro de um banco praticamente falido – deixei transparecer toda a minha indiferença e revolta em relação ao patrimônio do meu avô.

– O senhor reconhece esses documentos – Menezes me mostrou um dossiê cheio de cópias de notas de transferência bancárias internacionais, todas elas no meu nome e com a minha suposta assinatura.

– Claro que não! Mas a assinatura é muito parecida com a minha – fiquei boquiaberto com a qualidade da falsificação.

Menezes aproveitou e igualmente me mostrou diversas cópias de contratos, cartas de crédito, promissórias, dentre outros tipos de documentos extremamente comprometedores, todos eles enviados por fax pela polícia brasileira e mais uma vez supostamente também assinados por mim. Naquele instante comecei a entender porque o meu maldito avô queria tanto conversar comigo naqueles recentes dias. Ele armou toda essa tramoia na tentativa de salvar para uso próprio o que restava do patrimônio da Casa de Depósitos, e na certa queria a minha ajuda para conduzir o seu inescrupuloso plano. Entretanto, ele mal sabia que, no meu entender, a função mais justa para o capital que restava no banco seria a de cobrir o imenso rombo nos depósitos e investimentos dos nossos inúmeros correntistas, pegos de surpresa com o anúncio da concordata. Mas quem eram os pobres correntistas perante a ganância do velho Lear? Ele sequer havia poupado o seu próprio neto. Ao não conseguir o meu retorno, usou-me como o seu bode expiatório, forjando a minha firma em diversas transações ilícitas até finalmente conseguir "salvar" toda a "sua" fortuna.

– Pois é, estas são as más notícias. Contudo, há esperança, Senhor José Maurício – senti uma ponta de alívio ao notar o agente mudar o seu semblante. – O governo brasileiro desconfia que estas assinaturas sejam falsas. Afinal de contas, segundo consta na investigação, o senhor era somente um diretor de baixa autonomia no banco. Departamento de Poupanças, salvo engano. Portanto, o senhor não teria como fazer todas essas atrocidades – ele apontou para o dossiê – sem que fosse notado pela alta cúpula da organização. O governo brasileiro está mesmo é nos calcanhares do seu avô, o poderoso Estevan Pompeu de Lear! – acalmei-me quase por completo ao ouvir as suas palavras.

– E por que eu fui detido? – perguntei ansioso.

– Porque o Senhor Estevan Pompeu de Lear está foragido desde ontem à tarde e todos achamos que o senhor sabe onde ele está! – Menezes foi direto como uma bala.

– Para o nosso, digo de coração, "o nosso", infortúnio, eu não sei. Se soubesse, seria o primeiro a entregá-lo. Nas últimas semanas fui declaradamente contra a sua "estratégia", se é que podemos chamá-la assim, já que no meu entender, "roubo" é o nome dado para o desvio de dinheiro de correntista. Por esse motivo, me afastei do banco há mais de quinze dias! Obviamente o meu avô se sentiu traído e agiu de má-fé contra mim, como o senhor pode ver com os seus próprios olhos – apontei para as assinaturas no dossiê.

– Já vi tantas coisas nessa vida, mas nunca canso de me surpreender. O próprio avô... – Menezes se lamentou.

– Pois é, é triste, mas não me surpreendo – recordei-me do meu nefasto passado. – E então, Agente Menezes, o senhor pode me dizer o que eu faço agora?

– Senhor José Maurício, infelizmente o senhor será obrigado a permanecer aqui na Polícia Judiciária até termos uma posição da Polícia Federal Brasileira. Vou ser honesto com o senhor, isto pode demorar horas, caso encontrem o seu avô, ou até mesmo dias, caso não. Talvez até peçam que o senhor seja deportado de volta para o seu país de origem.

– Mas isso é um absurdo, tenho testemunhas no banco. Além disso, é claro que as minhas assinaturas são falsas! – contestei.

– Não tenho dúvidas que vão conseguir provar a fraude, mas infelizmente por enquanto o senhor fica conosco. Há uma sala com casa de banho e um sofá muito confortável aqui ao lado. O senhor pode usá-la para descansar. A sua bagagem já está lá a sua disposição. Não se preocupe, aqui o senhor não é um fora-da-lei até que nos provem o contrário – tentou ser simpático.

– Agradeço muito, Agente Menezes. Eu poderia falar com a minha avó?

– Claro! O senhor pode até usar o telefone, caso queira telefonar para o seu advogado.

Obviamente, fazer um telefonema foi a primeira providência que tomei, antes mesmo de receber Dona Chica. Disquei o número da pessoa que, além de inspirar-me cem por cento de confiança, teria a racionalidade para me auxiliar naquele momento difícil.

– Alô, tio Airton? – fiquei feliz ao ouvir a sua voz.

– Zé, meu rapaz! Onde você anda? Um escândalo de grandes proporções se instaurou em Salvador! A polícia e correntistas enfurecidos estão à procura de teu avô Estevan. O velho sumiu na fumaça! A TV Aratu[2] já veio até aqui em casa! Cadê você? – ele terminou o seu mundaréu de informações com uma pergunta apreensiva.

– Tio, agora eu preciso da sua ajuda mais do que nunca! – demonstrei o meu desespero. – Pelo amor de Deus, por enquanto mantenha sigilo de onde eu estou. O velho Lear armou para mim. Estou preso no aeroporto de Lisboa, mas não tenho tempo de te explicar o que vim fazer aqui. Queria muito que o senhor contatasse os seus advogados, pois não confio nos que trabalham para nós na Casa de Depósito. A polícia de Portugal me mostrou uma infinidade de documentos comprometedores até o talo, nos quais constam centenas de assinaturas minhas. Todas elas falsificadas, é claro! Enquanto eles não encontrarem o meu avô, ficarei detido aqui!

– Puta que pariu! O velho foi capaz de falsificar a sua assinatura para desviar dinheiro? – Airton matou a charada rapidamente. – Pode deixar, vou ligar agora mesmo para meus advogados e, além disso, vou entrar em contato com uns policiais federais amigos meus. Quem sabe eles não me dão algumas informações internas de como andam as buscas ao velho? Qual o telefone daí? – eu imediatamente lhe informei o número da Polícia Judiciária do Aeroporto de Lisboa.

---

2. Rede de TV local de Salvador.

– Tio, diga a minha mãe que eu estou bem! Mas, por favor, não envolva ela nisso, nem diga onde eu estou. Avise a ela que Vó Chica está aqui também!

Meu tio Airton ainda tentou saber o que diabos nós estávamos fazendo em Portugal, no entanto, eu não pude respondê-lo graças ao escasso tempo destinado à ligação telefônica. Ele ficou de usar o seu prestígio de empresário da área de construção e mexer os seus pauzinhos no intuito de me ajudar. Admito que fiquei mais aliviado e agora somente me restava esperar.

Dona Chica entrou sozinha na sala na qual eu estava alojado. Disse-me que tinha mandado Fábio ir almoçar, porque não queria que ele participasse da nossa conversa. Ela estava ávida por saber maiores detalhes do que já havia ouvido de canto de ouvido da boca de alguns oficiais portugueses. Desse modo, ela sentou-se do meu lado no velho sofá e não perdeu tempo em perguntar com muito jeito:

– O velho aprontou para você, não foi?

– O que a senhora acha? – fui irônico.

– Aí que ódio! – Chica não conseguiu se controlar.

Fui praticamente obrigado a contá-la, tintim por tintim, tudo a respeito da farsa armada pelo velho espanhol. Contei-lhe das notas, contratos, promissórias, comprovantes e tudo o mais o que eu, em teoria, havia assinado para benefício único e exclusivo do meu ganancioso avô. Chica ficou muitíssimo preocupada, mas logo a acalmei um pouco lhe contando que eu já havia requisitado a ajuda do seu filho mais velho. Ainda assim, ela não se conformou por inteiro. Calou-se de vez e resumiu-se a encolher-se no sofá, bastante pensativa. Vez ou outra, ela levantava, andava de um lado para outro, mas ainda assim muito calada. Tentei puxar conversa em algumas ocasiões, ou oferecer-lhe um café, porém, nada consegui. Minha avó tornou-se quase catatônica durante o correr daquela tarde privada de liberdade. O silêncio só foi enfim quebrado, quando Chica inesperadamente deu um tapa na parede e falou com a voz firme:

– Chega! Zé Maurício, não acho justo continuar lhe escondendo o segredo que está atravessado na minha garganta há mais de trinta anos. Você merece saber, meu Neno! Principalmente depois de hoje! – senti um frio na barriga e passei a entender que naquele instante o meu destino começara a mudar de forma avassaladora.

– Sou todo ouvidos, vó – falei com a voz trêmula, mas com grande coragem.

– Neno, o que vou lhe contar agora é algo muito sério. Um segredo que foi compactuado há muito tempo e não fosse pela perseguição implacável desse velho maldito, ele nunca iria ser revelado. Eu jurei que eu o levaria comigo para o meu túmulo, mas não consigo te ver sofrer dessa maneira, meu neto. Hoje vou contá-lo o que o Senhor Puyol teve medo de te contar! – Chica agarrou no meu antebraço e olhou-me com firmeza. – Você já ouviu falar muitas vezes da sua tia Altamira, não é mesmo? – ela me perguntou com a voz chorosa.

– Sim, vó. Minha mãe me contou que ela faleceu muito nova, há uns trinta e poucos anos – ao terminar a minha frase, a minha avó caiu no choro.

– Pois é, a minha querida Mira – usou o seu apelido –, morreu na flor da idade. Todos gostavam muito dela, até mesmo o desgraçado do Estevan Lear. Minha filha era uma pessoa boa, caridosa, alegre e linda. Puxou ao povo de Eupídio, pois tinha os olhos castanhos e os cabelos negros como o da avó Maria do Socorro, uma índia pura que foi achada quase no mato. O moreno cor de jambo da pele de Mira mexia com a cabeça dos homens, e talvez essa tenha sido sua ruína.

– Mas não consigo entender, vó. O que a beleza e bom coração da minha tia Mira tem a ver com a tal informação citada na carta do Senhor Puyol, tão poderosa que seria até capaz de me livrar da dominação e assedio do velho Lear? – perguntei-me curioso, já conjeturando algum envolvimento amoroso entre a minha jovem tia e o meu velho avô. Afinal de contas, ele seria sim amoral a esse ponto, e tal ato, indubitavelmente sério, por ser um caso de família, poderia embaraçá-lo a ponto de se equiparar ao evento do abuso sofrido pelo padre italiano.

– Você vai entender, meu filho. A história da sua tia Mira com certeza lhe dará uma grande arma, um trunfo, para lutar contra aquele encosto na sua vida – referiu-se a meu avô com desprezo. – Agora deixe-me contá-lo quem foi Altamira Miranda, vulgo Mira, desde os seus tempos de criança.

– Fechei o zíper da minha boca – passei os dedos sobre os meus lábios dando um sorriso tenso. Chica o retribuiu.

– Mira veio ao mundo no meu sexto trabalho de parto, em 1929. Ela quase morreu, visto que o cordão umbilical deu duas voltas no seu pescoço e se não tivéssemos conosco uma parteira de mão cheia naquela noite, sem sombra de dúvida, a pobrezinha teria sido asfixiada. Apesar do susto no dia do seu nascimento, a menina ficou forte e graças a Deus não a perdi para as privações, como veio a acontecer antes com os gêmeos e a outra nenenzinha. Mira foi a primeira filha mulher de Eupídio a vingar, já que, antes dela, sobreviveram somente seus tios Airton, Arlindo e Tavino. Seu avô não gostou muito daquela história de ter filha. Saiu dizendo a todos com a sua enorme boca que dava muito trabalho manter as suas cabritas no curral, para que os bodes dos outros não viessem pastar no seu terreiro. Cretino! Deus o castigou porque depois de Mira, vieram ainda Ducarmo e Gracinha. Eu nunca vi isso como um castigo, mas aquele idiota via, pelo menos a princípio.

"Lembro-me com desgosto das surras que ele deu na pobre menina, simplesmente porque ela vez ou outra chegava atrasada da escolinha em Areia Branca. Eupídio certa feita tirou até sangue das suas costas, com um corrião de fivela larga que ele usava para trabalhar. Insinuava que a pobre Mira chagava tarde da escola porque ficava de conversa fiada com os moleques do povoado. Ele não entendia que isso era coisa de criança. Ela só queria brincar! No frigir dos ovos, Mira tinha pouco mais de treze anos, gente. Mas meu marido, que Deus o tenha, era osso duro de roer. Ele nutria uma paranoia de que o mundo era cheio de garanhões sôfregos por montar nas suas belas filhas. Obviamente, nós não podíamos facilitar, mas ele era demais. Como Mira e Gracinha apanharam! Ducarmo ainda se safou, já que parecia ser a sua favorita e sempre andou na linha até demais para uma criança. Já o resto, podia ser homem ou mulher, o relho cantava forte e às vezes sobrava até para mim.

"Mira então cresceu meio arredia devido às tantas surras que lhe foram dadas pelo rigoroso pai. Mesmo quando estava de bom humor, Eupídio era meio frio. Era um homem bom, mas raramente demonstrava carinho para as crianças, muito menos para mim. Portanto, quando minha filha completou dezoito anos, resolveu se mudar para Jacobina e começar um curso de magistério. Acho que na realidade ela queria mesmo era sair da rédea curta que o pai lhe impunha.

"Assim como eu, ela gostava muito de ler, o que naturalmente lhe fez desenvolver uma enorme imaginação. Cansei de flagrá-la brincando sozinha com as suas bonecas e murmurando que o seu sonho era ser professora em Salvador. Pena que esse sonho nunca veio a se realizar. Contudo, antes de morrer aos vinte e sete anos, Mira conseguiu fazer muito em prol do ser humano de uma outra maneira, pelo menos. Assim que se graduou em Jacobina, ela se engajou em um grupo de ativistas que lutava pela disseminação de uma educação de qualidade para os jovens da zona rural do Brasil. O grupo se chamava GAER, ou Grupo de Apoio a Educação Rural, e naquele ano de 1955, seus membros saíram pelo interior da Bahia fazendo campanha para o então candidato à presidência da república Juscelino Kubitschek, um dos seus maiores apoiadores. Recordo-me bem que aquela eleição foi a primeira a usar a cédula eleitoral oficial, confeccionada pela Justiça Eleitoral. Lembro-me também que fui quase arrastada pela minha filha para votar no homem. Acho que Mira iria ficar muito triste caso vivesse para presenciar o rumo que a história do nosso país acabou tomando. Apesar de nós não termos sentido muito as mudanças lá no fim de mundo onde vivíamos, o povo da capital reclamou muito do tal regime militar.

"Mira acabou conhecendo um rapaz chamado José Antônio no tal GAER. Ele era igualmente formado no Magistério de Jacobina e tornou-se bastante conhecido na região pelo radicalismo com o qual ele defendia suas causas. Em uma certa ocasião acampou na frente da prefeitura de Morro do Chapéu, uma cidade de médio porte perto de Jacobina, e só se retirou de lá quando uma tropa de choque veio de Irecê para enxotar os mais de cem manifestantes liderados por ele. O topetudo José Antônio, se recusava a negociar e receber propinas, o que gerava certo desconforto a prefeitos descarados que estavam acostumados a resolver esse tipo de situação da maneira mais corrupta, e por que não dizer, mais corriqueira ao nosso degenerado país. Quando o galego de olhos azuis entesava que um certo município deveria investir mais em educação, nada o fazia arredar o pé enquanto não conseguisse melhorias. Em um dos seus mais extremos protestos, mais especificamente na cidade de Miguel Calmon, ele chegou até a ser ameaçado de morte pelo prefeito local. Mas você acha que ele se intimidou? Que nada! Ameaçou de volta o tal prefeito e obviamente acrescentou à sua coleção pessoal mais um inimigo.

"A minha filha acompanhou José Antônio em diversos atos públicos, protestos e passeatas. Com o tempo, o que era camaradagem virou amizade, e logo depois o que era amizade transformou-se em romance. Eupídio ficou uma fera, visto que 'filha sua tinha que casar na igreja, e virgem'! Mas nada impediu que o galego se apaixonasse pela índia, e vice-versa. Sua união tornou-se o símbolo de um casal por demais moderno para aquela época. Acho que pessoas como Mira e José Antônio foram os precursores da grande liberdade que temos hoje em dia nos anos 80. Muitos já aceitam com maior facilmente o que naqueles tempos era verdadeiramente inaceitável. Principalmente, quando se tratava de uma filha.

"Após alguns meses vivendo juntos, a natureza agiu, como já era de se esperar, e em muito pouco tempo Mira ficou grávida. Não preciso dizer que Eupídio nunca aceitou o fato de a filha ter engravidado antes de se casar. Ele então começou a ignorar a sua existência e, em contrapartida, passou a canalizar toda a sua atenção, amor e carinho para Ducarmo, que naquela altura já se havia formado em medicina, estava bem casada com o teu pai, e na cabeça do idiota do Eupídio ela vivia uma vida de rainha em Salvador, como herdeira da fortuna dos Pompeu de Lear. Ele mal sabia que Ducarmo começava a perceber que o sogro era o protótipo de um monstro.

"No entanto, a tamanha renegação do pai não foi a única nem a maior tragédia a acometer a vida da minha pobre Mira. Lembra do prefeito de Miguel Calmon? Pois é, o miserável armou uma tocaia que rendeu três tiros mortais no tórax do idealista José Antônio. Mira estava aqui na fazenda no dia, grávida de oito meses! Não gosto nem de lembrar daquele dia maldito..." – Chica pegou um lenço que eu ofereci e limpou o seu rosto inundado pelas recordações de sofrimento.

– Deve ter sido muito difícil para ela – me compadeci da tia que eu nunca cheguei a conhecer, posto que tenha ouvido diversas histórias sobre ela no decorrer da minha infância.

– E como foi, Neno – minha avó segurou o meu pulso com força. – Naquele dia aziago a minha filha entrou em trabalho de parto forçado, por conta da tamanha emoção a qual fora submetida de maneira quase cruel. Um infeliz de Mundo Novo chamado Leôncio trouxe a má notícia e nem sequer foi capaz de poupar os ouvidos da pobre gestante. Simplesmente berrou: "Zé Antônio tomou três tiros no bucho!", quando entrou pela porta do engenho. Após o susto, minha filha caiu no chão desmaiada e a pancada fez com que ela começasse a dar à luz antes da hora. Eupídio estava pra o lado de Feira de Santana naquela ocasião, de modo que, sobrou para Isaurino arrumar a carroça e correr ligeiro para Areia Branca em busca de socorro. Enquanto ele trazia a parteira com o máximo de rapidez, coube a mim tentar acalmar e dar força à minha filha, que a cada minuto já não conseguia mais se segurar de tanta dor.

"Graças a Deus, Isaurino e a parteira chegaram a tempo de salvar o bebê, que apesar de prematuro, nasceu forte e saudável. Mas pena que não posso dizer o mesmo a respeito da mãe, a minha amada Mira.

Uma forte hemorragia consumiu os seus órgãos internos e acho eu que ela não conseguiria ter sido salva nem mesmo se estivesse em um dos luxuosos hospitais da capital. Um mundo de sangue manchou a cama e o meu espírito de um vermelho fúnebre e a morte simplesmente veio, sorrateira, para tomar de mim a minha pobre filha – Chica chorou forte. – Irônico, pois Mira teve o mesmo destino que a bisavó índia, a mãe de Maria de São Pedro, que também por conta de pancada morreu ao dar à luz. As histórias se repetem, ainda que demorem gerações para que voltem a se unir. A história de certo modo também se repetiu para a pobre criança fruto daquela tragédia, pois assim como Maria de São Pedro, ela nunca conseguiu ser muito feliz no seio da família na qual fora criada."

– Vó Chica, agora fiquei meio confuso. A minha mãe nunca me contou essa história com a riqueza de detalhes que a senhora me contou hoje, mas de uma coisa lembro-me bem, Dona Ducarmo sempre afirmou que a criança filha de tia Mira havia morrido semanas depois de nascer – eu insisti na minha versão.

– Isso mesmo! – Chica sorriu irônica. – Assim como, ela sempre disse que Mira havia engravidado por acidente de um namoradinho do magistério. Tua mãe incorporou e sempre te contou a história paralela inventada por teu avô. Melhor dizendo, Eupídio e Ducarmo a inventaram juntos. Ambos se encarregaram de apagar da memória da família a existência de José Antônio, assim como, qualquer outro fato que revivesse aquele traumático evento. Principalmente quando Ducarmo se prontificou a tomar conta do pobre órfão recém-nascido. Ela nunca quis que ele soubesse a respeito dos derradeiros dias de sofrimento dos seus pais verdadeiros.

– E onde está o meu primo então? – não consegui conter a minha curiosidade frente àquela confusão.

– Muito bem vivo e, como eu já disse, meio infeliz com parte da sua vida – os olhos azuis de Chica miraram no fundo dos meus.

Naquele instante eu fiquei bastante apreensivo e passaram certos pensamentos pela minha cabeça que, de tão estapafúrdios, me recusei a acreditar. Foquei-me então em tentar entender o que todo aquele emaranhado de fatos tinha a ver com a minha conjeturada "liberdade" e mudança de vida. Quando enfim consegui me acalmar, depois de mais uma efêmera e conturbada reflexão, pude finalmente enxergar o que era absolutamente óbvio. Bastou-me então esperar para ouvir da boca da minha própria avó o final daquela história que para muitos pareceria ser tão inacreditável quanto um capítulo de novela de televisão. Por um momento eu não soube bem se ficaria feliz ou triste ao confirmar minhas suspeitas. Mas de uma coisa eu estava convencido, o Senhor Puyol estava certo, pois com a minha Vó Chica sempre jazera a chave que indubitavelmente me abriria as portas para um futuro melhor.

– Vó, o que a senhora tiver para me contar, me conte – pressionei-a ao notar que ela tendia a titubear.

– Neno, você é o filho de Mira e José Antônio – Chica abraçou-me e chorou intensamente. – Eu jurei por Deus a Ducarmo que nunca revelaria esse segredo, mas não consigo mais presenciar o teu sofrimento sem agir. Senti-me no dever moral de te contar que aquele desgraçado velho não é na realidade seu avô. Aquele maldito espanhol não tem o direito de espezinhar o sangue que não é dele! Nas suas veias, Neno, não corre sangue Lear. Você está livre, meu filho. Acabe de uma vez com a convivência com aquele sádico! – ela desabafou entre dezenas de soluços de choro.

Ao confirmar o que inexplicavelmente eu sempre senti, gabei-me e transbordei de felicidade ao sentir-me realmente liberto não só da dominação psicológica, mas primordialmente da dominação moral, por laços sanguíneos, que dilacerava o meu dia-a-dia. Naquele exato momento me desvencilhei de qualquer ligação familiar com Estevan Pompeu de Lear, pois no frigir dos ovos, aquele monstro nunca foi, não é, e nunca será o que um neto poderia bem definir como a figura de um bom avô. Entretanto, por outro lado, fui tomado por uma grande tristeza, já que, a partir dali, tanto Ducarmo quanto o falecido Gonzalo eram destituídos do papel que exerceram eximiamente bem durante os meus trinta e três anos de vida, o de pais biológicos. Senti uma pontada de melancolia no meu coração, mas logo ela se foi embora, pois me contentei em lembrar que, mesmo não detendo a carga genética da sua união, eu sempre reinei absoluto nos seus corações. E eles no meu. Além disso, fiquei imensamente contente graças à outra revigorante conclusão. Apesar das grandes reviravoltas referentes ao meu passado, Chica continuava sendo a minha querida e admirada avó. O seu doce e generoso sangue ainda corria forte nas minhas veias, e disso eu poderia me orgulhar enquanto eu vivesse.

– Vó, agradeço a senhora por tirar esse imenso peso das minhas costas. Eu sempre cogitei cortar o relacionamento com o meu avô Lear, mas todas as vezes que isso acontecia, eu voltava atrás, pois minha consciência dizia: "Ele é seu avô, você não pode renegá-lo. Afinal, ele é pai do seu pai". Portanto, hoje eu não tenho mais motivos para aceitar o seu assédio – aliviei-me. – Mas há uma coisa que eu ainda não entendi direito, por que ele manteve essa farsa até hoje? Se eu bem conheço o velho, ele não aceitaria um neto adotivo! – completei.

– E não aceitaria mesmo! O maior motivo de esse grande segredo existir, Neno, foi cem por cento na tentativa de esconder a situação de Estevan. E conseguimos! Até hoje ele acha que você é fruto da união de Ducarmo e Gonzalo. Ele está certo de que você é um Lear!

– Que idiota... – fiz um movimento negativo com a minha cabeça.

– Quer dizer que o Ducarmo e Gonzalo armaram toda essa farsa simplesmente para convencer o velho de que eu era seu neto? Como eles conseguiram? Deve ter sido bem difícil – quis saber como eles fizeram para legitimarem-me como o grande herdeiro do homem mais rico da Bahia.

– Sua mãe – ela se referiu a Ducarmo, por força do hábito – assim que se casou passou a lidar com grandes dificuldades para conseguir conceber. Desconfiava-se que Ducarmo tinha um problema nos ovários. Desse modo, ela e o marido quase se mudaram para São Paulo, na tentativa de gerar um neto para o insistente Estevan. Ninguém aguentava mais a pressão do velho e tudo piorou depois de três meses de tentativa, quando o médico paulista afirmou que as chances de concepção seriam mínimas. Os tratamentos em 1955 não eram tão avançados quanto hoje. Não havia bebê de proveta, fertilização *in vitro*, ou coisa parecida, ainda mais quando se tratava da medicina brasileira. Por isso, a opção que restou foi partirem para os Estados Unidos, a última esperança, onde as coisas pareciam estar mais desenvolvidas. No entanto, para quase desespero de Gonzalo e Ducarmo, nem lá eles conseguiram gerar um filho. Descobriram que, na verdade, Ducarmo era estéril.

"Para o desespero duplo de Ducarmo, dois dias depois de receber a péssima notícia dos médicos ianques, minha filha atendeu um telefonema de Dona Lucia Lear, tia de Gonzalo, que estava muito envolvida no projeto de concepção do casal, informando-lhe que a pobre Mira tinha falecido graças a complicações no parto. Ducarmo chorou muito e prontificou-se a imediatamente regressar ao Brasil para participar do enterro da irmã. Dona Lucia pediu que antes passassem em São Paulo, e dormissem por uma noite na sua casa, lugar no qual seja dito de passagem ambos haviam se hospedado pelos três meses em que lá ficaram fazendo o tratamento. Naquela tal noite, Dona Lucia explicou a Ducarmo e a Gonzalo a grande ideia que ela teve assim que soube das duas más notícias, uma vinda dos Estados Unidos e a outra vinda de Areia Branca. A brilhante jornalista explicou que o casal poderia matar dois coelhos com uma só cajadada, caso transformassem as duas tragédias em algo de bom. Mas para isso acontecer, precisariam de muita organização e um pouco de sorte.

"O plano seria o seguinte: fingindo ainda estar nos Estados Unidos, Gonzalo ligaria para o velho Estevan Lear e diria que o voo para São Paulo havia sido cancelado. No outro dia telefonaria outra vez e o informaria que eles tinham mudado de ideia e não mais retornariam ao Brasil, pois os médicos teriam encontrado uma luz no fim do túnel referente ao problema de concepção. Nesse meio tempo, na realidade ambos viajariam escondido para Areia Branca no intuito de atender ao funeral e principalmente buscar o neném de Mira, você Neno. A sugestão de Dona Lucia era que Gonzalo e Ducarmo forjassem nos Estados Unidos o suposto nascimento do neto legítimo de Estevan Pompeu de Lear. Mas para que tudo parecesse impecavelmente ver-dadeiro, teriam que lá viver por pelo menos nove meses, e pior, sem receber visitas do velho nos meses finais da gestação e primordialmente no dia do suposto parto. Recordo-me bem que ele chegou a aparecer lá em Nova Iorque de surpresa umas duas ou três vezes, e Ducarmo disse-me que teve que arranjar às pressas uma barriga falsa. Sem contar que tiveram que lhe deixar aos cuidados de amigos. Um bebezinho de poucos meses.

"Quando eles foram te buscar em Areia Branca, Neno, eu achei toda aquela história meio complicada a princípio, mas depois con-cordei que seria melhor lhe sujeitar a toda aquela mentirada do que perdê-lo para a família de José Antônio, os Siqueira, que já queriam saber notícias do neto. Tive que mentir para eles, o que odeio fazer. Até hoje, se vivos estivessem, acho que acreditariam na tua morte prematura por conta de uma infecção neonatal. Você voou para Nova Iorque com uma semana de vida, meu filho. Mas para isso ocorrer, seus pais adotivos precisaram emitir uma certidão de nascimento para apresentar às autoridades americanas ao desembarcar. Antes de partir, seu pai te registrou em um cartório de um amigo do Senhor Puyol em São Paulo e comprometeu-se em voltar para adulterar a data de nascimento quando retornassem em nove meses.

"Já fraquejando em aguentar a pressão da mentira, no meio do sétimo mês nos Estados Unidos, Gonzalo telefonou para o velho Lear e disse que o seu herdeiro havia nascido prematuro e que não valeria a visita, visto que a criança estava na incubadora. Depois do nascimento inventado, ainda conseguiram enrolar Lear por mais seis meses e somente retornaram ao Brasil em 1957, não depois dos nove meses previstos, mas sim, após quase quatorze meses completos. Muito embora você já tivesse mais de um ano de vida, por não ter sido bem amamentado, a sua estatura era realmente a de uma criança de pouco mais de seis meses, o que colaborou mais ainda para que aquela bem intencionada fraude funcionasse. Se já não soubesse da armação, até mesmo o amigo tabelião do Senhor Puyol teria acreditado que você na realidade não tinha os sete meses de diferença entre a velha certidão e a nova."

– Qual é então o dia real do meu aniversário? – afoito quis saber.

– Sete meses antes da data atual. Exatamente no mesmo dia – Chica tentou sorrir.

– Ainda em 1956, mas sete meses mais velho – sorri e apontei para os fios de cabelo brancos que já começavam a despontar na minha vasta cabeleira.

– É verdade – minha avó se rendeu a um modesto sorriso. – Você puxou à minha família!

– Ainda bem que continuo fazendo parte dela. Aqui – mostrei as veias do meu braço direito – e aqui – toquei com as pontas dos dedos o lado esquerdo do peito. – E graças a Deus agora eu começo a entender o porquê de eu nunca ter me sentido um deles – apontei para um cartaz com a foto de Madri. – A partir de hoje começo a me desvencilhar da tamanha má influência do velho Lear! – resolvido, expressei toda a minha convicção. – Graças à senhora... – sorri – ... e ao Senhor Puyol.

– Mas para isso realmente se concretizar, meu filho, você terá primeiro que ir em face do próprio mal. Vai ter que encontrá-lo e contá-lo você mesmo toda a verdade. Somente assim ele lhe deixará em paz!

Ao ouvir as sábias palavras proferidas pela minha querida avó, não pude conter a minha ansiedade em reencontrar o meu falso avô e bombardeá-lo com as tais notícias. Fui tomado por um ligeiro gosto amargo de vingança, e mesmo sabendo do grande perigo incutido naquele sentimento vil, não consegui deixar de me deleitar. Imaginei a cara de decepção que aquela atormentada alma mostraria ao saber que o seu único herdeiro, na verdade, era fruto de uma grande farsa armada bem debaixo do seu nariz.

Refestelado, resolvi então esquecer a vingança e cultivar sentimentos mais nobres, como o do amor e o da gratidão. O segundo deles, dediquei a Puyol, que por carinho ao sobrinho da sua amada Lucia, tentou da maneira mais ética possível trazer luz ao meu caminho. Morrerei grato àquele bom catalão! Já o primeiro, o pai de todos os sentimentos, o amor, desvelo com todas as minhas forças ao meu eterno anjo da guarda, à minha duas vezes mãe, à minha querida Chica. Dessa maneira, tomado não só pelo amor, mas por todos os sentimentos bons que eu pude listar, levantei-me comovido e abracei a minha doce velhinha como se fosse a última vez. Imaginei como seria difícil o dia em que nós tivéssemos que nos separar. Pena que, dadas as circunstâncias, esse dia talvez não viesse a tardar.

15

Espanha de Lear

— SENHOR JOSÉ MAURÍCIO, temos novidades! – a voz grave do Agente Menezes invadiu a sala na qual estávamos, ainda nos recuperando de tamanha emoção.

– Pois não, Agente Menezes – Neno respondeu bastante interessado.

– Encontramos o seu avô! Ele foi preso no aeroporto de Madri quando tentava adentrar ao seu país de origem – o oficial falou contente.

– Mas isso é muito boa notícia – eu sorri satisfeita. – E então, agora o meu neto está liberado? – tentei influenciar os seus próximos passos.

– Infelizmente ainda não, Dona Francisca. Há um interrogatório ainda a ser feito pelas polícias brasileira e espanhola em conjunto. Tentarão descobrir se as assinaturas que constam nos originais desses documentos são realmente falsificadas – mostrou o dossiê cheio de faxes.

– Então provavelmente terei que dormir aqui? – Neno falou meio irritado.

– Infelizmente, sim, senhor – Menezes foi duro.

– Vó, então você deve ir para algum hotel aqui perto do aeroporto. Peça a Fábio para te acompanhar. Chegando lá, solicite dois quartos e pague com o meu cartão de crédito – meu neto me passou o seu *American Express* e logo percebeu o meu semblante de espanto. – Calma, vó, Fábio sabe bem como usá-lo – ele sorriu e eu me acalmei.

– Eu só não sei como eu vou pagar a fatura no fim do mês. Acho que não tenho mais emprego – Neno foi sarcástico.

– Certo, meu filho. Acho que vou indo então. Minhas pernas estão me matando – apontei para as minhas execráveis varizes. – Não se preocupe, telefonarei para Airton mais tarde e pressionarei para que ele resolva tudo isso por lá pelo Brasil – dei um beijo na sua testa.

Ao me despedir do atencioso Agente Menezes, eu e Fábio imediatamente partimos para um hotel nas redondezas do aeroporto e para a nossa felicidade conseguimos quartos sem maiores problemas. Tomei um banho quente, pus as minhas doloridas pernas em cima de almofadas e imediatamente pedi uma ligação de longa distância para o escritório do meu filho mais velho, já que por conta da diferença de fusos horários todos ainda estavam em expediente no Brasil. Airton atendeu-me de imediato e antes mesmo que eu pudesse perguntar qualquer coisa, ele disse:

– Mãe, acharam o velho na Espanha! Estou tentando contato com Zé Maurício no número que ele me deu, mas não consigo. Meus advogados já estão com a representação pronta. Conseguimos as provas da sua inocência. Entrei em contato com uns amigos da Polícia Federal e eles trataram o caso com grande urgência. Hoje mesmo eles fizeram um estudo forense e ficou provado que as assinaturas nas notas e contratos foram falsificadas grotescamente. Além disso, temos um grande álibi, pois Zé Maurício não estava em Salvador dois dias atrás, quando alguns dos documentos foram lavrados. Há uma testemunha chave que atesta que ele estava fora.

– Quem testemunhou? – quis saber.

– A secretária pessoal de Zé Maurício, Dona Lourdes. Quando a bomba estourou, ela foi a primeira a procurar a polícia para testemunhar contra o velho Lear. Parece inclusive que ela ouviu rumores pelos corredores do banco e até interceptou algumas ligações nas quais Lear estava começando a armar o seu golpe. Diga-se de passagem, o safado não só forjou a assinatura do neto, mas a de vários outros executivos do banco.

– Que velho podre! – não contive o meu desgosto.

– Mãe, avise a Zé que hoje mesmo eu estarei indo para Portugal para encontrá-lo, junto a dois advogados. Diga a ele também para não sair daí, tampouco falar nada antes de nos encontrar! – Airton foi categórico.

– Pode deixar, filho. Vou pedir a Fábio que vá à sede da Polícia Judiciária no aeroporto agora mesmo para dar o seu recado.

– Muito bem. Amanhã no meio da manhã estaremos aí! Beijão – Airton disse adeus.

Imediatamente mandei Fábio avisar do plano de Airton e devo admitir que fiquei mais tranquila ao final daquela ligação. Finalmente senti que estávamos sendo auxiliados por alguém. Dessa maneira, tentei descansar um pouco para recarregar as minhas forças. Afinal de contas, eu não era mais uma garotinha.

Dormi o quanto pude, mas às seis horas da manhã o recepcionista do hotel me interfonou e tentou me transmitir uma mensagem. Muito embora eu fosse filha de um, havia alguns portugueses que eu não conseguia compreender muito bem. E foi o caso do bendito recepcionista, que tinha um sotaque por demais carregado. Só depois de muito custo, enfim, pude entender que eu deveria ir imediatamente para o aeroporto, obviamente para a sala da Polícia Judiciária. Sem perder um minuto sequer, recolhi a minha apoucada bagagem e na companhia de Fábio, entrei no táxi de volta para o tenso ambiente regido pelo Agente Menezes. Quando lá cheguei fui acometida por notícias no mínimo intrigantes.

– Vó, temos que seguir agora mesmo para Madri – Neno me informou enquanto me entregava o meu cartão de embarque. – Tome o seu passaporte de volta – ele igualmente me entregou o documento já contendo o visto para o novo país que iríamos visitar.

– Como conseguiu os vistos tão rápido? – demonstrei surpresa.

– Diga "obrigado" à Polícia Judiciária de Portugal – sorriu. – Fábio, tome o seu – Neno igualmente entregou o passaporte ao bom motorista.

– Bem, Senhor José Maurício, como combinado, o Agente Pires vai acompanhá-los no voo até Madri – o Agente Menezes nos reapresentou o seu companheiro, o mesmo homem de terno preto que nos escoltou para a sala da polícia na manhã passada. – A acareação com o seu avô começa hoje às quatorze horas – eu comecei a entender melhor os motivos da repentina viagem. – Foi um prazer conhecê-lo – Menezes disse educadamente e ofereceu ao meu neto a mão em despedida.

– Mas espere lá – interrompi o amigável momento com um quase grito. – Airton disse que Zé Maurício deveria permanecer aqui e calado! Ele chega agora de manhã com os nossos advogados – protestei.

– Calma, vó. Tudo já está resolvido. Não posso perder a oportunidade de desmascarar o velho Lear perante as polícias brasileira e espanhola dando uma só tacada. Tio Airton já está a caminho de Madri – Neno me aliviou, ainda que eu não estivesse concordando muito com toda aquela situação.

Restou-nos então seguir para o portão de embarque da Ibéria e partir em voo direto para a capital espanhola. Como sempre, odiei ter que voar. Estranho, não. Estreei essa nova modalidade de transporte aos noventa anos, fazia menos de uma semana, e agora já era a quarta vez que eu me sentava em uma poltrona de avião. No entanto, mesmo mais acostumada, grudei a minha mão na de Neno e só soltei quando tocamos o solo de Madri. Ele então aproveitou para ter uma conversa comigo que, se bem o conhecia, ele já queria ter tido desde que visitamos Tarcísio no hospital.

– Vó, de onde a senhora conhece o Seu Tarcísio? – ele falou baixo para que Fábio e o Agente Pires não conseguissem ouvir o nosso diálogo dos assentos na outra fileira.

– De Areia Branca mesmo, meu filho – fingi não dar importância à sua pergunta, mas tinha certeza que ele começaria a conversa como um mero bate-papo e aos poucos se aprofundaria no assunto que queria saber mais a respeito.

– A senhora era muito amiga dele? – ele usou um tom que beirava o cinismo.

– O que você quer saber especificamente, Zé Maurício? – ao perceber que eu estava encurralada, resolvi abrir o meu coração sobre o meu passado para o meu neto.

– Lá no hospital a senhora demonstrou ter muito carinho por aquele quase desconhecido. Por isso, fiquei pensando... – o interrompi bruscamente antes que ele se desculpasse pela sua indiscrição.

– Eu sempre amei Tarcísio mais do que qualquer homem em toda a minha vida – confessei e Neno naturalmente demonstrou certa surpresa no seu olhar.

– E por que a senhora não se casou com ele? – ele fez a pergunta que durante toda a minha vida ecoou diversas vezes pelas linhas do meu pensar.

– Porque eu fui covarde, Neno – respondi carrancuda. – Ou melhor, porque nós fomos covardes. Ademais, éramos jovens e havia tudo e todos conspirando contra a nossa união. Lembra de Belinha? Ela e a sua mãe foram implacáveis. Sem contar Dona Maria, a própria mãe de Tarcísio. Eles terminaram conseguindo – me lamentei.

– Sinto muito, vó – Neno alisou a minha mão. – Que coincidência a senhora vir encontrá-lo depois de tanto tempo. Ainda mais por ele ter sido um grande amigo do bisavô Sebastião.

– Inacreditável – sorri.

– A senhora nunca gostou do avô Eupídio, não é mesmo? – ele finalmente chegou onde queria chegar.

– Não, Neno – honestidade não me faltou. – Nem com o tempo, como o povo diz! – meu neto ficou meio aturdido com a minha extrema sinceridade. – Mas pelo menos ele me deu filhos maravilhosos e nunca deixou faltar nada em casa.

– Já é um começo – Zé Maurício usou-se de ironia. – É, parece que a minha vida amorosa também não é lá grandes coisas – ele desviou o olhar meio envergonhado.

– Como assim? – fingi não ter entendido.

– Acabei o meu relacionamento com Camila.

– Oh, Neno. Que pena – fui a mais falsa das troianas ao afirmar aquilo. Nunca fui muito com as fuças daquela fulaninha.

– É, não deu certo. Somos muito diferentes – sua voz se embargou no limite do pranto. – Engraçado, a senhora se recorda daquela noite em que falamos ao telefone na minha festa de despedida, alguns dias atrás? Lembra-se que eu queria lhe fazer uma pergunta, só que eu me recusei a fazê-la, pois estava cheio de gente me rodeando no momento da ligação? Pois é, queria muito ir à Areia Branca para revê-la, obviamente, mas também para perguntar o que a senhora achava de Camila. Digo, como prospecto de mãe para os meus filhos. Já havia alguns meses que eu não conseguia fazer a minha cabeça em relação a ela, por isso, queria muito a sua opinião, já que a senhora me conhece melhor do que ninguém. No entanto, agora está tudo terminado. Pelo menos, frente às tais circunstâncias, a senhora foi poupada do papel de conselheira amorosa – ele esboçou um sorriso.

– Fico feliz que tenha chegado a essa conclusão sozinho, Neno, pois em assuntos de amor, conselhos às vezes não são tão bem-vindos. Você é jovem, meu filho. A vida ainda vai trazê-lo alguém especial, escreva o que eu estou lhe dizendo. Os tempos hoje são outros. Em plenos anos 80 as pessoas se casam por amor. Além disso, há também a liberdade de escolha. Não deu certo, separa. Você bem sabe o mundo de gente que tem se divorciado. Deus escreve certo por linhas tortas – usei-me de minha filosofia barata. – Confie!

– Oh vó, o que seria de mim sem você? – Neno me abraçou como se quisesse extravasar a grande tensão que em breve ele seria obrigado a facear.

Assim como eu, o meu neto estava à beira da estafa. Em poucos dias nos vimos imersos em uma estranha busca que a cada nova parada mais e mais nos impelia a um passado nem sempre tão feliz. Por um lado, eu ainda tentava digerir todas as novas informações sobre a minha família, e agora encontrava-me em uma caçada que beirava a insanidade. O que eu estava fazendo em Portugal à procura de um irmão que eu mal lembrava do semblante? Vez ou outra eu me perguntava. Já, por outro lado, na mesma Europa Neno fora informado de que nunca fora filho dos pais que lhe criaram e agora seguia rumo a uma peleja contra a criatura que mais lhe oprimiu durante toda a sua existência. Eu queria ver com os meus próprios olhos azuis o desmoronar da empáfia do velho Pompeu de Lear quando recebesse a notícia de que não era avô de ninguém. E graças a Deus eu estive lá!

Chegamos à Madri e já na porta da aeronave havia dois agentes do Departamento de Crimes Financeiros da Espanha à nossa espera. Eles educadamente se apresentaram e assumiram as nossas escoltas, liberando assim o agente português, que voltou para o seu país de origem dali mesmo. Sem qualquer empecilho na alfândega, seguimos então rumo à sede do departamento, onde já se encontrava detido o velho espanhol expatriado. Ao chegarmos no prédio, fomos então convidados a entrar no elevador e ao pararmos no décimo andar, os agentes nos encaminharam para uma pequena antessala de onde pudemos imediatamente avistar através do fundo falso de um espelho a figura repugnante de Estevan Pompeu de Lear, sentado à borda esquerda de uma mesa retangular disposta no meio de uma iluminada sala de interrogatório. Nem assim, preso, o desgraçado perdia a sua desmedida soberba, já que se vestia elegantemente em um terno italiano feito à mão e aparava o contorno das suas unhas – muito bem cuidadas por sinal – com um corta-cutícula de ouro. Às custas do dinheiro dos pobres correntistas do seu banco, pensei eu.

Quando eu menos esperava, fui surpreendida pela presença do meu filho mais velho na companhia dos seus dois advogados, um brasileiro nato e outro de procedência espanhola, mas que vivia em Salvador. Airton me deu um beijo na testa e sem perder tempo foi transmitir certas instruções jurídicas para Zé Maurício. Os advogados tiraram alguns documentos das suas pastas de couro e imediatamente começaram a ler alguns pontos-chave, acho eu que essenciais para a sua defesa na tal acareação. Como eu entendo bulhufas de qualquer assunto jurídico, não preciso dizer que voei ao ouvir aquele amontoado de termos técnicos. No entanto, posso afirmar que o rosto de Neno, antes tomado pela consternação, tornou-se mais ameno após as valiosas recomendações.

– Senhor José Maurício, eu sou o Oficial Mauro Estanislau da Polícia Federal do Brasil. Eu vou conduzir a acareação. Por favor, entre comigo – ele apontou para o interior da sala de interrogatório do outro lado do espelho de fundo falso. – A senhora e pode ficar aqui com os oficiais espanhóis – ele me ofereceu um fone de ouvido e uma cadeira bem perto daquele vidro grosso que separava as salas.

Imediatamente pedi que Fábio esperasse do lado de fora da antessala, pois julguei que não lhe cabia presenciar um assunto tão privado. Ele concordou sem protestar. Realizado o meu desejo, assim que Neno entrou na sala de interrogatório, eu coloquei rapidamente os fones, pois caso contrário não escutaria nada através daquelas reforçadas paredes à prova de som, e sentei-me quieta do lado de Airton e dos advogados. Pude então assistir de camarote, através do fundo falso do espelho, à mudança da feição do velho espanhol ao avistar o suposto neto. Havia uma mistura de surpresa e ódio naquele semblante assustador. Ainda bem que ele não pôde me ver! Valha-me Deus! E não demorou muito até que eu finalmente pudesse ouvir a sua intimidante voz, agora com mais sotaque do que nunca. Afinal de contas, ele estava em casa.

– Até que enfim, apareceu a margarida! – o velho voltou-se para Neno com ironia.

– Claro, depois da confusão que o senhor arranjou para mim – Neno rebateu na mesma moeda, enquanto se sentava na ponta direita da mesa retangular.

– Não arranjei nada para *usted*[1]. Tu és um *hombre* bastante erado para assumir tuas próprias responsabilidades. Assinou os documentos, agora se atenha às consequências – não acreditei ao presenciar tamanha cara-de-pau. Lear ainda insistia naquele inescrupuloso embuste de que na realidade era o meu neto quem tinha conduzido as suas ordinárias falcatruas.

– O senhor sabe bem que eu não assinei nada – me impressionei com a sobriedade demonstrada pelo meu neto perante a fera. – Aqui eu tenho um depoimento assinado pela minha secretária particular na Casa de Depósitos, a Senhora Lourdes Pinheiro, atestando que interceptou ligações suas combinando a falsificação das minhas assinaturas – Neno impulsionou uma cópia do documento que deslizou pela mesa até chegar ao avô, do outro lado. – E tem mais, aqui está um laudo dos especialistas forenses da Polícia Federal garantindo que as assinaturas foram forjadas – deslizou também pela mesa.

Mesmo acuado, o velho Lear demonstrou não ter muito se intimidado frente às provas praticamente irrefutáveis. Ele agarrou as cópias e gargalhou ainda cheio de pose.

– Isto não me diz nada. Estes laudos facilmente podem ser tendenciosos. Quanto a Dona Lourdes, é uma contraventora sem nenhuma integridade. Basta a Polícia Federal fazer uma checagem do seu passado e descobrirão o que não é segredo para ninguém. Junto ao filho mais velho, não passa de um grande agiota. O meu banco inclusive descobriu que ela aliciava nossos clientes com problemas para conseguir crédito e os escorchava com empréstimos ilícitos de taxas de juros abusivas – Lear olhou para o Oficial Mauro Estanislau como se sugerindo a investigação. Imediatamente eu tentei entender como ele poderia saber tanto da vida daquela mulher, mas instantaneamente veio-me a luz. Lear deve ter tido um caso amoroso com ela também.

Tenho que admitir, poucas vezes na minha vida vi pessoas tão velhacas como o velho Estevan. Acho que muito do que ele conseguiu na sua trajetória deve-se às suas enganações, espertezas e ao seu grande charme, obviamente todos eles usados para o mal. Ao prosseguirem com a troca de acusações, eu comecei a ficar nervosa, pois tive a sensação de que tanto o oficial mediador quanto alguns presentes na antessala começavam a ponderar sobre toda aquela baboseira verbal-

---

1. "Você" em espanhol.

izada pelo espanhol ladino. Entretanto, antes que eu me pusesse em estado de total desespero, o meu atinado filho se cansou de esperar e resolveu tirar a valiosa carta que escondia na manga. Airton levantou-se e pediu que um dos agentes espanhóis entregasse ao mediador um gravador munido de uma misteriosa fita cassete. O Oficial Estanislau foi instruído a apertar o *Play* para que enfim pudéssemos ouvir a inconfundível voz de Estevan Lear a dialogar com um interlocutor até então desconhecido.

"– *E então, rapaz? Aceita o não a proposta que lhe fiz?*
– *Mas Senhor Lear, isso não é perigoso?*
– *'Hombre', é claro que tem risco, mas tudo muito controlado. Tenho muitas instituições financeiras na minha mão. Bancos suíços, espanhóis, portugueses, americanos, e até gente do Banco Central do Brasil. Será muito difícil acontecer algum problema.*
– *Eu tenho filhos, Senhor Lear. Não posso arriscar-me em ir parar na cadeia!*
– *Então morra na pobreza, rapaz! Tu sabes que o teu emprego não estará mais garantido a partir de depois de amanhã. O banco vai ser definitivamente incorporado e estão tentando bloquear todos os nossos bens. Não vou mentir para você, eu só estou te oferecendo esse acordo, pois preciso de pessoas diferentes para despistar a Receita Federal quando nós fizermos as remessas internacionais. De grão em grão a galinha enche o papo, entende? É melhor arriscar passar uma quantidade de dinheiro para o seu nome, uma pessoa de nem tanta confiança assim, do que deixá-la para o governo ou para os correntistas. Se tudo der certo, salvo o meu capital e obviamente você também sairá ganhando! Claro que você vai ter que assinar um outro documento para mim e assim que receber o numerário na Suíça, o banco já o transferirá imediatamente para a minha conta. Não se preocupe, dez por cento do valor fica contigo.*
– *Eu preciso pensar, Senhor Lear. Eu sei que posso ganhar muito dinheiro, mas tenho medo de sermos pegos.*
– *Não seja um cagão, 'hombre'! Honre os culhões que carrega entre as pernas. Pense na fortuna que você provavelmente vai receber! É mais dinheiro do que você irá ganhar em toda a sua vida!"*

Todos nós ficamos estarrecidos ao ouvir aquela conversa suja. Estava mais do que provado que o velho Lear tinha conduzido ele próprio todo aquele ato imoral de corrupção ativa. Mas ainda assim, ele insistia em manter a sua inconfundível empáfia, mesmo sabendo que as consequências do seu roubo não só afetariam os cofres do governo, mas também os bolsos dos inúmeros correntistas que confiaram seu dinheiro à má administração, e por que não dizer, à má-fé do dono da Casa de Depósitos. Fora que ele estava a um passo de desgraçar a vida do meu neto, pois até então não havia uma evidência definitiva de que Zé Maurício não compactuava com o plano maquiavélico do avô. Mas graças a São Tiago Maior essa prova veio no final daquela comprometedora gravação.

"– Eu sei que é muito dinheiro, Senhor Lear, mas ainda assim preciso consultar a minha esposa.

– 'Hombre', não envolva mulher nesse tipo de decisão. Elas só atrapalham. Tu sabes bem que eu tenho uma filha de total confiança, a Carlota Lear. Todavia, nem assim a envolvi nesta situação. Preferi colocar o meu neto, Zé Maurício. Pena que não consigo encontrá-lo, você bem sabe disso. Por isso, vou ter que contratar um falsificador para assinar por ele esta pilha de documentos. Precisa ser feito hoje! Muito bem, você sabe agora que o negócio é seguro, pois caso não fosse, eu não envolveria o meu próprio neto. Diga para mim, você vai participar?"

Naquele exato momento o Oficial Estanislau desligou o gravador e arguiu, olhando firme para o velho Lear.

– O senhor reconhece esta gravação?

– Claro que sim! É a minha voz – pela primeira vez Lear saiu do seu pedestal e demonstrou certo desconforto. – Aquele *hijo de puta madre* estava me gravando! – confessou, visto que a sua voz era inconfundível.

– Com quem o senhor conversava? – Estanislau foi fundo.

– Com o gerente de investimentos do banco, Lauro Martins – Neno tomou a palavra.

– O senhor tem certeza de que esta é a voz dele? – Estanislau perguntou ao meu neto.

– Sim. Inclusive os meus advogados detêm um testemunho assinado pelo Gerente Martins, no qual ele atesta a autenticidade da gravação. Ela foi feita dois dias atrás na sede da Casa de Depósitos, quando o meu avô realmente me procurava como um louco. Estou fora de Salvador há alguns dias, logo, seria impossível que eu assinasse qualquer transferência internacional, contrato ou documento de qualquer natureza. E digo mais, mesmo que eu lá estivesse, eu não teria assinado, porque para mim isto não tem outro nome a não ser roubo! – Neno encarou o marruá velho, já em fúria.

– Ei, rapaz, você me respeite porque eu sou seu avô! – Neno riu-se da ingenuidade do velho. Ele mal sabia que não era avô de ninguém.

– O senhor não merece respeito – meu neto respondeu calma e friamente.

– Como não! Eu fiz tudo isso para lhe garantir a boa vida que eu sempre lhe proporcionei! Se você fosse bom neto, ficaria do meu lado até a morte! Mas, não, você é como aqueles merdas da família da sua mãe – eu fiquei ofendida pela parte que me tocou.

– Bem, Oficial Estanislau, acho que frente a tais declarações não há mais nada a ser provado – Neno disse aliviado.

– Certamente, Senhor José Maurício. Temos provas contundentes de que o senhor foi tão somente mais uma vítima do grande golpe idealizado pelo senhor Estevan Pompeu de Lear. O depoimento do Senhor Martins vem como uma prova irrefutável da vertente mais crível da nossa investigação. Inclusive, vale alertá-lo de que o seu avô já tinha em seu poder várias procurações falsificadas nas quais o senhor, Senhor José Maurício, daria poderes para ele movimentar todas as contas e vender todos os imóveis postos ilicitamente no vosso nome. O Senhor Lear só não contava com a eficiência da união das polícias brasileira, suíça, portuguesa e espanhola. Conseguimos muito rapidamente unir evidências e salvar os créditos do governo brasileiro e os depósitos daqueles pobres correntistas. O senhor está liberado, mas há muita gente além do seu avô envolvida neste esquema, e graças ao bom Jesus, todos eles já estão presos.

– Fico feliz. O papel de qualquer banco deveria ser zelar pela confiança que lhe foi literalmente depositada pelo governo e pela sociedade! Pena que nem sempre acontece – Neno repudiou o avô com um olhar frio. – O senhor deveria também agradecer ao trabalho dos meus advogados e do meu tio Airton Miranda. Eles conseguiram a gravação de Martins – meu neto apontou para o vidro falso que separava a sala onde eles estavam da antessala na qual nós acompanhávamos escondidos toda a acareação.

– Ah, tinha que ter o dedo daquela família de aproveitadores! – Lear não perdeu a oportunidade de nos ofender outra vez.

Um rompante de ódio percorreu os meus nervos e não controlei mais o ímpeto de levantar e sair em direção à porta da sala de interrogatórios para dizer umas certas liberdades para aquele velho safado e ladrão. Contudo, antes que eu conseguisse me aproximar do meu alvo, fui segurada por Airton, que sussurrou no meu ouvido:

– Não vale a pena. Calma!

– Tenho que entrar lá e dizer eu mesma que esse cachorro não é avô de Neno! – murmurei rispidamente no auge do meu descontentamento.

– A senhora está louca? Ducarmo vai morrer de desgosto se Zé Maurício descobrir – Airton falou pasmado e meio transtornado.

– Neno já sabe. Eu mesma contei – o encarei decidida e restou ao meu filho extravasar toda a sua preocupação passando a mão no seu denso bigode.

– Bem, visto que a merda já foi atirada no ventilador, não tenho nada contra em assistir a esse velho miserável desmoronar de vez. Não sei se ele vai aguentar viver sem dinheiro, sem liberdade e agora sem herdeiro. Mas estou me lixando! Quando tudo acabar, entramos na sala, confie em mim.

Desse modo, esperamos que todo o trâmite burocrático da acareação terminasse – Neno contou o que fazia na Europa, evidenciou todos os pontos por onde ele passou quando se ausentou de Salvador, apontou testemunhas, ou seja, prestou todos os cogitáveis esclarecimentos relevantes à sua defesa –, e assim que o Oficial Estanislau começou a dirigir-se à porta, eu me antecipei e o abordei. Enquanto eu pedia para entrar, os agentes espanhóis se entreolharam confusos e Estevan Lear tomou um grande susto ao me ver, como era de se esperar. Acho que ele poderia imaginar até o demônio em pessoa do outro lado daquele espelho, mas não eu. O velho ficou mais sobressaltado ainda quando avistou Airton também adentrar a sala e cochichar algo nos ouvidos do competente mediador. Àquela altura, nem mesmo Zé Maurício conseguia entender o que estava se passando. Após os dois minutos de conversa com Airton, Estanislau então voltou-se para nós e disse com a voz grave:

– Vocês três têm quinze minutos.

Antes de sair, o oficial desligou os microfones, fechou a cortina que cobria o espelho de fundo falso e pediu que Airton o acompanhasse rumo a antessala. Quando ele finalmente trancou a porta, fiquei certa de que teríamos a privacidade que se fazia mister para bombardearmos o velho Lear com aquela tão tardia, porém libertadora, verdade. Sentei-me ao lado de Neno, agarrei a sua mão com força e tentei controlar a palpitação do meu coração quando tomei a iniciativa de falar.

– Seu Lear, a minha família tem origem pobre, mas ninguém é aproveitador. Todos os meus filhos são honestos e nunca precisamos do seu dinheiro para nada! Muito pelo contrário, o senhor, sim, roubou a herança de Gonzalo e prejudicou e muito a minha filha e o meu neto – enchi-me de coragem e fui direta, como um soco bem-dado no estômago.

– Como não se aproveitaram? Esse ladrãozinho desse Airton mesmo, quando começou a construir, ia lá no banco todos os... – eu o ataquei como uma onça a defender os seus filhotes.

– O senhor dobre a sua língua suja para falar de qualquer um dos meus filhos! – esbravejei. – Nunca se esqueça, o ladrão aqui é o senhor! E acho que temos que ir direto ao assunto, pois só temos quinze minutos. Neno, meu filho, abra seu coração – encorajei meu neto a cortar o seu putrefato vínculo com aquele maldito senhor do mal.

– Senhor Lear – Neno recusou-se a continuar chamando o velho de avô –, eu tenho algo a lhe informar. Antes de tudo, gostaria de dizê-lo que eu nunca estive mais feliz na minha vida, tudo graças a esta ótima notícia. Principalmente, porque me desvincula completamente do senhor, não só no âmbito empresarial, mas igualmente no âmbito familiar. Sem mais rodeios, eu não sou seu neto! Nunca fui! – disse frio como uma pedra de gelo.

– Pronto! Enlouqueceu de vez – Lear deu uma gargalhada nervosa, como se se recusasse a entender a veracidade da revelação do meu neto.

– Eu sou filho de Altamira Miranda com José Antônio Siqueira, pode acreditar. Minha avó está aqui para provar, assim como todos os integrantes da nossa família. É digno de pena, pois todos compactuaram em enganá-lo, inclusive a sua própria irmã, que idealizou a farsa, pois sabiam que o senhor nunca aceitaria um neto adotivo. Pois é, Senhor Lear, você caiu como um patinho. Infelizmente Ducarmo era estéril, logo, nunca pôde engravidar do seu filho Gonzalo. Mas se ainda assim não acreditar, basta ir no Cartório do Brás em São Paulo e mande pesquisar nos livros para ver se não há dois registros diferentes de um suposto José Maurício Miranda Pompeu de Lear. E não se tratam de homônimos! O tabelião do Senhor Puyol fez o favor de registrar-me duas vezes. Uma certidão veio sete meses após a outra. Mas esqueci, pena que o senhor não pode ir a São Paulo, pois Vossa Senhoria agora está presa – Neno disse com desprezo ao vê-lo fulo da vida quando veio à tona o nome do Senhor Puyol. – Resumindo, Senhor Lear, o seu sangue nunca correu, nem nunca correrá nas minhas veias. Em vez disso, tenho a genética de gente humilde do sertão e muito me orgulho deste fato, pois sei que os meus pais biológicos morreram na luta, como gente decente, com o nobre objetivo de ajudar os outros. Tenho certeza de que eles nunca me roubariam ou tentariam me prejudicar através de tramoias inescrupulosas como as arquitetadas pelo senhor.

– Você quer saber a verdade, José Maurício? Eu sempre soube que você era o filho de Mira com aquele zé-ninguém comunista – admito que aquela frase me surpreendeu, mas muito explicou sobre a perseguição sofrida pelo meu neto ao relacionar-se com o seu hipotético avô. – Lucia, Gonzalo, Ducarmo, e até mesmo a sua avó – apontou para mim – tentaram me ludibriar com aquela conversa fiada de tratamento nos Estados Unidos. Mas, *hombre*, eu fui criado na rua, milongueiro, desse modo, não é tão fácil me enganar. Assim como eles, eu passei a fingir que tudo estava bem, entrei no jogo, já que tudo poderia ficar pior do que já estava. Carlota, a minha filha, sempre foi uma solteirona, acho até que lésbica, apesar de ela nunca ter me confessado. O meu filho, como você bem disse, casou-se com uma pobretona estéril. Portanto, com esse par de inúteis, como eu poderia conseguir um herdeiro para tocar adiante todo o patrimônio que eu construí com tanto esforço? Depois de muitos anos me ludibriando, o próprio Gonzalo me confessou a sua grande mentira. Ele não conseguiu carregar aquele peso sozinho. Obviamente eu tive que lhe dar uma lição, e lhe disse no ato que ele tinha perdido totalmente a minha confiança. Joguei na sua cara que nada no mundo me faria novamente acreditar cem por cento nas suas palavras. Ele ficou meio triste, mas o que fazer? Mantive a minha posição, e ponto final!

"Desta maneira, acuado frente os percalços que Deus me deu, resolvi aparentar que aceitava aquela criança, visto que, no fundo, no fundo, eu ainda tinha esperanças de que Carlota ou até mesmo Ducarmo por milagre ainda viessem a engravidar. Quem sabe assim conseguisse o tal neto legítimo? Nunca aconteceu. Lástima! Portanto, tive que me contentar com um merda como você!" – senti o ímpeto de voar na garganta daquele cretino, mas Neno logo rebateu com palavras fortes, cujo teor sem dúvida machucaram muito mais os brios daquele velho excomungado.

– Pois agora o senhor não tem nem mais esse merda. O senhor conseguiu perder a sua esposa Stella, o seu filho Gonzalo, a sua irmã Lucia, os seus clientes, os seus credores, o seu prestígio, a sua honra, o seu dinheiro, que o senhor sempre deu tanta importância, e agora o senhor manejou em perder a derradeira pessoa que lhe suportava. Eu! Espero que o senhor use o resto da sua vida na cadeia para se arrepender. E como os nossos quinze minutos estão prestes a acabar, lhe advirto – Zé Maurício voltou-se para o velho com um assustador olhar de ameaça –, se sequer sonhar em contar à minha mãe que eu sei do segredo que ela guardou a vida inteira visando me poupar, o senhor vai sofrer incalculáveis represálias – meu neto se levantou e me puxou pela mão em direção à porta. – Lembre-se bem, boca fechada não entra mosca.

– Ah, quer dizer que o filhinho, quer continuar com a farsa para que a mamãe não se magoe? *Hombre*, não tenho mais nada a perder, portanto, a sua vã tentativa de amedrontar-me não vai tornar a minha vida melhor ou pior. Ademais, nunca fui homem de me intimidar com ameaças! Amanhã mesmo vou usar o meu telefonema de direito para ligar para Ducarmo. Irei contá-la tudinho, tintim por tintim. Isto servirá como uma última lição para você, seu fedelho topetudo. Vai lembrar para o resto da vida que não deveria ter me desafiado, bastardo filho de mãe solteira – naquele instante eu juro por Deus que parti para dar nos cornos do cretino velho, mas Neno me segurou e disse algo que me fez ficar boquiaberta. O conteúdo daquela revelação foi tão contundente e inesperado que eu até desisti de defender a honra da minha filha. Se aquele peste não merecesse toda e qualquer punição divina, eu até mesmo poderia pensar em me compadecer da sua pobre e infeliz alma.

– O senhor tem certeza que vai telefonar para minha mãe? Pois se prepare para ler na primeira capa do jornal mais chulo a história de um certo padre italiano chamado Giorgio, que abusou de uma criança chamada Estevan, quando ela o ajudava na Igreja dos Aflitos – o velho arregalou os olhos e demonstrou completo desespero.

– Você não seria tão baixo – o antes altivo Lear quase rogou por misericórdia. – Quem lhe contou essa mentira? – exigiu saber, completamente atormentado.

– Seria baixo a esse ponto, sim – Neno foi firme. – Basta que a minha mãe desconfie de qualquer coisa do que nós conversamos hoje. Se ela vier saber, terei certeza de que foi o senhor! Consequentemente, teremos um artigo no jornal. E tem mais, sei também da história do abandono do seu pai e muitos outros detalhes do seu passado.

– Você não seria tão baixo – ele repetiu uma vez após a outra, imensamente desalentado.

– Não se esqueça do que eu lhe disse – Neno abriu a porta e pediu que eu me dirigisse para a antessala onde Airton nos esperava.

– Seu desgraçado! Você não pode fazer isso comigo – o desespero tomou conta do velho Lear que partiu violentamente para cima de Zé Maurício.

Para a sorte do meu neto, os agentes espanhóis já adentravam a sala de interrogatório no exato momento em que foi necessária uma ação mais veemente da sua parte. Ambos conseguiram facilmente imobilizar o ancião na cadeira, enquanto Zé Maurício presenciava aquela cena com certa perplexidade. No entanto, tive um forte palpite de que naquele instante impar o meu neto estava prestes a se libertar de um empedernido fantasma que o aterrorizou desde o início da sua infância. Fiquei então certa de que ele conseguiria, ao ouvir da sua própria boca aquelas frases decisivas, as quais fizeram cessar um estágio extremamente vicioso da sua vida.

– Senhor Lear, a partir de hoje eu lhe considero um morto. E como eu não falo com mortos, só me lembrarei do senhor através dos meus sonhos ruins. Mas lembre-se bem, a sua imagem pode muito bem ressuscitar, caso o senhor fale demais. Os jornais estão ávidos por notícias suas. Principalmente agora! E para finalizar o que vim tratar com o senhor, remoa para o resto da vida que, hoje sei do que sei, graças ao grande Senhor Puyol – o velho se debateu na cadeira enfurecido ao ficar ciente de que o seu arqui-inimigo tinha envolvimento direto com aquilo tudo. – Antes de infelizmente vir falecer, foi ele quem me contou o teu segredo através de uma carta e alertou-me que eu deveria usá-la na hora certa. Eu a princípio desacreditei que esse dia fosse chegar. Contudo, eu estava redondamente enganado. Um salve ao Senhor Puyol! Ele, sim, sabia muito bem com quem eu estaria lidando, por isso, me municiou com a verdade redentora. Hoje eu posso testemunhar a sua maldade com os meus próprios olhos, Senhor Lear, inclusive que o senhor ajudou a tornar a vida dos que lhe rodeavam um verdadeiro inferno, fazendo-os indiretamente sucumbir à infelicidade e até mesmo à morte. Veja o exemplo do seu próprio filho, o bondoso Gonzalo. Morreu de desgosto! Bem, por fim, esqueça que eu existo, porque a partir de agora eu simplesmente já o esqueci. Tenha o final da vida que o senhor merece! Deixo para Deus julgar. Adeus – Neno fechou a porta e de uma vez por todas deixou para trás, entre as paredes da prisão madrilena, todos os seus piores pesadelos. Roguei então para São Tiago Maior que abençoasse os seus novos dias, e que a paz enfim reinasse dentro da sua torturada consciência.

16

A igreja branca e o cemitério

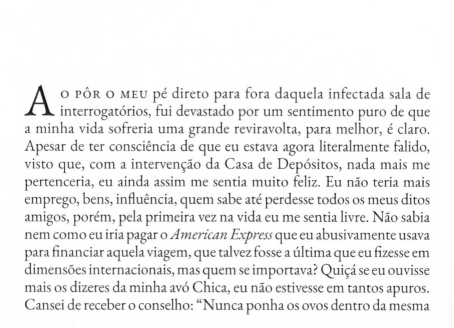

A O PÔR O MEU pé direto para fora daquela infectada sala de interrogatórios, fui devastado por um sentimento puro de que a minha vida sofreria uma grande reviravolta, para melhor, é claro. Apesar de ter consciência de que eu estava agora literalmente falido, visto que, com a intervenção da Casa de Depósitos, nada mais me pertenceria, eu ainda assim me sentia muito feliz. Eu não teria mais emprego, bens, influência, quem sabe até perdesse todos os meus ditos amigos, porém, pela primeira vez na vida eu me sentia livre. Não sabia nem como eu iria pagar o *American Express* que eu abusivamente usava para financiar aquela viagem, que talvez fosse a última que eu fizesse em dimensões internacionais, mas quem se importava? Quiçá se eu ouvisse mais os dizeres da minha avó Chica, eu não estivesse em tantos apuros. Cansei de receber o conselho: "Nunca ponha os ovos dentro da mesma cesta, pois se ela cair, todos se quebrarão". E foi o que aconteceu, tudo o que eu tinha iria ser revertido para pagar as falcatruas que o velho Lear armou no decorrer da sua desviada carreira. Mas, palavra de honra, nada daquilo me afetava, pois eu não conseguia conter a enorme felicidade por ter tirado aquele peso das minhas costas.

– Zé, está tudo bem? – Airton se certificou ao deparar-se comigo quase catatônico, com um sorriso bobo estampado na face.

– Melhor impossível! – fui por demais sincero.

– Sua avó me contou que você já sabe – ele mencionou a farsa que me colocou como herdeiro dos Lear.

– Sei sim. Porém, tio, eu gostaria de contar com a sua discrição em relação a esse assunto. Não quero que Dona Ducarmo tome conhecimento de que eu sei de tudo. Vamos fazer um outro pacto hoje, do mesmo modo que eu senhor também fez no passado. Quero que minha mãe continue acreditando que eu morrerei sem saber que, na verdade, eu sou filho de tia Mira. Melhor deixar as coisas como estão, confie em mim. Muito de ruim virá por aí, quando voltarmos à realidade de Salvador, e quero que a minha mãe não tenha que lidar com mais uma fonte de tristeza.

– Pode contar comigo, meu sobrinho. E mais, se precisar de ajuda para resolver qualquer problema, quando voltar a Salvador, é só me chamar. Você bem sabe que ainda tem muita água para rolar nesse processo de falência. Os meus advogados, assim como eu, estamos todos à sua disposição! – ele segurou firme na minha mão e olhou-me no fundo dos olhos.

– Sei que posso contar com o senhor, tio! – eu disse agradecido. – Mas a princípio o senhor já fez demais. Volte para casa, pois sei que o senhor tem os seus próprios problemas para resolver. Afinal de contas, não é fácil gerir a melhor construtora da Bahia – elogiei.

Tio Airton concordou em voltar para Salvador, porque decerto teria mesmo muito o que resolver na sua intensa lida diária. Só que antes de partir ele quis saber o que primordialmente nos trouxera à Europa. Então, enquanto nos deslocávamos de volta para o Aeroporto de Madri-Barajas, contei ao meu tio toda a nossa aventura, desde o início. Inclusive que tínhamos ido parar em Portugal com o intuito de visitar o pequeno povoado de Amonde, onde supostamente teria vivido o irmão mais velho da minha avó, Caetano, e a misteriosa Dona Joana da Costa, que no passado enviou um intrigante cartão-postal para meu bisavô Sebastião. Rimos juntos da coincidência de estarmos em terras lusitanas quando o velho Lear resolveu escolher a vizinha Espanha, sua terra natal, para se refugiar. Confesso que a sua escolha veio em nosso favor, pois nos poupou trabalho e viagem, e pudemos fazer a tal acareação em tempo recorde. Tudo aquilo caiu como uma luva aos nossos planos. Algo, ou alguém olhava por nós, de onde quer que fosse.

Despedimo-nos do honrado Airton no saguão do aeroporto madrileno e seguimos direto para o Porto, lugar cujo solo já deveríamos ter pisado desde o dia anterior. A viagem foi rápida e pela primeira vez naqueles dias não tive que vomitar de tensão, ou pelo menos sentir vontade, ao embarcar em uma simples aeronave. Pela primeira vez tive provas reais de que aquele brusco rompimento havia sido realmente bom para mim. Antes mesmo que eu conseguisse relaxar por completo e quase dormir graças a tanta tranquilidade, aterrissamos na pista do aeroporto da mais famosa cidade do norte português.

– Uh! Neno, será que ainda teremos que voar muito, meu filho? Tô parecendo passarinho – minha avó reclamou morta de medo, obviamente sem soltar a minha mão para nada.

– E ainda temos de voltar para o Brasil – sorri enquanto o avião taxiava pela pista. – A não ser que a senhora queira viver para sempre aqui na Europa, terra de origem dos seus pais – continuei sorrindo.

– Não, meu filho! Os meus próprios pais escolheram sair em busca de um lugar melhor. Deixaram o Velho Mundo do passado para sempre, para nunca mais regressar. Não vejo a hora que os mesmos ventos me levem de volta para a minha querida Areia Branca, a terra que os meus pais um dia chagaram a chamar de o seu novo lar – foi a vez de Chica sorrir satisfeita.

Naquele instante foi como se eu sentisse na pele a essência do espírito imigrante sempre presente no seio da nossa família, diga-se de passagem, já não mais tão vivo na alma cansada de Chica, uma das poucas remanescentes das velhas gerações. Mas o irônico é que talvez até ela mesma, quando criança de colo, tenha migrado da Europa. Ninguém sabe dizer ao certo. Esse mesmo sangue desbravador impulsionou não só os meus próprios ancestrais, mas uma grande leva de intrépidos viajantes, que partiram em arriscadas jornadas à procura do novo, à procura de algo que viesse dar esperança ao futuro dos seus descendentes. Muitos tiveram sorte, fizeram fortuna e criaram novas raízes, novo patriotismo. Outros nem tanto. Alguns voltaram para o país de origem para sempre e lá permaneceram por mais uma ou duas gerações, até seus filhos ou netos migrarem de novo – ou não. Aquela foi sempre uma enorme busca por melhores fados, por dias mais dignos, ou até mesmo pela simples dádiva de ter alimento o suficiente disposto em suas espoliadas mesas.

A vida parece ter sido assaz difícil no fim do Século XIX na Europa. Grande parte da sua população preferiu se aventurar rumo aos ermos portos do norte ao sul das Américas, a permanecer na carestia que afetava as classes mais pobres dos quatro cantos do velho continente. Navios partiam lotados, trazendo consigo: de grandes sonhos de fortuna, a simples devaneios de sobrevivência. Famílias inteiras, homens sem par, mulheres aventureiras, todos foram acolhidos nos portos das jovens nações, que aos seus olhos ávidos por mudança, passaram a ser as terras das grandes oportunidades. Para muitos, quase miseráveis, somente lhes bastava uma. A oportunidade de ouro! Qualquer coisa era muito, comparado ao pouco que tinham.

Hoje desembarco no velho mundo como descendente daqueles pioneiros, mas não mais como europeu, e sim como brasileiro. Entretanto, corre nas minhas veias aquele mesmo sangue, que certo dia cruzou o mundo, se miscigenou, adquiriu e apresentou novas culturas, e ajudou assim a criar as Américas de hoje em dia. Ao ironicamente tocar o solo do aeroporto do Porto – e não mais atracar o navio no antes movimentado porto que deu origem ao seu nome, como era de costume nos dias primórdios –, eu admito que até me senti um pouquinho mais português, mas ainda assim com enorme identidade e alma brasileira. Não é à-toa que chamam as nossas duas nações de terras irmãs, pois por mais que o Atlântico tente separar os nossos povos, de línguas e costumes tão semelhantes, nunca conseguirão, já que são fortes laços de sangue o que historicamente nos une.

– Seu Zé Maurício, acho bom comprarmos um mapa da região, pois troquei umas palavras com o Agente Pires durante o nosso voo para Madri e acho que as estradas são bem pequenas e confusas – Fábio recomendou.

– Claro, vou sacar alguns Escudos[1] no guichê da *American Express* e já volto para pagar – partindo do pressuposto de que eu já me encontrava no fundo do poço, por que não usar mais um pouquinho o meu

1. Antiga moeda portuguesa.

cartão de crédito *Gold*, sem limite? Aquela seria mesmo somente mais uma dívida que eu teria que renegociar...

Compramos o mapa, alugamos um carro e até que enfim seguimos direto para a pequena vila de Amonde. No caminho pedimos orientações para um senhor tripeiro[2] de sotaque bastante carregado, e depois de muito esmero conseguimos entender que deveríamos seguir rumo a Viana do Castelo, a cidade referência da região. Uma vez lá, o senhor nos aconselhou a perguntar de novo. O povo do interior português foi muito solícito conosco, e admito que se desmistificou uma má fama de que todos eles fossem fechados e meio turrões. Desse modo, ao receber mais orientações ao passarmos pela entrada de acesso a Viana do Castelo, pegamos uma estrada auxiliar fina e cheia de curvas, dirigimos por mais uns dez quilômetros e, quando finalmente alcançamos a borda do grande vale que comportava aquela bucólica paragem, fomos enfim apresentados à pequena Amonde.

Já no centro do povoado, ao saltarmos do carro, começamos a acompanhar a pé um longo muro de pedras rústicas encaixadas, bem baixo, no estilo medieval, e quando menos esperamos nos deparamos com o pequeno cemitério de Amonde. O silêncio era devastador e não havia vivalma para nos prestar qualquer informação. Resolvemos então recorrer aos mortos. Dentro do cemitério poderia haver mais informações do que pudéssemos imaginar. Antes de entrar então, como se pedindo licença, fiz o sinal da cruz, já que bem ao lado do cemitério de jazigos ornamentados se localizava uma bem pintada igrejinha branca, bem antiga, na qual provavelmente clérigos cristãos já abençoassem e disseminassem luz aos seus fiéis desde os tempos mais remotos da idade das trevas. Por sinal, reconheci que aquela era a mesma igreja retratada no misterioso cartão-postal enviado por uma desconhecida senhora chamada Joana da Costa.

Comecei então verificar os nomes nos túmulos, um por um, linha após linha, predisposto a encontrar possivelmente a lápide do meu tio, ou no mínimo a de algum falecido de sobrenome "da Costa". No entanto, não demorou muito para eu perceber que a maior incidência de membros vinha de uma outra família, seja dito de passagem, muito comum no Brasil, os Tourinho. Aquilo não me interessou muito a princípio, admito. Então, depois de percorrer quase todo o segundo

---

2. Mesmo que portuense. Natural da cidade do Porto, Portugal.

corredor de jazigos, finalmente encontrei os túmulos destinados aos Costa. Aquilo era prova de que eles habitaram e quem sabe ainda habitassem no pequeno povoado. Fiquei feliz de não encontrar esculpidos em nenhuma lápide os nomes de Joana da Costa ou qualquer Caetano. Havia grandes chances de eles ainda estarem por ali, e vivos. Sem mais como extrair nada dos que já passaram dessa para melhor, resolvi então recorrer ao divino. Dirigi-me então para a pequenina igreja branca e bati umas três vezes na sua grande porta de madeira, que naquele instante encontrava-se trancada. Nenhuma resposta me veio, logo, tentei chamar a atenção de alguém na porta principal da construção anexa que circundava os fundos da casa do Senhor. Igualmente, ninguém apareceu. Dessa maneira, resolvemos voltar pelo caminho de pedras que ladeava a mureta medieval, em direção a algumas pequenas casas construídas na outra extremidade do povoado. Na medida em que nós nos aproximávamos, uma senhora de meia-idade partiu em nossa direção, enrolada em um denso xale preto, já que o fim do inverno ainda resistia em deixar o Amonde, e perguntou meio arredia:

– Ora, em que posso ajudá-los? Quem são os senhores?

– Olá, senhora. O meu nome é José Maurício. Esta é a minha avó e este é o meu amigo Fábio. Somos todos do Brasil e... – a portuguesa me interrompeu bruscamente.

– Ora, pois, é óbvio que o senhor é brasileiro. O sotaque não nega. Já aviso logo de antemão, se vêm à procura de informações dos seus antepassados, os tais de Tourinho, podem ir-se embora. O último deles partiu de Amonde para o Brasil há cinco anos – disse e bateu no chão o velho cajado de madeira que segurava.

– Desculpe, senhora. Deve estar havendo algum mal-entendido – Chica tomou a palavra e a portuguesa pareceu se intimidar com a sua idade avançada. – Não estamos procurando nenhum Tourinho e sim... – dessa vez a minha avó foi interrompida pela ansiedade da senhora portuguesa.

– Então a senhora me perdoe – o seu tom amenizou-se um pouco. – Pensei nisso porque todos os anos alguns estranhos vêm do Brasil para procurar Amonde. Chegam aqui e ficam perdidos que nem os senhores. Eles encasquetaram que Amonde é o lugar de origem de um membro ilustre da sua família. Dizem que o primeiro dos seus antepassados a migrar para o Brasil foi um tal de Pero do Campo Tourinho, em teoria filho daqui, que foi nomeado donatário do rei de Portugal lá para os lados de Porto Seguro. Tudo isso nos tempos das grandes navegações. Mas nem eu, nem os Tourinho que aqui ainda moravam até pouco tempo atrás, sabemos ao certo da veracidade ou não dessa história. Só sei que o último deles, Seu Alberto Tourinho, foi-se embora para encontrar os seus primos brasileiros, assim como todos os seus parentes fizeram anteriormente. Dizem que eles se arranjaram bem lá no Brasil, e sempre convidavam os primos de Amonde para ajudar a desenvolver os negócios da família. Em uma certa altura, o mais bem-sucedido deles veio aqui em Portugal pessoalmente, um homem chamado Cláudio Tourinho. Segundo dizem, ele era parte de um ramo muito influente da família e um dos maiores entusiastas na tese de que Amonde era o lugar em que tudo começou. Faz até sentido, pois até a visita do Senhor Cláudio, muitos Tourinhos ainda haviam por cá, ora pois. Depois disso, resolveram tentar a vida no Brasil por influência do primo distante. Muitos foram após a guerra, outros quando Salazar tomou Portugal para si. E como eu já vos disse, o derradeiro se foi há pouquinho mais de cinco anos.

– Uau, essa história de ir e vir de Portugal para o Brasil e vice-versa parece-se muito com a saga de parte da minha própria família. No entanto, senhora, nós não somos membros da família Tourinho, e sim da família Viana, – Chica citou o sobrenome do pai –, mas o motivo de virmos a Amonde é semelhante. Gostaríamos de informações sobre uma família em especial, a família "da Costa". Para ser mais clara e exata, pergunto-lhe: a senhora conhece alguma Joana da Costa? – minha avó foi direto ao ponto e acabou intrigando a senhora portuguesa.

– Ora, como não! Primeiro, que o apelido[3] "da Costa" é um dos meus próprios apelidos, pá. Segundo, que a Joana é a minha própria mãe! – ela olhou para nós meio desconfiada. – Posso saber o que os senhores querem com ela?

– Ela está viva! – não contive a minha excitação.

– Claro que sim, pá – a senhora interveio meio irritada. – Queres matar a minha mãe antes da hora, o gajo[4]? Ela está bem viva, sim, e gozando de muita saúde, mesmo tendo, pelo que posso ver, mais ou menos a idade da tua avó.

---

3. "Sobrenome" no Brasil.

4. "Rapaz" no Brasil.

– A senhora desculpe a indelicadeza do meu neto – Chica se antecipou. – A senhora sabe como é essa juventude de hoje em dia... – tentou conquistar a simpatia da tal senhora "da Costa". – Queremos conversar com a sua mãe para saber se foi ela mesma quem escreveu isso – minha avó retirou da sua bolsa o cartão-postal com a foto da igreja de Amonde, assinado por Joana da Costa e enviado para o meu bisavô Sebastião no passado.

– Ora, deve ter sido sim. Conheço bem a sua letra. Este é um antigo postal feito pelo padre na nossa paróquia nos anos 50. Celebrava a reforma do nosso altar.

– Podemos falar com a mãe da senhora? – minha avó pediu com muito jeito, enquanto a senhora portuguesa ainda nos olhava meio desconfiada. Principalmente para mim. Tenho certeza de que ela não simpatizou muito comigo.

– Podem sim – após um profundo suspiro ela nos deu a aliviante autorização.

No caminho para o seu modesto casebre, localizado nos fundos do vilarejo, aproveitamos para nos apresentarmos e descobrimos que a arredia filha de Dona Joana da Costa se chamava Judite. Acabamos por perder um pouco de tempo ao cumprimentarmos alguns outros curiosos aldeãos que saíram às suas portas provavelmente para se certificarem de que nós realmente éramos, ou não, outros Tourinho provindos do Brasil em busca de informações sobre suas raízes. Por fim, depois de marcharmos por poucos mais de cinco minutos pelas ruas de pedra da charmosa Amonde, finalmente avistamos Dona Joana – que surpreendentemente já nos esperava na frente da sua casa, como se estranhamente tivesse previsto a nossa chegada.

– Olá Dona Joana, me chamo... – minha avó foi interrompida por uma frase que me fez arrepiar.

– Eu sabia que qualquer dia desses um de vocês apareceria. Estava escrito nas estrelas! – Joana sorriu. – A senhora veio à procura do seu irmão Caetano, não é mesmo? – Chica tremeu os seus profundos olhos azuis e atônita resumiu-se ao silêncio.

– Boa tarde, Dona Joana. Esta é a minha avó Francisca, e eu sou José Maurício, sobrinho-neto do senhor Caetano Viana – estendi a mão sorridente. – A senhora por acaso reconhecesse este postal? – tomei-o delicadamente da mão de Chica, que ainda estava meio em choque, e o passei para as delicadas mãos de Dona Joana.

– Claro que sim! – a velhinha da mesma faixa etária da minha avó encheu os seus olhos castanhos de lágrimas. – Eu mesma enviei este cartão para o Senhor Sebastião Viana. Caetano, que por sinal nunca foi Caetano Viana, não chegou a saber desse contato. Meu marido nunca quis saber do pai verdadeiro – a sua derradeira revelação deixou a minha avó ainda mais emocionada, o que foi o suficiente para estimulá-la a falar.

– A senhora então é esposa de meu irmão? Como a senhora me reconheceu? – confusa e esperançosa, Chica fez duas importantes perguntas.

– Sim, esposa com muito prazer. Fomos casados por quase sessenta anos. Todavia, perdi o meu amor para a morte no ano retrasado – as esperanças de Chica ruíram novamente. Tal desgosto já estava se tornando uma constante – Não poderia deixar de reconhecê-la, Dona Francisca, pois a senhora tem os mesmos traços do seu irmão. Ele era a sua versão masculina. Os mesmos olhos azuis... – Joana sorriu e não se conteve em abraçar a cunhada.

– Você não sabe o prazer que eu estou sentindo agora, Dona Joana – Chica falou em prantos, retribuindo o abraço. – É como se eu estivesse abraçando o meu querido irmão, de quem eu tenho tão poucas memórias. O pouquíssimo que eu me recordo dele jaz quieto nas tristes lembranças da minha dificílima infância, tempos em que tudo deu errado. Hoje estou aqui, na terra onde tudo começou, e não sei por que eu tanto choro – minha avó igualmente abraçou Judite, a sua outra recém-descoberta sobrinha.

– Eu fico muito satisfeita com a sua vinda, Dona Francisca. Caetano sempre teve muita vontade de reencontrar as irmãs, que no seu entender, não passaram de outras vítimas da irresponsabilidade do velho Sebastião. Ele morreu culpando o pai biológico pelo desastre ocorrido com a vossa mãe. Nunca quis sequer ouvir a respeito do velho. Meu marido, entretanto, fez o que pôde para tentar reencontrá-las, tanto a senhora, quanto Clarina e Toti – Dona Joana finalmente revelou o nome, ou apelido, da neném que mamava no seio da minha pobre bisavó no momento em que ela faleceu por conta da grande fraqueza que consumiu seu corpo durante a longa viagem a qual fora submetida.

– Toti era o nome dela? – Chica olhou para o céu azul do interior de Portugal e sorriu satisfeita, ainda em meio ao persistente choro.

– Não sei se era o nome verdadeiro, mas era assim que Caetano se lembrava de chamarem-na. Ele me disse que ela era uma criancinha de

peito quando a mãe morreu no sertão do Brasil. Para o meu marido, o
dia mais difícil da sua vida foi quando ele se viu impotente em impedir
que a sua irmãzinha recém-nascida fosse levada pelo casal adotivo que
o rejeitou. Caetano, irmão mais velho que era, sempre se sentiu na
obrigação de assumir o posto de pai substituto – já que naquela altura
Sebastião já havia sucumbido à loucura da perda – na guarda das suas
irmãs mais novas. Ele fez de tudo para permanecer com elas até o limite,
quando fora apartado à força pela velha senhora que arranjou a adoção.
Caetano ainda tentou fugir na desvairada intenção de reencontrar
Clarina e Toti, mas não passava de um miúdo de apenas oito anos.
Acabou sendo pego todas as vezes que tentou. O seu destino estava
traçado e ele não sabia. Voltaria para a sua terra de origem, Portugal,
amparado por uma nova família adotiva, essa, sim, que sempre muito
o amou.

– Então quer dizer que Caetano chegou a nascer em Portugal? –
Chica demonstrou certa perplexidade.

– Sim, assim como a senhora, Dona Francisca! – as palavras de
Dona Joana tornaram minha avó mais perplexa ainda.

– Eu sou portuguesa! – Chica repetiu aquilo sem acreditar. – Que
insanidade meu Deus. Quem poderia imaginar, uma sertaneja do mato
como eu, portuguesa. Não tenho a mais vaga memória de nada disso.

– Somente Toti nasceu no Brasil. Já os três primeiros, todos nasceram em Portugal – Joana continuou. – Segundo Caetano, essa foi a
primeira grande irresponsabilidade do Senhor Sebastião. Acho que eles
viajaram de Portugal para o Brasil igualmente quando a senhora ainda
estava sendo amamentada. Desde o dia do embarque para o Novo
Mundo algo de muito ruim já poderia ter acontecido, pois as condições
insalubres do navio que fazia a travessia não eram tão melhores do que
o calor escaldante do sertão brasileiro.

"Essas, dentre outras mágoas do pai verdadeiro, que fizeram Caetano nunca aceitar um reencontro. Nem mesmo quando o Senhor
Sebastião descobriu o paradeiro do filho aqui em Portugal e tentou
de todas as maneiras reatar o relacionamento perdido. Enviou cartas e
mais cartas, mas todas elas foram queimadas na nossa lareira. Entretanto, consegui salvar o envelope de uma delas e tomei coragem para enviar
este postal para o endereço do remetente. Três meses depois recebemos
uma outra carta, dessa vez destinada a mim, onde o Senhor Sebastião
propunha uma visita a Amonde. Segundo ele, naquela mesma ocasião

ele estaria na sua cidade de origem aqui em Portugal, e aguardava uma resposta nossa dizendo se concordaríamos ou não que ele viesse."
– Ele chegou a vir do Brasil para cá? – Chica falou pasmada, pois Sebastião não teve o mesmo peito para aparecer em Areia Branca.
– Sim! E seja dito, ele só não veio porque Caetano me obrigou a enviá-lo uma resposta negando-lhe a autorização. Dali em diante nós nunca mais recebemos nada do seu pai. Acho que o velho Sebastião desistiu de tentar – Joana falou com tristeza.
– A senhora se lembra qual o nome da cidade de origem do meu pai? – Chica não perdeu a oportunidade de tentar desvendar aquele outro mistério que nem mesmo a segunda família do seu pai conseguiu elucidá-la a respeito.
– Deixe-me tentar recordar. É uma pena que Caetano queimou essa carta também, assim como todas as outras. Deixe-me ver. Ai Jesus, sei que é aqui no norte. Era alguma coisa com a palavra "cavaleiro". Está na ponta da língua. Macedo de Cavaleiros! É isso. O Senhor Sebastião estava lá, na casa do primo e à espera da nossa resposta.
– Foi "cavaleiro" a última palavra que Tarcísio disse no hospital em Maceió! Ele sabia o tempo inteiro! Eureca! – minha avó concluiu, deixando Dona Joana sem entender.
– Mas só com o nome da cidade, nada feito. Seria bom se tivéssemos o endereço completo – lamentei-me.
– Mãe, me perdoe interromper, mas tem algo que eu nunca contei para a senhora nem para o pai e acho que essa é a ocasião perfeita para confessar – Judite tomou a palavra. – O pai pediu para que eu queimasse aquela última carta do Vô Sebastião. Contudo, confesso, eu nunca a queimei. Guardei-a comigo, pois quando miúda sonhava em conhecer o meu avô que morava no Brasil. Perdia horas imaginando o dia em que ele iria aparecer para me levar para conhecer as praias de areia branca e água cristalina do vosso país. Miúda boba, não? – ela sorriu acanhada, desviando o olhar.
– A senhora ainda tem essa carta? – intrometi-me ansioso, já que aquela poderia ser a pista chave para adentrarmos fundo na história da nossa família.
Finalmente as minhas previsões tornavam-se cada vez mais reais. Um fato ligava-se ao outro, e pouco a pouco chegávamos onde, no fundo, no fundo, queríamos chegar: o verdadeiro começo, o princípio de tudo, o início de Sebastião e sua esposa. Os navegantes rumo ao sem

fim, os desbravadores do desconhecido. Resumindo, as reais raízes da recém-convertida portuguesa Francisca Viana.

– Tenho sim! Espere lá que eu vou buscar – ela correu para dentro de casa e enquanto nós éramos convidados a também entrar, Judite retornou sacudindo o velho envelope na mão. – Rua da Alegria 74! – ela leu o endereço que remetia a Macedo de Cavaleiros.

Tomei o nome da rua como um grande bom presságio que magneticamente atraiu a minha atenção. Teríamos que visitar aquela pequena cidade! Uma vez em Portugal, não poderíamos deixar passar aquela grande chance de tentar descobrir mais a respeito do misterioso Sebastião Viana. E se a sorte continuasse do nosso lado, os fatos se conectariam mais ainda e o universo enfim conspiraria em nosso favor.

Desse modo, não tivemos muito tempo para conhecermos melhor os nossos parentes de Amonde. Conversamos um pouco mais, aproveitamos para discutir o teor pouco relevante escrito na carta, e fizemos sala no limite do que a boa educação requer. Contudo, deveríamos partir antes que o sol se pusesse para as sendas que nos levariam a Macedo de Cavaleiros. Lá, sim, poderíamos encontrar outras respostas. Fábio previu que demoraríamos pelo menos duas horas e meia para que percorrêssemos todas as tortuosas estradas e sub-estradas que nos ligariam à cidadezinha de origem do meu bisavô. Portanto, tínhamos que enfiar o pé na tábua.

– Vocês têm certeza de que irão pegar essa rodovia a essa hora? Está quase anoitecendo. Além disso, não há nem sequer um nome de contato mencionado na carta. Fora que, ela é dos anos 50. Pode não mais haver nada por lá! Durmam aqui em casa, se quiserem, assim têm tempo para traçarem um plano durante a noite – Dona Joana ofereceu cortês.

– Agradecemos demais, Dona Joana. Porém, o nosso tempo é curto em Portugal e eu gostaria muitíssimo de conhecer a cidade na qual o meu pai viveu quando jovem. Mesmo que nada encontre por lá! Prometo, entretanto, voltar qualquer dia para uma visita mais demorada – minha avó prometeu por prometer, visando devolver a cortesia, já que, no fundo, devia ter certeza de que não mais retornaria a Amonde.

– Fico esperando de braços abertos – a cunhada a abraçou novamente com muito carinho.

– Bem, apesar do nosso não tão bom início, gostaria de agradecê-la por toda a ajuda, prima – estendi a mão para Judite.

– Ora, não te preocupes, gajo. Desde o início desconfiei que tu fosses um Viana. Tens a mesma impetuosidade e vivacidade que o meu pai tinha. Foi um prazer, José Maurício Viana – ela estendeu a mão em retribuição e tentou deduzir o meu sobrenome, mesmo desconfiando que estivesse errada.

– O prazer foi meu, Judite Viana – fiz uma careta para demonstrar a minha incerteza ao arriscar o seu sobrenome. – Ou "da Costa"? – emendei.

– Na verdade, nenhum dos dois – Judite pela primeira vez relaxou o semblante e gargalhou. – Sou Judite Tourinho! Menti para ti quando disse que o senhor Alberto Tourinho foi o último Tourinho a viver em Amonde – sorriu. – Sou a derradeira, a remanescente dessa família que um dia povoou em massa Amonde. Hoje em dia, frustrada por não ter ido para o Brasil com os meus primos e tios, conto a sua história aos meus alunos aqui na escolinha – descobri então, dentre outras coisas, que Judite era a professora do povoado.

– Quando quiser, os Viana estão também às ordens – ofereci, dando-lhe a entender que não só os Tourinho poderiam lhe dar suporte caso ela decidisse mudar para o Brasil.

Agi do mesmo jeito que provavelmente as famílias imigrantes do passado costumassem agir. O núcleo familiar estendia tentáculos como se fosse uma grande corrente, onde um elo ajudava o outro. Todos trabalhavam juntos no seu grande projeto de mudança. Ou, ao menos, quase todos, já que no caso do meu bisavô Sebastião, a princípio, desconfio que ele e sua esposa viveram dias solitários na sua arriscada empreitada. Basta analisar o fim trágico que os consumiu.

Por fim, entramos de novo no nosso carro e deixamos para trás os "da Costa Tourinho" para provavelmente nunca mais revê-los. Parentes separados por incontáveis anos e tantos reveses da vida, em um piscar de olhos se cindem outra vez. Entristeci-me e peguei-me a pensar porque não encontramos o túmulo do tio Caetano, quando o procuramos dentro do cemitério de Amonde. Depois de refletir um pouco, enfim alcancei a evidente resposta. É claro que não encontraríamos nenhum Caetano no jazigo dos "da Costa". Caso eu tivesse prestado mais atenção na minha busca, possivelmente eu encontrasse algum Caetano Tourinho dentre os inúmeros membros daquela numerosa família, perfilados linha após linha, fazendo a maioria entre os mortos de Amonde. Os Tourinho acolheram o meu tio-avô Caetano no interior da Bahia no seu pior momento, quando ele fora friamente abandonado pelo pai, rejeitado por um outro casal adotivo e brutalmente afastado das suas irmãs por um destino cruel. Hoje, na companhia de uma delas, a exuberante Chica, digo adeus ao recanto dos Tourinho, e passo a ser grato a esta generosa família, que em certa feita de forma tão altruísta salvou um membro da minha.

Ao cruzar pela pequena Ponte de Tourim, construção medieval que integra o "Caminho de Santiago" português – logo na saída de Amonde –, fiz o sinal da cruz e pedi bênçãos para o lugar de origem dos Tourinho. Um salve a esses imigrantes fortes que hoje vivem prósperos no Brasil e, porque não dizer, bem fizeram a América.

17

Casimiro

C HEGAMOS NA CIDADE DE Macedo de Cavaleiros pouco depois das oito da noite. Arranjamos uma pensão no centro da cidade e preferimos não tentar contato antes do amanhecer com quem quer que fosse o morador daquele inspirador endereço, a Rua da Alegria, 74. Resumimo-nos a curiosos passarmos duas ou três vezes pela frente daquele belo sobrado de estilo antigo e mirar com discrição a sua fachada. Graças a Deus não chamamos tanta atenção, até porque, não obstante o tom pacífico do povo português de hoje em dia, não poderíamos prever a reação de um morador sentindo-se ameaçado na cidade, que vim saber, que no passado ganhou nome graças aos seus bravios cavaleiros, cujas destemidas lâminas afugentavam ferozes mouros e espanhóis. Imagine só o que seria de nós, inermes brasileiros transeuntes. Presa fácil!

Devaneios à parte, pela primeira vez desde que cheguei na Europa não consegui dormir direito. Matutei e matutei a respeito de tudo aquilo que tínhamos vivido desde a nossa visita a Amonde. Por que o meu bisavô resolveu tentar o reencontro com o filho, e não com a minha avó Chica, que na realidade estava tão perto dele no Brasil? Será que estava relacionado à culpa de a adoção de Caetano não ter dado certo? Ou quem sabe por ele ter sido o único filho homem da sua amada primeira esposa? Talvez se Sebastião tivesse conseguido reatar o relacionamento com o seu filho varão, depois viesse a procurar as filhas. Ganharia a confiança que até então ele não tinha tido e infelizmente nunca chegou a ter – conjeturei.

Quando finalmente adormeci, estranhamente sonhei com a minha bisavó falecida no sertão da Bahia. Na verdade, eu nunca havia visto o seu semblante, uma vez que ninguém nunca soube nem sequer o seu nome, muito menos tinha uma simples foto, ou algo do gênero. Mas no meu sonho ela era tão vívida e real, assim como a minha própria avó Chica. Pude admirar de perto e claramente os seus olhos azuis como o céu, cabelo preso em forma de coque, vestido rodado, bem simples, meio escuro e encardido pela poeira, que contrastava com a sua pele alva como a neve. Pude quase até sentir o seu cheiro, aquele cheiro meu. Isso sem contar a familiaridade que as suas bochechas rosadas transmitiam. Fora do normal. Eu somente despertei do meu sonho quando ela enfim me disse algo, usando-se de um sotaque bem forte, quase incompreensível: "Peça a Deus, meu filho. Na casa dele você há de encontrar todas as suas respostas. Se persistires, em muito breve estarás bem próximo do meu recanto, muito perto de mim. Não tenhas medo."

Na manhã seguinte, após o Pequeno Almoço[1] ser servido pelos simpáticos donos da pensão na qual dormimos, partimos definitivamente para a casa 74 da Rua da Alegria. Restava constatar se os moradores da rua nos trariam a mesma alegria prometida pelo endereço. Durante o curto caminho comentei o meu sonho com Chica, e assim como eu, ela pareceu não entender a mensagem. Faltava ainda uma peça naquele quebra-cabeça. Quando por fim Fábio estacionou o carro defronte o sobrado número 74, desci e bati na antiga porta que o preservava.

– Pois não, senhor – uma senhora foi bem simpática ao atender o meu chamado, frustrando assim definitivamente a minha absurda previsão de ataques de cavaleiros bravios e tudo o mais.

– Bom dia, senhora. Eu sou... – me apresentei como brasileiro e contei o motivo da minha inesperada visita.

– Desculpe-me, senhor José Maurício, mas o último Viana a morar aqui nesta casa foi o Senhor Jorge. O meu pai comprou essa casa na

---

1. Mesmo que Café da Manhã no Brasil.

sua mão quando ele migrou para a Suíça nos anos 70. Depois do falecimento do meu pai, moramos aqui eu e meu marido – a senhora respondeu querendo me ajudar.

– Sinto muito pelo pai da senhora – falei educadamente e ela retribuiu com um sorriso tímido. – A senhora por acaso já ouviu falar de algum parente do Senhor Jorge, principalmente um homem chamado Sebastião? Parece-me que ele também morou aqui em Macedo de Cavaleiros – aproveitei e revelei que era seu bisneto.

– Só um momento – ela entrou na casa e poucos minutos depois voltou acompanhada de uma senhora de mais idade. – Essa é a minha mãe, ela pode lhe responder melhor – sorriu.

– Olá, senhor. Conheci bem a família Viana, inclusive o Seu Sebastião, primo do Seu Jorge. Ele trabalhou muitas vezes junto ao meu pai na colheita de trigo. Recordo-me bem que ele sumiu muito tempo atrás, após um enorme desentendimento que teve com a sua família. Parece-me que não aceitaram o seu casamento com uma moça estrangeira. Essa briga foi falada na vila por gerações e gerações, e as velhas memórias reavivaram-se principalmente quando ele retornou aqui há algum tempo, já velho – o discurso da velha senhora fez bastante sentido.

– A senhora sabe de onde era a moça estrangeira? – inflamei-me com a possibilidade de finalmente descobrir a origem da minha bisa.

– Não sei – ainda não foi daquela vez. – Mas sei que o seu bisavô era muito apaixonado por ela. Ele chegou até a conversar com o padre da nossa paróquia para consultá-lo se poderia celebrar o seu casamento aqui. Todavia, nada deu certo. Nós não chegamos nem a conhecer a suposta noiva, já que ela nunca realmente pisou em Macedo de Cavaleiros. O pai do Seu Sebastião, Senhor Vasco Viana, parece que não aceitava que o filho casasse-se com uma mulher estrangeira, e pior, tida como desonrada. Desculpe a minha sinceridade ao falar da sua bisavó, mas isso era o que o povo daqui dizia. Nunca soubemos ao certo o motivo da desonra, no entanto, por causa dela Seu Sebastião e o Senhor Vasco quase se mataram. Ou melhor, por pouco o Senhor Vasco Viana não mata o filho a facadas. Não fosse pela ação de Dona Ana, sua mãe, que se meteu na frente do golpe, impedindo que ele se completasse, o teu bisavô teria sido assassinado pelo próprio pai em fúria. Eu era pequena, mas cheguei a ouvir o velho Vasco repetir aos urros: "Suma daqui, seu cabrão ingrato. Estás deserdado! Não vais dividir o que é meu com a família daquela meretriz forasteira!". O pobre Sebastião saiu daqui humilhado e só retornou depois da morte do pai, após muitos anos. Irônico que, o pai pouco depois do acontecido perdeu todo o mundo de terras que tinha. Morreu pobre, vivendo às custas de parentes. Já Sebastião, diz o povo, fez fortuna no Brasil – quando aquela velha senhora terminou de falar, pensei comigo como a história se repete.

Amores impossíveis, cobiças, classes sociais dissonantes, dinheiro, poder, são sempre as mesmas geradoras de enormes desavenças. Inclusive familiares.

– A senhora conhece algum Viana ainda a viver por aqui? – dei a minha última tacada.

– Não senhor. Todos, ou morreram, ou migraram. Uns para aqui mesmo para a Europa, outros para o Brasil, alguns para a Angola no pós-guerra. Não sobrou ninguém. Lamento – ela falou com os olhos apertados, como se sentindo pena da situação.

Agradeci toda a atenção dada pelas duas senhoras e me retirei para o carro meio macambúzio e bastante pensativo. Por um efêmero instante pensei que tudo estava terminado. Não havia mais como seguir a nossa busca, já que tínhamos entrado em um tipo de rua aparentemente sem saída. Quando eu já começava então a me acostumar com a ideia de que não seríamos mais capazes de seguir em frente na nossa busca por informações a respeito daquele casal de fervorosos amantes – que provavelmente teve de fugir da convivência das suas respectivas famílias para conseguir a tão sonhada felicidade –, uma forte luz iluminou o meu caminho. Olhei para a Igreja Matriz de São Pedro e entendi que lá estariam as respostas para as minhas perguntas. Ali era a casa de Deus mencionada pela minha bisavó no meu sonho. Lá eu deveria persistir e quem sabe em breve encontrasse alguma forma de estar mais perto das origens daquela pobre mulher tão perseguida e judiada. Não poderia ter medo de arriscar, de seguir em frente, desse modo, pedi a Fábio que rumasse em direção àquela igreja de estilo barroco, cuja arquitetura me fez de súbito lembrar da minha terra natal, da minha querida Salvador. Havia mais semelhanças entre as nossas artes – sacras ou não – do que se podia imaginar.

Ao entrar pelo seu portão principal, o qual, diferente de Amonde, dessa vez encontrava-se aberto, fiz o sinal da cruz e verifiquei se havia alguém por perto. Notei então alguns sons serem emitidos de dentro da sacristia, por isso, não hesitei um minuto sequer em me aproximar. Ao bater na porta entreaberta e adentrar, foi aquela a primeira vez em que

me encontrei com uma das criaturas mais fascinantes que Deus nos deu
o prazer da convivência aqui na terra. O religioso parou a arrumação
dos seus livros e disse em tom amigável:

– Olá, meu filho. Em que posso ajudar-te? – começou assim o nosso truncado diálogo, quando ouvi serem articuladas pelo cultíssimo
Padre Casimiro Quiroga aquelas frases de estreia.

– Desculpe, não percebi – tive que ser descortês, visto que não
cheguei a compreender muito bem o que ele havia dito, graças ao seu
sotaque extremamente carregado.

– Já vi que tu não és daqui – ele sorriu. – Se eu falar devagar, tu
me entendes? – eu respondi que sim. – Em que posso ajudar-te? – ele
repetiu pausadamente a gentil pergunta.

– Agora entendi bem! O senhor é espanhol, não é? – sorri meio
debochado. – Perdão – cessei o sorriso quando percebi que cheguei ao
limite de ser mal-educado.

– Galego – ele rebateu imediatamente e meio descontente. – E
você, deve ser brasileiro – eu assenti com a cabeça. – Estive no seu país
quando terminei o seminário. Gente fascinante, muito acolhedora –
ele voltou a sorrir. – Mas pena que, assim como você, logo de início
não me compreendiam muito bem – ensaiou uma gargalhada.

– É só no princípio, graças ao sotaque. Agora, por exemplo, estou
pegando o jeito – tentei pela primeira vez conseguir ser gentil. – O
senhor é o pároco responsável pela igreja?

– Sim, desde 1972.

– Eu gostaria de tirar uma dúvida com o senhor... – aproveitei e
falei de quem eu era bisneto, e resumi os motivos da minha visita a
Macedo de Cavaleiros.

– Engraçado, há cada vez mais brasileiros aparecendo por Portugal
e Espanha na tentativa de reencontrar os seus elos perdidos. Sempre
discuto isto com colegas de outras paróquias. A imigração para o Brasil
nem sempre foi tão bem organizada e documentada, havia muito desespero e carestia por cá, dessa maneira, era fácil perder o controle de
quem saía, ou por onde se saía. Às vezes a igreja era o único vínculo
que restava, pois o imigrante poderia até deixar de ser patriota, ou
cidadão, mas nunca deixaria de lado o seu dever para com o Pai Nosso
– Casimiro apontou para o céu.

– O senhor acertou em cheio o motivo da minha visita à igreja –
ruborizei-me logo após atentar para o fato de que eu não pisava em
um santuário para rezar havia muito tempo. – Gostaria de saber se há

qualquer tipo de arquivo no qual eu possa procurar algum documento de "Intenção de Casamento", ou algo parecido.

– Há sim! Está vendo aquela sala ali? É um arquivo morto da igreja. Dos tempos bem antigos, anteriores às próprias Conservatórias dos Registros Civis. Antes de 1911 tudo era registrado nas paróquias locais, com completa autonomia do clero. Mas depois veio essa estória de Estado Laico, etc e etc, e a igreja perdeu espaço. Portanto, no caso do teu bisavô, que nasceu e quis se casar ainda no fim do século passado, se houver algum documento, ele estará aqui – o padre abriu a porta da sala e mostrou um mundo de papel velho empilhado. – Isto, é claro, se ele fez o registro paroquial aqui nesta paróquia! – sorriu fanfarrão. – Fique à vontade para começar! – ele me direcionou para dentro da sala com cheiro de mofo.

Não perdi tempo em tentar encontrar o documento que poderia conter informações valiosas sobre os pais de Chica, como o nome da sua mãe e até mesmo o tão misterioso lugar de onde ela era proveniente. Desse modo, comecei a verificar se havia alguma lógica naquele arquivo, em sua maioria do século passado. Percebi então que os lotes eram divididos por anos, mas não por tipo de documento. Já era um começo, apesar de eu não ter ideia da data a qual o meu bisavô decidira se casar. Resolvi então deduzir de acordo com a idade estipulada a Chica pelos Alves Lima. Segundo eles, ela teria nascido em 1899, portanto, comecei a minha procura pelos documentos emitidos entre 1890 e 1900. Para o meu total desespero, dentro das pastas contidas nos lotes de cada um desses dez anos, havia não somente documentos de Intenção de Casamento, mas inúmeras Certidões de Nascimento, Certificados de Óbito, Batismo, Crisma, e outros mais que eu não consegui identificar, pois estavam bastante danificados pelo tempo. Fiquei meio assustado, não posso mentir, no entanto, resolvi seguir em frente, já que aquela era a nossa última chance de achar o que procurávamos. Outra vez pensei no sonho da noite passada, onde a minha bisavó dizia que eu deveria ter persistência ao procurar, e dessa maneira eu procedi.

– A sua benção, padre! – a minha concentração foi interrompida pela voz da minha avó, ecoada de fora da sala do arquivo.

– Deus abençoe – Casimiro respondeu como sempre amável.

– O senhor por acaso sabe onde está o meu neto?

– Sim, ele está dentro do arquivo à procura da grande verdade. A senhora é filha do Senhor Sebastião? – ele perguntou meio que deduzindo.

– Sim, eu sou. Engraçado, padre. O senhor tem um jeito de falar tão familiar – Chica disse após um suspiro.

– Eu sou galego, e como o meu sobrenome já diz, da cidade de Quiroga – o padre respondeu na língua galega.

– Meu Deus! É tão estranho, pois eu nunca ouvi essa língua na vida, mas entendo perfeitamente o que o senhor diz – fiquei surpreso com as palavras da minha avó, pois eu tive certas dificuldades em entender o que o padre acabara de falar.

– São línguas irmãs. Forjadas juntas nos tempos mais antigos, somente separadas pela política espanhola – Casimiro continuou a se expressar em galego.

– Impressionante. É como se essa língua estivesse morta dentro de mim e agora despertasse, de uma hora para a outra. Fale mais, seu padre. Adoro ouvi-la – Chica gargalhou de felicidade.

Ambos começaram a conversar como se realmente se conhecessem desde vidas passadas. O padre Casimiro, obviamente muito mais novo, já que tinha idade para ser filho de Chica, falava em galego puro e minha avó extasiada respondia no bom português de sotaque carregado do sertão do Brasil. Admito que somente consegui entender aquele estranho diálogo graças às perguntas e respostas articuladas pela minha avó, pois se fosse me fiar só no galego duro falado pelo simpático padre Casimiro, eu estaria frito. Chica começou a contar ao padre toda a nossa aventura, e passou a revelar segredos muito pessoais os quais envolviam o drama da sua família no Brasil. Aquilo passou rapidamente de diálogo para uma quase confissão entre fiel e vigário. Enquanto isso, eu continuei a minha procura e comecei a desconfiar profundamente de qual seria a misteriosa origem da mãe de Chica. Fazia todo o sentido, encaixava-se perfeitamente.

A cada nova pasta de documentos que eu folheava, ousadas conjecturas pairavam mais e mais na minha mente. Sempre soubemos que o idioma falado pela minha bisavó era mal compreendido entre os moradores do sertão baiano, mas era óbvio que ela não poderia falar uma língua tão diferente do português, já que aparentemente o velho Sebastião nunca foi um grande poliglota. Portanto, para mim era descartada a possibilidade de ela ser uma francesa, alemã ou holandesa, como suspeitavam dentre outros os Alves Lima. Além disso, fazia todo o sentido do mundo que ela fosse uma estrangeira das redondezas, e não havia lugar mais próximo de Macedo de Cavaleiros do que a própria Galícia, onde se falava o galego – língua irmã do português, como o próprio Casimiro mencionou. E estávamos ali, quase na fronteira com as terras galegas! Frente a esses fatos, só precisávamos de uma prova, umazinha sequer, e ela caiu nas minhas mãos como se em um passe de mágica divino. A verdade queria ser descoberta, e nada poderia refrear essa dádiva. O universo realmente conspirava em nosso favor.

– Intenção de Casamento do senhor Sebastião Viana! – gritei de dentro da sala, após quase três horas de procura.

Fomos verdadeiramente sortudos, pois aquela busca poderia ter demorado dias, ou até mesmo semanas, meses. No entanto, a minha excitação por ter descoberto aquela valiosa pista durou pouco. Constatei ao analisar de perto o velho papel que ele se encontrava deveras obliterado, já que o documento fora lavrado pela igreja em 1894, quase cem anos atrás. Assim sendo, muitas partes de muitas palavras tornavam-se quase ilegíveis. E para o nosso azar, as duas palavras mais importantes, o nome e cidade de nascimento da minha bisavó, estavam quase apagadas.

– Que coisa boa! Deixe-me ver – ao entrar na sala do arquivo, Casimiro voltou a falar português com o seu sotaque carregado.

O padre de cabelos negros e ondulados pegou com muito cuidado o velho documento da minha mão, colocou os seus grossos óculos quadrados e apertou os seus olhos castanhos na tentativa de ler as duas palavras mais reveladoras de todas, mas infelizmente, pelo menos a princípio, ele não conseguiu decifrá-las. Casimiro então voltou para a sala da sacristia, abriu a gaveta da sua escrivaninha, pegou uma grande lupa e começou a analisar o desgastado papel, agora com muito mais cuidado. Virou o documento de um lado para outro, passou o dedo delicadamente por sobre as palavras-chave, e quando quase encostou o rosto na mesa, de tão perto que olhava, se manifestou:

– O nome da sua mãe, Dona Francisca, termina com "lina". Olhe bem aqui – ele apontou para o início da palavra –, o papel está muito corroído, mas aqui, pode-se ler "lina" – enfatizou as duas últimas silabas.

– O povo do sertão dizia que ela se chamava Trancolina! – minha avó arregalou os seus olhos azuis.

– Hum, um nome meio peculiar – Casimiro falou misterioso, como se soubesse de algo que nós ainda não sabíamos.

Ele voltou para o documento, agora focando na palavra que indicaria a proveniência da minha bisavó. Olhou e olhou, e de repente ele abriu um largo sorriso, afagou o braço de Chica e simplesmente disse:

– Quando eu pousei os olhos na senhora, soube que era filha de um de nós! Tua mãe vem de Piornedo, se não me engano na Província de Lugo, na minha amada Galícia – Casimiro irradiou todo o orgulho que tinha da sua pátria. – A senhora é quase uma galega! – completou.

– Engraçado, e devo até dizer, irônico, pois sem saber o povo desde cedo já me chamava de galega^2 lá pelo sertão da Bahia – minha avó sorriu emocionada graças a mais uma grande revelação. Havia sido tantas na última semana.

– No tempo em que lá estive pude notar esse interessante hábito, principalmente pelos interiores nos quais passei – Casimiro tentou arranjar uma explicação para o peculiar costume. – Eu os dizia sempre, "galego sou eu", e eles respondiam "não, o senhor tem cabelos e olhos negros, padre" – sorriu. – Acho que muitos dos galegos que migraram para o nordeste do teu país tinham cabelos e olhos claros. Por isso, os brasileiros devem ter pegado o hábito de chamar os que eram assim desta maneira. Inclusive não-galegos. Mas o que poucos brasileiros sabem é que muitos galegos legítimos imigraram para o Brasil. Muitos mesmo! Grande parte deles inclusive foi tomada como portugueses, pois ao chegarem sem documentos nos portos brasileiros preferiam dizer que provinham da pátria lusitana a serem definidos simplesmente como espanhóis. Nunca engolimos muito essa estória de sermos parte do Reino de Espanha. Infelizmente não havia a opção oficial nos documentos de entrada brasileiros que dessem margem para eles autointitularem-se galegos. Daí a confusão.

– Então, pode haver milhares de brasileiros que nem sequer desconfiam que na realidade são descendentes de galegos? – me intrometi na conversa.

– Sim. Eles acham que os bisavós e trisavós são portugueses, pois foram registrados como tal. Muitos trocaram inclusive a grafia dos seus nomes e sobrenomes. Lopez, virou Lopes. Alejandro, tornou-se Alexandre. Aguilar, mudou para Aguiar, dentre muitos outros. O sobrenome da senhora, por exemplo, hoje em dia deve ser Soares, caso a mãe da senhora tenha optado pela mudança ao ser entrevistada pelos fiscais de imigração brasileiros – minha avó Chica foi inocentemente apresentada ao tão sonhado sobrenome da sua verdadeira mãe.

---

2. Indivíduo louro e/ou de olhos claros no regionalismo do nordeste do Brasil.

– Nunca fui Soares, pois nunca soubemos o nome verdadeiro da minha mãe – Chica derramou uma lágrima, não sei se de tristeza ou contentamento.

– A senhora me desculpe, Dona Chica. Em meio ao meu discurso, não atentei para o fato de que a senhora e o seu neto estão hoje aqui justamente por isso. Para descobrir mais sobre a sua mãe. Pois veja a senhora mesmo – Casimiro mostrou o velho documento e a palavra parecia estar escrita em uma grafia bem antiga. – O sobrenome verdadeiro da sua mãe é Suarez! – depois que ele proferiu, finalmente consegui lê-la.

– Oh, meu Deus. O senhor não sabe a emoção que eu estou sentindo agora. Pela primeira vez posso dizer em voz alta o meu nome verdadeiro. Francisca Suarez Viana! – minha avó não conteve o choro de desabafo. – Assim teria sido o meu nome se tudo tivesse corrido bem – ela balbuciou comovida.

Naquele instante eu senti muita pena da minha querida avó. Flagelou-me a pele pensar nos dias ruins que resultaram na brusca separação da sua família. Todos perderam suas reais identidades. Chica, Clarina, Caetano, Toti, e até mesmo Sebastião. A corrente se quebrou violentamente em meio ao calor do sertão. Os seus elos foram jogados ao vento em meio a uma leva de desastres consecutivos que culminou na morte absurda da pobre descendente dos Suarez de Piornedo, Galícia. Tal conjuntura me transportou de uma vez por todas para aquele passado trágico que não cheguei a viver, mas mesmo assim, pude visualizar claramente o momento exato em que o pobre Sebastião se desesperou ao deparar-se com a esposa morta, devastada, debaixo de uma árvore, ainda amamentado sua inocente cria. Envergonhei-me de todas as vezes que reclamei da vida por qualquer motivo fútil. Frente àquela cena dantesca, tudo o que já me afligira no passado parecia um mar de rosas. Compadeci-me pelo drama vivido pelos meus antepassados e mais do que nunca senti que deveríamos seguir adiante, ir até o fim. A verdade havia de aparecer! Próxima parada, Piornedo da Galícia, onde quem sabe fossemos brindados com o último ato dessa intrigante e intensa epopeia.

18

Adiós Valle de Ancares

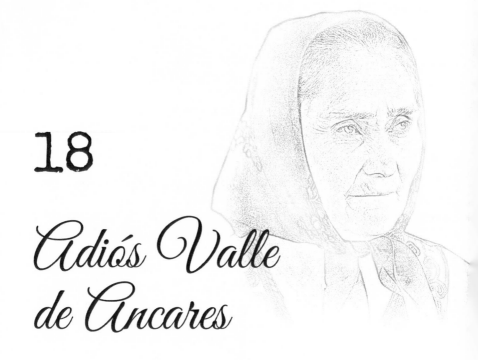

C HOREI DE EMOÇÃO NOS braços daquele bom padre, sentindo-me como se estivesse sendo verdadeiramente consolada por
um dos meus. Aquele seu sotaque sóbrio e bem cadenciado fez definitivamente as minhas já despertas raízes espalharem-se pelos quatro
cantos da Galícia, lugar que agora poderia chamar de terra minha.
Francisca Suarez Viana. Quem diria. Hoje fui presenteada com um
nome, com uma identidade. Aos noventa anos, se é que realmente
tenho mesmo essa idade, posso gabar-me de um nome verdadeiramente meu, e não mais precisava emprestar-me do sobrenome do meu
falecido marido Miranda. Pedi perdão a Eupídio e a Manuel Joaquim
– o meu sogro de quem tanto lembrei desde que pisei em Portugal ao
ouvir sotaques muito semelhantes ao seu –, mas a partir de hoje sou
uma Suarez Viana. Quero que na minha lápide conste assim.

– Vó a senhora ainda tem fôlego para mais uma viagem de carro? – meu querido neto, sempre cuidadoso, certificou-se das minhas
condições.

– Claro, Neno! Chegamos até aqui, não podemos desistir agora – demonstrei entusiasmo, mesmo que no meu íntimo estivesse muito cansada.

– Opa! – Casimiro nos interrompeu batendo uma palma. – Olhe outra herança galega na família da senhora, Dona Francisca – ele sorriu e nos deixou completamente confusos, sem entender bulhufas do que ele queria nos dizer.

– Desculpe, padre. O senhor poderia explicar melhor? – olhei para o meu neto e ele deu com os ombros, também demonstrando ignorância a respeito.

– A senhora chamou o seu neto de Neno, não foi? – assenti com a cabeça. – Dona Francisca, a senhora se lembra de onde tirou esse carinhoso apelido para o jovem Zé Maurício? – o padre me estimulou a forçar a minha enferrujada memória.

Depois de muito pensar, disse:

– Padre, não sei direito.

– Pense bem, lembre-se do seu passado mais longínquo – Casimiro começou a agir como um psicólogo, falando baixinho, como se tentando me hipnotizar.

Concentrei-me novamente e o padre começou a repetir com o seu legítimo e instigante sotaque galego, vez após vez: "Neno". Não consegui segurar um novo ímpeto de chorar quando finalmente recordei-me daquela passagem tão antiga e íntima.

– Minha mãe chamava o meu irmão assim – falei com a voz embargada.

– Neno nada mais é do que "criança" na língua galega, Dona Francisca. Quando ouvi a senhora chamar o seu neto assim, tive ainda mais certeza de que a nossa cultura está aí – Casimiro apontou para o meu coração –, impregnada, escondida nas entrelinhas da sua vida.

– Obrigada, padre. Obrigada – não contive a minha vontade e o abracei com carinho.

– É um prazer. E agora que eu estou envolvido até o pescoço em parte desta história, me sinto na obrigação de acompanhá-los até Piornedo. Fora que sou muito curioso, Deus me perdoe – riu e olhou para o teto pedindo absolvição. – Quero ver qual é o desfecho de tudo isto. É claro, se não se importarem de ter a minha companhia e possível ajuda.

– Será uma benção! – Neno imediatamente respondeu e também olhou para o teto, só que meio zombeteiro. – Aproveito, padre, para agradecê-lo pela elucidação da origem do meu apelido. Confesso que fico aliviado. Ufa, já pensou se significasse qualquer outra coisa – zombou da situação novamente. – Tua avó tem memória seletiva, rapaz. E garanto que ainda há muito no seu subconsciente, basta que estimulemos para que ela comece a relembrar. Não há lugar melhor do que a Galícia para que isto comece a acontecer. Vamos indo então? Estão de carro? – Neno respondeu que sim. – Certo, então iremos por Quiroga, minha cidade –tão sua, que inclusive lhe dava o sobrenome –, já que é no meio do caminho e lá temos um ótimo restaurante que serve umas bistecas de porco por demais apetitosas – Casimiro afagou a sua "barriguinha" em vias de tornar-se avantajada. – Podemos almoçar e depois seguirmos viagem para o lugar mais belo que eu já vi. Não há quem não se encante com as lindas serras que rodeiam o misterioso Vale de Ancares. Piornedo está no seu coração.

Recarregados pela energia que irradiava daquele motivado servo de Deus, pegamos novamente uma leva de estradas sucursais, deixando para sempre Macedo de Cavaleiros, a cidade de guerreiros medievais na qual certo dia começara a grande aventura do meu pai Sebastião. Do mesmo modo, em muito pouco tempo deixamos para trás Portugal e pela primeira vez pisamos nas terras míticas e legendárias da Galícia. Reconheço que foram assaz úteis os vistos emitidos quando fomos convidados a visitar Madri, já que a Galícia era parte da Espanha, logo, nos vimos obrigados a passar por um posto de fiscalização alfandegária na fronteira entre os dois países. Fácil, fácil, graças a Deus. Sem nem sequer precisarmos sair do carro, mostramos os nossos passaportes e informamos ao fiscal de plantão que iríamos ao belo Vale de Ancares para turismo, o que não foi difícil de acreditar, uma vez que o lugar era bastante visitado graças à sua grande beleza natural e enorme valor histórico. Segundo Casimiro, um legítimo patrimônio da humanidade, o que viemos confirmar não ser exagero do padre.

No entanto, antes disso, paramos em Quiroga, pequeno concelho onde nascera Casimiro, a mais ou menos três horas do lugar onde o destino escolheu para que ele ministrasse a palavra de Cristo. Ao nos dirigirmos para o restaurante que ele tanto recomendou, o padre aproveitou para nos mostrar orgulhoso algumas das ruínas e túneis, supostamente herança da passagem romana pela região, milhares de anos atrás. Porém, foi mesmo da famosa bisteca de porco de Quiroga que o padre quase glutão se gabou com maior fervor. Elas realmente estavam divinas. Engraçado, pois lembrei muito das bistecas preparadas no nosso sertão. Quem sabe o modo de prepará-las não fosse mais uma das inúmeras soeiras comuns àquele povo, trazidas dentro dos tantos navios que os distribuíram pelos quatro cantos do Brasil. Passei a associar cada vez mais os costumes em comum entre os nossos povos, cuja origem na realidade era uma só.

Nos despedimos de Quiroga e em muito pouco tempo adentramos na reserva natural de Ancares. Senti uma energia diferente correr pelas minhas veias naquele exato instante. Algo muito simbólico, místico! Contudo, além daquela força invisível, quase inexplicável, igualmente pude assistir com os meus próprios velhos olhos a uma beleza única, estonteante, carregada de memórias não vividas, inerentes somente àquele lugar, no qual o sábio padre galego acertou em cheio ao sugerir que iria categoricamente me estimular. Mais uma vez agradeci a Deus pela presença do seu generoso servo participando da nossa empreitada final.

Absolutamente já me considerando como prata da casa, como uma legítima galega, Casimiro buscava atualizar os meus noventa anos de ausência com um bombardeio de informações a respeito da sua amada Galícia, principalmente sobre a suposta terra da minha mãe, Piornedo. Quando eu poderia imaginar que já no fim do meu caminho teria tamanho privilégio. Pude, graças a São Tiago Maior, viver para experimentar ao vivo e a cores aquelas lindas serras íngremes as quais cruzávamos inteiramente estupefatos; aquelas frondosas árvores verdes que tonalizavam as bucólicas paisagens que nos circundavam; os rios e riachos cristalinos que bem ornavam os nossos paradisíacos caminhos. Tudo isso, segundo Casimiro, dentro da terra mais celta de toda a Galícia. Bastava explorar com calma a região para descobrir antigos castros e os resquícios de acampamentos daquele povo de cultura forte e milenar.

Quando vivia com plenitude a sensação de que eu começava a me reacostumar com o cheiro bom daquelas matas e florestas, finalmente conseguimos avistar os primeiros celeiros e casebres de Piornedo. Para ser mais específica, não eram na realidade casebres e sim palhoças com paredes de pedras rústicas encaixadas. Tive o cuidado de contar, e havia somente doze lares. Lembrei-me muito das choças cobertas de palha seca de coqueiro nas praias de Salvador, não fosse pelas paredes de pedra. Mas Casimiro logo me elucidou que era de centeio a palha que cobria aquelas palhoças. Disse ainda que era uma tradição – a famosa

Mallega – que os lavradores ceifassem e malhassem o seu próprio cereal para extrair a palha que seria usada nas construções. Casimiro ainda me jurou que aquelas palhoças eram a herança mais vívida da cultura céltica na Península Ibérica, segundo ele, onde os celtas se originaram na Europa. "Há estudiosos no mundo inteiro para atestar tal legado", palavras suas. "Inclusive acadêmicos irlandeses e britânicos, que se autointitulam os descendentes dos celtas mais legítimos a remanescer no mundo moderno, chegaram a tal conclusão."

– Os primeiros celtas foram os galegos! – afirmou Casimiro ao saltarmos do carro e perceber que não havia aparentemente vivalma no centro da aldeia. – Aqui se assentaram os primeiros povos, milhares de anos antes de Cristo, e daqui se espalharam pelo norte da Europa. Os irlandeses, que se proclamam os mais celtas da Europa, originaram daqui – ele mostrou as palhoças com orgulho. – Inclusive há mitos de que reis celtas irlandeses, ao assistir ao pôr do sol cair no horizonte, miravam o sul e diziam melancólicos: "Lá estão os meus primos, em terras hispânicas, do outro lado do mar". Eles apontavam para a Galícia com carinho. Somos realmente primos. Basta ver as semelhanças das nossas culturas, dos nossos folclores, das nossas músicas, das nossas gaitas. A gaita-galega emite sons quase iguais aos da gaita-de-foles deles – sorriu. – Sem falar dos nossos tradicionais pandeiros de pele de cabra, como aquele ali – o padre apontou para um antigo instrumento pendurado na porta fechada de uma das palhoças.

– É muito parecido com os pandeiros que os trios de forró e música folclórica tocavam lá do sertão do Brasil – não resisti e agarrei a peça circular cheia de guizos. – Particularmente se assemelha com os nossos antigos pandeiros, que também fazíamos de pele de animal. Os de hoje em dia não são tão bons, feitos de plástico. Pena! Lembro que eu aprendi a tocar quando mais moça. Um amigo chamado Honório, bom sanfoneiro, foi quem me ensinou. Recordo-me como se fosse hoje, fazíamos barulho nas festas juninas e quadrilhas que organizávamos na fazenda em que fui criada – ri e ensaiei alguns movimentos no velho pandeiro galego, assim como muito fiz no passado.

Casimiro não se conteve e começou a acompanhar o meu ritmo batendo palmas. Dessa maneira, senti-me cada vez mais encorajada e quando percebi estava tocando tão bem quanto nos tempos de mocidade. Entretanto, a nossa alegria durou pouco, pois nos assustamos ao ouvir uma voz grave e meio cansada gritar na língua local de dentro da palhoça da qual nos emprestamos do velho pandeiro galego.

– Quem está aí? – a voz feminina do que parecia uma anciã de idade avançada nos fez cessar imediatamente o nosso princípio de diversão. – Desculpe, senhora. Aqui quem fala é o Padre Casimiro Quiroga – ele respondeu rapidamente em galego para a senhora que ainda não havia destrancado a porta.

Depois de um minuto de pleno silêncio, o antigo ferrolho emitiu um som enferrujado e a senhora, que aparentava ter facilmente mais de cem anos, enfim apareceu. Ela arrastou para dentro com dificuldades a larga porta de madeira e seguiu andando devagar, usando-se de uma bengala, em direção a Casimiro.

– A sua benção, seu padre – aquela senhora de olhos bem azuis, pele bem enrugada e alva como a neve, beijou a mão de Casimiro e fez o sinal da cruz.

Eu admito que não prestei atenção na minha total indiscrição ao focar o meu olhar nos detalhes bastante familiares presentes naquela senhora. Recordei-me da vaga memória que eu nutria da minha mãe, e não sei se graças a todas as intensas emoções as quais eu vivera naqueles últimos dias, por um efêmero momento eu tive a plena certeza de que aquela senhora galega era sem sombra de dúvida a minha progenitora falecida. Desejei forte, em silêncio, que todo aquele desastre ocorrido no sertão baiano não tivesse passado de um grande mal-entendido. Quis muito acreditar! Somente despertei daquela sorumbática quimera quando atentei para o fato de que a velha senhora já se mostrava incomodada pelo meu olhar fixo, quase catatônico, em sua direção.

– Desculpe, senhora. Chamo-me Francisca. Muito prazer – inexplicavelmente, ao estender a mão em cumprimento, consegui murmurar aquelas poucas palavras em galego.

– Prazer, chamo-me Evanxelina. Tu és muito parecida com alguém que conheci muito bem no passado. Deixe-me vê-la de mais perto – a velha senhora se aproximou, apertou os olhos e tocou o meu rosto com cuidado. Ela parecia não mais enxergar tão bem. – Definitivamente, parece sim – ela sorriu enquanto eu senti um forte frio no estômago, pois atentei para o detalhe de que o seu primeiro nome terminava com "lina".

Aquela ideia, que a princípio defini como louca, passou a tomar formas reais no meu esperançoso imaginário. Quem sabe Evanxelina não fosse realmente a minha mãe? Sua idade, morada, nome, se encaixavam perfeitamente. Quem me garante que ela na realidade não tenha se cansado do meu pai, do Brasil, abandonou tudo, e simplesmente voltou para as suas origens? Aqueles absurdos pairaram pela minha mente incessantemente, até que eu tomei coragem e segui em frente para quem sabe mais uma vez vir a me decepcionar.

– Viemos a Piornedo em busca de valiosas informações sobre o meu passado – deixei perceber o meu sotaque estrangeiro, e devido a maior complexidade das palavras, não mais consegui continuar falando em galego. – A senhora conhece algum Suarez a viver por aqui? – Casimiro me ajudou com o idioma.

– Como não! Conheço bem os cerca de quarenta moradores de Piornedo – ela gargalhou e apesar de eu ter certas dificuldades para falar, entendia perfeitamente o seu galego puxado.

– Onde eles estão agora? – Neno tentou perguntá-la sobre os Suarez, mas Evanxelina demonstrou não compreendê-lo muito bem.

Esse era outro forte indicativo de que ela poderia, sim, ser a minha querida mãe, pois todos diziam, inclusive a saudosa Dona Arlinda, que, enquanto viveu no Brasil, ela nunca, na verdade, chegou a falar nem entender bem o português. Por isso, nunca souberam bem o seu nome e etc. Desse modo, quase incomunicável e meio perdido, o meu neto ateve-se a simplesmente ouvir a conversa, agora com atenção redobrada, visto que, chegávamos ao seu clímax.

– Estão trabalhando nos campos de centeio – Evanxelina respondeu quando Casimiro traduziu.

– E onde moram os Suarez? – não me contive.

– Aqui mesmo – ela apontou para a sua palhoça. – Eu sou uma Suarez, por sinal – nesse exato instante comecei a suar frio, tremer e de imediato amparei-me em Neno. Tudo indicava que ela fosse de fato a minha mãe e que toda aquela tragédia ocorrida no Brasil não tivesse passado de uma grande mentira. Portanto, não resisti em ir além. Deixei então o meu sentimento reger aquela bizarra situação, já nos limites de tornar-se constrangedora.

– A senhora, por acaso, algum dia chegou a migrar para o Brasil? – fixei os meus olhos azuis no fundo dos seus e notei que ela começou a lacrimejar.

– Tu és filha de Sebastião, não és? – a velhinha quase que afirmou com a voz trêmula, e eu assenti com a cabeça. A minha ansiedade atingiu o seu ápice.

A agora comovida Evanxelina me abraçou forte e eu retribuí o ato como se estivesse pela primeira vez abraçando a minha própria

mãe. Restou-me então fazê-la a pergunta mais difícil, emocionante e reveladora de toda a minha existência:
– A senhora é a minha mãe?
O pranto de ambas se intensificou e Evanxelina enfim deu o veredicto:
– Sou como se fosse, minha filha! Como eu queria ter sido a sua mãe. Como eu sonhei... mas infelizmente não sou – ela não aguentou a emoção e meio zonza pediu que a levássemos para dentro de sua palhoça. Surpreendi-me, pois o seu interior mostrou-se mais belo e medieval do que eu imaginava. Senti-me viajando no tempo.

Evanxelina sentou-se no seu sofá, respirou fundo, bebeu um copo de água e começou uma cadeia sucessiva de revelações a respeito de tudo o que eu mais quis saber desde que me entendo por gente. A primeira e mais importante de todas elas se resumiu a uma palavra. Finalmente, depois de noventa anos, vim saber o nome na minha querida mãe.

– Sua mãe se chamava Tranquilina, minha querida sobrinha Francisca – aquele foi definitivamente o dia mais feliz da minha vida. Senti mais forte do que nunca aquele enorme jorro de identidade surgir para irrigar as minhas antes parcas e inconcebíveis raízes, agora completamente fincadas e fortalecidas.

– Faz todo o sentido. O povo do sertão provavelmente não compreendia bem o seu sotaque e resolveu chamá-la de "Trancolina". Todos diziam que o seu nome era algo parecido com isso, mas nunca ninguém teve muita certeza. Pois, então, Tranquilina. Assim a minha mãe na realidade fora batizada.

– Isso mesmo, esse era o nome da minha irmã.

– Então a senhora é minha tia? – agarrei forte a sua mão.

– Sim, com muito orgulho sou a filha mais nova dos Suarez. Sempre amei muito os meus familiares, mas ninguém mais do que a tua mãe, Francisca. Até o dia em que Tranquilina foi-se embora com Sebastião, nunca havíamos nos separado. Éramos como unha e carne – ela acariciou a minha face. – São Tiago Maior é muito bom. Deu-me a benção de eu conseguir viver por cento e cinco anos para poder rever a minha pequena *nena*. Você, minha querida sobrinha Francisca! – passei então a entender o porquê de eu quase inconscientemente deter essa enorme simpatia e devoção por aquele santo não tão popular no Brasil. Vim saber que o meu querido São Tiago Maior era o padroeiro da Espanha e os seus restos mortais estavam supostamente enterrados em Santiago de Compostela, importante cidade galega, para a qual a fé atraia anualmente incontáveis peregrinos a percorrer obstinados os famosos caminhos que levam à sua catedral.

Além disso, não pude deixar de olhar para o meu querido neto quando a minha tia me chamou de *nena*, a versão feminina do mesmo apelido que eu sempre o havia chamado desde a sua infância. Neno sorriu de volta para mim. Tudo parecia se encaixar aos poucos. Mas admito que não entendi direito quando Evanxelina disse que ficou feliz por ter vivido tanto a ponto de conseguir "rever-me". Via de regra, acho que nunca antes havíamos nos encontrado. Portanto, não perdi tempo em averiguar.

– Por que a senhora disse "rever"?

– Porque te vi nascer, minha querida Francisca. Lembro como se fosse hoje do dia em que você veio ao mundo, aqui nesta mesma casa – eu simplesmente confirmei o forte sentimento de familiaridade o qual vivi no instante em que eu adentrei ao Vale de Ancares. A partir dali então, senti-me mais galega do que nunca!

– Estou meio confusa agora, pois a viúva do meu irmão Caetano disse que ele morreu certo de que eu, ele e Clarina havíamos nascido em Portugal – repeti o que me fora dito por Dona Joana em Amonde, quando tentei acreditar em suas palavras, mas algo me dizia que ela estava inocentemente errada.

– Não, não, não. Caetano era muito pequeno quando deixou Piornedo, por isso, a sua pouca idade pode tê-lo confundido. Os três primeiros filhos de minha irmã são todos galegos sim. Quer dizer que o meu pequeno Caetano já não está mais entre nós? – Evanxelina sussurrou com tristeza, demonstrando tamanha intimidade ao tocar no nome do sobrinho.

– Sim, ele faleceu há mais ou menos dois anos. Dizem que ele se parecia muito comigo – lamentei.

– Ele era lindo! Ou melhor, todos vocês eram lindos. Eu ajudei a criá-los um a um, desde que minha irmã pariu o primeiro filho, aos dezesseis anos. Dali para frente foi um atrás do outro. Tranquilina teve Caetano em 1895, em 97 nasceu Clarina e em quatorze de fevereiro de 1900 você veio ao mundo – fiquei feliz em saber que na realidade não tinha noventa anos, e sim, oitenta e nove, por sinal, recentemente completados.

– A senhora era muito moça naquela época, não é mesmo?

– Sim, Francisca. Quando você nasceu, se não me falhe a memória, eu estava prestes a completar dezesseis anos. No entanto, desde cedo, quando eu era uma meninota, já trabalhava como um adulto.

– É, esse parece ser mais um traço muito comum entre os galegos e brasileiros. Eu também tive que trabalhar como um cão desde muito cedo – falei com certo desgosto.

– E onde está Clarina? – minha tia quis saber.

– Não tenho nenhuma notícia da minha irmã, inclusive... – aproveitei e contei mais à atenta Evanxelina a respeito da vida de Caetano, que terminou em Portugal, e sobre toda a nossa saga até o ponto em que terminamos entre as belas serras que circundam Piornedo. De forma resumida, é claro.

– Lembro-me bem do dia em que Sebastião resolveu partir para o Brasil. Chorei muito, pois isso significava que ele iria deixar Piornedo, e tirar do meu convívio, a minha irmã e os meus sobrinhos. Juro que até pensei em ir junto para o Novo Mundo, mas fraquejei – minha tia limpou suas lágrimas demonstrando arrependimento.

– A senhora tem ciência das dificuldades que eles enfrentaram ao chegar no Brasil – procurei saber o que Evanxelina sabia a respeito da tragédia da irmã e surpreendi-me com a sua resposta.

– Sei, sim, minha filha. A minha irmã morreu como um bicho na quentura do sertão da Bahia. Ainda hoje choro de saudade. Essa foi a última notícia que eu recebi da minha amada irmã. Sebastião me mandou uma carta, e, seja dito, foi igualmente a derradeira vez que eu soube algo do meu pobre cunhado.

– Ele faleceu há alguns anos em Alagoas, um outro estado do Brasil. Não cheguei a conhecê-lo. Assim como nunca conheci os meus irmãos – olhei para o chão desolada.

– Nunca? Que pena. Quando recebi a carta do teu pai, em 1904, ele disse que você tinha ficado na fazenda dos antigos patrões e que as outras crianças, inclusive a caçula, uma menininha nascida no Brasil, estavam com ele. Ele jurou-me que dali em breve iria reunir todos para recomeçar uma vida nova – minha tia demonstrou esperança no seu discurso.

– Pena que isso nunca aconteceu. Talvez por isso ele nunca mais tenha lhe escrito, tia. Meu pai nos abandonou e criou uma nova família em uma outra cidade. Diga-se de passagem, cheguei a ter um meio-irmão, que também nunca cheguei a conhecer, e essa semana mesmo tive o prazer de encontrar-me com Luís, o seu filho, um homem de muito valor, graças a Deus.

– Minha filha, ouça a voz da minha experiência. Não julgue os atos do teu pai. Ponha-se na sua pele e tente entender o desespero daquele homem. Se você o tivesse conhecido melhor, acho que não teria dificuldade em compreender os seus prováveis motivos. Fora que o teu pai sempre fora completamente apaixonado pela minha irmã. Não consigo imaginá-lo sem ela. Tento pôr-me na sua pele ao presenciá-la morta naquele ermo. Se bem conheci Sebastião, tenho plena certeza de que ele simplesmente enlouqueceu. Ele sempre foi um homem muito sensível – não sei por que, mas me confortei muito ao ouvir as palavras daquela prudente galega.

– Ao visitarmos a terra do meu pai, Macedo de Cavaleiros, uma senhora nos contou de uma enorme briga que ele teve com os seus próprios familiares, já que eles não aceitaram a minha mãe como a sua futura esposa. A senhora portuguesa inclusive insinuou que o motivo da desaprovação era uma suposta desconfiança de que Tranquilina fosse desonrada. Tia, a senhora pode me esclarecer essa história? – perguntei muito curiosa.

– Conheço bem essa maldita passagem e lembro que sofremos deveras. Mas para entender bem os motivos, nós temos que voltar ao início de tudo, desde antes de Sebastião conhecer Tranquilina.

"A família Suarez sempre viveu aqui em Piornedo desde as eras dos meus bisavós, e talvez até antes. Sempre fomos lavradores, tirando da terra o nosso pão de cada dia. Sustentamo-nos do trigo, centeio, alguns porcos, vacas, galinhas e ovos. A vida inteira fomos pessoas simples, e o máximo que nos afastávamos de Piornedo era quando íamos à feira de Cervantes, para negociar e trocar a nossa produção excedente de grãos. As cinco famílias do nosso povoado arrumavam as sacas em grandes carroças de boi e elegiam dois ou três jovens e um ancião mais experiente para seguirem rumo à maior cidade das redondezas para comerciar."

Associei imediatamente as semelhanças entre a situação dos meus antepassados galegos e as tropas de mula de Eupídio, quando rumavam aventureiras para Feira de Santana em busca do mesmo objetivo, trocar, adquirir o que não tínhamos e negociar parte da nossa produção do engenho. Afinal de contas, não poderíamos viver somente de rapadura e farinha. Entendia mais e mais que apesar de terem mudado de país, e até mesmo de continente – às vezes com diferentes climas e culturas

–, grande parte dos imigrantes europeus mantiveram muitas das suas tradições, costumes e a maneira de trabalhar, cultivando a terra e tirando dela o seu sustento.

– Em uma dessas feiras – continuou minha tia –, Tranquilina acompanhou o Senhor Marco Espiñeira e seus dois filhos mais velhos para vender a sobra do nosso centeio. Os Espiñeira tinham mudado para Piornedo havia pouco tempo, quando ganharam o direito de vir morar na palhoça dos Gómez, uma antiga família do nosso povoado e grandes amigos nossos, que terminou por ter problemas com alguns grandes donos de terra da região. Os Espiñeira estavam longe de ser da nata galega, mas eram bajuladores profissionais, e convenceram um dos filhos dos Franco, poderosa família da elite latifundiária espanhola, a concedê-los o direito de cultivar as terras dos Gómez, recém-confiscada graças ao não pagamento de uma dívida de financiamento. O acordo seria o seguinte: a terra continuaria de propriedade dos seus usurpadores e novos donos, os Franco, mas arrendada e cultivada pelos Espiñeira. A produção dividida, é claro. Os malditos Espiñeira moraram ali naquela palhoça por quase cinco anos – minha tia apontou pela janela e cuspiu com desprezo. – Pouco tempo, ainda bem. E quando saíram, a palhoça ficou abandonada durante uma era, e só no fim da Guerra Civil Espanhola, quando os Franco foram assassinados, os bondosos Nuñez vieram morar aqui. E até hoje moram, graças a São Tiago Maior.

– E qual o fim dos Espiñeira? – Neno perguntou, demonstrando estar atento à narrativa de Evanxelina, que desta vez compreendeu suas palavras.

– Você vai saber em breve, Neno – ela passou instintivamente a chamá-lo do seu apelido. – Como eu dizia, os Espiñeira e Tranquilina partiram para mais uma feira em Cervantes, o nosso principal entreposto comercial que destinaria parte da nossa produção para Lugo, assim como costumeiramente acontecia ao final da colheita. Não passava pela cabeça do meu pai qualquer perigo iminente em deixar a sua filha mais velha viajar sozinha na companhia de três homens, sem a fiscalização de um irmão, ou parente. Em suma, considerávamos os nossos vizinhos como parte digna da nossa pequena comunidade, e confiávamos neles, mesmo que fossem novatos no nosso convívio. Grande erro do meu pai. Ao percorrem os trinta quilômetros que nos separam de Cervantes, os homens levantaram acampamento e já demonstraram má intenção ao armarem somente uma grande tenda, sob a qual todos, inclusive minha irmã, teriam que dormir na noite porvindoura. Tranquilina, inocente, resolveu não dar tanta importância ao fato e concentrou-se em vender e comprar o que lhe foi encomendado.

"No cair da noite, ela retornou ao acampamento e, como sempre, coube à mulher da pequena expedição preparar o jantar e arrumar o interior da tenda, que fora armada em um pasto meio deserto já nos limites de Cervantes. Foi nesse instante que de maneira orquestrada os dois filhos do Senhor Marco se retiraram subitamente, deixando o velho cabrão a sós com a minha ingênua irmã. Ela me confessou inclusive que achou tudo aquilo muito normal, pois nunca lhe passara pela cabeça as reais intenções daquele salafrário, que tinha idade para ser seu pai. Por conseguinte, foi no momento em que minha irmã disse "boa noite" e o deixou do lado de fora da tenda na companhia da fogueira – que àquela altura estalava os sons da luxúria e inebriava o ambiente –, que o bastardo asqueroso a surpreendeu. O velho entrou na tenda cheio de lascívia, já sem as roupas de baixo, e não esperou nem um minuto para tentar abraçar e beijar a minha jovem irmã. Ela tinha recém-completado quinze anos naquele mês.

"Segundo Tranquilina, Espiñeira disse: 'Ou você se deita comigo, ou eu acabo com a tua reputação quando voltarmos a Piornedo. Digo-lhes que você sumiu e fornicou com todos os feirantes'. Minha irmã entrou em desespero e não soube como reagir à coação do velho. Mas não precisou de muito tempo para que o devasso investisse mais veementemente e ela se visse obrigada a defender a sua honra a qualquer custo. Senhor Marco a agarrou bruscamente e ambos os corpos rolaram de um lado para o outro no interior da tenda. Não satisfeito, o cabrão, já enlouquecido de desejo, começou a lamber o pescoço da relutante adolescente, que não hesitou em começar a gritar como uma louca. No entanto, ninguém estava ali para ouvir as suas súplicas. Mesmo assim, o pesado homem de imediato tentou imobilizar o seu tronco e tapar a sua boca, mas recebeu um doloroso castigo quando Tranquilina cravou os dentes na sua mão com toda a força. Devastado pela dor, o estuprador relaxou um pouco a sua guarda, o que deu espaço para que a minha desalentada irmã se espichasse ao máximo em direção a uma faca avistada no canto da tenda e a segurasse com firmeza. Quando o Senhor Marcos a atacou novamente, Tranquilina não titubeou em espetar a faca entre as costelas da criatura vil e traiçoeira.

"Para o azar dela, a minha irmã nunca foi a mais forte das mulheres, pois sempre viveu consumida pelas doenças. Desse modo, a perfuração da faca não foi tão profunda, tampouco contundente. O desespero de Tranquilina se redobrou ao perceber que o seu algoz preparava-se para mais uma investida, só que daquela vez desprovida de intenções sexuais, mas sim, repleta de vingança. As robustas mãos do Senhor Marco envolveram o fino pescoço da minha irmã e começaram a estrangulá-la com tamanha ira. Os olhos de tua mãe arregalaram-se como se pudessem ver a própria morte a rondar dentro daquela tenda maldita. Pouco a pouco a sua vitalidade começou a desvanecer. Quando a sua última centelha de vida estava prestes a dizer adeus, um anjo da guarda, cujo destino o impelira a passar por aquele remoto pasto naquela fatídica noite, apareceu para salvar a moça que em muito pouco tempo veio se tornar a sua razão de viver, o seu grande amor.

"Sebastião Viana usou uma lasca de lenha ainda acesa para dar uma brutal paulada na nuca do maldito estuprador. Senhor Marco caiu para o lado debatendo-se em convulsão e por fim a pobre Tranquilina conseguiu tomar um novo e revigorante fôlego, mas infelizmente não resistiu a um devastador desmaio. Sebastião aproximou-se afoito e tentou reanimá-la dando-lhe tapinhas na face, até que ela pouco a pouco retomou sua consciência. Ambos me confessaram que ao se entreolharem pela primeira vez não tiveram dúvida de que permaneceriam juntos para todo o sempre. Coitados, mal sabiam o que o destino lhes reservava. Mas uma coisa eu posso lhe garantir, Francisca, pelo que pude presenciar daquele grande amor, mesmo que Sebastião tenha se casado novamente, não tenho medo de afirmar que ele nunca se esqueceu de minha irmã. Hoje eles estão juntos de novo, lá – Evanxelina apontou para o céu. – Estou certa disso!"

– Eu também – suspirei e demonstrei a minha igual convicção. A cada novo fato, mais e mais perdoava a ausência do meu pai. Passava a entendê-lo melhor, os seus motivos. Emocionei-me ao ouvir a história do seu primeiro encontro com a minha mãe. Parece que a tragédia, fiel companheira no decorrer das suas vidas, desde aquela ocasião já apresentava o seu prelúdio. – Mas o que aconteceu ao tal Senhor Marco? E os seus filhos, não ouviram a barulheira? – averiguei, pois sabia que o fim daquela narrativa seria a última peça do tal quebra-cabeça que me levaria à tão sonhada redenção de tudo o que me afligiu por toda a minha vida.

– Após acudir a futura mãe dos seus filhos, Sebastião foi em direção ao corpo caído do velho Marco e surpreendeu-se ao constatar que ele na realidade estava morto. Poucos segundos depois, assustou-se ao ouvir ao longe as vozes dos dois filhos mais velhos do patriarca da família Espiñeira tornarem-se cada vez mais audíveis. Teu pai não pensou duas vezes em cortar o mal pela raiz. Ele sabia que era uma questão de matar ou morrer, por isso, puxou sua peixeira e partiu em meio à escuridão para tocaiar os dois jovens. O primeiro estrebuchou ao ser estocado violentamente na barriga, já o segundo, ainda tentou reagir, mas depois de uma ligeira peleja caiu morto por uma facada no pescoço. No passado os homens daqui resolviam tudo na ponta da faca. Cansei de ver gente morrer.

– Mais uma herança que o Brasil incorporou tão bem. Lá no nosso país, principalmente no interior do nordeste, onde vivo, a violência também é constante. Essas brigas de faca, então, Ave Maria. Também já vi muitos tombarem em suas pontas – lamentei, pois lembrei que muitos próximos a mim mataram e foram mortos em pelejas, guerras políticas e tocaias.

– Somos o mesmo povo, minha filha! No Brasil há tantos filhos de europeus. Galegos, portugueses, castelhanos, italianos. Ouvi dizer que têm até alemães! Tinham que herdar o que é bom e que é ruim também.

– A minha mãe não se assustou com a atitude do meu pai? – fiquei curiosa.

– A princípio sim. Mas depois ela me confessou que a sua vontade mesmo era ter perícia e coragem para se vingar ela própria do desinfeliz. Disse que, apesar de nunca esperar aquela atitude vinda do velho, os irmãos Espiñeira já a haviam assediado anteriormente nos campos de centeio, mas nunca tiveram peito para chegar às vias de fato. Logo, Sebastião apareceu naquela noite como um grande protetor para a tua mãe, e viu-se obrigado a contragosto a matar pela primeira vez. Se eu não acreditasse que há somente desonra em qualquer morte provocada, diria que a atitude de Sebastião foi honrada, e naturalmente a minha irmã passou a admirá-lo por isso. E muito rapidamente essa admiração tornou-se amor.

"Visando evitar problemas com as autoridades locais, diga-se de passagem, não muito preocupadas com o que acontecia entre os aldeãos das redondezas, Sebastião e Tranquilina deixaram Cervantes e permaneceram pelas florestas do Vale de Ancares por algumas semanas. Nesse ínterim, a minha irmã pôde conhecer melhor aquele bem-apessoado jovem português de pele morena e bigodes hirsutos, que aos poucos ganhou definitivamente o seu coração. Sebastião lhe contou que era filho de um grande fazendeiro da região norte de Portugal, mas que havia deixado tudo para trás em busca do seu próprio sustento. Teu pai era um idealista, Francisca, e por ter abandonado a família, os seus problemas já começaram desde aquela época. Ele era o filho mais velho dos Viana, e único homem, ou seja, a esperança para tocar a lida na sua fazenda."

– As histórias se repetem – Neno interrompeu irônico.

– É verdade, meu jovem. No fim do século passado, muitos casos como esses aconteceram. Os homens galegos migravam aos montes para as Américas e deixavam os nossos velhos aqui, sem ter como cultivar a terra – Evanxelina explicou, sem entender apuradamente o sentido do comentário do meu neto. – Mas o fato é que Sebastião desde àquela altura queria fazer a sua própria fortuna. Dizia que as terras do pai não podiam sustentar a penca de filhos que o velho fizera. E desde que deixara Portugal para a Galícia, a ideia de conquistar o Brasil não lhe saía da cabeça. De início ele sempre falava em partir para São Paulo, onde as enormes fazendas, que atravessavam horizontes, poderiam, sim, lhe proporcionar essa tão almejada fortuna. Ele sempre brincava dizendo que seria o novo rei das lavouras de café no Brasil.

– Ele acabou virando o rei do pão – expliquei que o meu pai havia prosperado com as padarias.

– E por que ele antes veio parar na Galícia? – Neno interrompeu novamente.

– Como eu disse, Cervantes somente era o entreposto entre as aldeias da região e Lugo. Teu bisavô, junto a um grupo de amigos portugueses, comprava nossa carga e revendia mais caro nos mercados de Lugo. Parece que muitos atravessadores já saturavam o mercado de Portugal, por isso, os jovens escolheram as terras mais ermas da Galícia para operar. Todos eles trabalhavam duro, visando juntar dinheiro para partir para o Brasil. Mas como eu dizia, havia algo que impedia Sebastião de prosperar, já que grandes problemas familiares começaram a atormentar a sua vida desde aquela época, e tudo foi de mal a pior quando alguns milhares de boatos começaram a correr por Cervantes, nos quais a personagem principal era figura da minha inocente irmã, que passou a ser tida como a mulher vil que arquitetara toda aquela situação envolvendo a morte dos Espiñeira. Graças a Deus ninguém da polícia local pôde identificá-la, mas os colegas mais próximos de Sebastião sim. Segundo as suas más línguas, Tranquilina, na verdade, havia usado Sebastião para se livrar dos seus três amantes, e o "pobre português" supostamente caíra no seu plano como um patinho. Não preciso dizer que esse boato chegou rápido aos ouvidos dos Viana em Macedo de Cavaleiros.

– Então, por isso, que os meus avós Viana passaram odiar minha mãe antes de sequer conhecê-la? – concluí.

– Sim. Unido ao fato de eles nunca terem aceitado o abandono do filho, os Viana se recusaram em dar a benção para o seu casamento quando Sebastião voltou a Portugal para pedi-la. Mas muito aconteceu antes disso. Quando minha irmã voltou a Piornedo na companhia de Sebastião, que fez questão de escoltá-la até o nosso povoado, o infame boato já havia chegado aqui também. Meu pai quase não aceitou Tranquilina de volta depois daquelas três semanas de ausência. Fora que, naquele meio tempo, a esposa e filhas remanescentes do Senhor Marco Espiñeira já tinham deixado Piornedo, a polícia já havia aparecido a mando dos Franco para fazer uma cega investigação sobre o brutal assassinato, ou seja, o caos já havia sido instaurado na nossa aldeia.

Recordo-me bem que o meu velho pai ainda tentou partir para cima de Sebastião com uma foice afiada em riste, mas meus irmãos o seguraram, pois todos nós já desconfiávamos de que os verdadeiros vilões daquela história eram os Espiñeira. Entretanto, o boato começado pelos portugueses em Cervantes chegara a Piornedo exagerado ao extremo, o que gerou ira no meu consternado pai. Devo admitir que foi humilhante para o velho, todas as vezes que foi às bodegas da região para ver se ouvia algum boato do paradeiro da filha desaparecida. Sempre tinha que engolir a seco a falácia dos bêbados, que comentavam o assassinato organizado por uma tal puta em Cervantes. Meu pai não podia nem contestar a ofensa, pois, assim como todos os nossos vizinhos de Piornedo, ele manteve segredo de que a sua filha era quem tinha viajado na companhia dos três assassinados. Aqui em Piornedo todos nós, os cerca de quarenta habitantes, fomos sempre muito unidos como uma grande família. Não fosse pelos Espiñeira, poderíamos nos gabar de uma convivência por demais fraternal.

– O meu avô Suarez enxotou o meu pai? – comecei a compadecer-me ainda mais da atribulada história de amor dos meus pais.

– Sim, obviamente. O pobre Sebastião ainda tentou arranjar trabalho aqui no Vale de Ancares, só para ficar perto da sua amada Tranquilina, mas as famílias de agricultores eram muito fechadas. Ninguém queria no seu núcleo um trabalhador estranho, ainda mais sendo um forasteiro português. A Galícia naquela época pré-migração já tinha gente demais para cultivar suas terras, por isso, muitos resolveram se aventurar no sonho de conquistar o Brasil. Dessa maneira, era muito natural que os pequenos produtores se fiassem nos seus já inúmeros filhos, negando uma chance aos aventureiros como o teu pai. Mal sabiam eles que em muito pouco tempo seus filhos iriam embora para o Novo Mundo, e não teriam mais quem arasse as suas plantações.

Sebastião ainda resistiu bravamente por quase um mês. O coitado acampou naquela floresta ali – Evanxelina mostrou pela janela –, recusando-se a todo custo deixar para trás a sua querida Tranquilina. Coube então a mim alimentá-lo dos nossos restos de comida, todas as vezes que íamos lavar roupa no riacho. Eu aproveitava para sair de fininho da companhia do mulheril a cantar e lavar, e levava sempre um pouco de pão e queijo de cabra para o faminto português. Ele sempre me perguntava quando minha irmã apareceria para fugirem juntos, porém, não tinha como respondê-lo, visto que o meu pai havia proibido Tranquilina de sair de casa desde que retornou, por tempo indeterminado. O velho Senhor Suarez farejava a conspiração, por isso, minha irmã não podia mais participar nem mesmo da maior tradição entre as antigas mulheres galegas, as lavagens de roupa na beira do riacho.

– Eu mesma lavei tanta roupa na minha vida – interferi. – Recordo que desde pequenininha era obrigada a esfregar e esfregar fraldas e mais fraldas sujas, igualmente na beira de um rio. E lembro bem que a única coisa que me consolava era ouvir e acompanhar as belas cantigas que as colonas da Fazenda Araçá, brancas, negras, índias, caboclas, cafuzas e mulatas, cantavam tão bem. Havia uma cantiga que sobretudo me fazia quase chorar de tão melancólica que era. Ela era mais ou menos assim:

"Mandei *caiá*[1] meu sobrado.
Mandei, mandei, mandei.
Mandei *caiá* de amarelo.
Caiei, caiei, caiei.
Mandei *caiá* meu sobrado.

---

1. Caiá e a forma regional de dizer Caiar, que nada mais é do que pintar com cal. Esta é uma música tradicional, folclórica brasileira, muito comum entre as antigas lavadeiras. Alguns clamam ser igualmente música de capoeira. Transcrevi acima a letra exatamente do jeito que eu pessoalmente ouvi.

Mandei, mandei, mandei.
Mandei *caiá* cor de azul.
Caiei, caiei, caiei."

– Aqui na Galícia temos também diversas belas cantigas, Francisca. Mas uma delas em especial me marcou mais do que as outras. Recordo-me que chorei de pena ao ouvir a minha pobre irmã a cantarolá-la, sozinha, lavando toda a sua tristeza na beira daquele riacho de frustrações. Tranquilina repetiu aquela música exaustivamente, como se quisesse encontrar uma forma de aceitar a vida na ausência do seu amado Sebastião, que parecia ter se cansado de esperá-la. No dia em que o teu pai decidiu voltar para Portugal, pois não tinha mais como sobreviver em meio às privações da floresta, a tua desolada mãe, a esfregar quase em transe roupas sujas na beira do rio, cantou assim[2]:

ADEUS VALE DE ANCARES
(Versão em Português)

Adeus vale de Ancares
Adeus te digo,
Adeus árvores verdes
De junto ao rio
A vi chorando
A vi chorando e disse
Por quem suspiras?
- Tenho o amor ausente
E estou chorando
a despedida
- A despedida é curta,
a ausência longa.
Quero que te divirtas
E não me esqueças
Amor da minha vida.

ADIÓS VALLE DE ANCARES
(Tradicional Galega)

Adiós valle de Ancares
adiós te digo,
adiós árboles verdes
de junto al río
la vi llorando.
La vi llorando y dije
¿por quién suspiras?
- Tengo el amor ausente
y estoy llorando
la despedida.
- La despedida es corta
la ausencia larga
quiero que te diviertas
y no me olvides
prenda del alma.

19

A ponte

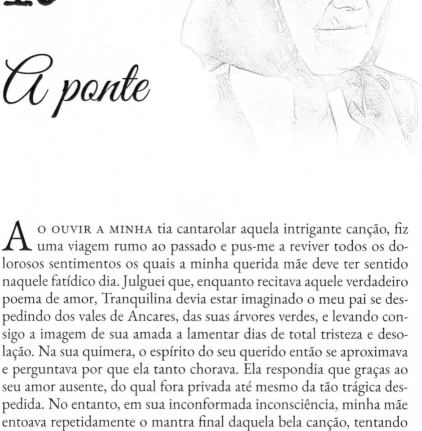

AO OUVIR A MINHA tia cantarolar aquela intrigante canção, fiz uma viagem rumo ao passado e pus-me a reviver todos os dolorosos sentimentos os quais a minha querida mãe deve ter sentido naquele fatídico dia. Julguei que, enquanto recitava aquele verdadeiro poema de amor, Tranquilina devia estar imaginado o meu pai se despedindo dos vales de Ancares, das suas árvores verdes, e levando consigo a imagem de sua amada a lamentar dias de total tristeza e desolação. Na sua quimera, o espírito do seu querido então se aproximava e perguntava por que ela tanto chorava. Ela respondia que graças ao seu amor ausente, do qual fora privada até mesmo da tão trágica despedida. No entanto, em sua inconformada inconsciência, minha mãe entoava repetidamente o mantra final daquela bela canção, tentando se convencer de que o seu amor, o seu Sebastião, lhe abandonara, mas deixava nas entrelinhas uma derradeira mensagem de esperança: "Fique tranquila. Não te esqueças de mim, que eu em breve voltarei, meu grande amor". E ele voltou!

– Minha irmã chorou tanto, mas mal sabia que o amor de Sebastião poderia mover montanhas – minha tia Evanxelina disse satisfeita. – O teu pai foi a Macedo de Cavaleiros, e apesar de não trazer consigo uma benção da sua família, já muito contaminada pelos boatos infames, trouxe uma bendita Certidão de Intenção de Casamento.

– Esta aqui? – Casimiro mostrou a cópia que ficou na sua igreja.

– Isso mesmo! Carregando a sua cópia em mãos ele voltou a Piornedo e com o peito cheio de coragem requisitou falar com o meu pai. Conversa de homem para homem. Olhos nos olhos. Pediu a mão da minha irmã em casamento e comprometeu-se em sustentá-la e respeitá-la para o resto da sua vida. Ao ver as intenções do jovem português corroboradas pela igreja, o Senhor Suarez acabou concordando. Mas segundo a minha mãe, o grande motivo que impulsionou o velho a ceder a mão da filha foi a revelação bombástica que ela fez ao marido. Minha mãe descobriu que Tranquilina não era mais pura, e provavelmente tivesse perdido a sua virgindade nos dias em que perambulou com Sebastião na floresta. Para piorar, minha irmã estava com a sua regra atrasada. Dessa maneira, para garantir a honra da filha, já meio arranhada, o Senhor Suarez resolveu aceitar de bom grado o novo genro, e tratou de precipitar o casamento. Nunca vi um casal tão feliz! O atraso de Tranquilina inclusive gerou o nascimento de Caetano nove meses depois. Um presente de Deus para abençoar aquela união tão atribulada pelos homens.

"Após o nascimento do seu varão, Sebastião e Tranquilina ainda viveram conosco aqui em Piornedo durante uns seis anos. Ironicamente, passaram a morar na palhoça abandonada pelos Espiñeira, obviamente pagando aluguel aos Franco. Entretanto, o sonho de conquistar o Brasil ainda atormentava o desejo do meu cunhado. Ele tanto pelejou até que acabou por convencer Tranquilina, que naquela altura tinha acabado de lhe dar à luz, Francisca. A inquietude de Sebastião culminou quando o meu velho pai partiu dessa para uma melhor. Teu pai já havia abandonado Portugal por motivos similares, desse modo, assim que o sogro morreu, ele decidiu que era hora de finalmente partir para o Novo Mundo. Ele nunca quis pagar para ver na administração do nosso pequeno pedaço se chão, por mais que tivéssemos insistido. Sempre vimos talento naquele homem. Ainda que ele se desse muito bem conosco, alegou que Tranquilina já tinha irmãos demais para tocar a produção. Destarte, não houve quem privasse o intrépido Sebastião Viana de realizar o seu antigo sonho. No dia 15 de outubro de 1900, foi a última vez que pousei os olhos no meu cunhado, nos meus sobrinhos, e na minha querida irmã. Tranquilina mal sabia que morreria à míngua nos sertões da sua aventura alguns anos depois.

"Sebastião levou consigo somente duas malas velhas, ambas não tão cheias, apenas com algumas poucas roupas e dois ou três retratos da nossa família. Além disso, trazia consigo o dinheiro contado de todas as suas economias de seis anos de trabalho duro nas nossas lavouras. Dividíamos sempre em partes iguais o que excedia da nossa produção, fora que o meu cunhado passou a vendê-la por melhores preços diretamente em Lugo, o que trouxe mais prosperidade para todos. O que Sebastião levava consigo para o Brasil não era muito, mas ele tinha fé que conseguiria comprar as cinco passagens e ainda sobraria dinheiro para viver lá por algum tempo até arrumar trabalho. Ele tinha que se garantir, pois a maioria dos imigrantes embarcava nessa aventura com algum suporte da família. Muitos recebiam cartas-convite de parentes já alocados no Brasil, e graças a isso, o governo do novo país às vezes até bancava as suas viagens. Tudo com um preço, é óbvio! Mas esse não era um privilégio para os meus queridos, infelizmente.

"A princípio eles deram até sorte, e, por sinal, sei de tudo isso que a partir de agora lhe relato, Francisca, graças a algumas cartas que troquei com a tua mãe até pouco tempo antes de ela morrer. Agradeço ao padre da nossa paróquia que nos ensinou a ler e escrever ao menos o mínimo para que pudéssemos trocar correspondências. As cartas eram raras, pois os correios eram muito precários em ambos os lados do Atlântico, mas as que conseguiam atravessá-lo, amenizavam um pouco a imensa saudade que nos corroía. A primeira delas, a minha irmã escreveu-me de Salvador, capital da Bahia. Eles tinham parado lá por alguns dias, já que as passagens que conseguiram no Porto de Vigo, de onde embarcaram na Galícia uma semana depois de nos deixarem, tinham escala na capital baiana antes de seguirem para o Porto de Santos, em São Paulo. Mas toda a sorte inicial lançou-se por terra logo na primeira semana no calor escaldante do Brasil, e foi detalhadamente relatada na segunda carta, remetida já de uma cidade chamada Jacobina.

"Minha irmã escreveu desesperada, pois eles haviam sido roubados no alojamento no qual foram alocados nas docas de Salvador, e viram-se obrigados a vender as passagens que lhes dariam direito à segunda parte da viagem. Afinal de contas, sem mais um tostão no bolso, teriam que fazer dinheiro para sobreviver até que Sebastião arranjasse serviço. Ele começou a procurar emprego no comércio de Salvador, mas se indignou ao ser explorado pelos donos de mercearias e depósitos, segundo ele, filhos e netos de europeus, inclusive galegos, que se achavam no direito de assim proceder por acharem-se melhores.

A única diferença na realidade era que os seus antepassados migraram antes para o Brasil. Essa foi a grande motivação para que Sebastião e sua família optassem pelo interior da Bahia. O coitado mal desconfiava que sairia do fogo para pular no óleo quente.

"Aliciado por alguns agentes de grandes fazendeiros que perambulavam pelo porto da capital, Sebastião aceitou a proposta de partir para Jacobina e de lá ser alocado para trabalhar em alguma fazenda de gado na região. Seja dito de passagem que, a sua dívida já começava ali, visto que tudo passara a ser descontado dos pagamentos que ele ainda nem sequer havia recebido. Comida, transporte, acomodação, material de trabalho, pá, facão, tudo! A maioria dos coitados que optavam pelo interior se via em situação como essa. Mas o que eles tinham a perder? Não tinham como regressar para casa! E mesmo que tivessem como, as coisas aqui na Galícia não estavam tão melhores. Portanto, os pobres colonos recém-chegados tinham que se submeter a tudo, graças a falta de opção.

"Na terceira carta, me entristeci muitíssimo ao perceber a apreensão da minha irmã frente ao seu futuro. Os seus sonhos de fazer a América se desmoronavam junto aos do seu marido idealista. Na primeira fazenda em que foram alocados, Sebastião era obrigado a trabalhar como um bicho para no fim do mês ser capaz de ao menos pagar as suas dívidas. Não conseguia juntar nada, isso sem contar com as contundentes humilhações as quais todos eram submetidos. A grande maioria dos colonos era explorada ao extremo pelos patrões, brancos como nós, mas que injustamente viam seus novos agregados como um dia viram os seus antigos escravos negros, pobres coitados que lhes traziam fortuna debaixo de suor e chibata. Não que Sebastião se achasse melhor do que os negros, pois ninguém tem o direito de escravizar quem quer que seja, independente de cor, mas aquele acumulado de decepções deixou meu cunhado a ponto de cometer uma loucura. E digo, muitos dos novos imigrantes cometeram, do norte ao sul do Brasil.

"Graças a São Tiago Maior, na quarta carta eu recebi melhores notícias, agora de um lugar chamado Areia Branca. Nela, Tranquilina me dizia que um tal de Senhor Quincas, grande dono de terras da região, estava precisando de alguém para tomar conta da sua tropa de mulas e convenceu seu compadre de Jacobina a ceder Sebastião para fazer o serviço. Ambos se deram muito bem no baixar das malas do meu então desiludido cunhado, e tal amizade veio em boa hora, pois lhe deu novo ânimo para seguir em frente. Se não me engano, o Senhor Quincas foi quem te criou, Francisca, não é verdade?"

– Isso mesmo, tia. Um homem bom – eu falei de coração.

– Pois é, daí para frente então você sabe a história. Seu pai viveu na fazenda do Senhor Quincas por um tempo, teve mais uma filha, e quando o seu fado já parecia estar inexoravelmente escrito, ele decidiu sair em busca da sua tão sonhada riqueza. O trágico fim todos nós sabemos – Evanxelina limpou uma furtiva lágrima que rolou pela sua bochecha rosada.

– Mas ninguém teve culpa do que aconteceu – ao terminar a minha frase, surpreendi-me, pois a partir dali tive certeza de que eu havia perdoado o meu pai de forma absoluta. Foram-se de uma vez por todas todos os fantasmas que me assombravam desde criança.

– É verdade, minha filha. Se tu pudesses ter conhecido o amor que o teu pai teve por tua mãe, saberias bem que ele daria a própria vida em troca da vida da sua amada esposa. Ele nunca poderia imaginar que Tranquilina iria morrer. Ambos, em comum acordo, decidiram partir para o sul da Bahia em busca do seu sonho. Aquela era a sua oportunidade de ouro! Tenho isso registrado na última carta que a sua mãe me escreveu.

– Eu sei disso, minha tia. Agora mais do que nunca! Obrigada por ter me contado o que a senhora me contou – agradeci comovida e feliz por ter sido agraciada pelo poder do perdão. – A senhora ainda tem esta carta? – referi-me à última escrita por minha mãe.

– Sim, claro. Não só a última, mas todas elas. Guardo-as como se fosse a minha própria vida. Não se preocupe, vou lhe mostrar depois. Porém, antes eu queria que você me acompanhasse até um lugar muito especial – Evanxelina pôs o seu xale, agarrou o seu cajado esculpido e me convidou para que saíssemos da sua palhoça.

Perguntei se Neno poderia nos acompanhar e ela de imediato concordou, afirmando que também lhe dizia respeito o que ela tinha para me mostrar. Casimiro e Fábio preferiram permanecer no povoado, enquanto nós nos deslocamos em direção à mesma floresta dentro da qual o meu pai vivera por algum tempo na esperança de que Tranquilina viesse reencontrá-lo. Antes de sairmos do centro de Piornedo, Evanxelina nos apontou algumas palhoças em péssimo estado de conservação, completamente abandonadas. "Pena!". Ela praguejou contra o governo espanhol e disse que a sua opressão ao povo galego era a grande responsável por tamanha degradação. Minha tia aproveitou a marcha igualmente para me mostrar os lugares onde aconteceram os fatos que ela tão generosamente narrara naquela reveladora tarde. Maravilhei-me com o que vi, e a partir daquele instante senti-me inexoravelmente como parte da Galícia. Apertou-me o coração quando pude avistar ao longe os homens de Piornedo a ceifar o centeio, assim como já faziam desde os tempos mais remotos em que o meu próprio pai lá trabalhou. Não sei se existe memória genética, ou vidas passadas, só tenho uma certeza, mesmo que todo aquele cenário fosse novo para mim, me senti tão em casa quanto na minha querida Areia Branca.

– Pronto. Está vendo aquele riacho? Lá tua mãe cantava e chorava a partida do teu pai – depois de andarmos por uns vinte minutos, seguidos ao longe por alguns altivos e curiosos cervos, e quiçá por alguns dos poucos ursos ainda remanescentes em Ancares, minha tia apontou para o riacho adiante.

Á medida que nos aproximávamos, tornava-se cada vez mais nítida a estrutura de uma bela ponte de pedras encaixadas, pequena, de aspecto muito antigo, que ligava os vastos campos por onde andávamos à famosa floresta de árvores verdes e copadas na qual meu pai sofreu de amor. Minha tia nos encorajou a aproximarmo-nos da velha construção e de lá apontou para algumas rochas que se salientavam na margem do nosso lado, dizendo:

– Posso ver a tua mãe ali, lavando a sua agonia, como se querendo que a correnteza a levasse embora. *Adiós valle de Ancares adiós te digo...* – cantarolou. – Ai, como tenho saudade da minha irmã! – sua voz embargou. – Você se parece muito com ela, Francisca. Tem os mesmos olhos, o mesmo sorriso fácil. Meu rapaz, faça-me o favor – ela voltou-se para Neno.

– Ajude tua avó Francisca a chegar no pé da ponte, na margem de cá, bem ali onde tem aquelas pedras caídas. Francisca, lá debaixo da ponte você encontrará uma pedra solta na parede, digo, sem reboco, só encaixada. Ela está bem perto do chão. Desloque-a e tenho certeza que você vai gostar do que irá encontrar dentro do buraco – Evanxelina deu um sorriso misterioso.

Sem conter a palpitação acelerada do meu coração, agarrei-me no braço direito do meu Neno e com imensa dificuldade consegui chegar na estreita faixa de terra debaixo da margem esquerda daquela velha ponte. Sem perder tempo, agachei-me a procurar de um lado da parede, enquanto o meu impaciente neto tentava achar a tal pedra em falso do outro lado. Mas o destino reservara a mim o direito de encontrar a dita cuja, pois ela escondia no buraco que tapava com tamanha firmeza a grande dádiva que esperei por todos os dias da minha tão sofrida existência. Não me contive em removê-la imediatamente, mesmo sendo bastante pesada, e quando consegui enxergar direito o fundo da fissura, encontrei uma bem lacrada caixinha de lata, envolta e um pano grosso e em um saco plástico cheio de nós. Desembrulhei-a, abri-a com cuidado e finalmente, depois de oitenta e nove anos de espera, tive o privilégio de um primeiro e único contato real com a minha saudosa mãe. Sempre amei o ato ler, mas nunca antes eu havia lido algo tão doce e íntimo quanto aquelas simplórias letras grafadas com dificuldade na derradeira carta escrita pela hesitante e irresoluta Tranquilina. Para tia Evanxelina, aquelas foram as últimas notícias vindas do Brasil. Tão comoventes e sensibilizantes, que ela preferiu isolá-las em uma caixinha de lata embaixo da velha ponte que testemunhou tamanho amor. Dessa maneira, só as releria esporadicamente, quando a saudade se tornasse terminantemente impossível de suportar.

Mesmo sendo em galego, compreendi cada frase daquela última carta como se eu fosse uma nativa. Suas palavras tornaram-se as mais emocionantes que eu cheguei a ler em toda a minha vida e naquele sublime instante tive a nítida sensação de que, apesar de endereçadas à minha tia, elas na realidade tinham sido escritas para mim.

Querida irmã Evanxelina,

A vida continua dura aqui no Brasil, mas temos boas novas. Nossa 'nena' nasceu! A primeira brasileira da família Suarez Viana. Ainda não sabemos como ela se chamará, e por enquanto a tratamos por Toti. Ela parece contigo, minha irmã.

Temos grandes novidades. É possível que a próxima carta nós escrevamos de outro endereço, por isso, não responda para Areia Branca. Depois de quase três anos morando na Fazenda Araçá, decidimos partir em busca do nosso sonho. Não podemos reclamar do patrão, é um homem bom, que inclusive gosta muito de Sebastião. Contudo, dizem que estão distribuindo terra no sul da Bahia e convenci meu marido que essa é a nossa grande oportunidade. Ele achou má ideia a princípio, por conta da pequena Toti, mas acabei fazendo sua cabeça. Disse-lhe: 'Se Francisca conseguiu cruzar um grande oceano, por que a outra miúda não pode cruzar um pequeno sertão?' Por falar em Francisca, ela ficará em Areia

Branca até que consigamos nos estabelecer. Sebastião volta em breve para buscá-la. Os outros vão todos conosco.

Sei que a viagem é arriscada. Estou com medo! Todavia, esta é a nossa grande chance. Não podemos deixá-la passar. Mas, confesso, minha irmã, estou mais apreensiva do que nunca estive nessa terra erma. A seca é o que mais me atormenta. Nem as cobras, nem o fato de ser tratada como uma quase escrava, me dão tanta paúra quanto a seca. Lá para o sul dizem chover mais. Decidi arriscar, e no caminho havemos de encontrar boas almas para nos acudir, caso a fome e a sede apertem. Não fosse a bondade do povo brasileiro, digo o povo simples, não os coronéis, já tínhamos desistido e voltado. Mas voltar para fazer o que na Galícia? O nosso destino é aqui. Mesmo que eu ainda não possa me comunicar tão bem com o povo daqui, acho que é no Brasil que vamos conseguir o nosso pedaço de chão. Tenho fé em São Tiago Maior.

Dizem que os caminhos até o sul são duros, mas não posso demonstrar fraqueza ao meu marido. Viemos para fazer a vida, e se não conseguirmos agora, nunca será. Estou com o coração apertado em deixar a minha pequena Francisca, mas não temos como levar os quatro no lombo do animal. A neném não pode ficar, pois ainda a amamento. Assim sendo, resolvemos deixar Francisca por ser a menor e a mais fraquinha. Às vezes choro, minha irmã. Somos como pólen ao vento, voando e voando até chegarmos para semear nova vida a lugares como Areia Branca. Peço-lhe que guarde esta carta, minha irmã, pois parte de mim diz que eu nunca mais verei a minha querida Francisca. Sei que isso pode ser um grande absurdo, mas caso algo me aconteça, arranje um jeito de entregar este pedaço de papel à minha pequena. Saudades, minha irmã. Queria que estivesse aqui comigo. Dar-me-ia força! Ainda é tempo de vir para o Brasil. Se quiser podemos arranjar com o governo daqui para lhe mandar a passagem.

Com amor,

Tranquilina Suarez Viana.

P.S.: Francisca, mamãe te ama muito! Nunca se esqueça!

Ao ler aquele *post-scriptum*, eu desabei ao chão das margens do mesmo riacho que selou o grande amor dos meus pais e chorei como uma criancinha de colo. Confesso que me senti como uma delas. Neno ainda tentou me amparar, mas naquele instante nem a mais pujante das forças me impediria de desabafar aquele meu estranhíssimo sentimento. Não sabia o que mais me tomava, o perdão, o arrependimento, ou a simples sensação de ter sido amada. Quando então consegui me recompor um pouco, não titubeei em logo mostrar ao meu querido neto aquela linda declaração póstuma de amor, feita de uma preocupada mãe para uma inocente filha, na época com tão pouca idade. Entendi com limpidez de raciocínio que os meus pais na realidade nunca tinham me abandonado, e se eu já havia previamente perdoado o pobre Sebastião, naquele momento o absolvi em dobro por qualquer culpa na morte da minha flagelada mãe. Foi ela quem de fato influenciou o meu cauteloso pai a partir de Areia Branca, estava escrito na carta!

Coitados, ambos sequer suspeitavam das consequências daquela derradeira e desesperada investida. Na verdade, não foi culpa de nenhum dos dois. Talvez por ter cedido – e pela fatídica viagem ter levado à morte a maior fonte do seu amor –, enfim concluí que Sebastião viveu até os seus últimos dias imensamente envergonhado, por isso, se afastou de nós. Na sua cabeça, o pobre português não teria como encarar os filhos novamente, principalmente a mim, que em meio ao seu princípio de loucura nunca regressou para buscar. Recolher-me em Areia Branca era o plano original, a grande preocupação tanto dele quanto da minha querida Tranquilina. A prova viva era aquela tão bem-vinda carta. Ao terminar de lê-la, senti-me confiante de que eu já poderia morrer, pois morreria em paz, feliz. A minha missão nessa vida já havia sido cumprida. "A minha mãe e meu pai sempre me amaram", refleti e suspirei contente.

O sol se pôs rapidamente depois daquele momento impar da minha vida. Voltamos para a palhoça da minha tia Evanxelina e fomos gentilmente convidados para passar a noite. Ao final da lida no campo os outros aldeãos de Piornedo vieram nos visitar e felizes se apresentaram à filha dos quase lendários Sebastião e Tranquilina. Conheci primos, seus filhos, netos, mas além de tia Evanxelina, não havia mais nenhum outro ancião que lembrasse de mim dos tempos de quando eu ainda era uma recém-nascida criança galega. Em meio às intensas apresentações, vim saber que a minha tia nunca chegou a se casar, e que preferiu transferir todo o seu amor maternal aos seus inúmeros sobrinhos, assim como um dia fez comigo e com os meus irmãos.

Passamos dois dias em Piornedo na companhia daquela grande família. Ouvimos *pandeiradas*[1] , comemos comida típica, bebemos vinho, e pude cada vez mais me dar conta dos tantos traços que o nosso povo brasileiro havia herdado dos gentis galegos. Aproveitei então para extrair o máximo da companhia daquela bondosa senhora, a minha querida tia Evanxelina, o mais próximo que eu poderia ter do que verdadeiramente fora a minha própria mãe. Admito que passei a amá-la de paixão. Entristeci-me, no entanto, pois estava certa de que ao final daqueles dois efêmeros dias, quando eu partisse da Galícia, nós bem provavelmente nunca mais nos veríamos outra vez. A história se repetiria como no passado, mas não graças as enormes dificuldades de acesso dos precários tempos das grandes migrações, e sim, devido à crueldade do tempo, inimigo íntimo, regressivo, que do auge das nossas idades avançadas, já não tínhamos tanto para gastar. Enfim, tomada por um solavanco de nostalgia e certa covardia, senti que o meu resto de futuro se esvaia aos poucos.

---

1. Canções galegas tradicionais acompanhadas de pandeiros e às vezes outros instrumentos de percussão.

20

A luxemburguesa

COMOVI-ME AO ASSISTIR à minha emocionada avó dizer adeus à sua querida tia Evanxelina, a única que fora capaz de libertá-la do imenso trauma de infância que a perseguiu por quase um século de sofreguidão e dúvida. Finalmente, tanto eu quanto Chica, estávamos livres dos nossos respectivos problemas. Problemas esses que nos afligiram por anos a fio. Obviamente, a magnitude da conquista da minha avó era imensamente maior do que a da minha, já que ela teve que conviver com a sua dor por muito mais tempo do que eu. Fiquei imensamente feliz por Chica. Ninguém mais do que ela merecia a tão sonhada paz de espírito, mesmo que ela viesse meio que tardiamente. Ao atentar para a palavra "tardiamente", lamentei por não termos mais tanto tempo juntos para gozarmos do nosso recomeço, já que inexoravelmente a morte nos separaria em breve. Hoje, amanhã, em alguns meses, anos, ninguém sabia ao certo. Só o tempo, que na maioria das vezes era sempre implacável.

Vó Chica então deu um último abraço apertado na tia, que usando o seu polegar direito fez o sinal da cruz três vezes na testa da sobrinha e logo depois colocou na sua mão um conjunto de cartas envolto por uma velha borracha. Aquelas eram todas as cartas escritas por sua irmã Tranquilina durante o tempo em que se corresponderam. Mais motivos para aplaudirmos aquela centenária senhora, ainda tão cheia de generosidade e desprendimento. Deixamos então Piornedo sob juras de amor mútuo e infundadas promessas de reencontro. Apesar da emoção sobrepujar a razão, todos queríamos acreditar.

Dirigimos de volta para Macedo de Cavaleiros e foi a vez de nos despedirmos do não menos generoso Padre Casimiro Quiroga. Enquanto eu viver agradecerei a Deus a oportunidade de ter conhecido aquela alma de tão grande valia. Um ser humano de vocação, simplesmente bom, pelo que eu pude perceber. Se houvesse no mundo mais padres como Casimiro, certamente a imagem da igreja católica não estaria tão desgastada. Servos do Senhor como aquele, predestinados, indubitavelmente dariam motivos aos seus fiéis para não abandonarem a igreja rumo ao espiritismo, movimentos carismáticos, protestantismo, charlatões, dentre outros que supostamente melhor confortariam os seus corações. O bom padre Casimiro por fim nos abençoou, desejou-nos boa sorte e pediu os nossos endereços no Brasil. Depois de um emocionado último adeus, imediatamente seguimos para Lisboa, de onde voaríamos de volta para casa.

Levantamos voo no cair da noite, e a minha querida avó obviamente insistiu em sentar-se mais uma vez na poltrona ao meu lado, segurando firme a minha mão, como de costume. Apesar de ainda meio tensa, devido às turbulências que atravessávamos periodicamente, era nítido o seu alívio. Parecia que um peso tinha sido retirado das suas costas. Fiquei bastante orgulhoso e feliz por ter insistido naquela viagem, que graças a Deus veio trazer paz ao fim de vida da minha querida Chica. E não demorou muito para que ela me confessasse isso com as suas próprias palavras:

– Neno, como eu me sinto melhor, meu filho. Valeu cada voo, cada quilometro dentro do carro, cada noite mal dormida. Obrigada, de coração! – Chica pousou a mão no meu rosto e o acariciou.

– Sua felicidade é a minha felicidade, vó.

– Neno, quero te confessar uma coisa que está me corroendo. Algo que aconteceu comigo ontem à tarde, quando eu fui sozinha dizer adeus ao riacho que a minha mãe lavava roupa – Chica usou um tom misterioso.

– Pode dizer, vó – encorajei-a curioso.

– Lembra do Seu Tarcísio Cunha? – eu respondi que sim. – Pois é, quando cheguei na beira do riacho, e imaginei a minha mãe cantando desolada a separação do meu pai, lembrei tanto de Tarcísio. Senti uma presença tão forte dele que quase pude ver o seu semblante no reflexo da água. Será que aconteceu alguma coisa com ele? – minha avó perguntou aflita.

– Deve estar tudo bem, vó – atuei como um ator canastrão.

Estou certo que deixei ela perceber um pouco da minha mal dissimulada mentira, por mais que eu tenha tentado poupar a minha recém-aliviada avó do que viria ser uma devastadora notícia. No dia anterior ao nosso regresso, eu havia telefonado para o meu primo Luís Viana em Maceió visando informá-lo da nossa gratificante descoberta, quando ele comentou da morte do moribundo Tarcísio Cunha. O coitado não resistira a um novo derrame. Eu sabia que essa notícia iria liquidar a felicidade da minha avó, já que ela me havia confessado pessoalmente que aquele homem teria sido o grande amor da sua vida. Assim sendo, resolvi não contá-la da tragédia pelo menos por enquanto.

– Espero que sim, Neno. Tive uma sensação tão ruim, como se ele não tivesse mais entre nós – ela olhou-me firme nos olhos. Chica não era boba.

Naquele instante eu comecei a ficar muito tenso e depois de alguns dias sem ser molestado pela minha velha ânsia de vômito, ela voltou para ficar. Desde que chegara a Portugal eu não havia me sentido tão mal, por isso, fui obrigado a me privar da companhia da minha avó às pressas e correr para o sanitário do avião. Lá vomitei tudo o que tinha no meu estômago, e como se não satisfeito, comecei a sangrar muitíssimo pelo nariz. Odiei-me por ter aquelas crises todas as vezes que eu ficava nervoso. Ainda tentei retornar para a minha poltrona, mas tive de voltar para o martírio correndo, dessa vez já fazendo uso do velho saquinho plástico para enjoo. Foi então que, ao sair do lavatório pela segunda vez, eu fui abordado pela voz mais aveludada que ouvi em toda a minha vida.

– Olá! O senhor está se sentindo bem? – averiguou em português a jovem de sotaque puxado. Uma mistura de alemão e francês.

– Não muito – respondi com cortesia ao limpar o suor que escorria pela minha testa.

– O senhor não quer se sentar aqui ao meu lado? Está vaga – ela mostrou a poltrona ao lado da sua. – Pude notar que o senhor vai e vem do seu assento, que parece ser longe daqui do lavatório.

– Acho que vou aceitar – esforcei-me em mostrar um sorriso e ao sentar-me pude notar melhor a beleza daquela jovem de olhos bem azuis e cabelos louros como o sol.

– Prazer, me chamo Marie – ela estendeu a mão, muito simpática e sorridente.

– José Maurício – retribui o sorriso e a cumprimentei timidamente. – Já tive dias melhores, posso garantir – tentei justificar o meu estado deplorável.

– Não se preocupe. Eu também às vezes enjoo quando voo. Principalmente quando tem turbulências fortes como as de hoje – educada, me consolou.

– Desculpe a minha indiscrição, mas pude perceber um certo sotaque. De onde a senhora é?

– Senhorita – ela me corrigiu e não vou mentir que o meu coração palpitou de esperança. – Eu sou de Luxemburgo. Conhece?

– Não é o jardim de Paris[1], não é mesmo? – sorri, pois a brincadeira bem calhava, já que para fazer jus à sua floral beleza era mais do que merecida a guarida de um belo jardim. Ela retribuiu o sorriso balançando a cabeça em negativa. – Estou lhe provocando – desculpei-me.

– Conheço sim o seu país, mais especificamente, o Grão-ducado de Luxemburgo. Fui visitar um amigo que trabalha em um banco de investimentos na Cidade de Luxemburgo, sua capital – menti, pois não quis dizer que eu na realidade havia ido à sua terra para fechar negócios milionários representando o meu antigo banco.

– Sério! Uau, fico feliz! Nem tanta gente conhece Luxemburgo, principalmente no Brasil. Desculpe, mas notei o seu sotaque também, e você só pode ser brasileiro. Vocês cantam o português, diferente do povo de Portugal. Acho lindo quando vocês falam. Fora que entendo muito melhor – Marie aos poucos aguçava a minha admiração.

---

1. Em Paris há o Jardim de Luxemburgo, o qual é às vezes confundido com o país Luxemburgo, vizinho à Franca.

– Você fala muito bem a nossa língua! – elogiei. – Como aprendeu? O que lhe traz ao Brasil? – quis saber mais sobre aquele anjo em forma de mulher.

– Calma, calma. Uma pergunta de cada vez – ela gargalhou e o meu mal-estar cessou em definitivo. – Aprendi português há três anos, quando comecei a morar no teu país, mais especificamente em Salvador da Bahia – seus olhos irradiaram entusiasmo. – Comecei a trabalhar em uma ONG luxemburguesa que ajuda crianças brasileiras órfãs por causa da violência urbana. Deixei tudo no meu país porque acho que no Brasil as pessoas precisam mais de mim – Marie suspirou de contentamento.

– Tenho que tirar o chapéu para a senhorita – olhei-a no fundo dos olhos e de certa forma me envergonhei pelo individualismo que brasileiros como eu, sempre viveram imersos.

Eu, meu execrável ex-avô, todos os membros da repugnante nata da sociedade baiana, sempre estivemos mais preocupados com os nossos fúteis cotidianos, cheios de ostentação, ganância e falsidade, enquanto os membros da periferia mais carente da nossa cidade clamavam por ajuda. Vergonhoso saber de, e fingir não enxergar, um Brasil rico, cujos recursos se concentram nas mãos de poucos aproveitadores. Era necessário que anjos bons como aquela moça luxemburguesa saíssem dos seus já tão bem estruturados países para – dentre outras coisas – ajudar os que necessitam na luta contra a desigualdade e exploração. E olhe que às vezes essas pobres almas exploradas só precisavam mesmo de uma palavra amiga, ainda que ela viesse com o sotaque estrangeiro de Marie. Esse era um novo tipo de migração, a migração de assistência, de reparo, onde novos bem-aventurados europeus vinham auxiliar as vítimas de um processo de colonização não tão justo e igualitário.

– Eu só faço a minha parte como ser humano – Marie sorriu e me encantou de uma vez por todas.

– Se você precisar de qualquer ajuda, eu moro igualmente em Salvador. Será um prazer participar do seu projeto – resolvi começar a partir dali a pôr em prática algumas das resoluções que ainda estavam pendentes na minha vida.

– Ajuda nunca é demais, principalmente vinda dos próprios brasileiros. Apesar de termos alguns de vocês já participando do projeto, ainda são poucos. Precisamos apoiar mais a gente humilde das grandes cidades, já que crescem a cada dia de forma desregrada graças à falta de oportunidades no interior. Isso sem contar a opressão impelida

à população negra de Salvador, que é um outro grande problema, e... –
Marie começou a discorrer sobre aquele delicado assunto com maestria
e conhecimento de causa. Pude entender a fundo, com riqueza de
detalhes sociológicos e antropológicos, como e por que os imigrantes
africanos se tornaram os maiores sofredores em todo o processo de for-
mação do Brasil. Muito diferentemente dos meus antepassados galegos
e portugueses, eles se viram obrigados a embarcarem acorrentados
em navios insalubres e começarem a vida em terras estrangeiras como
escravos, meras mercadorias, desprovidos do mínimo de dignidade.

Esse assunto se emendou a outro, que se emendou a outro e,
quando menos esperei, dialogávamos como se nós nos conhecêssemos
há uma eternidade. Em menos de três horas de conversa senti-me mais
à vontade, e por que não dizer, mais feliz, na companhia de Marie,
do que nos diversos anos em que convivi com Camila, a minha ex.
Apaixonava-me a cada nova doce palavra recitada por aquela linda
luxemburguesa cheia de pureza e convicções. Quando o avião enfim
tocou o solo de Salvador e nos dirigimos para o saguão de desembarque
do Aeroporto Dois de Julho, um enorme aperto no peito tomou-me
por inteiro e senti uma incomensurável angústia ao passar-me pela
cabeça a possibilidade de nunca mais vir a reencontrar Marie. Assim
sendo, deixei a timidez de lado e me vi compelido a fazer a pergunta
que poderia mudar o meu destino para todo o sempre.

– Eu gostaria muito de revê-la. Você gostaria de jantar comigo hoje
à noite? Assim podemos falar mais a respeito da ONG e quem sabe
sobre outros assuntos – senti um imenso frio na espinha e os dois
segundos que ela demorou para responder-me passaram-se aos meus
olhos como se fossem milênios.

– Sim, é claro. Adorei conversar contigo – ela respondeu sorridente, deu-me o seu endereço e antes de entrar no seu táxi presen-
teou-me com um caloroso beijo na face.

A partir daquele dia eu nunca mais tirei Marie do meu pensamento. Encontramo-nos naquela noite e muitas outras vezes mais. Con-
hecemo-nos, apaixonamo-nos, amamo-nos, ou seja, aproveitei ao seu
lado o pouco tempo que eu ainda tinha a prerrogativa de aproveitar.
Marie me ajudou a abstrair-me um pouco de todos os problemas que
me vi obrigado a facear no meu tormentoso retorno ao Brasil. Sem ela,
tenho certeza de que eu teria desistido muito antes do tempo. Minha
Marie, meu grande amor – amor aos moldes do sentido entre Francisca
e Tarcísio, entre Tranquilina e Sebastião –, entrou na minha história

como um anjo de luz, um derradeiro suspiro de esperança a um pobre e desenganado moribundo. Vivemos felizes até o último e infausto dia em que tivemos que abruptamente nos separar. A viagem tornou-se enfim inevitável, inadiável. Esse foi o único e grande ressentimento que eu tive em toda a minha efêmera e atribulada existência, não tê-la conhecido antes. Pena, uma verdadeira pena. Agora sem Marie, a minha vida acabara ali. Definitivamente.

21

Que o vento leve

O MEU NENO PARTIU às quatorze horas do sexto dia do mês de agosto de 1989, por conta das complicações de um tumor maligno no esôfago, sobre o qual todos me esconderam de forma vil e dissimulada até quando não puderam mais. O meu neto já estava desenganado desde aquela festa ridícula de despedida, que fora organizada pelos seus amigos mais íntimos e familiares. Ninguém me avisou! Parece-me que além de mim, somente a sua ex-noiva Camila, o maldito Estevan Lear e alguns outros velhos da família não sabiam que o meu saudoso Neno teria recebido do seu médico no máximo seis meses de sobrevida. Hoje começo a entender melhor o porquê daqueles contínuos sangramentos, tonturas e enjoos que acompanharam o meu pobre neto nos seus últimos dias. Todo esse sofrimento em consequência do uso de fortes medicações e reflexo de algumas sessões de quimioterapia. Do mesmo modo, agora compreendo melhor os pesadelos e maus presságios que eu tive sobre Neno dias antes de viajarmos à procura das minhas respostas. Eles tinham total fundamento.

Às vezes tenho tanto remorso por ter tomado o precioso tempo do meu Neno, os seus últimos dias, visando resolver os meus próprios problemas, os meus traumas do passado, que eu chego a chorar de desilusão e arrependimento. No entanto, por outro lado, lembro-me bem do seu sorriso de satisfação ao presenciar a minha felicidade ao descobrir o verdadeiro passado da minha mãe e do meu pai. Essa é a única memória que me consola. E falando em memória...

Não consigo mais dormir durante a noite, pois na calada da madrugada vem-me sempre à cabeça a imagem do meu menino deitado naquele leito de hospital, sendo consumido aos poucos por aquela doença desgraçada. Recordo-me da sua magreza, palidez, apatia, e primordialmente daqueles nefastos tubos que de maneira artificial lhe permitiam uma derradeira ilusão de viver. Aproveito sempre a minha insônia para conversar com Deus e lhe pergunto todas as vezes por que ele deixou aquele tipo de angústia assolar-me outra vez. No passado, trinta e três anos atrás, ele chamou a minha filha Mira, e não satisfeito, há poucos dias levou o meu neto, de forma igualmente trágica. Mãe e filho foram-se antes da hora e eu não conseguia me conformar. "Por que não me levou, em vez de levar os meus queridos, que ainda tinham tanto para viver?", não me cansava de perguntá-lo em meio às minhas orações. Afinal de contas, eu já me considerava no lucro. Já tinha vivido demais e agora mais do que nunca havia perdido a razão de existir.

A minha depressão tornou-se tão aparente que em certo ponto começou a preocupar os meus filhos. Como nunca antes havia acontecido, eles começaram a se revezar em visitas cada vez mais constantes a Areia Branca. Quiseram me convencer a mudar para Salvador, mas me recusei veementemente. Dessa maneira, até Arlindo e Tavino, meus filhos que moravam mais longe, em diferentes estados do Brasil, vieram para certificar-se de que eu não morreria de tristeza antes que eles aparecessem para pedir-me uma última benção. Cada um passou uma semana comigo e devo admitir que a sua presença me distraiu um pouco. No entanto, os meus filhos que viviam em Salvador sempre foram os mais presentes, principalmente Ducarmo, que igualmente não conseguia se conformar com a perda do seu filho do coração. Passamos então a nos arrimarmos uma na outra com maior intensidade do que antes.

Ducarmo desde o princípio ajudou-me como pôde nessa fase negra da minha vida, uma vez que decidiu vir viver comigo novamente no engenho, logo após requerer a sua aposentadoria em Salvador. Não sei o que seria de mim sem o seu carinho e atenção. Sem contar o seu ombro amigo, que sempre esteve à disposição, especialmente quando eu fui alvejada por uma outra notícia por demais devastadora. Soube que o meu amado Tarcísio também tinha cruzado a linha da vida. Não fosse pela força que me fora transmitida por Ducarmo, eu teria feito uma besteira, pois me crescia no peito uma enorme convicção de que o meu tempo aqui na terra havia expirado definitivamente. Todos os da minha época pereciam, e sentia que a minha hora de partir igualmente se aproximava de mansinho. Lembro-me bem que esse sentimento veio-me muito forte pela primeira vez quando regressei da Galícia e me deparei com o cortejo fúnebre de Belinha, minha irmã adotiva, que bordeava os canteiros de muretas baixas da praça central de Piritiba exatamente no momento em que eu por ali passava. Dali pra frente, toda a alegria que eu havia acumulado na viagem às minhas origens passou a minguar aos poucos devido às más notícias que me atingiam uma após a outra. Vida de velho é assim, todos os que nasceram na sua geração certo dia começam a sucumbir, um a um, aos montes, já que a morte é parte da vida. Fico até feliz em saber que a minha hora chegará em breve. Temos que aceitar, é o ato final, a nossa única certeza desde o início.

Mas como diz o povo, "desgraça pouca é bobagem". Recordo-me bem do dia em que Gracinha, a minha filha caçula, veio para Areia Branca passar um mês comigo. Coitada, ela ficou até sem jeito, pois no mesmo dia em que chegou, recebi outra péssima notícia. Gracinha sempre foi muito supersticiosa, por isso, a pobre chegou até a achar que a sua presença no engenho foi quem trouxera consigo o mal fluído incutido em uma triste carta que me fora enviada pelos meus primos galegos de Piornedo. Suas emocionadas palavras diziam que a minha centenária tia Evanxelina falecera pouco tempo depois da minha partida. Parecia até que ela estava só esperando a minha visita para então embarcar deste mundo para um melhor. Fiquei abatida, porém, aquele era um tipo diferente de tristeza, visto ser previsível que uma senhora de cento e cinco anos mais dia menos dia partisse ao encontro de Deus. No seu caso, Deus e São Tiago Maior, de quem ela também tanto gostava. Apesar da saudade, a sua passagem era o natural da existência. Já a morte de Neno, eu morreria e não conseguiria aceitar.

Dois anos de muita angústia se passaram morosos desde que aquela sucessão de lastimosos acontecimentos veio para quase destruir os derradeiros anos da minha vida. Mais uma vez agradeço a Ducarmo pela minha parcial superação daquela situação. Já diziam os sábios, "o tempo ameniza tudo". Desconfio que também foi bom para a minha filha deixar Salvador e aquele ambiente viciado da pós-falência do império Pompeu de Lear. Fora que lá as lembranças de Neno lhe eram sempre mais intensas e constantes. Graças a São Tiago Maior, aquele lúcifer velho não ousou contar à minha Ducarmo que Neno morreu sabendo de toda a verdade sobre a sua real paternidade. E se Lear a contasse, acho que ela prontamente acreditaria, pois minha filha ficou muito desconfiada e apreensiva quando Neno, um pouco antes de viajar para Areia Branca, foi à sua casa questioná-la sobre a tal carta de Puyol. Ducarmo sabia que o seu filho era insistente, e não se aquietaria enquanto não descobrisse a verdade. Ela chegou a tocar nesse assunto comigo certa vez, mas abrandei a sua desconfiança, assegurando-lhe que o meu neto havia deixado de lado a sua investigação ao deparar-se com todos os transtornos que o maldito espanhol criou. E espero que ele não venha criar mais problemas para o meu querido Neno mesmo depois da sua morte. Que Estevan Lear apodreça calado na prisão de Madri, pois se ele ousar abrir a boca para atormentar a vida da minha filha, eu não titubearei em mandar para os jornalistas a carta do Senhor Puyol, que ficou em meu poder. Antes de morrer, Neno deixou instruções claras de que eu deveria usá-la caso o ex-avô revelasse a Ducarmo a conversa que eles tiveram na sala de interrogatório madrilena. Não acho que Lear vá falar nada, no entanto. Deve estar remoendo em cada minuto que lhe resta enormes arrependimentos por ter ajudado a indiretamente apressar a morte do próprio neto.

Sendo assim, a minha Ducarmo tentou usar o seu tempo livre em prol de algo bom, que trouxesse alento para o povo pobre da nossa região. Minha filha agarrou-se no trabalho voluntário como forma de tentar esquecer um pouco a falta que sentia de Neno. Mente vazia é a oficina do diabo, consequentemente, Ducarmo não se deixou abater. Começou a atender nos fundos da farmácia de Seu Raimundo a população mais carente de Areia Branca e de todos os municípios vizinhos. Ela nunca cobrou um tostão pelas consultas. O velho farmacêutico ficou muito feliz em ter de volta a agora médica que certo dia começou na mesma farmácia como assistente de caixa. Recordo-me bem inclusive da infundada culpa que ele nutriu ao saber da morte de Neno. O pobre achou que poderia ter feito algo mais pelo meu neto, e não, confundido o seu câncer com uma simples dor de cabeça. Mas Seu Raimundo nunca foi médico, apesar da sua vocação reprimida, por isso, não teria como se culpar. Câncer é uma doença muito complexa, e nem mesmo a minha filha, formada na Universidade Federal, foi capaz de salvar o meu Neno. Acho que ela também se culpava um pouco por isso. Sentimento igualmente infundado. O que verdadeiramente tinha fundamento e fazia muita diferença para aquele povo carente do nosso sofrido sertão era a sua ação altruísta e filantrópica. Minha filha pagava de volta àquela gente humilde o carinho recebido no passado pelos seus antepassados imigrantes. E Seu Raimundo, coitado, nunca esteve tão feliz com a companhia de Ducarmo, pois podia pelo menos de longe respirar novamente o velho sonho da medicina.

Não só o farmacêutico ficou feliz com o retorno da médica de quem tantos se orgulhavam. Meu velho amigo Honório pulou de alegria ao saber da inesperada notícia. Passamos inclusive a visitar a sua mercearia com maior frequência, pois Ducarmo vez ou outra insistia que eu saísse de casa para espairecer. Fábio, que passou a morar em Areia Branca com a sua família, fazia questão de me conduzir de carro, uma vez que no meu envelhecido corpo não mais havia forças para subir em uma charrete. Ele não tinha nenhuma obrigação de continuar nos servindo, já que Neno optou por deixar toda a sua herança para o fiel motorista e amigo, fato que proporcionou uma expressiva melhora na sua condição financeira. Entretanto, Fábio tinha aquela carona como algo religioso, acho eu que, por ele considerá-la uma forma de retribuir toda a generosidade do meu neto. Mesmo que a herança não tenha sido milionária – visto que o patrimônio do antigo diretor de banco foi praticamente todo confiscado após a falência –, para a realidade de Fábio, o pouco que sobrou era uma verdadeira fortuna. Orgulho-me muito da minha Ducarmo, pois em nenhum instante ela sequer pensou em se opor à decisão do seu filho. Inclusive, ela praticamente se tornou uma segunda avó para os dois filhos de Fábio. Minha filha é uma guerreira, digo sem medo de errar! Ocupou propositalmente todo o seu tempo livre. Eu queria ter tido pelo menos um pouco da gana que Ducarmo teve para reagir à nossa tão lastimável perda. Contudo, as forças pareciam me faltar.

No entanto, para o meu alento, não há mal que perdure, e não há tristeza que não se acabe. Deus e São Tiago Maior ainda haviam guardado uma última surpresa para a minha tão conturbada vida. Em uma corriqueira manhã de quarta-feira, Ducarmo deixara o engenho para atender os seus pacientes, e como de costume eu me enfurnara na minha biblioteca a devorar os livros que ainda não tinha tido a oportunidade de ler. Inclusive, alguns deles adquiridos na minha viagem e escritos em língua galega. Foi então que Arminda, a filha de Isaurino, bateu na minha porta e interrompeu o clímax de um ótimo romance que eu estava bastante entretida. Odiava ser interrompida, e ela sabia disso, mas teimava. Desse modo, me vi obrigada a reclamar com a pobre Arminda, com quem admito ter sido muitas vezes injusta.

– Arminda, você não sabe que eu odeio que me interrompam quando estou lendo? Quantas vezes vou ter que repetir? – fui ríspida como sempre era com a pobre.

– Desculpe, Dona Chica, mas é que tem alguém lá na sala querendo falar com a senhora – Arminda disse meio assustada.

– Quem é? Oh mulher, eu já te disse que eu não estou para ninguém! Quando é que você vai aprender a obedecer ordens?

– Acho melhor a senhora ir! – ela arregalou os olhos e não conseguiu disfarçar a sua tremedeira.

– Quem é que está na sala? Desembuche! – repeti a pergunta mais enfaticamente.

– Uma senhora chamada Tranquilina – quando ouvi o nome da minha mãe, entendi por que Arminda estava pálida como uma vela e extremamente assombrada.

Vejo-me obrigada a confessar que aqueles velhos frios na espinha e tremores nas pernas voltaram a tomar o meu corpo por inteiro. Eu já estava cansada daqueles mini enigmas que o destino insistia em me pregar com certa frequência. Destarte, não me restou outra opção a não ser colocar um robe sobre a minha camisola e seguir apreensiva até a minha sala de estar. No caminho, ideias loucas e mirabolantes voltaram a habitar a minha imaginação, mas recusava-me com todas as forças a acreditar em qualquer tipo de absurdo. Mas quem seria Tranquilina? Assim que pus o meu primeiro pé no chão da porta de entrada da sala, pude começar a entender que Deus me presenteara em tempos de tempestade com um prêmio de consolação. Ao avistar aquela senhora muito familiar, minha vida foi abrandada pela calmaria.

– Francisca, eu sou Tranquilina – ela disse ao voltar-se para mim, evidenciando os seus olhos azuis cheios de lágrimas.

– Quem é a senhora? – foi a minha reação ao deparar-me com aquela pessoa, que era quase como se fosse o meu próprio reflexo no espelho.

– Sou Tranquilina Oliva, sua irmã. Mais conhecida como Toti – ela correu em minha direção e abraçou-me com carinho.

– Oh, meu Deus. Você é a neném! Obrigado São Tiago Maior! – em choque, eu retribuí o abraço e agradeci a benção divina. – Como você conseguiu me encontrar? – quis saber, pois achava estar participando de um milagre.

– Francisca, você se lembra do padre Casimiro Quiroga? Depois que você lhe contou a nossa história, ele conseguiu me localizar por intermédio do seu colega, Padre Jonas, missionário galego na congregação de Porto Seguro, onde eu vivi e cresci. Padre Casimiro merece todo o nosso agradecimento, pois não fosse pela sua dedicação em pesquisar pessoalmente os arquivos das igrejas da região sul da Bahia, não haveria como desvendar a rota seguida pelos meus pais adotivos de Ipiaú até Porto Seguro. O padre galego visitou o Brasil no ano passado, única e exclusivamente nessa incumbência. Quando ele conseguiu localizar o meu endereço atual, mandou-me uma carta contando tudo sobre você e sobre os meus pais verdadeiros. Sempre soube que, tanto eu quanto minha irmã Clarina, tínhamos sido adotadas, mas nem sequer sonhava que a minha mãe biológica tivesse sido consumida por um fim tão trágico – Toti lamentou-se.

– E onde está Clarina? – não contive a minha ânsia por saber sobre a minha irmã mais velha.

– Clarina faleceu há muito tempo. Pena. Mas os seus dois filhos estão firmes e fortes, assim como os meus. Tenho quatro! E nove netos! – Toti sorriu.

– Também tenho muitos filhos e netos – apesar da alegria do reencontro, uma pontada no coração manchou um pouco aquele momento, quando me recordei de Mira e Neno, que já não estavam mais entre nós para conhecer a minha irmãzinha.

– Chica, desde que Clarina morreu, nunca mais tive alguém que eu pudesse considerar família, do meu sangue original. Agora, Deus me mandou você, mesmo que depois de tanto tempo. Que bom saber que você existe, e que está tão lúcida. Graças a Deus e a Padre Casimiro! Quero muito acabar os meus dias em contato contigo, minha irmã! Você é tudo o que ainda me liga ao que realmente sou – Toti disse muito emocionada.

– Será um prazer – respondi feliz, fazendo das suas palavras as minhas.

Aproveitei aquela manhã e tarde para contar à minha irmã tudo o que eu vivi na companhia do meu neto no Brasil e na Europa, e todas as nossas descobertas que ela ainda não havia sido informada pela carta do bondoso padre galego. Relatei-lhe com detalhes sobre Luís, Nuno, Joana, Judite, Caetano, Evanxelina, Amonde, Piornedo, Macedo de Cavaleiros e até sobre o meu querido Tarcísio. No dia seguinte, já que a convidei para ficar um tempo no engenho, contei-lhe sobre a minha vida em Areia Branca e sobre o drama de Neno. Toti aproveitou a presença de Ducarmo, com quem muito simpatizou, por terem profissões parecidas, e contou-nos sobre da sua própria vida em Porto Seguro, onde foi enfermeira chefe de um hospital por cinquenta anos. Além disso, me confortou ao revelar que também casou por conveniência e sempre sofreu com a dúvida a respeito dos motivos que a levaram à adoção. Aproveitei e mostrei-lhe as cartas e fotos que me foram doadas pela generosa tia Evanxelina e pude ver no interior dos seus olhos igualmente azuis as mesmas sensações de identidade e encaixamento as quais eu havia sentido dois anos antes.

Toti me convenceu a procurarmos o túmulo de minha mãe no povoado de Japomirim, bem perto de Ipiaú, no qual ela havia teoricamente sido enterrada. Liguei para Luís, meu sobrinho de Maceió, e pedi para ele encontrar o endereço exato do cemitério junto à tal floricultura, cujo papel sempre foi enfeitar a sepultura de mamãe. Meu influente sobrinho fez melhor, pediu que um representante da floricultura nos esperasse na entrada da cidade e nos guiasse precisamente à cova de indigente onde a galega Tranquilina havia sido enterrada. Quando lá chegamos, nos emocionamos ao nos depararmos com uma lápide bastante simplória, de pedra bruta, onde tinha escrito somente: "Aqui jaz uma filha de Deus, ★Data desconhecida – †1903". Não resistimos e imediatamente pintamos o seu nome completo com tinta verde, da cor das frondosas árvores do Vale de Ancares. Tempos depois mandamos trocar a lápide por uma mais bonita, de mármore branco, com um lindo epitáfio escrito: "★1879 – †1903. Descanse em paz Tranquilina Suarez Viana, galega, amor de Sebastião Viana, mãe de Caetano, Clarina, Francisca e Toti". A partir de então, minha mãe passou a não estar mais sozinha em um cemitério perdido na região semiárida baiana.

Mais aliviada, voltei para Areia Branca e finalmente aceitei a oferta de Ducarmo, pois para falar com a minha recém-descoberta irmã em Porto Seguro, seria mais fácil ter um telefone em casa. Minha filha tentava de todas as maneiras encontrar formas de ludibriar a minha condição emocional relativamente instável – inclusive encorajando-me a telefonar para meus entes queridos –, mas volta e meia eu me pegava pensando no meu querido neto, o que sempre me fazia ceder à depressão. Que falta eu sentia de meu Neno, que saudade! No auge da minha amargura, quando não mais conseguia lidar com a sua perda, resolvi então começar a escrever as memórias de toda a convivência que tive com ele, desde o dia em que recitou a sua primeira palavra até o pesaroso dia em que ele deu os seus últimos suspiros. Eu estava lá, ao lado da sua cama, junto a Ducarmo e à querida Marie, e me lembro como se fosse hoje o que ele me disse:

– Vó, não fique triste. Tudo vai ficar bem. Tome conta da minha mãe e de Marie – Neno falou com a voz bem fraca.

– Neno, você não pode me deixar, meu filho – quis também morrer naquele instante. – Por que Deus faz isso comigo de novo? Avó não enterra neto!

– Isso não é a senhora quem decide, Dona Chica – em meio aos tubos que lhe invadiam o rosto, ele tentou sublimar um último sorriso.

– Prometa-me que você ficará bem, que prometo esperar pela senhora na... – Neno fechou e abriu os olhos, muito cansado.

– Prometo – assim que eu o respondi, ele adormeceu, como se estivesse somente esperando a confirmação de que eu superaria os traumas daquele dia, que sem sombra de dúvida defino como o mais horrível de toda a minha existência.

Admito que quebrei a promessa feita ao meu neto, pelo menos nos dois primeiros anos após a sua morte. Mas hoje em dia tento seguir em frente e posso dizer com orgulho que estou lutando para me conformar. Cabe-me então, amigos, relatar-lhes como termina a minha história. Ao tentar me reerguer, agarrei-me na escrita, no crochê, nos afazeres da fazenda, nos meus filhos e irmã. Além disso, cada vez mais me concentrei em ler e ler tudo o que sempre quis e nunca antes havia tido oportunidade, graças às grandes contingências do meu passado. Ao terminar a leitura, eu passava o resto do meu dia sentada na minha cadeira de balanço a contemplar da minha larga varanda o cair das derradeiras folhas do final do outono, e o vento as movendo para lá e para cá. Confesso que comecei a ver com outros olhos a beleza que circundava o meu lugar, a minha querida Areia Branca.

Do meu olhar, ainda meio triste, quase catatônico, já emanava um tom de missão cumprida. Eu, Chica, a galega, agora Suarez Viana, conformei-me em esperar quietinha o tempo passar e quem sabe um dia os ventos do destino enfim soprassem e levassem-me para reencontrar-me com o meu amado neto. Da minha varanda podia senti-lo, imaginá-lo, sempre que fechava os olhos. Na minha quimera o vento voava rápido, leve, para as sendas daquele lugar cândido, familiar, meu, onde o céu tinha tons de azul, o riacho corria manso e a areia era impecavelmente branca. Lá, no topo da duna, além do meu Neno, estavam Tranquilina, Sebastião, Mira, Tarcísio, todos migrantes, todos de braços abertos, somente esperando-me para dar início àquele novo e gratificante caminho, dessa vez, rumo ao sem fim.

FIM